ro
ro
ro

Sabrina Janesch wurde 1985 in Niedersachsen geboren. Sie ist die Tochter einer polnischen Mutter und eines Vaters, der als Kind aus dem Wartheland nach Zentralasien verschleppt wurde. Für ihre Romane erhielt Janesch zahlreiche Preise; «Die goldene Stadt» (2017) wurde zum Bestseller. Für die Recherche zu «Sibir» sprach sie mit Zeitzeugen, las Tagebücher, historische Dokumente. Ihre Reise führte sie schließlich bis in das kasachische Steppendorf, in dem ihr Vater seine Kindheit verbracht hat. Sabrina Janesch lebt mit ihrer Familie in Münster.

«Ein hinreißender Roman, der ... viel zu sagen hat. Über Russland, Menschlichkeit und Verlusterfahrung. Aber auch über Hoffnung – all der nicht enden wollenden Geschichte zum Trotz.» *Frankfurter Allgemeine Zeitung*

«Einer der überwältigendsten Romane des Herbstes ... Das Einfühlungsvermögen und das Erzähltalent von Sabrina Janesch machen aus dem großartigen Stoff eine unvergessliche Abenteuerreise.» *Brigitte*

«Stark recherchiert und brillant erzählt.» *Stern*

SABRINA JANESCH

SIBIR

ROMAN

ROWOHLT
TASCHENBUCH
VERLAG

Die Arbeit der Autorin am vorliegenden Buch wurde von
der Robert Bosch Stiftung, vom Deutschen Literaturfonds e. V.
sowie von der Kunststiftung NRW gefördert.

Veröffentlicht im Rowohlt Taschenbuch Verlag,
Hamburg, August 2024

Covergestaltung any.way, Barbara Hanke,
nach einem Entwurf von Anzinger und Rasp, München
Coverabbildung Quagga Media UG/akg-images
Satz aus der Garamond Premier Pro
bei Pinkuin Satz und Datentechnik, Berlin
Druck und Bindung GGP Media GmbH, Pößneck
ISBN 978-3-499-00887-0

FSC
www.fsc.org
MIX
Papier | Fördert
gute Waldnutzung
FSC® C014496

Für meinen Vater
Моему отцу
Әкем үшін

SIBIR

Was schreibst du da, Papatschka?

Nichts weiter, Töchterchen. Wörter, die mir durch den Kopf gehen.

Vater und ich sitzen auf der Terrasse, es ist früh am Morgen. Feine Nebelschwaden lösen sich von der Oberfläche des Sees; ein Stockentenpaar hat mit seiner Landung Spuren auf ihr hinterlassen. Gedämpft dringt ihr Geschnatter von der Schilfinsel herüber, der vertraute Geruch von angeschwemmten Miesmuscheln, Wasserpflanzen und nassem Sand liegt in der Luft. Vor uns dampfen zwei Tassen schwarzer Tee. Vater tunkt den Zeigefinger hinein und schreibt mit der feuchten Kuppe etwas in den Staub der Tischplatte.

Ich beuge mich vor und versuche, es zu entziffern, aber es gelingt mir nicht, es ist so gut wie nichts zu erkennen. Durch das geöffnete Schlafzimmerfenster höre ich, wie sich meine Mutter im Bett umherwälzt.

Zwei Tage sind vergangen, und ich habe noch immer ihre Stimme im Ohr, die mir erklärt, Vater würde endgültig den Verstand verlieren.

Wie bitte? Was ist passiert?

Doktor Wiechmann hat schon eine Einweisung ausgestellt, Josef weiß Bescheid. Der Platz in Ahrensbüttel ist aber frühestens in sechs Wochen frei.

Du lässt Papa einweisen? Und rufst mich erst jetzt an?

Mutter musste die Wut in meiner Stimme gehört haben, ich konnte sie kaum verbergen. Sie wechselte ins Polnische, ihre Muttersprache. Die Demenz verlaufe plötzlich rasend schnell. So was komme vor, Josef sei immerhin schon über achtzig. An manchen Tagen könne er sich an kaum etwas erinnern, nicht an seine, nicht an meine Kindheit.

Seit wann?

Seit gut zwei Wochen, Leila. Aber das ist nicht alles.

Sie redete hastig, ein wenig monoton. Ich war mir sicher, dass sie eine Beruhigungstablette genommen hatte, wagte aber nicht, sie danach zu fragen.

Leila, dein Vater hört Stimmen.

Und was wollen die von ihm?

Was die von ihm wollen? Was spielt das für eine Rolle? Josef ist nicht nur dement, er ist schizophren! Was ist, wenn er sich oder mir oder irgendwem sonst etwas antut?

Jetzt überschlug sich ihre Stimme, sie fing an zu weinen.

Hat er das gesagt? Dass er sich etwas antun will?

Nicht Wort für Wort. Nur, dass es ihn todtraurig macht, nichts mehr zu wissen, von damals. Er bereut, alles verbrannt zu haben. Das hat er anscheinend nicht vergessen: dass er vergessen wollte. Jetzt hat er vergessen und erträgt es nicht.

Mein erster Gedanke war: Mutter übertreibt. Dass sie allerdings bereits Doktor Wiechmann hinzugezogen hatte und dieser tatsächlich – wenn es stimmte, was sie behauptete – eine Einweisung ausgestellt hatte, beunruhigte mich.

Hast du noch irgendeines seiner Hefte?

Seine Tagebücher? Nein. Die hat er damals alle vernichtet. Oder verloren. Jedenfalls sind sie alle weg.

Wirklich alle?

Sie redete sich in Rage, phantasierte, wie meinem Vater vielleicht doch noch zu helfen sei. Wenn die Erinnerung zurückkäme, und sei es nur für einen Moment, gäbe es vielleicht keinen Raum mehr für die Stimmen, dann wäre er gerettet.

Ich dachte, du wolltest ihn einweisen lassen?

Kannst du nach Hause kommen? Und eine Weile bleiben?

Ja, ich denke schon. Sag mir noch eines: Welche Sprache?

Was meinst du, welche Sprache?

In welcher Sprache reden die Stimmen?

Woher soll ich das wissen? Glaubst du, ich höre sie auch?

Mutter legte auf, und ich fing an zu packen.

Mein Vater Josef Ambacher setzte sich sein Leben lang gegen die Geister der Vergangenheit zur Wehr, die Dschinn der Steppe, wie er sie nannte. Das erste Mal erzählte er mir von den Stimmen, da war ich zwölf Jahre alt, es war kurz nach dem Schneesturm, der unser Leben durcheinandergewirbelt hatte. Für verrückt hat mein Vater sich selbst nie gehalten. Soviel ich weiß, hat er aber auch nie jemand anderem von den Stimmen erzählt. Vielleicht waren sie eine Art Widerhall aller Geschichten, die er jemals gehört hatte – einschließlich jener, die er selbst erzählte. Dieses Echo, so stelle ich es mir vor, hat ihn irgendwann innerlich zum Zerreißen gebracht.

Die Rückkehr der Stimmen ausgerechnet jetzt bedeutet womöglich, dass mein Vater noch immer nicht mit seinem früheren Leben abgeschlossen hat. Dass seine Erinnerungen weiter unveräußerlich zu ihm gehören, auch wenn er sie gründlich hatte auslöschen wollen. Wie es aussieht, versucht er aber doch, sich ein letztes Mal an den eigenen Haaren aus dem Wasser zu ziehen und zu erkennen, wer er war. Seine Geschichten haben ihm stets Auftrieb gegeben, er wird sie sicher brauchen, und vielleicht, wer weiß, gilt das auch für mich.

Vaters Filzkäppchen sitzt falsch herum auf seinem Kopf, die Samtweste hängt schief zugeknöpft an seinem Oberkörper. Gerade scheint er eingenickt zu sein, das Kinn gleitet Richtung Brust, er räuspert sich, dann murmelt er etwas, ich kann nicht genau erkennen, um welche Sprache es sich handelt. Als sein Körper verdächtig stark nach links kippt und er vom Klappstuhl zu fallen droht, springe ich auf und umklammere ihn, versuche, ihn wieder gerade zu rücken, er ist überraschend leicht und riecht nach der Propoliscreme, mit der er sich jeden Morgen einschmiert. Einen Moment lang halte ich ihn so in den Armen, ich, die Tochter, ihn, den Vater, und plötzlich spüre ich, wie sehr ich ihn vermisse, obwohl er noch da ist.

Als ich ihn wieder loslasse, bemerke ich, wie sehr es sich abgekühlt hat. Auf dem Stuhl neben mir sehe ich eine der übergroßen Strickjacken meiner Mutter und ziehe sie an. Es ist kurz vor sieben, und bis auf die Stockenten, die laut schnatternd ihr Revier an der Schilfinsel verteidigen, rührt sich noch immer nichts. Dort, wo eben noch die Angst vor dem Verlust saß, greift nun eine leise Wut um sich. Mein

Vater, der sein Leben lang Geschichten erzählt hat, kann sich nicht erinnern, und meine Mutter, die ein Leben lang zugehört hat, will sich nicht erinnern, will nicht aus einem losen Wirrwarr von Geschichten eine Geschichte machen, die, welchem Ansturm auch immer, standhält. *Keine Erinnerung, nicht an seine, nicht an deine Kindheit.* Meine Mutter hatte, ohne es zu ahnen, ins Schwarze getroffen. Unsere Kindheiten, die mehr als vierzig Jahre trennen, spiegeln einander und führen sich fort.

Also schön, denke ich, schlage etwas melodramatisch die Strickjacke meiner Mutter nach hinten und gehe um meinen Vater herum ins Haus, wo ich meinen Laptop hole. Zurück auf der Terrasse, klappe ich ihn auf. Also schön – dann setze ich den Stimmen nun meine eigene entgegen, und diesmal wird nichts ausgelassen, nur mündlich weitergegeben oder stumm im Herzen bewegt, dieses Mal wird alles schriftlich festgehalten. Zwei Hälften werden zu einem Ganzen gefügt und alle Einzelteile an die Stellen gesetzt, an die sie gehören. So lange, bis alles, was zusammengehört, zusammenfindet, Stein um Stein, zu einem Gehäuse, in das man sich zurückziehen oder das man für immer hinter sich lassen kann. Ich rücke den Laptop auf der Tischplatte zurecht, positioniere so mein Guckloch, atme ein.

Jetzt erst erkenne ich, was mein Vater in den Staub geschrieben hat. Die Sprachen, die er sorgsam kartographiert hat, die Wörter, die er gesammelt hat, sie stehen ihm noch immer zur Verfügung. *Sibirien* steht vor mir auf dem Tisch, dreimal, auf Deutsch, Russisch und Kasachisch: *Sibirien, Sibir, Tosaq.*

Sibirien – durch das Guckloch kann ich es gut erkennen. Alles, wovon mein Vater erzählte, alles, wovon er schwieg, spielt sich hier gleichzeitig ab und kann nach Belieben herangeholt werden, gewendet und betrachtet.

Da ist der Zug, da sind die Viehwaggons, in denen man Hunderte von Zivilisten, die in ihren Dörfern aufgegriffen wurden, fortschafft. Bis zum Horizont reicht die Schlange der Waggons. Zusammen mit meinem Vater kauere ich am Loch in der Bretterwand, beobachte, verfolge, versuche, den Überblick zu behalten. Gemeinsam horchen wir auf das, was kommt.

Da ist die Hütte, aus der Soldaten der Roten Armee meinen Vater und seine Familie herauszerren. Josef ist zehn Jahre alt, er hockt neben seiner Mutter, auch der kleine Bruder ist da noch am Leben, gerade noch so, ein unerträglicher Gedanke, unerträglich auch der Gedanke an die junge Frau, die neben ihm kauert – gerade noch so –, sie ist meine Großmutter, die andere junge Frau daneben meine Großtante, die alten Leutchen in der Ecke meine Urgroßeltern.

Für sie alle, die ich nie kennengelernt habe, ist so viel Liebe da, dass es schmerzt.

Da ist die Steppe, die Erdhütte, der Schneesturm, das Wolfsrudel, da ist der Hunger, die Kälte, die übermenschliche Anstrengung. Das alles, zusammengekratzt und zusammengesetzt, das ist, in einem Wort, Sibirien. So nannten die Verschleppten das dunkle Entsetzen, das sich hinter dem Ural und südlich davon ausdehnte, hinter Europa, hinter dem Ende der Welt. Alles, was sich dort befand, ganz Zentralasien, Russisch-Fernost, egal, ob Tundra, Taiga oder Steppe, all das wurde Sibirien genannt, hinter vorgehaltener Hand nur und mit schreckgeweiteten Augen. Sibirien, das war der Tod.

Wofür mein Vater keine Worte fand, das kleidete er in Geschichten. Als Kind zehrte ich von ihnen, sie schienen mir beinahe spukhaft Auskunft zu geben über das, was mich und meine Freunde beschäftigte, was uns umtrieb. Wir bauten Hütten, horteten Proviant, kultivierten einen Fatalismus, der unseren Spielen Bedeutsamkeit verlieh. Die Geschichten meines Vaters waren wie ein Schlüssel zu alldem. Behutsam barg ich sie aus seiner Erinnerung und versuchte, einen Zusammenhang herzustellen zwischen seinem Leben und demjenigen all jener, die mit uns am Stadtrand wohnten.

Der Begriff *Rand* kennzeichnete gut unsere Gemeinschaft und die Lebensläufe ihrer Angehörigen. Mühlheide ist eine Kleinstadt am Südrand der Lüneburger Heide, und unser Haus befindet sich am östlichsten Ausläufer der Stadt. Mein Freund Arnold, ich und die anderen Kinder aus unserer Siedlung saßen nie, nie in der Mitte der Klasse, sondern stets an der Seite, ein wenig abgerückt, immer in der Angst, befragt oder ausgehorcht zu werden. Instinktiv spürten wir, dass unsere Eltern von denjenigen in der Mitte der Gesellschaft kritisch beäugt wurden, belächelt oder schlicht nicht beachtet. Ihre Eigenheiten mussten auf diese satte, norddeutsche Gesellschaft fremd und beunruhigend wirken; die Geschichten meines Vaters und aller um uns herum holten die Fratze des Zweiten Weltkriegs gefährlich nah heran.

Der Begriff des Aussiedlers war noch nicht in aller Munde, und ohnehin hätte er auf uns – ja, *uns* – nicht zugetroffen, denn die Bewohner des Stadtrands von Mühlheide waren Verschleppte gewesen, Zivilgefangene, die zwar zurückgekehrt waren, aber in den zehn Jahren der Verbannung entscheidend gewonnen und verloren hatten.

Als Kind hatte ich den Eindruck, mein Vater stehe auf besondere, schicksalhafte Weise im Zentrum unserer Gemeinschaft. Zu ihm kamen die, die nachts nicht schlafen konnten und deswegen so lange umherrannten, bis sie fast kollabierten; seine Nähe suchten Sockensammler, Hasenfresser, vom Dörren wilder Früchte Besessene, Landkartenzeichner, Heimlichtuer, Phantasten und wahnhafte Melancholiker.

Im Nachhinein denke ich, dass es vielleicht ihre Stimmen waren, die ihn später verfolgen sollten, all jene Erzählungen und Klagen, vielleicht hat er sie aufgesogen wie ein Schwamm und nie wieder von sich gegeben.

Äußerlich wirkte mein Vater stets adrett, ein athletischer Mann mit durchdringendem, hellblauem Blick. Er war das vielleicht auffälligste und erstaunlichste Bindeglied zwischen dem Stadtrand Mühlheides und dem Rest der Welt. Obwohl er längst ein gefragter Programmierer war, wohnte er noch immer an der Tangente, der Schnellstraße, die

die in den Sechzigerjahren eilig hochgezogenen Häuschen vom Moor und von der Heide trennte. Während die anderen sich kaum je trauten, den Landkreis zu verlassen – das Wort *Kreis* musste ihnen wie ein Alarmsignal, ein Gebot vorgekommen sein –, war mein Vater häufig auf Reisen, arbeitete mal für die eine, mal für die andere Firma. Dieses Wort liebte er sehr: *Selbstständigkeit.*

Jetzt, viele Jahre später, erkenne ich darin auch eine gewisse Unbeständigkeit, die viele unserer Bekannten und Nachbarn ein Leben lang begleitete, außerdem die Furcht davor, sich der örtlichen Gesellschaft dauerhaft anpassen zu müssen. Auf Elternabenden oder bei Schulfesten stand mein Vater stets etwas abseits und erweckte dabei den Eindruck, Verantwortung zu tragen oder eine Art Führungsrolle innezuhaben, weshalb er oft genug für wahlweise den Schulleiter, den Haus- oder gar den Bürgermeister gehalten wurde. Schon damals wusste ich, dass er versuchte, den Gesprächen der anderen Väter zu entgehen. Während die Herren Wagner, Kemper, Schmitz und Frick sich über den Regionalteil der Zeitung unterhielten, sich austauschten über Unternehmensansiedlungen und Neubauprojekte, starrte mein Vater an die Decke. Das Einzige, was er in seiner Freizeit studierte, war Tschechow, und das auch nur an heiteren Tagen.

Ich hing an den Geschichten meines Vaters wie an einem Tropf, wollte stets wissen, woran er dachte oder was ihn beschäftigte, seine Launen und Verstimmungen machten mir nicht halb so viel aus wie meiner Mutter. Wenn mein Vater wochenlang dienstlich unterwegs war, lebte sie auf, bewegte sich freier. Mich graute es vor den Momenten des Abschieds und dem Schmerz, der auf sie folgte. Jedes Kind hat

Angst davor, von den Eltern getrennt zu werden; mir aber bereitete es einen wahren Horror, meinen Vater in seinem dunkelgrauen BMW davonfahren zu sehen, ganz so, als würde er sich nicht nur räumlich entfernen, sondern in seine Geschichten verschwinden, in sie eingehen, sich mir auf immer entziehen und unberührbar werden.

Arnold erschienen die Geschichten unserer Eltern und Großeltern als Makel, er schämte sich für seinen Vater und dessen Alkoholproblem, für die Großmutter, die nur von der Gesundheit ihres Enkelkindes sprach. Mir hingegen imponierte mein Vater; seine Eigenheiten zeichneten ihn in meinen Augen aus, er kam mir vor wie etwas Besonderes, etwas Entscheidendes. All die Gäste, die jeden Tag bei uns im Garten und auf der Terrasse standen, mussten es ähnlich empfunden haben. Mein Vater, der alles erlebt hatte, alles erlitten hatte, brachte für alles und jeden Verständnis auf, urteilte selten und wenn, dann milde. In vielen Dingen wollte ich sein wie er, wollte wie er eine berückende Aura besitzen, wollte wie er schwimmen, laufen, klettern, wollte wie er frei sein. Das dachte ich wirklich: dass mein Vater ein freier Mann war.

So sah und erlebte ich ihn auf unseren Wanderungen, Streifzügen, Erkundungsgängen. Wir teilten eine tiefe Empfindsamkeit für die Natur und die Beseeltheit, die wir auf Schritt und Tritt in ihr fanden. Während wir über das Moor liefen und durch die Wälder streiften, sprach mein Vater oft von der Unermesslichkeit des Universums, von einem Gott, wie er ihn sah, und bald verband uns nicht nur die genaue Kenntnis unserer näheren und weiteren Umgebung, sondern auch eine spirituelle Landkarte, die wir uns, wandernd, flüchtend, erarbeiteten. Er liebte mich sehr, und ich ihn.

In einer bestimmten Hinsicht war er tatsächlich frei, und zwar in Bezug auf Angst. Hingegen Arnold und ich, wir kämpften seit jeher gegen unsere Ängste, spätestens im November 1989 hatten sie überhandgenommen. Arnold Kolb war seit dem Kindergarten mein bester Freund, sein sommersprossiges, weiches Gesicht mir beinahe so vertraut wie mein eigenes. Abgesehen davon, dass er zäh und kräftig war, zeichnete ihn aus, dass er blitzschnell denken, reagieren und sich jeder Situation anpassen konnte. Uns schweißte zusammen, dass wir beide in der Welt außerhalb unserer Siedlung ein entschiedenes Gefühl von Fremdheit und Verwunderung mit uns herumtrugen. Wie Zwillinge dachten und sagten wir häufig dasselbe, bevorzugten ähnliche Geschmäcker, Gerüche und Farben.

Auch unsere Ängste und Sorgen ähnelten sich. Noch immer standen wir unter dem Eindruck des einen Abends, als wir mit unseren Eltern am Fernseher verfolgten, wie sich die bestehende Ordnung auflöste.

Arnold und ich kauerten hinter der cremefarbenen Ledercouch und sahen abwechselnd zum Fernseher und zu unseren Eltern. Weltgeschichte, übersetzt in Mimik, Schweiß und Tränen. Auf dem flackernden Bildschirm schoben sich Menschenmassen über die Mauer, drängten sich im Dunkeln durch die Straßen, vorbei an Polizei und Militär. Etwas daran sorgte bei mir für Entsetzen, ich erinnere mich, dass sich meine Hände in den dunkelgrünen Teppichboden krallten.

Ein zerrissenes Land, kommentierte mein Vater, habe

wieder zusammengefunden, woraufhin Arnolds Vater dem Fernseher zuprostete und sein Glas in einem Zug leerte. Von der DDR wusste ich nur, dass sie unsere jährlichen Fahrten zum Hof meiner polnischen Großeltern erschwerte; kaum war sie vergangen, trauerte ich den jungen Grenzern mit ihren großen Schirmmützen und ihrer noch größeren Unfreundlichkeit nach, die, so schien es mir, ein wichtiger Übergangsritus auf dem Weg in den Osten war. Nun war dieser Weg offen, und zwar für beide Seiten, eine Tatsache, die Arnold und mir zu denken gab. Die Tragweite der Ereignisse konnten wir nicht ermessen, aber wir verstanden, dass sie einen Umbruch markierten. Und Umbrüche, das wussten wir aus unseren Lektüresitzungen in der Mühlheider Stadtbibliothek, brachten Chaos, Verwirrung, Anarchie, Mangel an Ressourcen.

Im darauffolgenden Sommer taten wir nichts anderes, als Verstecke auszukundschaften, Hütten zu bauen und provisorisch für den Notfall einzurichten. Wir brachen den Schuppen hinter der Turnhalle des Gymnasiums auf und verkeilten ein paar Schubkarren und Bänke so ineinander, dass in ihrer Mitte eine Art Nest entstand: Das war unser Lebensmittellager.

Zu guten Zeiten horteten wir hier knapp zwei Dutzend Lakritztüten, eingeschweißtes Vollkornroggenbrot, Schmelzkäse und Teewurst. Beim Stromhäuschen an der Neubausiedlung, zwischen Klärteich und Tangente, hatten wir eine Art Anbau aus getrocknetem Schilf errichtet, hier lagerte in einer Keksdose aus Blech – gut gesichert, dachten wir – ein antiker Coltrevolver. Als mein Vater einmal sein Büro, die Schränke und den Tresor aufgeräumt hatte, fischten wir ihn in einem unbeobachteten Moment aus dem

Durcheinander auf dem Fußboden. Wir wurden nie darauf angesprochen; vielleicht war ihm später gar nicht aufgefallen, dass der Revolver fehlte.

Irgendwie hatten wir es geschafft, die Trommel des Revolvers auszuschwenken, wobei wir bemerkten, dass sie zur Hälfte geladen war, eine Erkenntnis, die uns mehr erschreckte als herausforderte. Wir hatten die Trommel wieder geschlossen, allerdings ohne die Munition herauszunehmen. Ausgetestet hatten wir den Revolver nie, für uns stellte er einen mächtigen Gegenstand dar, den wir verehrten wie ein heiliges Objekt.

Einmal hörte ich, wie mein Vater meiner Mutter zuflüsterte, er habe Bargeld im Schranksockel versteckt, für die schwarze Stunde. Die schwarze Stunde – sie war es, die Arnold und ich von nun an am meisten fürchteten. Die Vermutung, es könne irgendwann, vielleicht auch schon bald eine solche schwarze Stunde geben, wurde spätestens in diesem Sommer zur Gewissheit. In unserer Phantasie waren der Fall der Mauer und der Niedergang des Kommunismus nichts dagegen, ein fernes Schallen nur im Vergleich zu dem, was über uns kommen würde.

Die schwarze Stunde. Diesen Begriff kannte ich auch aus einem anderen Zusammenhang, er stand für einen entscheidenden Moment auf der Flucht der Familie Ambacher, irgendwann im April oder Mai 1945. Sie war in der Nacht über die Familie gekommen. Wie ein lebendiges Wesen habe die Hütte den Atem angehalten. Hatte sie vorher noch mit einem Ächzen der Holzbalken oder einem leisen Knistern im Stroh auf den Lärm der Front geantwortet, herrschte nun, als die Soldaten der Roten Armee vor der

Tür standen, Stille. Die Mutter, der kleine Bruder und Josef, sie drückten sich gegen die Rückwand und horchten in die Schwärze hinein.

Auf den Raum schien kein Verlass mehr zu sein, ebenso wenig auf die Zeit – dieser Moment zwischen dem Anhalten des Atems und dem Klopfen der Soldaten dehnte sich endlos aus, alles Mögliche fand darin Platz, auch die Erinnerung an den Nachmittag. Josef war es gewesen, der vom Leiterwagen Ausschau gehalten hatte, er war es gewesen, der die Hütte entdeckt hatte, hinter dem Gestrüpp der Weidenbäume.

Er liebte Hütten, eine Hütte versprach Schutz und Geborgenheit. Wie stolz war er da gewesen: dass der Harla, der Großvater, tatsächlich darauf zugehalten und die Familie sich dort für die Nacht einquartiert hatte. Auch die Wawa, die Großmutter, war zufrieden gewesen.

Zur Familie Ambacher gehörten er, Josef, sein Bruder Jakob, die Mutter Emma, die Großeltern sowie seine Tante Antonia. Die großen Trecks waren längst fortgezogen; schwerer als den anderen war es den Großeltern gefallen, das Land zu verlassen.

Wenn ich nachfragte – *welches* Land, Papatschka? –, holte mein Vater umständlich aus. Die Familie meines Vaters hatte seit dem achtzehnten Jahrhundert in Galizien gelebt, einem östlichen Zipfel der Habsburgermonarchie. Die österreichische Kaiserin Maria Theresia hatte um deutsche Siedler und Landwirte geworben. Zu Tausenden waren sie jener Einladung gefolgt, waren herbeigeströmt aus der Pfalz und aus dem Saarland, etwas später auch, so wie meine Vorfahren, aus dem Egerland, das im Westen des heutigen Tschechiens liegt. Von dort nahmen die Egerländer ihren eigentümlichen, schwerfällig-deutschen Dialekt mit, außerdem ihre Widerstandsfähigkeit, ihre Tüchtigkeit und ihren unbeirrbaren Glauben an Gott. Bauten in Galizien Häuser, Straßen, Siedlungen, ganze Ortschaften, bauten sich eine Heimat. Ab 1920 gehörte Galizien zu Polen, das politische Klima veränderte sich zu Ungunsten der deutschen Siedler, eine Zeit der Enteignungen und Schikanen begann. 1939 wurde Galizien von sowjetischen Truppen besetzt, gehörte fortan zur Ukrainischen Sozialistischen Sowjetrepublik, und so taten meine Vorfahren das, was die große Mehrheit um sie herum tat: Voller Gram und Kummer verließen sie, was sie sich aufgebaut hatten, und hörten auf den folgenschweren Ruf *Heim ins Reich*.

Heim ins Reich seien sie gezogen, sagte mein Vater, aber nicht zurück ins Egerland, sondern ins kurz zuvor noch polnische Wartheland. Dort seien sie von den Nationalsozialisten angesiedelt worden, dort habe, das betonte er, die Unheimlichkeit gewohnt. Überall sei sie zu spüren gewesen, auf den Wiesen, den Feldern, am stärksten aber habe sie sich in den Häusern der vertriebenen Polen konzentriert. Ein haarsträubendes Unrecht: deutsche Soldaten, die polnische Landwirte vertrieben. Und sie selbst? Deutsche Landwirte, die sich auf den Höfen vertriebener, polnischer Landwirte wiederfanden, auch das ein Unrecht, für das sich mein Vater schämte.

Sechs Jahre schliefen sie in den Betten der Polen, aßen an ihren Tischen, saßen auf ihren Stühlen, bestellten ihre Felder. Die Galiziendeutschen, die so lange unter Polen, Ukrainern und Juden gelebt hatten, beherrschten viele Sprachen, Polnisch und Jiddisch waren dabei die geläufigsten. Vom Harla etwa wurde berichtet, dass er Polnisch mit hochdeutschem Akzent sprach, Jiddisch mit egerländischem Einschlag; sein Hochdeutsch dafür war so durchzogen von polnischen, ukrainischen und ruthenischen Wortanleihen und Manierismen, dass ihn kaum einer, der westlich von Lemberg aufgewachsen war, verstehen konnte.

All das interessierte die Soldaten der Roten Armee natürlich nicht im Geringsten. Sie scherten sich nicht um die österreichisch-deutsch-russische Geschichte der vergangenen Jahrhunderte, fragten nicht nach Egerland, nach Galizien, nach Recht und Unrecht. Sie befolgten einen Befehl, und der lautete, alles, was deutsch war, abzutransportieren, egal, wie alt oder jung, wie zart oder gebrechlich.

Als es in jener Nacht klopfte – Gewehrkolben auf Brettertür –, hörte Josef, wie sich der Großvater in der Dunkelheit rührte. Der Harla öffnete die Tür und sagte: Guten Abend. Dobry wieczór.

Das brachte die Dinge durcheinander; der russische Soldat vor der Tür stieß ein meckerndes Lachen aus, die Mutter, die Josef und Jakob eng umklammert hielt, atmete scharf aus, dann mussten sie alle vor die Tür treten.

Bis zum nächsten Bahnhof waren es zehn Kilometer. Die Erwachsenen trugen die Bündel, die sie behalten durften, Jakob hatte sich, warum auch immer, Stroh in die Taschen seines Mäntelchens gestopft, auf Josef lastete die Schuld, die falsche Hütte ausgespäht zu haben. Dieser Gedanke ließ ihn nicht mehr los: die falsche Hütte. Fortan beschäftigte er sich mit der Frage, was eine richtige Hütte ausmachte – etwa Unsichtbarkeit, ein Vorrat an Lebensmitteln, Waffen und Decken. Auch ein solides Schloss gehörte dazu, das war klar.

Am Bahnhof angekommen, wurde Josef aus seinen Überlegungen gerissen: Dutzende, Hunderte von Menschen standen dort und stierten wie hypnotisiert auf die Gleise. Niemand rührte sich, begehrte auf, wollte etwas in Erfahrung bringen. Es war, als ob die Menschen innerlich gefroren waren, völlig bewegungslos und ohne Bezug zu ihrer Lage. Josef überprüfte die Unversehrtheit seiner Gliedmaßen, seiner Zunge, seines Mundes. Einer, der laufen konnte und sprechen, war noch nicht ganz verloren. Und so drückte er sich vorsichtig an den Großeltern vorbei, hin zu einem der jungen Rotarmisten, die sie bewachten. Josef baute sich vor dem Soldaten auf und fragte mit glasklarer Stimme: Wohin?

Da antwortete der junge Asiate: *Sibir.* Es war kaum mehr als ein Flüstern, aber alle ringsum hörten es. Mit einem Schlag waren sie wie aufgewacht, ein Murmeln und ein Wimmern gingen durch die Reihen – da erschien am Horizont der Zug, schob sich an sie heran und hielt schließlich mit ohrenbetäubendem Quietschen. Josef wurde übel, beinahe musste er sich übergeben. Er hasste den jungen Soldaten, der ihm dieses grässliche Wort geschenkt hatte, verabscheute ihn dafür, dass er die Mutter und die Tante damit so erschrocken hatte.

Und doch war ihm etwas bekannt vorgekommen. Vielleicht habe es an der Uniform gelegen, mutmaßte mein Vater später, die Uniform, sie habe ihn an seinen Vater erinnert, auch er ein Mann in Uniform. Er war als einfacher Soldat gefallen, jetzt fehlte er, aber weil schon Jakob jammerte, biss sich Josef auf die Unterlippe und kletterte als Erster in den Zug.

Im Waggon, in dem Josef mit seiner Familie und zwei Dutzend anderer Menschen fuhr, lag ein wenig Stroh auf den Planken, aber das schmeckte nicht. Auch wenn man zu verhungern drohte, schmeckte es nicht, schmeckte nicht, wenn man es stundenlang kaute, mahlte, einspeichelte. Aus Trotz schluckte Josef dennoch etwas davon herunter; wieso sollte es den Kühen gegeben sein, sich davon am Leben zu erhalten, nicht aber den Menschen? Er dachte an seinen kleinen Bruder, der einige Tage nach der Abfahrt neben ihm eingeschlafen war und nicht wieder aufgewacht. Der Kleine hatte die Kartoffelschalen, die die Mutter bei einem der kurzen Aufenthalte fand, nicht vertragen. Josef hatte bis zum nächsten Halt in Białystok die Hand des Kleinen gehalten; dann hatte die Mutter, grau vor Kummer, seinen Leib bis zu einer nah gelegenen Kirche getragen und ihn einem polnischen Pfarrer in die Arme gelegt. Josef war in der Zwischenzeit am Gleis geblieben und hatte sich, so wie alle, den Mund mit Giersch vollgestopft.

Danach war es Antonia Ambacher gewesen, die sich um ihren Neffen kümmerte, ihm Wasser und Kartoffelschalen reichte, Lieder sang, so viele ihr einfielen. Ihre Schwester Emma saß mit geschlossenen Augen da, die Beine eng an den Körper herangezogen, die Familie ließ sie in Ruhe.

In seiner Trauer begann Josef, sich mit Strohhalmen zu beschäftigen. Er spaltete und halbierte sie, verband sie mit losen Fäden, die er aus seinem Hemdstoff zog, und fügte sie zu Sternen zusammen. Wenn er meinte, die Erwachsenen würden es nicht bemerken, ließ er einen seiner Strohsterne durch einen Spalt in der Bretterwand nach draußen gleiten; durchs Astloch sah er manchmal, wie der Stern neben die Gleise segelte und liegen blieb. Wenn er es nur schaffte, dachte Josef, jeden Tag zwei oder drei Strohsterne durch den Spalt zu schieben, so würden sie den Heimweg unmöglich verfehlen.

Darüber hinaus galt es, Wörter zu sammeln und aufzubewahren: *Golod, Smert, Vostok,* außerdem *Kartoschka, Soloma, Pistolet.* Schnell stellte Josef fest, dass er sie gar nicht aufschreiben musste, um sie sich zu merken. Es reichte, wenn er sich vorstellte, wie seine Hand den Stift über eine Seite führte. Manchmal riefen sich die asiatisch aussehenden Soldaten etwas zu, aber sosehr Josef sich auch anstrengte, sie zu verstehen: Die Laute entzogen sich ihm.

Die Schwachen, die Kranken, die Kleinen und alle diejenigen, die in der Not verrückt wurden, überlebten kaum bis hinter Minsk, und spätestens vor Moskau gab es so viel Platz in den Waggons, dass sich manche der Länge nach hinlegen konnten. Die Mutter war aus ihrer Starre aufgewacht und begann, Josefs Beine zu massieren und zu strecken, so gut es ging; weil sie aber so lange geknickt und angewinkelt gelegen hatten, schmerzte es Josef, und so ließ sie es nach einer Weile bleiben.

Josef sah zum Harla, der die Wache an der Außenwand übernommen hatte. In seiner Brusttasche steckte, sorgfältig gefaltet, ein Foto, das die Familie vor dem Hof und den blühenden Kirschbäumen zeigte. Immer, wenn der Zug langsam genug durch einen Bahnhof fuhr, dass er die kyrillischen Zeichen auf einem Schild entziffern konnte, notierte der Harla den Namen des Ortes mit einem Bleistift auf der Rückseite des Fotos.

Was tust du, Harla, wenn kein Platz mehr übrig ist?, fragte Josef in das Rattern der Zugräder hinein. Da ließ der Großvater vom Astloch ab und steckte das Foto in die Brusttasche seines Mantels zurück.

Irgendwo zwischen Kasan und Jekaterinburg geriet eine Schwalbe in den Waggon. Mein Vater erwähnte diesen Vogel sehr gerne, er schien das Erzählen zu erleichtern, so wie er das Überleben eine Zeit lang erleichtert hatte. Viele andere Waggons waren da längst abgekoppelt worden und auf Nebengleise umgelenkt. Der Zug, der so um mehr als die Hälfte verkürzt worden war, kam für einen Moment auf freiem Feld zum Stehen. In der Ferne war ein Dörfchen zu erkennen, dessen Häuser sich eng zusammendrängten.

Der Vogel musste durch den Spalt zwischen den Seitenwänden und der Bedachung hereingekommen sein. Um Josef herum schienen alle Erwachsenen zu schlafen; von seinen Großeltern wusste es Josef bestimmt, bei seiner Mutter war er sich nicht ganz sicher. Seit dem Tod Jakobs schwieg sie meistens und schloss selbst dann die Augen, wenn sie wach war. Ein Blick in den Eimer neben dem Harla: Das Wasser war wieder einmal aufgebraucht. Die Kehle trocken, der Magen wund, bemerkte Josef den Vogel, der panisch gegen die Decke flatterte und mit seinen Flügeln über das Holz der Planken strich.

Als der Zug wieder Fahrt aufnahm, rutschte die Schwalbe an einer der Seitenwände herab, sodass Josef sich nur zu strecken brauchte, um nach ihr zu greifen. Der kleine Leib zitterte; in den Handflächen spürte Josef den Herzschlag. Bevor auch nur einer von den Erwachsenen etwas bemerkte, steckte er sich die Schwalbe unters Hemd, dorthin, wo es seit einigen Tagen so merkwürdig zog und stach. Er hatte niemandem davon erzählt – wen kümmerte schon ein Ziehen? Im Waggon passierten viel schlimmere Dinge. In der rechten Hosentasche hatte er einen kleinen Vorrat an Kartoffelschalen; immer wenn ihm schwarz vor Augen wurde, schob er sich etwas davon zwischen die Zähne. Die Schwalbe mochte sie nicht nehmen. Gelegentlich fütterte Josef sie mit ein paar Fliegen, die auf seinen stillgelegten Beinen landeten.

Sie waren jetzt weit hinter dem Ural, durch das Astloch hatte Josef gesehen, wie sich Bergflanken am Horizont abzeichneten. Wieder hatte sich der Harla auf der Rückseite des Fotos eine Notiz gemacht. Als er schlief, hatte Josef das Foto aus seiner Brusttasche hervorgeklaubt und mühsam ein seltsames Wort entziffert: *Asien*. Dieses Wort begleitete ihn nun, es löste *Sibir* ab, das Wort, das ihn schaudern ließ, wann immer er daran dachte. *Asien*, dachte Josef, vielleicht war das dieser Wald, der nicht aufhören wollte, eine dichte, grüne Wand, die am Astloch vorbeirauschte, ein Meer aus Birken, Kiefern und Fichten.

Nach einigen Tagen aber wurde der Wald lichter, bis er eines Tages fast gänzlich verschwand. Da begriff Josef, dass *Asien* nicht den Wald meinen konnte, sondern etwas anderes, Unbekanntes, Unvorstellbares bezeichnen musste. Seitdem sie die letzten versprengten Bauminseln passiert hatten, fuhr der Zug durch das Nichts, gestaltlos war das Land geworden, flach wie die Planken unter dem Stroh, wüstenhaft und leer. Sandige Flächen wechselten sich ab mit Streifen von niedrigem Steppengras, das mal grün, mal gelb schimmerte. Nichts Aufrechtes störte diese Anordnung von grünen und beigefarbenen Linien, und blickte man zu lange aus dem Astloch in die Weite hinaus, verschwamm die Welt und das, was man meinte zu sehen, begann zu flirren und sich aufzulösen. Es kamen keine Bahnhöfe mehr, an denen man hätte halten, keine Schilder mehr, deren Aufschrift man hätte notieren können.

Wenn mein Vater vom Tod erzählte, dann stets auf die gleiche Weise: Sein Herz habe pausiert, zwei oder drei Schläge lang ausgesetzt. Er sei sich nicht sicher gewesen, ob er seit Sonnenuntergang überhaupt geschlafen oder die Nacht durchwacht hatte – seit einiger Zeit schon habe er kaum mehr unterscheiden können, was Schlaf war und was nicht.

Kalter Schweiß sprang ihm auf die Stirn, er presste die Schwalbe gegen die Brust und lehnte den Kopf gegen die Plankenwand. Da war er wieder, der Herzschlag. Der Zug fuhr etwas langsamer als gewöhnlich; am Horizont zeigten sich die ersten Sonnenstrahlen, Helligkeit kroch über die leeren Flächen, die sie durchquerten.

Josef wunderte sich: Wie hatte er den Reiter übersehen können, der neben dem Zug hergaloppierte? Er wurde das Gefühl nicht los, dass der Reiter sie schon eine ganze Weile begleitet hatte und dass ihm sein Anblick, draußen, neben dem Zug, längst vertraut war.

Was war das nur für ein prächtiges Tier, auf dem er ritt! Josef erinnerte sich vage an die Pferde, die sein Vater gezüchtet hatte, schwere, kräftige Kaltblüter, aber dieses hier … schwarz bis auf die feine Blesse an der Stirn und schneller und ausdauernder als alle Pferde, die Josef kannte. Der Galopp neben dem Zug schien kaum an ihm zu zehren; es hielt das Tempo und trug den Reiter mühelos mit sich. Als hätte er Josefs Blick gespürt, drehte sich der Reiter plötzlich im Sattel und wandte sich dem Astloch zu. Da erschrak

Josef: Inmitten des Schals, der den Kopf und die Schultern umgab, war nichts weiter als gesichtslose Leere.

Er hatte das Gefühl, sich von diesem Anblick losreißen, sich der Mutter oder dem Harla oder irgendwem entgegenwerfen zu müssen – aber da geschah etwas Eigenartiges mit dem Reiter. Die Leere verwandelte sich in das Gesicht seines Vaters, seines Onkels, der im Jahr zuvor gestorben war, in das Gesicht seines kleinen Bruders.

Der Reiter kam immer näher und streckte den Arm nach Josef aus, seine Fingerspitzen berührten schon fast die Außenwand – beinahe konnte er hineingreifen in den Waggon, in dem die Familie saß. Da schoss Josef ein Gedanke durch den Kopf. Vorsichtig griff er in sein Hemd, und statt dem Reiter die Hand zu geben, überreichte er ihm die junge Schwalbe.

Gerade noch konnte er erkennen, wie sich die Faust um den Vogel schloss, da spürte Josef schon, wie jemand an seinen Schultern rüttelte und ihn in die Höhe riss. So, aufrecht stehend, mit wild pochendem Herzen und flackerndem Blick, neben ihm die Mutter, die Tante und die Großeltern, bemerkte Josef es endlich: Der Zug hatte angehalten. Die Beine, die nicht mehr daran gewöhnt waren, gebraucht zu werden, gaben nach. Josef schwindelte, vor seinen Augen begannen Strohsterne zu tanzen. Da packte ihn der Harla, lehnte sich gemeinsam mit ihm gegen die Außenwand, beide horchten auf. Es drang nicht das übliche Geschrei der Soldaten herein, auch wurde nicht gegen die Räder des Zuges gehämmert, eigentümlich still war es draußen.

Josef presste sein Gesicht gegen das Astloch und blickte hinaus in die Steppe. Wieder wunderte er sich: ein leerer Raum, völlig inhalts- und bewegungslos. Die zuvor endlos lange Schlange war bis auf wenige Waggons zusammengeschrumpft, und diese hielten nicht etwa an einem kleinen Provinzbahnhof, sondern an einem Häuschen, das nicht viel mehr war als ein Bretterverschlag an der Böschung des Bahndammes.

Hinter dem Bahndamm aber, weit entfernt am Horizont, war schließlich doch Bewegung zu erkennen: Eine dunkle Wolkenfront hatte sich dort zusammengeschoben, gerade wechselte sie von Grau zu Tiefblau.

Schon hörte man, wie die Soldaten die Waggontüren aufstießen – einer schrie immer wieder dasselbe Wort, *Buran*, schrie er, immer wieder: *Buran!*

Buran, wiederholte Tante Antonia, weder sie noch sonst irgendwer im Waggon wusste damit etwas anzufangen. Resolut zurrte sie ihr Tuch fester unter dem Kinn zusammen, kontrollierte seinen Sitz über der Stirn. Wo auch immer sie angekommen waren: Tante Antonia war bereit, sich den Dingen zu stellen, dafür war Josef dankbar.

Ein Soldat machte sich draußen an der Waggontür zu schaffen, Josef kannte ihn, es war der Mann, der ihm vor vielen Wochen das Wort *Sibir* geschenkt hatte. Ungeduldig streckte Josef seine Hand aus dem Astloch – mit der anderen angelte er nach der Mutter oder der Tante – und rief: Sibir? Sibir? Da ertönte ein Lachen von draußen, ganz kurz nur, und zwei neue Worte, die keiner von ihnen je zuvor gehört hatte: *Sary Arka*.

Tante Antonia, daran erinnerte sich mein Vater gerne, habe das Geruckel des Soldaten an der Waggontür nicht ertragen und sich mit den Schultern dagegengestemmt, bis sie aufsprang. So habe sie dagestanden, im Türrahmen des Viehwaggons, Antonia Ambacher, angekommen in der Verbannung. Das Kopftuch ordentlich verknotet, breitbeinig, der Soldat mit dem Maschinengewehr sei instinktiv einen Schritt zurückgewichen.

Sary Arka?, habe Tante Antonia gefragt. Was soll das sein – die Steppe, oder was?

Fünfzig Jahre später war es die Heide. Hier wuchs ich auf, hier spielte sich mein Leben ab, meine Kindheit. Wie alles, was meine eigenen Lebensumstände und die meiner Freunde anging, schien mir diese Umgebung heruntergerechnet worden zu sein, handzahm gemacht und aus einer Art roher Vorsintflutlichkeit in etwas Gewöhnlicheres, Belangloseres übersetzt. Mein Vater verstärkte diesen Eindruck, indem er von den Heideflächen und dem Wald, der sich hinter der Tangente ausbreitete, zwar mit Sympathie sprach, aber nie mit Begeisterung oder Liebe.

Wieso?, hatte er einmal verblüfft gefragt, als ich ihn darauf ansprach. Es sei doch alles in Ordnung: Heide in Ordnung, Mühlheide in Ordnung, er in Ordnung, ich in Ordnung. Dieser Ordnung der Dinge maß er wohl eine größere Bedeutung zu, als der einfache Wortlaut vermuten ließe; vielleicht war die Ordnung der Dinge jemandem, der erlebt hatte, wie es war, wenn die Dinge in Unordnung kamen, umso heiliger.

Mein Vater liebte es, einzuteilen, zu sortieren, zu systematisieren. Das galt für Daten jeder Art, aber auch für Lebensmittel, insbesondere jene, die man bei uns am Stadtrand selbst anbaute. Jeden Sommer, wenn in den großen Gärten unserer Siedlung die Johannisbeeren reif wurden, die Zucchini und die Gurken, kam man zusammen und half einander bei der Ernte. Ich erinnere mich, wie ich zusammen mit meinem Vater, meiner Mutter, den Kolbs – Arnolds Eltern – und unseren Nachbarn, den Peltzers, bis spät in die Nacht bei meiner Tante im Garten hockte, an einem der Resopaltische, die sie aus dem Schuppen herbeischleppte, und eimerweise Johannisbeeren pulte. Mein Vater hatte die Eimer nach einer bestimmten Systematik aufgestellt, rechts schwarze Johannisbeeren, mittig rote und rosafarbene Früchte, links weiße, daran durfte nicht gerührt werden. Ich wollte immer links sitzen, damit am nächsten Tag meine Hände nicht verfärbt und damit für alle sichtbar gekennzeichnet waren. Gemeinsam saßen wir da und horchten auf die Geräusche der Nacht, die Gesichter ringsum erhellt von einer nackt ins Gewinde gedrehten Glühbirne, an der im Sekundentakt Motten und Mücken verglühten.

Johannisbeersaft, Johannisbeerkompott, Marmelade, Kuchen und Kekse. Bei uns zählte, was an Nahrung selbst gewonnen, erlegt oder gefunden wurde, völlig egal, wie man finanziell gestellt war. Nicht wenige verfügten über ein erstaunliches Vermögen; so wie sie nie eine Beziehung zu Norddeutschland entwickelten, konnten sie auch nie eine Beziehung zu ihrem Ersparten aufbauen und versteckten ihr Geld lieber, horteten es oder kauften so viel Land wie irgend möglich. Der Stadtrand: Von der Mitte her mochte er ärmlich wirken, aber das traf nicht ganz zu – die Umstände, in denen wir lebten, waren nicht ärmlich, sondern provisorisch. Hier glaubte niemand an die Beständigkeit der Verhältnisse. Diese Einsicht verletzte mich, das Kind, und ließ selbst die einfachsten und gewöhnlichsten Dinge begehrenswert, aber unerreichbar erscheinen.

Einmal waren mein Vater und ich von einem langen Streifzug durch den Wald zurückgekehrt. Wir hatten einen größeren Bogen gemacht und erreichten Mühlheide etwas weiter westlich als sonst, in einem der betuchteren Stadtviertel, wo sich Bungalow an Bungalow reihte und der Rasen aussah wie kostbares, erlesenes Gewebe. Im Mischwald am Schrevensee hatten wir einen fußballgroßen Riesenbovist gefunden. Wir waren beide euphorisch, und übervoll von Glück und Stolz auf unseren Fund – noch am selben Abend sollte er in Scheiben geschnitten, paniert und gebraten werden – trug ich ihn vorbei an den Bungalows, glänzenden VW-Jahreswagen und sanft plätschernden, künstlichen Wasserläufen. So bezaubert war ich von meinem kugelrunden Bovist, dass ich nicht bemerkte, wie aus einem der Autos die Familie einer Schulkameradin stieg. Plötzlich stand ich, ohne es zu wollen, Jeanette Hasenjäger gegenüber: ich mit verdreckten Schuhen und dem schneeweißen Riesenbovist, Jeanette mit Strohhütchen und einem schneeweißen Riesenteddy. Es war Schützenfest, die wichtigste Feier in Mühlheide, und meinen Eltern war es schlicht entgangen. Ich starrte auf den Riesenteddy, irgendetwas schnürte mir die Kehle zu.

Was ist *das* denn?, fragte Jeanette Hasenjäger.

Ja, was *ist* das denn?, erkundigte sich auch ihr Vater, sichtlich angetrunken.

Calvatia gigantea, sagte mein Vater. Das kann man essen.

Ich liebte gebratene Pilze, hegte aber gegen bestimmte andere Speisen eine starke Abneigung. Meine Klassenkameradinnen verkündeten auf Nachfrage unserer Grundschullehrerin Frau Frerick stets, am Wochenende zu ihren Großeltern zu gehen und Zuckerkuchen zu essen, eine nach der anderen, reihum. Bei Feldmanns, Paukstätts, Jansens, Hansens, selbst bei Dycks und Seilers gab es Zuckerkuchen. Ich stellte mir vor, sie würden ihn an alten Eichentischen mit selbst gehäkelten Spitzendeckchen verspeisen, malte mir kleine Butterlachen aus, die auf dem Gebäck standen und sich mit den Zuckerkristallen zu Übelkeit erregender Süßlichkeit verbanden.

Als ich einmal an der Reihe war, von meinen Wochenendplänen zu erzählen, hielt ich es nicht mehr aus und schrie: Meine Oma ist im Zweiten Weltkrieg gestorben! Und mein Opa! Und mein Onkel! Alle tot, tot, tot – ich hasse Zuckerkuchen!

Ich echauffierte mich so sehr, dass ich mich auf den Teppichboden des Klassenzimmers erbrach. Danach sank ich, blass und matt, auf meinem Stuhl zusammen. Es war eine Tatsache, ich hasste Zuckerkuchen. Frau Frerick erkundigte sich danach nie wieder nach unseren Wochenendplänen.

Trotz seiner vielen Geschäftsreisen und seiner feinen, italienischen Kammgarnanzüge haftete meinem Vater der Makel des Stadtrandbewohners an. Unsere Siedlung war verschrien als Hort von Sonderlingen und Eigenbrötlern. Dieser Ruf strahlte auf uns Kinder ab, noch bevor wir wussten, was das überhaupt bedeutete.

Ich erinnere mich daran, wie mein Vater mich zu einem Eltern-Kind-Treffen der zweiten Klasse begleitete. Stolz bemerkte ich, wie die anderen seinen Anzug musterten, seinen Hut, seine Ledertasche. Nachdem er etwas umständlich Frau Frerick begrüßt hatte, wollte ich ihm meinen Platz im Klassenzimmer zeigen: erste Reihe links, zwischen Waschbecken und Fensterfront. Mein Vater zögerte. Mit leicht entrücktem Blick betrachtete er den Raum, die Fenster und die bereits besetzten Plätze gleich neben der Tür. Man sah ihm wohl an, dass er lieber hinten sitzen wollte, und um es ihm leichter zu machen, sagte Frau Frerick, er solle sich nur setzen, es werde sicherlich nicht lange dauern. Sie dachte vielleicht, mein Vater wolle sich vor der Zeit hinausschleichen; wie hätte sie auch wissen können, dass er in Fluchtwegen und Notausgängen dachte. Widerwillig ließ er sich neben mir auf einen Stuhl sinken, die Hände um den Griff der Tasche geklammert.

Wovon Frau Frerick dann erzählte, weiß ich nicht mehr, ich weiß nur noch, dass ihr Blick immer wieder wohlwollend bei der eleganten, wenn auch angespannten Gestalt meines Vaters hängen blieb. Er war gerade dabei, etwas in seiner gestochen scharfen Schrift zu notieren – auf Millimeterpapier, wie ich, peinlich berührt, registrierte –, da geschah es: Jemand klopfte laut an der Tür. Das Bollern drang durch den gesamten Klassenraum, alle Köpfe fuhren herum, und schon zog und ruckelte es heftig an der Klinke. Manchmal klemmte die Tür ein wenig, man musste sie dann etwas anheben, nichts weiter. Da wurde aber nichts angehoben, da wurde weiter geklopft, nun noch fordernder, eindringlicher. Noch bevor jemand die Tür von innen öffnen konnte, stand mein Vater auf, warf dabei seinen Stuhl um, öffnete hektisch das Fenster neben uns und sprang hinaus. Das Millimeterpapier segelte Richtung Tafel und blieb vor Frau Frericks Füßen liegen. Aus dem Hochparterre war es bloß ein knapper Meter bis zum Boden des Waldes, der die Schule umgab, und doch schrien einige Mütter auf, Frau Frerick stand mit offenem Mund da, und die, die ebenfalls am Fenster gesessen hatten, sprangen auf, um zu verfolgen, was vor sich ging. Ich musste mich erst zwischen ihnen hindurchzwängen, um ihn zu sehen, wie er da an einer Fichte lehnte, leicht vorgebeugt, mit weit aufgerissenen Augen.

Papa, rief ich, Papatschka!

Aber es war, als würde er mich überhaupt nicht hören oder erkennen. Er stand einfach da und starrte weiter auf das geöffnete Fenster, aus dem er eben gesprungen war, reagierte nicht auf Frau Frerick, die seinen Namen rief. Während die Erwachsenen ihrerseits nach draußen starrten, hörte ich, wie meine Klassenkameraden anfingen zu kichern. Aus dem Augenwinkel sah ich, wie sie nach dem Millimeterpapier angelten. Ich rutschte auf die Fensterbank und wollte mich schon zu meinem Vater hinabgleiten lassen, da setzte er sich in Bewegung und rannte über den Schulhof davon. Frau Frerick nahm das Blatt an sich und betrachtete mit hochgezogener Augenbraue die kyrillischen Schriftzeichen, die mein Vater darauf hinterlassen hatte.

Peinlich berührt, räusperte ich mich und sagte: Mein Papa erschrickt sich leicht. Er ist als Kind mit seiner Familie nach Sibirien verschleppt worden.

Stille im Klassenzimmer. Dann hörte ich, wie sich einer der anderen Väter auf seinem Stuhl bewegte und murmelte: ... und das wird sicher seine Gründe gehabt haben.

Seine Gründe. Was dem Rest der Elternschaft bodenlos sonderbar erschien und sich für immer in ihr Gedächtnis einbrannte, wäre in unserer Siedlung kaum weiter aufgefallen. Am östlichen Stadtrand wohnten beinahe ausschließlich Menschen, die es entweder drinnen oder draußen schlecht aushielten, die nicht lange an ein und demselben Ort sitzen bleiben konnten, unter Schlafstörungen litten oder Angst hatten vor Stimmengewirr, der Stille, der Erinnerung, Zügen, Kellern und dem Winter. Ich glaube, auf die Unerträglichkeit des Winters konnten sich in der Siedlung die meisten einigen: Die dunkle Jahreszeit erzwang eine Einkehr, der niemand gewachsen war. Da gab es die Heizungsluftneurotiker, die grundsätzlich, egal, wie kalt es sein mochte, die Fenster offen stehen ließen, die selbsterklärten Survival-Experten, die auch bei Minustemperaturen im Wald und an den verschiedenen Seen der Umgebung biwakierten, und ein paar Pragmatiker, die Erlösung suchten unter Infrarotleuchten und Tageslichtlampen.

Ich erinnere mich an einen besonders schwierigen Winter, in dem mein Vater nicht von der Überzeugung abzubringen war, dass die Dunkelheit ins Haus hereinkroch. Anfangs versuchten meine Mutter und ich noch zu ergründen, was er damit genau meinte, ob es ein Durchzug war oder die Glühbirnen vielleicht ausgetauscht werden mussten. Aber Vater blieb dabei, dass es die Dunkelheit sei, die ins Haus krieche, und nichts anderes. Als meine Mutter und ich einmal von einem Besuch bei Freunden zurückkamen, hatte mein Vater jedes einzelne Fenster im Haus mit braunem Paketband abgeklebt, und zwar gleich doppelt und dreifach. Verschwitzt, in einem Ring aus leeren Paketbandspulen, saß er auf unserem dunkelgrünen Wohnzimmerteppich und ließ die Tirade, die meine Mutter ausstieß, über sich ergehen. Ich stand an der Tür und fragte mich schon gar nicht mehr, ob alle Familien so waren wie meine.

Der Nachmittag bei unseren Freunden hatte mir Auftrieb gegeben, alles war so normal wie norddeutsch gewesen, und zurück zu Hause stellte sich, ich kannte das schon, eine abgekämpfte Überforderung ein. Mein Vater, der die Dunkelheit mit Paketband aus dem Schreibwarenladen traktierte, meine Mutter, die meinen Vater traktierte – wie immer war mein Impuls hinauszurennen, nach draußen, und mit Arnold umherzustreifen. Unbewusst übernahmen wir damit die Verhaltensmuster der Erwachsenen in unserer Siedlung. Alles, was in Innenräumen geschah, schien unerträglich, und das Einzige, was half, war fortlaufen, fortlaufen, fortlaufen. Arnold dachte in mancherlei Hinsicht radikaler als ich, oft phantasierte er davon zu verschwinden. Ich meine, bei diesen Vorstellungen handelte es sich um eine Art Ventil.

Als meine Mutter vor Wut anfing zu weinen, stand mein Vater rasch auf, schob uns aus dem Wohnzimmer und schloss hinter uns ab. Das aber machte meine Mutter so rasend, dass sie die Sperrholztür mit dem Fuß eintrat. Darüber wiederum erschrak sie so, dass sie meinen Vater in Ruhe ließ und den Abend mit mir im Kinderzimmer verbrachte.

Resopaltische, Sperrholztüren, Linoleumböden. Die Häuser unserer Siedlung ähnelten einander und waren doch grundverschieden. Sie waren mit geringsten Mitteln in den Sechzigern erbaut worden, und zwar samt und sonders von den *Rückkehrern*, die sich in Mühlheide niederließen. Die Tatsache, dass man sie Rückkehrer nannte, sprach Bände. *Freigelassene* wäre ein treffenderer Begriff gewesen. Vermutlich ging ein Großteil der alteingesessenen Mühlheider davon aus, dass es sich um Kriegsgefangene handelte, die Konrad Adenauer aus dunklen Sowjetverliesen freikaufen konnte. Weil man lieber unter sich blieb, auf beiden Seiten, kam es zu keinerlei Dialog. Den meisten fehlten ohnehin die Worte für das, was ihnen widerfahren war.

Sie alle waren als Kinder, Kranke oder Alte von der Roten Armee verschleppt worden. Zehn Jahre in der Steppe, das war für manche mehr Kindheit in Kasachstan als in Deutschland. Zivilgefangene, nicht Kriegsgefangene. Auch nachdem die Rückkehrer Zentralasien verlassen durften, taten sie weiterhin das, was Stalin von allen Insassen seines Reichs verlangt hatte: Sie hielten den Mund. Und das war etwas, das man in Norddeutschland schätzte.

Da war zum Beispiel Arnolds Vater. Hermann Kolb war als Säugling mit seinen Großeltern verschleppt worden, lebte jahrelang in einer Kolchose mitten in der Steppe. Auch Jahrzehnte später hatte er seine Abneigung gegen landwirtschaftliches Gerät nicht abgelegt, weshalb er am Wochenende niemals draußen auf den Feldwegen zu sehen war, aber häufig im Wald. Hier traf sich oft die ganze Siedlung, die Schwarzkopfs, Hases, Herlichs, Diwerts, Sakowskys, Fiedlers und wie sie alle hießen. Ihrem Empfinden nach entkamen sie weniger der Zugigkeit ihrer Häuser und der Grässlichkeit des Linoleums, sondern den Lagern, den Erdhäusern und den Hütten, die sie in Kasachstan hatten bewohnen müssen. Draußen saß niemand fest, und ich vermute, die Furcht vor dem Festsitzen war ihnen allen gemein. Noch Jahrzehnte nach ihrer Ankunft in Mühlheide wohnten die Rückkehrer in ihren ärmlichen, provisorischen Häuschen, ganz so, als ob sie nie die Kraft aufbringen konnten, sich selbst etwas aufzubauen oder auch nur zu entscheiden, wie das eigene Zuhause wirklich aussehen sollte.

Von den Erwachsenen schnappten Arnold und ich Anekdoten und Erinnerungen an Zentralasien auf, in unseren Hütten und Verstecken versuchten wir, sie zusammenzusetzen. Das Bild, das sich aus ihnen ergab, schillerte meist in grellen Farben und entsetzte uns, was wir genüsslich zuließen. Aus Mangel an zusätzlichen, konkreten Informationen stellten wir uns vor, das, was wir am meisten fürchteten – *die schwarze Stunde* –, könnte als Naturkatastrophe über uns kommen, in Form eines vertrauten Ereignisses oder, was uns am meisten erschreckte, in Gestalt einer vertrauten Person.

Die Person, die der schwarzen Stunde unserer Meinung nach am ehesten ein Gesicht geben würde, wurde von allen nur *der Tartter* genannt, eine Bezeichnung, die auf uns Kinder nur noch eigentümlicher und fremder wirkte. Harro Tartter musste damals weit über siebzig Jahre alt gewesen sein, und die Tatsache, dass man ihm sein Alter kaum ansah, ließ uns vermuten, dass er über eine Kraftquelle verfügte, die nur er selbst kannte.

Mein Vater, der ihn den *Mann mit den drei «T»* nannte, kannte den Tartter von seinen ausgedehnten Spaziergängen durch das Moor. Wie er mir viel später anvertraute, hatte der Tartter ihm einmal gestanden, im KZ Bergen-Belsen gearbeitet zu haben.

Gearbeitet?, fragte ich entgeistert zurück. Was ist denn das für ein Wort, in diesem Zusammenhang?

Ein deutsches, antwortete mein Vater ungerührt, ein deutsches, mein Kind.

Der Tartter ging jeden Freitag mit einem großen grauen Eimer durch die Siedlung und brachte frische Forellen aus seiner Teichanlage am Moor. Er wohnte nicht direkt in unserer Siedlung, sondern etwas abseits in einem der angrenzenden Normaloviertel.

Im Heizungskeller seines Hauses versteckte er eine alte SS-Uniform und einen Beutel Zahngold. Das wussten Arnold und ich, seitdem wir dem Tartter einmal gefolgt waren und uns in seinen Keller hineingeschlichen hatten.

In einem Holzschrank waren wir auf die Uniform gestoßen, und als wir sie auf dem Boden ausbreiteten, fiel der Beutel heraus. Ohne groß darüber nachzudenken, steckten wir ihn ein und liefen mit ihm nach Hause.

Während ich diese Zeilen schreibe, bin ich noch immer wütend über die lethargische Gleichgültigkeit der vergangenen Jahrzehnte. Wenn ich es richtig bedenke, waren Arnold und ich tatsächlich die Einzigen, die sich für den Tartter interessierten, die an ihm litten, an ihm kratzten. Zwei Kinder gegen das Erbe dieses Landes. Unsere Karten standen schlecht, wir spielten trotzdem.

Arnold und ich begegneten dem Tartter häufig, wenn wir auf dem Weg zu unseren Verstecken waren. Irgendwann fiel mir auf, dass wir ihn nur dann trafen, wenn wir etwas deponieren oder abholen wollten, das wir bei unseren Eltern oder auf dem Wochenmarkt gestohlen hatten, ein paar Bananen etwa, einen Ring Mettwurst oder ein Päckchen Nüsse. Bald war ich mir sicher, dass der Tartter nicht nur in Verbindung mit einer geheimen Kraftquelle stand, sondern überhaupt mit allen Dingen, die in oder um Mühlheide herum geschahen – vielleicht, mutmaßten Arnold und ich, hatte er so viel Schlechtes in seinem Leben getan, dass er nun einen untrüglichen Instinkt dafür besaß, wenn etwas Schlechtes geschah. In unserem Versteck am Stromhäuschen lag auch der Beutel mit dem Zahngold, und wir ahnten, dass das dem Tartter nicht verborgen geblieben war.

An dem Tag, als der Schneesturm über Mühlheide zog, begegneten wir ihm auf dem Rückweg von einem Versteck im Wald. Arnold und ich hatten uns gerade eine Tüte Mäusespeck geteilt und achteten nicht auf die Wegkreuzung direkt vor uns. Wir sahen erst auf, als wir beinahe in den sandfarbenen Trenchcoat gerannt wären. Der Tartter trug den grauen Eimer bei sich, anders als sonst lag eine Art Deckel darauf.

Arnold verschluckte sich vor Schreck, ich schnappte nach Luft wie die Forellen in Tartters Eimer. Wir rannten los, rannten den Feldweg entlang, über die Tangente, durch Gärten und über Zäune, und schließlich fanden wir Zuflucht unter der Außentreppe meines Elternhauses, wo wir rasch unsere Barrikade aus Brettern und leeren Blumentöpfen errichteten. Dann horchten wir und spähten durch das Guckloch, aber draußen war nichts zu sehen, nur der vertrocknete Rasen, der kleine Abhang, der hinab zur Straße führte, und der Horizont, der sich pechschwarz gefärbt hatte.

Schon wollte ich mich zurücksinken lassen, da sah ich durch die Lücke zwischen den Treppenstufen, wie der Tartter um die Ecke kam und unseren Garten betrat. Mir fiel ein, dass Vater am Morgen das Haus verlassen hatte – ich hatte ihn dabei beobachtet, wie er mit einer prall gefüllten Ledertasche Richtung Schrevensee aufgebrochen war – und dass meine Mutter für den Tag zu einer Freundin in die Stadt gefahren war. Das Haus stand leer, und bis auf die Tatsache, dass sich in irgendeinem Schranksockel Geld für die schwarze Stunde befand, wusste ich wenig darüber, was zu tun war, wenn der Feind vor der Tür stand.

Schwankenden Schritts durchquerte der Tartter unseren Garten und blieb kurz vor dem Treppenaufgang zur Terrasse stehen. Er stellte den Eimer ab und blickte zum Horizont. Der dunkle Streifen hatte sich zu einer kompakten Masse zusammengeschoben, der Himmel war grau wie Asphalt, und plötzlich ging ein so starker Windstoß durch den Garten, dass es im Kirschbaum krachte. Ein paar Bretter meines maroden Baumhauses lösten sich und fielen hinunter auf den Rasen.

Der Tartter ließ den Blick über Baumhaus und Bretter schweifen und ging ganz langsam die Treppe zu unserer Terrasse hoch. Seine Schritte klangen hohl und träge, ich erbebte und dachte an die Uniform, an das Zahngold, und da wurde mir klar, dass er es gewesen sein musste, der die schwarze Stunde herbeigerufen hatte. Es war die Rache dafür, dass wir in seinen Keller eingedrungen waren, ihn bestohlen und damit sein wahres Wesen aufgedeckt hatten. Der Tartter war ein Monster, und jetzt kam er, um sich dafür zu rächen, dass wir es herausgefunden hatten.

Die grauen Augen, der graue Eimer, das Licht, das plötzlich die gleiche, fahle Tönung angenommen hatte – es war alles sein Werk, und Arnold und ich, die Einzigen, die ahnten, was vor sich ging, saßen nicht in einem Versteck, sondern in der Falle. Alles, was wir in diesem Sommer getan hatten, war umsonst gewesen. Arnold und ich, das begriff ich jetzt, standen noch ganz am Anfang, wir waren nicht vorbereitet, wir waren unerfahren, und die Kindlichkeit unserer Bemühungen fiel mir so peinlich auf, dass ich vor Wut hätte heulen können. Ich erkannte noch nicht einmal, wovon die Gefahr wirklich ausging: vom Tartter, von der Dunkelheit oder von dem, was sie bringen würde. Dass sie nicht allein kam, nur für sich, stand außer Frage.

Arnolds Gesichtsausdruck verriet, dass ihm dasselbe durch den Kopf schoss. Er richtete sich auf und robbte mir entgegen. Da hörten wir, wie der Tartter an der Terrassentür klopfte, einmal, zweimal, und nach dem dritten Mal, das ohne Antwort blieb, die nur angelehnte Tür aufstieß und unser Wohnzimmer betrat.

Wir müssen hier raus, flüsterte Arnold. Eilig hoben wir die Blumentöpfe zur Seite, schoben die Holzlatten auf den Rasen und krochen hinaus. Es war spürbar kälter geworden, ich fror in meinem nass geschwitzten T-Shirt.

Wir rannten um die Treppe herum und stolperten in der Eile beinahe über Tartters Eimer. Arnold war schon den kleinen Abhang hinabgelaufen und hatte den Zaun erreicht, ich aber stand noch immer da und konnte mich nicht vom Anblick des Eimers lösen. Die Versuchung war einfach zu groß, und so hob ich den Deckel hoch und hielt inne: Zwei gelbe Augen mit schlitzförmigen Pupillen starrten mich aus dem Inneren des Eimers an, ein großer, massiger Körper rührte sich dort, setzte an zum Sprung. Da war keine Forelle, sondern die größte Kröte, die ich in meinem Leben gesehen hatte.

Arnold, rief ich mit erstickter Stimme, schau doch nur, schau mal!

Ich erinnere mich genau an Arnolds weit aufgerissene Augen, als er den aufgeblähten Körper der Kröte sah, beobachtete, wie sie mit den Hinterbeinen immer wieder die Seitenwände streifte und versuchte zu entkommen.

Warum bringt uns der Tartter eine Kröte?, fragte ich

und wehrte mich gegen das Gefühl, dass die Kröte mir mit ihrem intensiven Blick etwas mitteilen wollte. Ohne meinen Vater, den ich hätte um Rat fragen können, fühlte ich mich wieder unreif und kindlich, und auch Arnold wirkte verwirrt. Eine Kröte passte nicht in unseren Ablauf, auf Amphibien waren wir nicht eingestellt. Es war die zweite Niederlage des Tages, und aller Wagemut, der uns sonst erfüllte, verpuffte.

Ich sah zur geöffneten Terrassentür und fragte mich, was der Tartter so lange allein im Wohnzimmer treiben mochte, zwischen den Wandteppichen und Truhen meines Vaters. Da hörten wir, wie seine Schritte auf dem Laminatboden wieder lauter wurden, und rannten, zum zweiten Mal an diesem Tag, los. Diesmal wusste ich es besser, diesmal kannte ich einen Ort, über den weder die schwarze Stunde noch der Tartter Macht haben würde. Er lag außerhalb der Siedlung, es gab nur einen einzigen Menschen, der dort wohnte, und das war Tante Ömir-Ölim.

Tante Ömir-Ölim war eine der wenigen unserer Gemeinschaft, die selbst im Zentrum der Stadt geschätzt und konsultiert wurden. *Ömir* war kasachisch für *Leben*, *ölim* kasachisch für *Tod*. Auch wenn jedes Kind der Siedlung Tante zu ihr sagte, war sie in Wirklichkeit nur die Tante meines Vaters und ich das einzige Kind, das wirklich behaupten konnte, mit ihr verwandt zu sein. Auf diese Tatsache bildete ich mir viel ein. Sie wohnte im alten Försterhäuschen am Waldrand. Arnold und ich hatten uns vorgenommen, viel von ihr zu lernen. Weil wir sie aber, wie alle Kinder, ein wenig fürchteten, besuchten wir sie nur, wenn meine Eltern uns mit Mahlzeiten oder Nachrichten zu ihr schickten.

Die Tante war Naturheilkundlerin, Veterinärin, Ärztin,

Krankenschwester, Hebamme und Hexe. Außerdem belieferte sie die Schloss-Apotheke am Rande unserer Siedlung mit selbst gesammelten Kräutern, Rinden und Beeren. Dem Inhaber Doktor Lilienthal fiel es schwer, sich ihren Namen zu merken, und so nannte er sie mal Ömir, mal Ölim. Tante Ömir-Ölim sagte, je nachdem, ob sich Doktor Lilienthal für das Leben oder für den Tod entschied, wusste sie schon, von welchem Patienten oder welchem Gebrechen er sprach.

Am Stadtrand wusste jeder, was Tante Ömir-Ölims Name bedeutete. Das Gerücht, sie habe seinerzeit in der Steppe einen todkranken kasachischen Stammesältesten ins Leben zurückgeholt, hatte sie alle erreicht. Das lange Ohr der Steppe horchte bis in den hintersten Winkel, und keine Begebenheit blieb unbemerkt. Mein Vater schwieg sich zu dieser Geschichte aus, aber sie reichte, um Ömir-Ölims Autorität für alle Zeiten zu zementieren.

Wir waren kaum in den Feldweg eingebogen, da schrie ich schon, so laut ich konnte. Der Wind fuhr mir ins Gesicht und hielt mich immer stärker zurück, ich war mir sicher, wären wir eine Minute später losgelaufen, hätten wir es nicht mehr zum Försterhaus geschafft. Die Böe zauste die Birken und jungen Fichten am Wegesrand. Ein Sturm zog auf, der nichts mit den üblichen Sommergewittern gemein hatte. Völlig außer Atem liefen wir auf Tante Ömir-Ölim zu und schrien: Der Tartter!

Die Tante breitete ihre Arme aus, aber statt in sie hineinzufliegen und uns in ihren Kittel zu drücken, blieben wir wie angenagelt stehen. Ömir-Ölims Blick war erstarrt und ging über unsere Köpfe hinweg: Von der Wolkenwand, die längst schon über dem Isenbrucher Moor stehen musste, löste sich eine Art Schleier und fegte über die Felder direkt auf uns zu.

Bevor wir ein weiteres Wort sagen konnten, zog sie uns hinter das Haus. Die ersten Schneeflocken wirbelten durch die Luft, und mir blieb bei dem Anblick, der sich uns nun bot, die Luft weg. Türen und Fenster des kleinen Försterhäuschens standen weit offen, die Gardinen und Vorhänge bauschten sich im Wind, Papiere wurden davongerissen und flogen über Kisten mit Büchern und Mappen, hinfort über Teppiche, Krüge und den alten Samowar.

In den Schuppen! Nehmt, was ihr tragen könnt!

Tante –

Schnell!

Mit zwei Kisten voller Bücher und einem zusammengerollten Teppich landeten wir im Schuppen, der Schnee fiel immer dichter, der Wind heulte in den Baumwipfeln am Waldrand. Mit letzter Kraft schloss Tante Ömir-Ölim die Tür des Schuppens, legte den Querbalken vor und ließ sich auf den Boden sinken. Arnold und ich hockten uns neben sie. Das Haar der Tante hatte sich aus ihrem Dutt gelöst und umgab ihr Gesicht wie ein Strahlenkranz, mit zitternden Händen bedeckte sie ihr Gesicht. Drüben am Haus gingen Fenster zu Bruch, der Sturm schlug die Tür auf und zu, riss Schindeln vom Dach, jaulte und grollte. Im Dunkeln erkannte ich, wie sich Arnold gegen die Schuppenwand presste, die Hände gegen die Ohren gedrückt.

Tante, sagte ich, Tante, Vater ist irgendwo da draußen!

Tante Ömir-Ölim lehnte ihre Stirn gegen die Wand und flüsterte matt: Genau wie seine Mutter.

Von den Wetterphänomenen Sibiriens wurde am Stadtrand von Mühlheide häufig berichtet; von heftigem Schneefall war da die Rede, von Windhosen und plötzlichen Temperaturabfällen. Kein Sturm aber, da war man sich einig, kein Sturm war so allumfassend und vernichtend wie der des Jahres 1945. Umgerissen habe er die Verschleppten, die einen zu Boden geworfen, die anderen emporgewirbelt. Niemand habe geahnt, was auf sie zukommen würde, am allerwenigsten, auch da war man sich einig, meine Großmutter Emma Ambacher.

Nachdem der Zug mitten in der Steppe angehalten hatte, öffneten die Soldaten die verbliebenen Waggons und trieben die Menschen hinaus zu dem kleinen Bretterverschlag an der Gleisböschung. Wahllos schmissen sie ihnen Säcke und Bündel hinterher. Emma Ambacher reizte das zum Lachen, ein glockenhelles, reines Lachen war das, alle Anwesenden fuhren herum und betrachteten sie mit großen Augen. Völlige Erschöpfung, das wusste man mittlerweile, konnte vielerlei Formen annehmen, auch Belustigung und Albernheit. Als hätte sie sich selbst erschrocken, verstummte Emma plötzlich. Die Heiterkeit fiel in sich zusammen, die Gesichtszüge entglitten ihr, und sie bückte sich hinab zu Josef, den sie so stark umarmte, dass er kaum noch Luft bekam.

Der Harla hatte ausgerechnet, dass der Tag ihrer Ankunft ein Sonntag war. Josef erinnerte sich noch gut an den letzten Sonntag, den er zusammen mit seinem Bruder im Wartheland verbracht hatte. In ihren besten Hosen, den Bauch voller Bratkartoffeln, waren die beiden auf der Wiese um die Wette gerannt. Die Mutter hatte am Haus auf sie gewartet, in ihrem geblümten Sonntagskleid, auf dem ihre Lieblingsbrosche funkelte: ein silberner, mit Perlen und Granatsteinen besetzter Schmetterling. Mein Vater erwähnte einmal, seine Mutter habe bei der Verschleppung nicht das geblümte Sonntagskleid getragen, sondern das grobe Kattunkleid, sein Taubenblau überlagert vom Staub und Schmutz des Zuges. Aber auch an ihm habe die Brosche gefunkelt – die Mutter habe sie erst abgelegt, als die Wawa sie dazu aufforderte, warum auch immer.

Der kleine Bruder fehlte, die Erinnerung an seinen Tod habe ihn mit Grauen erfüllt, fortan habe er vermieden, je wieder an diesen Schmerz zu rühren. Bei jedem dumpfen Aufprall der Bündel zuckte Josef zusammen, drückte sich an die Mutter. Er blickte, anders als die Erwachsenen, nicht stumm auf die verdreckten Habseligkeiten, sondern hinaus in die Weite, die sich um sie herum ausbreitete. In ihr gab es nichts, woran sich der Blick festhalten, an dem sich das Gemüt beruhigen konnte.

Kaum dass der Zug sich wieder in Bewegung gesetzt hatte, verschwand die Außenwelt hinter einem dichten Schneeschleier. Die Soldaten hatten noch nach Norden gewiesen, *Buran* geschrien und dann noch etwas: Nowa Karlowka. Dawaj!

Josef wusste nicht, was das bedeutete, *Nowa Karlowka*, ob es sich um eine neuerliche Gefahr handelte, etwas, das sich hinter dem Schneesturm über die Steppe schob und sie mit weit aufgerissenem Maul verschlingen würde – so stellte Josef es sich vor, denn wenn eines klar war, dann, dass diese merkwürdige, entleerte Landschaft riesenhafte Tiere hervorgebracht hatte. Der Großvater rannte dem Zug hinterher und schrie, erst auf Deutsch, dann auf Polnisch und schließlich die wenigen Worte, die er auf Russisch beherrschte: Wohin gehen? Was machen? Wohin? Was?

Aber der Zug fuhr davon, und die Soldaten feuerten nur ein paar Salven aus ihren Tokarewgewehren in den Himmel. *Nowa Karlowka* – diese Worte hingen noch in der Luft, als die Patronenhülsen zu Boden prasselten. Josef, dem zusammen mit dem Zug der Vorrat an Strohsternen abhandengekommen war, bückte sich und klaubte ein paar der Hülsen zusammen. Nowa Karlowka, flüsterte er und blickte in die Richtung, in die die Soldaten gewiesen hatten. Er spürte, wie die Mutter seine Hand nahm. Er drückte zu. Nord-Nordost: Von dort würde es kommen, das Drachenmaul.

Falls es etwas gab, das sich auf sie zuschob, blieb es im Schneesturm verborgen. Der Wind war so stark geworden, dass sich die Familien mit dem Rücken gegen die Bretter des Verschlags pressten, in ihrer Mitte die Kinder, zuäußerst die Männer, die sich halb im Freien auf den Boden kauerten. Da, eingezwängt zwischen die Mutter und Tante Antonia, hörte Josef sie zuerst: die Stimmen, die von weiter her zu ihnen tönten.

Die Erwachsenen sollten sich später nicht sicher sein, ob sie wirklich etwas gehört oder ob sie sich nicht doch geirrt hatten, schwindelig und orientierungslos, wie sie gewesen waren, kurz nach der Ankunft. Einzig mein Vater blieb noch Jahrzehnte später dabei, dass er damals im Sturm, im *Buran*, die Stimmen aus der Steppe zum ersten Mal gehört hatte – wenn auch nicht so deutlich und einschneidend wie in späteren Jahren. Die Einzige, die ihm vielleicht hätte recht geben können, war nicht mehr da. Denn sie, die Mutter, hatte es ebenso gehört: etwas, das wie eine Kutsche klang, menschliche Stimmen, einmal sogar eine Andeutung von Gelächter.

Da draußen ist jemand!

Jetzt hatten es auch die Großeltern und die anderen gehört.

Da fährt wer vorbei – wir müssen mit!

Sie schrien in den Sturm hinein, bis sie heiser waren, aber es kam keine Antwort. Manchmal dachten sie, der Wagen sei bereits vorübergezogen, aber Momente später hörten sie wieder das Geklapper und entferntes Stimmengewirr. Niemand löste sich aus dem Verschlag, wie festgefroren stand die Gruppe da, die Blicke starr in das Gestöber gerichtet. Da zog die Mutter das wollene Tuch über ihren Kopf, drückte nochmals kurz die Hand ihres Sohnes und lief hinaus in den Sturm.

Hallo? Hallo?

Josef wollte ihr hinterherlaufen, aber bevor er seine Beine in Bewegung setzen und vorwärtsstolpern konnte, packte ihn die Großmutter am Arm und hielt ihn zurück.

Die kommt nicht wieder, sagte einer der älteren Männer, wofür ihn der Großvater so stark ohrfeigte, dass ihm die Mütze vom Kopf flog.

Menschen wären unsere Rettung, sagte die Großmutter ins Tosen hinein.

Wie lange war die Mutter nun schon weg? Josef meinte noch immer, ihre leisen *Hallos* zu hören. Der Impuls, ihr hinterherzulaufen, zerriss ihn förmlich, war unwiderstehlich. Unter seinen Schuhsohlen schien der Steppenboden erwacht zu sein, etwas geriet in Bewegung. Er spürte noch den Händedruck der Mutter, spürte ihre Körperwärme durch den taubenblauen Kattunstoff hindurch. Das Gestöber vor ihnen und um sie herum nahm ihm das Gefühl für Zeit und Richtung, und so begann er zu zählen, jeder Herzschlag eine Zahl.

Als er bei fünfhundert angekommen war, fiel ihm ein, dass der Sturm, der sicherlich die ganze Welt ergriffen hatte, seine Strohsterne fortgeweht haben musste – aber was machte das schon, sie würden auf dem Rückweg einfach den Schienen folgen. Beinahe musste er lachen. Die Schienen, natürlich! Das musste er der Mutter erzählen. Bei achthundertneunzig angekommen, hielt er es nicht mehr aus, riss sich von der Großmutter los und humpelte, so schnell er konnte, in die Steppe hinaus.

Mama!

Der Wind riss ihm das Wort aus dem Mund, und auch die *Hallos* der Mutter waren nun verklungen. Josef drehte sich um, in die Richtung, aus der er gekommen war; aber schon wurde er umgeworfen, zu Boden gedrückt. Unmöglich zu sagen, wo genau der Verschlag mit den Großeltern und der Tante lag. Die Hände nach beiden Seiten ausgestreckt, tastete Josef seine Umgebung ab; er befand sich in einer Art Graben, der Wind zog über ihn hinweg. Schreien ging nicht mehr, aber er konnte flüstern, dabei musste der

Mund nicht so weit geöffnet werden, und es drang weniger Schnee hinein.

Und wie er da kauerte und flüsterte, schien es ihm, als würde die Mutter dieses Mal antworten, doch er war bereits schläfrig geworden, unaufmerksam. Wieder war die Kutsche zu hören, diesmal etwas näher, Josef erkannte Stimmen, eine eigentümliche Sprache – dann wieder die Mutter, die leise auf ihn einsprach, seine Hand drückte, den Schnee von seinem Gesicht wischte. Dreimal drückte Josef ihre Hand, zweimal lang, einmal kurz, das war ihr geheimes Zeichen, es bedeutete so viel wie: Mir geht es gut, ich bin froh, wir sind beisammen. Beim dritten Zudrücken bemerkte Josef, wie rau die Hand der Mutter war und dass sie deutlich stärker zudrückte als gewöhnlich, aber bevor er länger darüber nachdenken konnte, wurde er hochgezogen. Es war der Großvater, der ihn aus dem Graben heraushievte, wie ein schlapper Fisch hing Josef an seiner Hand.

Der Sturm war vorüber, vor ihnen lag nun die in Weiß getauchte Ebene. Von Emma Ambacher war keine Spur; die Großeltern und die Tante machten sich auf die Suche nach ihr, wateten durch den Schnee, riefen ihren Namen, aber vergebens. Das Gesicht der Wawa schien wie benebelt, ihr Blick ging unstet hin und her.

Wir finden eine Unterkunft für die Nacht, dann suchen wir weiter, sagte der Harla.

Wir müssen aber jetzt suchen, sagte Josef. Niemand hörte auf ihn. Am Horizont duckten sich ein paar Häuser, zierliche Rauchsäulen stiegen von ihren Dächern in den Himmel.

Der Sturm war erloschen, mutlos eingeknickt, und übrig geblieben war nur ein Säuseln, ein Pfeifen über der Scheune.

Was ist das?, fragte ich Tante Ömir-Ölim.

Der Wind, Leila.

Ruft da jemand?

Es ist der Wind!

Mit diesen Worten schob Tante Ömir-Ölim die Schuppentür gegen den Widerstand des Schnees auf und betrachtete die Verwehungen auf ihrem Hof. Arnold und ich drückten uns an ihr vorbei und gingen sofort in die Knie, befühlten die weiße Materie, als hätten wir sie nie zuvor gesehen. Es war tatsächlich, wir glaubten es kaum – Schnee.

Tante Ömir-Ölim raffte ihre Röcke und ging mit entschlossenem Gesichtsausdruck zu ihrem Haus hinüber. Durch die offene Tür war die Anhäufung zu sehen, die sich im Flur gebildet hatte, sie reichte hoch bis zum Garderobenspiegel und umfing die Mantelsammlung der Tante. Nie zuvor war mir bewusst geworden, wie viele Jacken sie besaß; nun aber zählte ich etwa ein Dutzend Mäntel, Westen, Joppen, Anoraks, Stepp-, Daunen- und Wollmäntel.

Schon wollten wir ihr nachfolgen in die übrigen Räume, da rief sie, wir sollten im Flur warten. Ich griff nach einem Anorak und zog ihn mir über. Noch immer lag Kälte in der Luft, vor wenigen Stunden war es noch Sommer gewesen.

Nichts stimmt mehr, sagte Arnold. Auch er hatte sich einen Mantel übergezogen.

Was passiert als Nächstes?

So oder so brauchen wir mehr Sachen mit Daunen, sagte ich und tauschte den Anorak gegen etwas, das aussah wie ein umgenähter Schlafsack.

Im Inneren des Hauses hörten wir Tante Ömir-Ölim rumoren. Nach einer Weile erschien ihr gerötetes Gesicht in der Tür zum Wohnzimmer. Jetzt durften wir eintreten, sie sagte: Die Luft ist rein.

Als wäre sie ein Einbrecher, fast hätte es mich zum Lachen gereizt. Aber sie hatte die richtigen Worte gewählt, die Luft, so wie der ganze Raum, war rein. Ich blieb in der Mitte des Zimmers stehen und sah mich um. Das Sofa, die Kissen, die sich auf dem Sessel stapelten, selbst die Bücher und Magazine auf der Fensterbank, all das schien, obwohl der Schneesturm mitten durch das Haus gefegt sein musste, so gut wie unberührt. Auf unsere verblüfften Fragen – warum sie das Haus hatte offen stehen lassen, warum es dennoch nicht völlig verwüstet worden war – antwortete Tante Ömir-Ölim nur mit einem grimmigen Lächeln.

Ein Sturm ist wie ein Tier, sagte sie schließlich. Wenn man ihn in die Enge treibt, wird er aggressiv, man muss ihm einen Fluchtweg lassen, sonst setzt er sich fest.

Aber Tante –, hob ich an, doch da hatte Arnold schon geistesgegenwärtig Tante Ömir-Ölims Kofferradio eingeschaltet. Der Norddeutsche Rundfunk meldete sich, aufgeregt wurde da berichtet von einem ungewöhnlichen Wetterphänomen, das sich im südlichen Niedersachsen ereignet habe, von Unfällen und Sperrungen.

Papatschka!, rief ich und rannte hinaus auf den Hof, wo noch immer kniehoch das *Wetterphänomen* lag. Auch meine Mutter, fiel mir siedend heiß ein, war unterwegs gewesen, als der Sturm eingesetzt hatte. Ich musste sie finden, musste sie – retten. Ihr Leben schien bedroht und sie auf meine Hilfe angewiesen, meinen Überblick, meine Stärke.

Im Nachhinein kommen mir diese Empfindungen weniger wie eine Überspanntheit vor als wie eine Art weitergereichter Überlebensmodus. Ich kann mich nicht erinnern, dass meine Eltern mir je schwach vorgekommen wären; und doch hatte ich stets das Gefühl, sie beschützen zu müssen. Als bedeutete die Tatsache, dass ich in Ruhe und Sicherheit aufwachsen durfte, einen ungerechten Vorteil, als wäre ich gerade dadurch in der Pflicht.

Ich lief los, um meinen Vater zu retten, um meine Mutter zu retten, und vielleicht auch noch die Peltzers, die Kolbs, die Webers. So sehr schämte ich mich für die Sicherheit, die mich, so empfand ich wohl, wie ein Fluch umgab, die mich einhegte in Tante Ömir-Ölims Schuppen, in meiner Kindheit, in diesem Land, in dieser Zeit. Der Impuls, mich zu bewähren, mich zu beweisen, war überwältigend.

Arnold musste es ähnlich gehen, er war der pflichtbewussteste Mensch, den ich kannte. Zu Arnold Kolbs Aufgaben gehörte es, zweimal die Woche im HL-Markt einkaufen zu gehen, daheim Badezimmer und Treppe zu wischen, im Sommer die trockenen Tannennadeln vor dem Haus zusammenzufegen und im Winter Schnee zu schippen. Er fand, seine Eltern brauchten ihn, ich fand, sie nutzten ihn aus.

Unsere Gemeinschaft musste auf Sturmschäden untersucht werden; dass sie gelitten hatte, stand außer Frage. Wie sehr, ahnte wohl nur Tante Ömir-Ölim. Mit einem prall gefüllten Bündel eilte sie uns hinterher, gemeinsam blieben wir an der Tangente stehen und blickten auf die Ausläufer Mühlheides. Ein Stoppschild ragte schief aus dem Boden, mehrere der Linden, die die Straße bis hinab zum HL-Markt säumten, waren entzweigebrochen, überall lagen Äste und Zweige, der Schnee begann schon zu schmelzen. Menschen standen auf Fahrbahnen und Gehwegen herum und betrachteten ratlos ihre Umgebung, als wäre ein Vulkan ausgebrochen und hätte alles unter seiner Asche vergraben. Es wäre kaum überraschender gewesen oder unnatürlicher.

Vorerst kein Wort, sagte Tante Ömir-Ölim.

Wovon, Tante?, fragte ich, bekam aber keine Antwort.

Vor uns, auf dem Lehmweg, war eine Gestalt erschienen, sie trug eine riesenhafte Pelzschapka, einen unförmigen Mantel aus zusammengeflickten Fellstücken und pechschwarze, klobige Wanderstiefel. Es war, natürlich, mein Vater.

Wie sich herausstellte, hatte er, noch bevor der Sturm losgebrochen war, den Schrevensee erreicht und dort im Strandkiosk ausgeharrt. Nach dem Sturm hatte er sich nach Hause begeben und meine Mutter gesucht. Kaum dass er sie gefunden hatte, war er auch schon zu seiner Tante aufgebrochen.

Papa, Papatschka!

Ich flog ihm in die Arme, vergrub mein Gesicht in seinem Schal, der nach Wollfett roch und nach Propoliscreme.

Vom Tartter war vorerst keine Rede mehr, zu belastet waren die nächsten Wochen von den Ereignissen dieses Tages. Merkwürdigkeit reihte sich an Merkwürdigkeit, und wir Kinder hatten große Not, darin eine Struktur zu erkennen, ein wiederkehrendes Muster.

Wie den anderen Bewohnern des Stadtrands kam es auch meinem Vater so vor, als habe sich mit dem Sturm einiges verändert. Als habe er die Dinge ein klein wenig verschoben, ganz leicht nur an ihre Manifestation gerührt – was sich aber zusammengenommen so stark auswirkte, dass manche unserer Nachbarn kaum noch ihr Haus verlassen mochten. Erst sprach man nur zögerlich, bald aber schon unverblümter davon, dass der Sturm unmöglich eine gewöhnliche, deutsche Wetterlage gewesen sein konnte. Allen leuchtete ein, dass es sich um einen *Buran* gehandelt haben musste, einen zentralasiatischen Schneesturm, der sich auf den langen Weg aus der Steppe gemacht hatte, um sie heimzusuchen.

Für die meisten Normalos blieb jenes *Wetterphänomen* schleierhaft, aber folgenlos. Es gab keine Toten, nur wenige Verletzte. Die überwältigende Mehrheit war mit dem Schrecken davongekommen und hatte genug damit zu tun, abgebrochene Äste fortzuräumen, Gehwege und Einfahrten zu fegen und fortgewehte Blumentöpfe, Blumenampeln, Lichterketten, Lampions und Windspiele einzusammeln. Der Baumarkt und die Gärtnerei hatten eine Zeit lang verstärkten Zulauf, danach war wieder Ruhe.

Anders bei uns. Irene Fiedler, drei Häuser weiter, schwor, dass der Wind noch immer in ihrem Kamin heule; Hermann Sakowsky von schräg gegenüber kämpfte mit einem so plötzlich wie unerwartet auftretenden Sprießen wilder Hanfpflanzen in seinem Garten; Familie Diwert, eine Straße weiter, sprach von einer nachts auftretenden Atemnot, und Gesine Herlich wurde den Geschmack von vergorener Stutenmilch nicht mehr los – und das, obwohl sie beinahe stündlich mit Mundspülung gurgelte.

Tante Ömir-Ölim war von Haus zu Haus gegangen, hatte grimmig inventarisiert und Vergleiche angestellt zwischen dem, was gekommen war, und dem, was man verloren hatte. Wörter wie *Verstand* oder *Humor* notierte sie wohlweislich nicht, nicht einmal auf Kyrillisch, was in unserer Siedlung ohnehin jeder lesen konnte; stattdessen verwendete sie dafür ihre eigens zu diesem Zweck entwickelte Codeschrift. Auch wenn es bei der armen Frau Fiedler tatsächlich noch im Kamin heulte, selbst an windstillen Tagen, kassierte sie ein Sternchen, zwei Pfeile nach oben sowie eine kleine Schlangenlinie. Großvater Fiebich wurde eine Aneinanderreihung miteinander verschränkter Kreise zuteil (und das lediglich deshalb, weil er angefangen hatte, auf Kasachisch zu träumen, was aber niemand überprüfen konnte), und die Geschwister Seidler bekamen für die wiederholte Sichtung von Steppenadlern, die angeblich über ihrem Haus kreisten, drei auf dem Kopf stehende Vogel-Vs und ein Das-ist-das-Haus-vom-Ni-ko-laus.

Als Tante Ömir-Ölims Kladde bis zur letzten Seite gefüllt war, gab sie auf. In den vergangenen Tagen hatte sie sich so verausgabt, dass sie krank wurde. Sie litt an Ohrensausen und Kopfschmerzen, die manchmal so stark wurden, dass sie sich nicht auf den Beinen halten konnte. Mein Vater war sehr besorgt, und weil er seine Tante im Auge behalten wollte, brachte er sie in unserem Gästezimmer unter. Tante Ömir-Ölim bezog ihr neues Quartier ohne Beschwerde oder Klage.

Ich erschrak über ihr Gesicht, das von einem Tag auf den anderen eingefallen wirkte und ausgemergelt. Sie war zu dem Zeitpunkt längst über siebzig Jahre alt, zum ersten Mal sah man es ihr an. Ich brachte ihr die Mahlzeiten ans Bett, stellte frische Blumen auf das Nachttischchen und versuchte, mir klarzumachen, dass Tante Ömir-Ölim ein verletzlicher Mensch war wie alle anderen auch. Es enttäuschte und erschreckte mich, ich war immer davon ausgegangen, dass sie über den Dingen stand. Ihre Anwesenheit in unserem

Haus kam mir vor wie ein weiteres Zeichen einer fremden, womöglich dunklen Zukunft.

Einmal versuchte ich, ihr etwas aus der Schule zu erzählen, aber sie nickte nur ungeduldig und unterbrach mich schließlich.

Schon gut, schon gut, sagte sie. Bitte sag mir, wie es deinem Vater geht.

Mein Vater. Auch für ihn war der Sturm nicht folgenlos geblieben. Das Tosen hallte noch lange in seinen Ohren nach – manchmal schien es, als mischten sich ihm Stimmen bei, ganz leise nur, aber doch hörbar. Während unserer Spaziergänge erzählte er mir von Redensarten und Satzfetzen, die ihm plötzlich zuflögen, Begriffe und Ausdrücke, die er längst vergessen geglaubt hatte. An manchen Tagen wusste er sie wertzuschätzen, an anderen nahmen sie so viel Raum, dass er sich kaum auf die Gegenwart und ihre Anforderungen konzentrieren konnte.

Um Tante Ömir-Ölim nicht zu beunruhigen, erwiderte ich bloß: Papa geht es wie immer. Du kennst ihn ja.

Träume, Worte, Erinnerungen, plötzlich hingen sie in der Luft wie Nervengifte, die niemals ganz verflogen waren und die sich nun wieder konzentrierten und gefährlich wurden. Arnold und ich bemerkten sehr wohl, wie sich die Atmosphäre in unserer Siedlung veränderte, und zogen uns zurück, besannen uns auf die Hütten im Wald und die Verstecke, die wir eingerichtet hatten. Wir behoben die Schäden, die der Sturm ihnen zugefügt hatte, besserten aus, flickten, nähten, hämmerten. Immer häufiger schien es uns allerdings, als hätte jemand in einer unserer Hütten übernachtet. Das Heu und die Tannennadeln waren dann zertreten, in

Unordnung geraten, und die Kuhlen ließen die Umrisse eines menschlichen Körpers erahnen.

Sofort dachten wir an den Tartter. Kaum hatten wir diesen Verdacht geschöpft, entdeckten wir ihn auch schon an einem der kleinen Heideseen. Vollkommen reglos stand er am Ufer, den Blick auf die Wasseroberfläche gerichtet. Verborgen zwischen den Birken, starrten wir zu ihm hinüber. Ich dachte an den Beutel mit dem Zahngold und verwünschte mich einmal mehr dafür, dass wir ihn geklaut hatten. Zwischenzeitlich hatten wir ihn in den Heizungskeller von Arnolds Eltern verlagert. Wir planten, ihn zu vergraben, hatten die Details aber noch nicht ganz geklärt.

Aus Furcht, der Tartter könnte uns entdecken und zur Rede stellen, kehrten wir zur Siedlung zurück, dorthin, wo die Erwachsenen spielten, sich ihr eigenes Universum aufbauten und Mal um Mal Szenarien wiederbelebten, die Arnold und ich nur erahnen konnten.

Etwas daran störte uns – als hätten sie uns das Privileg streitig gemacht, sich Spielwelten auszudenken und darin die größten Genüsse und den größten Horror zu erleben. Zum ersten Mal kamen die Erwachsenen selbst mir und Arnold merkwürdig vor. Steppenadler und Saiga-Antilopen sahen wir nie, sosehr wir auch nach ihnen Ausschau hielten. Wir bemerkten keine Windhosen, keine Kugelblitze und schon gar keine Dschinn, die angeblich Nacht um Nacht auf den Dächern von Mühlheide umhertrampelten.

Dafür erzählte ich meinem Vater davon, wie der Tartter kurz vor dem Sturm unser Haus betreten und sich darin aufgehalten hatte. Dass auch Arnold und ich den Keller des Tartters unbefugt betreten hatten, verschwieg ich wohlweislich.

Mein Vater wunderte sich sehr und ließ mich die Geschichte zwei-, dreimal wiederholen, ich merkte, dass es ihm schwerfiel, sie einzuordnen. An jenem Tag aber war weder etwas gestohlen noch auffällig durcheinandergebracht worden. Vielleicht, mutmaßte mein Vater, habe sich der Tartter einfach davon überzeugen wollen, dass er, Josef, tatsächlich nicht daheim war.

Auf meine Frage, warum er dann später nicht noch einmal wiedergekommen sei, zuckte mein Vater lediglich mit den Schultern. Später erzählte er mir, dass der Tartter ihn auf seine Nachfrage hin ausgelacht habe. Angeblich habe er ihm eine außergewöhnlich große Kröte zeigen wollen, weil er wusste, dass er, Josef, sich für Anomalien interessierte.

Mir reichte die Antwort nicht aus, aber für meinen Vater war das Thema damit erledigt.

Noch bevor das Leben allerdings weitergehen sollte wie vor dem Sturm, geschah etwas, das realer, handfester und ungleich konkreter war als all die Stimmen und Erinnerungen: Die ersten Aussiedler aus der untergehenden Sowjetunion erreichten Mühlheide.

Sie kamen, ausgerechnet, aus Kasachstan. Hatten just dieselben Landstriche verlassen, in denen Jahrzehnte zuvor die Angehörigen unserer Gemeinschaft um ihr Überleben gekämpft hatten. Damals ahnte ich nicht, dass das Sowjetregime sämtliche Russlanddeutschen – zusammen mit zahllosen anderen unliebsamen Ethnien – schon während des Zweiten Weltkriegs nach Zentralasien deportiert hatte. Sie alle waren nach Kasachstan verschleppt worden, egal, ob sie vorher an der Wolga gesiedelt hatten, im Kaukasus oder am Schwarzen Meer. Weil es sich bei ihnen um Bürger der

Sowjetunion handelte, durften sie das Land nicht einmal dann verlassen, als Adenauer 1955 in Moskau vorsprach, um die deutschen Kriegsgefangenen auszulösen. Die Russlanddeutschen, die seit Jahrhunderten auf dem Gebiet der Sowjetunion lebten, mussten weiter in der zentralasiatischen Verbannung ausharren, als drangsalierte und schikanierte Bürger zweiter Klasse.

Es waren lediglich zwei, drei Familien. Wie sich später herausstellte, hatte man ihnen im Durchgangslager in Friedland eine falsche Adresse gegeben. So standen sie eines Mittags in der Mühlheider Blumenstraße und blickten mal in die eine, mal in die andere Richtung, völlig ahnungslos, in welche Verhältnisse und Befindlichkeiten sie hineingeraten waren. Bis sie auf jemanden mit verständnisvollem, wissendem Blick trafen.

Es handelte sich natürlich um meinen Vater. Für mich lag auf der Hand, dass sein Hauptproblem nicht Stimmen aus der Vergangenheit waren, sondern ein seltener, körperlicher Magnetismus. Nur so ließen sich die Zufälle erklären; dass es überhaupt keine Zufälle waren, sondern von einer eigentümlichen Kraft gesteuerte Zwangsläufigkeiten. Josef Ambacher wirkte betörend. Alles und jeden zog es zu ihm hin, uns Kinder, die Erwachsenen.

Mein Vater sagte, er habe die Neuankömmlinge sofort erkannt. So nannte er sie, und unsere Gemeinschaft sollte diese Bezeichnung rasch übernehmen: *Neuankömmlinge*, nicht Aussiedler. Er habe ihre Verlorenheit erspüren können, aber auch ihre Kleidung sei ihm vertraut vorgekommen, die Schuhe, die Koffer, die Tüten. Und noch etwas habe er wiedererkannt: Erschöpfung und Schicksalsergebenheit.

Mein Vater zögerte nicht, das knappe Dutzend Menschen als Gäste willkommen zu heißen. Später nahmen ihm das einige unserer Nachbarn übel; er habe das Schicksal herausgefordert, voreilig und völlig unnötigerweise eine Beziehung hergestellt zwischen *ihnen*, den Alten, und *denen*, den Neuen. Wo man eine Tür sperrangelweit öffne, da komme auch etwas herein, ereiferte sich Bruno Peltzer. Damit zog er Vaters Zorn auf sich, der nichts so sehr verachtete wie Hartherzigkeit. Das Öffnen der Türen und Fenster sei die einzige Chance, die man habe. Weil er befürchtete, dass Peltzer ihm nicht folgen konnte, fügte er hinzu: Gastfreundschaft, Peltzer! Was bist du für ein Kasache?

Darauf wusste Bruno Peltzer, der Deutsche, nichts zu antworten.

Tüyeniki ärqaschanda durys, sagte mein Vater abschließend, und niemand hätte gewagt, ihm zu widersprechen. Bola beredi goy.

Das Kamel hat immer recht. So war es, so ist es, und so wird es immer sein.

Mein Vater berichtete von der Ankunft in der Steppensiedlung Nowa Karlowka stets voller Unglauben und Fassungslosigkeit. Ohne die Mutter seien sie am Dorf angekommen, eine Tatsache, die er als Kind nicht akzeptieren konnte. Selbstverständlich hätten sie alle in den darauffolgenden Tagen die Umgebung und die Steppe immer wieder durchkämmt, aber diese ersten Stunden hatte man verstreichen lassen, das hatte sich ihm eingebrannt.

Noch unmittelbar vor der ersten Häuserreihe fragten sich die Verschleppten, ob es sich nicht doch um eine Art Fata Morgana handelte, eine trügerische Spiegelung in der kristallinen Schneeluft. Das Dorf harrte still aus, ohne die kleinste Bewegung, ohne den geringsten Laut. Als hätte es die Gestalten von Süden her kommen sehen und gehofft, dass sie vorbeiwehen würden, versprengte Geister des Windes und des Schnees.

Auf schwachen Beinen, beladen mit Bündeln und Taschen, hatten sie über zwei Stunden für das kurze Stück von den Bahngleisen gebraucht. Erst Monate später sollte sich herausstellen, dass das kurze Stück immerhin gut fünf Kilometer lang war und dass man sich unter keinen Umständen jemals darauf verlassen konnte, wie etwas in der Steppe *wirkte*. Die Steppe, das lernte man, wenn man lange genug überlebte, spiegelte stets nur die eigene Verfassung und den eigenen Gemütszustand.

Josef ließ sich von den Schultern des Großvaters hinabgleiten und scharrte mit den Füßen auf dem Boden herum. Der Untergrund schien aus eng verflochtenem Gras zu bestehen, aber es war nicht das weiche, freundliche Gras, das daheim zwischen Scheune und Garten gewachsen war, sondern ein störrisches Kraut, das sich um Stiefel und Hosenbeine schlang.

Wie, fragte sich Josef, würden sie wohl im Frühjahr die Erde aufbrechen, welches Gerät würde gegen dieses Kraut ankommen?

Schwer zu sagen, woran die anderen dachten. Da waren die Fiebichs, Bauern auch sie, schweigsame Leute, hinter ihnen das alte Ehepaar Wenzel, Geflügelzüchter mit bauschigen Bündeln voller Federkissen, die sie während der Zugfahrt eifersüchtig bewacht hatten, Familie Aldergott, bestehend aus Großeltern, zwei erwachsenen Töchtern und einem Enkelkind von drei Jahren, ein Herr mit Hut, der Kelbasa genannt wurde und selbst dann nach Knoblauch roch, wenn er gar keinen gegessen hatte, und zwei, drei andere, deren Namen Josef entfallen waren. Von Zeit zu Zeit flogen vereinzelte Worte zwischen ihnen hin und her, Ausrufe im Egerländer Dialekt.

Josef fragte sich, ob die Mutter wohl vorausgelaufen sein mochte und längst Zuflucht gefunden hatte in einem der Häuser. Da nahm er sich vor, ein jedes nach ihr abzusuchen, an jeder Tür zu klopfen und nach ihr zu fragen. *Mama.*

Noch Jahrzehnte später konnte mein Vater wütend werden, wenn er an die Sturheit der Erwachsenen in diesem Moment der Ankunft dachte, eine Sturheit, die ihn an die Lähmung kurz vor dem Einstieg in den Zug erinnerte. Natürlich habe er damals, als Kind, kaum die Ungeheuerlichkeit der Lage erfassen können: dass es sich bei ihnen, den Deutschen, für alle anderen zwangsläufig um *Faschisten* handeln musste, ehemals blutrünstiges, nun aber auf den Hund gekommenes Gesindel, das gerädert, gevierteilt, gestraft werden sollte für das, was Hitler über die Welt gebracht hatte. Millionen gefallener Russen, Sibirer, Kasachen gegen ein Dutzend Deutsche in der Steppe. Von dieser Konfrontation ahnte Josef nichts; seine Großeltern, die Tante und die anderen Erwachsenen spürten sie umso stärker, sie wog zentnerschwer auf ihren Schultern, schwerer noch als die Taschen und Bündel, sie drückte die Stiefelsohlen tief hinein ins Steppenkraut, man kam kaum vorwärts.

Raustreiben in die Steppe werden sie uns, flüsterte Konrad Fiebich.

Niederschießen werden sie uns, antwortete Heinrich Wenzel.

Und uns vorher die Bettwäsche abnehmen, sagte Antonia Ambacher.

Still!, befahl der Harla.

Wie immer gehorchten ihm alle. Allein Josef hatte es eilig. Er vergaß beinahe, dass die Beine ihn kaum trugen, und so war er es, der als Erster die Häusergrenze passierte. Sie kam ihm vor wie eine tatsächliche, wahrhaftige Grenze, die die Leere der Steppe trennte von der Welt der Menschen mit ihren Erscheinungen.

Weiß getünchte, geduckte Häuser, dazwischen windschiefe Verschläge aus Holz und Wellblech. Sie scharten sich lose um einen Platz, auf dem zerzauste Pappeln und Ulmen wuchsen.

An zwei Seiten wurde das Dorf von einem Steppenfluss umschlossen, eine Schotterstraße reichte bis ans Steilufer heran, verlief über eine Furt und hinaus in Richtung Osten. Sternförmig breitete sich die Siedlung von dieser Umschließung des Flussarmes aus. Breite, zerfurchte Wege führten durch das Dorf und verloren sich bald in der Weite ringsum.

Abwegig war das den Deutschen vorgekommen: der Gedanke, dass hier menschliches Leben existierte, dass es Wesen gab, die hier ihr Dasein fristeten, die der Steppe etwas abzutrotzen vermochten. Warum nur, und wie?

Nach diesen ersten Stunden in der Steppe litt jeder von ihnen an Kopfschmerzen, ausgelöst von Hunger und Durst – und vom schwindelerregenden Vakuum dieser Landschaft. Ihr Geist, das erfuhren sie später, würde noch Jahre brauchen, um an dieser Weite zu wachsen, sich so sehr auszudehnen, dass er sie ermessen konnte.

Dieser Schmerz, das behauptete mein Vater später, sei durchaus vergleichbar mit der Höhenkrankheit, die Wanderer in den Bergen befiel; nur eben nicht ausgelöst von Sauerstoffmangel, sondern vom *Mangel an sich*, das Sein ertrug das Nichtsein nicht, daher auch die Unrast aller, die das erste Mal die Steppe betraten.

Ohne irgendwo zu klopfen, durchquerte die Gruppe das Dorf. Der Harla musste Josef immer wieder davon abhalten, zu einem der Häuser zu rennen und gegen die Tür zu trommeln. Einmal, da gingen sie gerade an einem Haus mit hoch aufragendem Zaun vorbei, fing Josef an zu schreien, er schrie den Namen seiner Mutter heraus, aber nirgends regte sich etwas. Der Harla packte ihn am Arm und sagte: Geduld, Bub. Emma können wir nur dann suchen, wenn wir selbst überleben! Das sah Josef schließlich ein.

Schon hatten sie das Steilufer erreicht und musterten die Furt, das träge, schneesatte Wasser – da erblickte Josef auf der anderen Seite des Flusses zwei Männer und einen Jungen. Hinter sich her führten sie das größte Tier, das Josef jemals in seinem Leben gesehen hatte. Es war ein Kamel. Ein riesenhafter Buckel prangte auf seinem Rücken, den langen Hals reckte es eigentümlich weit nach vorne, von Bauch und Schultern hingen lange, verfilzte Wolllappen herab.

Harla, flüsterte Josef, schau doch nur, schau!

Da hatten die Männer mit dem Kamel die Gestalten längst bemerkt. Sie schienen sich kurz zu beraten und überquerten schließlich die Furt. Wenige Meter vor den Deutschen blieben sie stehen. Sie trugen schwere, unförmige Stiefel, die Pelzmützen hatten sie sich tief in die Stirn geschoben. Der Junge steckte in einer dicken Joppe, die ihm bis hinab zu den Knöcheln reichte, den Kopf bedeckte eine moosgrüne Kappe. Seine schwarzen Pupillen flackerten über die Deutschen, blieben einen Moment lang an Josefs Beinen hängen.

Guten Tag, sagte der Harla, und dann, nach einem kurzen Moment des Nachdenkens: Entschuldigung?

Wofür der Großvater um Entschuldigung bat und warum es wie eine Frage klang, verstand mein Vater damals nicht. Überhaupt habe es in dieser ersten Zeit unzählige Missverständnisse und Fehlannahmen gegeben. Tachawi, der Junge, erzählte später, dass sein Onkel Schämschi-Köke anfangs noch dachte, der Schneesturm habe Dschinn ins Dorf gebracht, wenn sie auch nicht gleich als solche erkennbar waren: leibhaftige Dschinn, mit Hörnern und gespaltenen Zungen, mit riesenhaften Kröten und Käfern, die sie als Reittiere benutzten.

Josef verfolgte es genau: Wie der Kasache zögerte, ihn, den Harla, taxierte, als könne er aus seinem Gesicht etwas herauslesen, ihm etwas Wesentliches entnehmen, das über den Verlauf der Begegnung entscheiden würde. Was es auch war, das der Kasache Schämschi-Köke aus Abraham Ambachers Gesicht herauslas, es stellte ihn offenbar zufrieden und erfüllte ihn mit der kasachischsten aller Regungen: Menschen vor dem Tod in der Steppe bewahren zu wollen. Ihm, Schämschi-Köke, sei es zu verdanken gewesen, dass sie alle den ersten Tag und die erste Nacht überlebten.

Der Kasache schüttelte etwas widerstrebend Abraham Ambachers Hand, stellte sich als Schämschi Sarsenbayev vor, sein Begleiter sei Kurmasch Issabekow, nun, und der Knirps heiße Tachawi, Tachawi Sarsenbayev.

Als auch Abraham Ambacher sich, seine Familie und die anderen vorgestellt hatte, setzten sich die Kasachen zufrieden in Bewegung. Die Deutschen folgten ihnen. Tachawi ließ sich etwas zurückfallen und passte sich Josefs schleppendem Gang an. Das Humpeln war unangenehm, peinlich der Gedanke, der Kasache könne annehmen, dass er, Josef, nicht ganz richtig sei. Vorerst war es völlig unmöglich, etwas zu erklären oder zu erfahren – mit den russischen Wörtern, die Josef im Zug aufgeschnappt hatte, schien der Junge nichts anfangen zu können oder zu wollen.

Ja – Tachawi, das war der einzige russische Satz, den er herausbrachte, er klang wie eine Bestätigung der eigenen Existenz und der Ausprägung, die sie in dieser Gegend angenommen hatte.

Ja – Josef, sagte Josef, kramte in seiner Hosentasche und zog schließlich einen fingerlangen Nagel hervor, den er aus den Planken im Zug herausgezogen hatte. Im Austausch gegen den Nagel bekam er von Tachawi einen weißen Stein; der Junge lachte Josef aus, als der ihn in seine Tasche stecken wollte. Offenbar bewahrten die Kasachen ihre Steine im Mund auf, denn Tachawi brach ein Stück davon ab und machte es vor. Josef tat es ihm nach und wunderte sich sehr, dass der Stein auf der Zunge zerfiel und süßsäuerlich schmeckte, nach Käse und nach Joghurt. Sofort ließ das nagende Gefühl des Hungers ein wenig nach. Vor lauter Dankbarkeit gab Josef den letzten Strohstern heraus, den er bei sich behalten hatte. Er erhielt im Gegenzug eine Feder und drei Wörter: *tüye* – Kamel, *saban* – Stroh, *schuldys* – Stern.

Eine Veränderung war eingetreten. Nun, da sie mit den Kasachen durchs Dorf liefen, schienen sich die Bewohner aus ihren Häusern zu trauen. Sie standen vor ihren Türen und blickten den Deutschen nach, wie sie über die Grasbüschel zwischen dem schmelzenden Schnee stolperten. Josef fiel auf, dass die meisten Menschen hier nicht besonders asiatisch aussahen. Auch rief Schämschi-Köke ihnen stets auf Russisch zu – was genau, verstand Josef nicht –, woraufhin sich ihre Mienen verdunkelten und sie sich abwandten. Von den Gartenmauern warfen ihnen Kinder Schneebälle hinterher, das war eine Sprache, die Josef verstand. An einem der Häuser klopfte Schämschi-Köke an, erst vorsichtig und leise, dann lauter, fordernder.

Sowjet, sagte er. Russki Sowjet.

Niemand öffnete. Schämschi-Köke nahm seine Pelzmütze vom Kopf, fuhr sich durch das schwarze, glatte Haar und seufzte. Da schien ihm etwas einzufallen, wieder setzte er sich in Bewegung, wieder folgte ihm die Gruppe, diesmal in gerader Linie auf das Steilufer des Steppenflusses zu.

Kurz vor dem Ufer blieb der Kasache an einem länglichen Erdhaus stehen, dessen Dach kaum schulterhoch aufragte. Dieses Mal klopfte er nicht, er schlug lediglich einmal gegen die Tür und schrie auf Deutsch: Achtung!

Die Tür öffnete sich, ein Mann trat heraus und betrachtete ungläubig die Menschen vor seiner Behausung. Einen Moment lang schwieg er, dann fragte er, leise und ebenfalls auf Deutsch: Wer sind Sie? Was wollen Sie?

Wer sind die? Was wollen die?

Arnold und ich kauerten hinter dem Mauervorsprung und starrten auf meinen Vater, der eine Menschenmenge anführte und genau auf unser Haus zuhielt. Etwas am Äußeren jener Männer, Frauen und Kinder stimmte nicht – alles an ihnen war unauffällig, und doch schienen sie fremd. Meine Mutter hätte sicherlich alles, was die Menschen am Leib trugen, sofort als kommunistische Massenware identifiziert, durchsetzt mit selbst geschneiderten, immer wieder geflickten Stücken. Nichts davon hätte in ihren Augen Bestand gehabt.

Vielleicht war es nicht Armut, die da im Vorgarten unseres Klapphäuschens stand, unter den Tannen und dem Wacholder – auch sie ein Dorn im Auge meiner Mutter –, aber doch Bescheidenheit. Und, das musste es gewesen sein, was Arnold und ich sofort untrüglich bemerkten: Östlichkeit.

Wir wussten es, noch bevor wir die Kinder auf Russisch krakeelen hörten. Der Osten, er hatte unsere Familien zu dem gemacht, was sie waren, zu Eigenbrötlern, Käuzen,

Einsiedlern, Außenseitern, Sonderlingen. Unserem Verständnis nach war er nicht nur ein geographischer Bereich, der von Polen bis ans buchstäbliche Ende der Welt reichte, über Russland, Zentralasien, bis an den Pazifik (Arnold hatte zum zwölften Geburtstag einen Globus geschenkt bekommen), sondern eine Art abstrakter Raum der Geschichte und der Schicksalhaftigkeit, ein Hort von so grellbunter wie grausamer Märchenhaftigkeit. Über dieses Reich herrschten die Baba Jaga und Väterchen Frost, der Drache Zmej; die Wila- und Rusalki-Geister, außerdem eine Armee von Dschinn, und ihr Anführer war, je nach Laune desjenigen, der uns Kindern die Bruchstücke seiner Erinnerung hinwarf, Dschingis Khan oder Josef Wissarionowitsch Stalin.

Instinktiv spürte ich, dass diese Leute etwas Außergewöhnliches auszeichnete, etwas, das mit uns und unseren Familien in Verbindung stand. Dieser Nähe durch gemeinsam oder zumindest ähnlich erlittenes Elend hatte mein Vater das Prädikat *von damals her* verliehen. Es konnte sich auf Blutsverwandte beziehen, aber auch auf weit entfernte Bekannte, wie ein Zauberwort öffnete es in unserer Siedlung alle Türen und Verstecke. Mein Vater hatte mit diesem Spruch schon viele Menschen in unserem Haus willkommen geheißen, ihnen Geld geliehen oder vielmehr geschenkt. *Von damals her* machte ihn weich und großzügig. Ganz sicher fielen diese Leute, die sich anschickten, mein Elternhaus und damit meine Welt zu betreten, in diese Kategorie.

Bis heute frage ich mich, was durch ihre Köpfe ging, als sie in unser Treppenhaus kamen und die hölzernen Skulpturen, Masken und Bildnisse aus der Sowjetunion betrachteten.

Knapp fünftausend Kilometer waren diese Menschen gereist, nur um wieder an ihrem Anfangspunkt anzukommen.

Von unserem Versteck hinter der Mauer hörten Arnold und ich die Stufen der Holztreppe laut knarzen, was uns verriet, dass mein Vater die Gruppe in die obere Wohnung führte. Wir sahen uns verblüfft an und beratschlagten, was zu tun sei. Die Lage erschien uns, wenn nicht gefährlich, so doch zumindest unkalkulierbar. Zögerlich beschlossen wir, in der Nähe zu bleiben und Zuflucht im Keller zu suchen. Dort, im Wäscheraum meiner Mutter, hatten wir eines unserer Lager errichtet, hier fühlten wir uns wohl und sicher.

Wir klebten für meine Mutter einen Zettel an die Eingangstür, der sie über die Situation informierte – Russen oben, wir unten –, und erwarteten angespannt ihre Rückkehr aus der Stadt. Im besten Fall würde sie wissen, was zu tun war. Mama, dachte ich, *Mamo, Mamunia, Mamcia.*

Ich hegte widersprüchliche Gefühle für meine Mutter Agnieszka. Ich fürchtete sie, verherrlichte, bewunderte, liebte sie. *Ich hab dich lieb* lautet auf Polnisch *Kocham Cię*, Worte, die in unserem Haus großzügig Verwendung fanden und immer von Herzen kamen – allerdings, das muss dazugesagt werden, häufig nach erbittertem und zornigem Streit.

In unserer Siedlung wirkte sie wie ein Wesen aus einer anderen Dimension. Sie, die grazile, immer zurechtgemachte und elegante Polin, hob sich stark ab von den Normalos im HL-Markt, und umso mehr von den zweckmäßig und stets gartentauglich gekleideten Frauen unserer Nachbarschaft.

Noch wenige Jahre zuvor war unsere Beziehung beinahe symbiotisch gewesen, ich hatte sehr an ihr gehangen. Während mein Vater häufig im Ausland arbeitete, stellte meine Mutter eine unverbrüchliche Konstante in meinem Leben dar. Als studierte Historikerin aus Niederschlesien hatte sie sich in ein Leben als Hausfrau in Niedersachsen gefügt, und je mehr ihr mein Vater auf den Geist ging, desto mehr wurde ich zu ihrem Lebensmittelpunkt. Als Kleinkind hegte und hätschelte sie mich, in ihrer Nähe empfand ich eine überwältigende Geborgenheit und Liebe. Ich bin mir sicher, diese grundlegenden Gefühle sind es, die mich bis heute begleiten, mir Stabilität und Zuversicht verleihen.

Meine Mutter lehrte mich, das geschriebene Wort zu lieben, mein Vater das gesprochene. *Oral history* hatte in unserer Familie eine tagtäglich gelebte Bedeutung, durch unser Häuschen am Stadtrand von Mühlheide wehten Zeiten und Epochen, große und kleine Geschichte.

Agnieszka war es, die mir lesen beibrachte und darüber wachte, dass mein Vorrat an Literatur nicht versiegte. Was sie mir an deutscher Sprache nicht vermitteln konnte, ließ sie mir zukommen in Form der Bücher, die sie in einer der beiden Buchhandlungen Mühlheides erstand. Im Nachhinein sehe ich in dieser Hinführung zur Liebe für Literatur einen Kontrapunkt zu den Geschichten, die mein Vater mir vermittelte – immer gesprochen, monologisch, aber ebenso meisterhaft vorgebracht.

Vielleicht misstraute meine Mutter den ungefilterten, rohen und beizeiten grausamen Erzählungen meines Vaters. Das geschriebene Wort, es mochte ihr kindgerechter erscheinen, eingehegter, zahmer. Sie hätte darin, wie in so vielem – das erkenne ich mehrere Jahrzehnte später – sicher recht gehabt.

Wie sehr ich sie mit Sicherheit und Schutz verband, zeigt

eine Episode, die etwa in dieselbe Zeit fiel wie die Ankunft der Neuankömmlinge. Meine Mutter und ich standen im Treppenhaus und wollten uns gerade auf den Weg in die Stadt machen, als mir noch etwas einfiel. Ich hastete die Treppe hoch und trat dabei auf den Schnürsenkel meiner nicht gebundenen Schuhe, schwankte und stürzte rückwärts die steile Treppe hinab. Der Sturz konnte nur wenige Millisekunden gedauert haben, in meiner Erinnerung aber zog er sich lange genug hin, um gleich mehrere deutliche Empfindungen zuzulassen. Die wichtigste davon war die der absoluten Sorglosigkeit. Ich wusste, meine Mutter würde mich auffangen. Ohne Frage stand sie gleich hinter mir, hatte gesehen, was geschehen war, und reagierte mit katzenhaften Reflexen. Ich wusste, meine Mutter würde niemals zulassen, dass mir etwas geschah.

Und wirklich: Sie fing mich auf. Ich landete in ihren überraschend starken Armen, keine von uns hatte auch nur den geringsten Kratzer davongetragen.

Wir fuhren in die Stadt und aßen in ihrem Lieblingscafé Eierlikörkuchen, ich etwas nachdenklicher und schweigsamer als sonst.

Meine Mutter ließ sich mit ihrer Rückkehr Zeit, und so überboten Arnold und ich uns in Mutmaßungen darüber, was sich wohl gerade in der oberen Wohnung abspielte. Ich fragte mich, wie es meinem Vater ging. Menschengruppen strengten ihn an, das wusste ich, und ich konnte mir nicht vorstellen, dass er seine Rolle als Gastgeber lange durchhalten würde. Ich stellte mich darauf ein, ihn bald erlösen zu müssen, malte mir mögliche Szenarien aus, setzte mich unter Druck. Wer auch immer die Menschen waren, die mein

Vater zu uns geführt hatte, sie kamen mir plötzlich vor wie Invasoren, die mein Elternhaus eingenommen hatten. *Ich* wollte sie nicht, *ich* hatte sie nicht eingeladen, *mir* machten sie und das, was ihre Ankunft bedeutete, Angst.

Mit finsteren Mienen durchwühlten Arnold und ich den Kellerschrank aus Polyesterplane. Schließlich kramten wir unter ausrangierten Wollmänteln, Wandbehängen und muffigen Fuchspelzen unsere Vorräte hervor: Schreibutensilien, Müsliriegel, Taschenlampen sowie zwanzig D-Mark. Erst vor wenigen Tagen hatten wir unser Lager aufgefüllt und umsortiert; die Auswahl, die wir dabei getroffen hatten, erschien mir vernünftig, wenn auch etwas spärlich. Zufrieden dachte ich daran, dass wir auch die Keksdose mit dem Coltrevolver aus dem Versteck am Stromhäuschen zurück in mein Elternhaus geholt hatten. Aber egal, wie lange ich nach der Dose suchte, ich fand sie weder im Kellerschrank noch darunter oder daneben. Erst nach einer halben Stunde fiel es mir ein, und ich ließ mich resigniert auf ein Sitzkissen fallen.

Was?, fragte Arnold.

Der Coltrevolver – er ist in meinem Zimmer.

Soll das ein Witz sein?

Ist doch egal, das alte Ding. Was hättest du gemacht, rumgeballert?

Obwohl wir den Revolver nie ausprobiert hatten und nicht wussten, ob er überhaupt funktionsfähig war, bildete er das Zentrum all unserer Sammlungen und Notfallpläne. Seine Wirkungsmacht sollte uns schützen und uns Kraft verleihen. Ich hatte, so schien es mir, versagt und unser Wohlergehen aufs Spiel gesetzt.

Meine Mutter war noch weniger gefasst als Arnold und ich. Sie hatte bereits in der oberen Wohnung nach dem Rechten gesehen und rauschte dann, unseren Zettel in der Hand, nach unten in den Keller. Ihre Pumps klackerten so vehement die Holztreppe herunter, dass ich fürchtete, sie würde unter ihr zusammenbrechen. Die Wut auf meinen Vater und seine Einfälle, seine Marotten, Launen und Grillen, würde sich gleich auf mich entladen – auf das Kind, das in ihren Augen dem Vater psychisch gefährlich nahestand, sich mit ihm verbündete und alle Nase lang in die Wälder rannte und dort seine Zeit vergeudete.

Mit in die Seiten gestemmten Armen, an denen je zwei bis drei schmale, goldene Armbänder baumelten, stand meine Mutter Agnieszka Ambacher im Durchgang zum Wäschekeller, schlang den salbeifarbenen Kimono enger um ihre mädchenhafte Silhouette und schnappte nach Luft. Sie sah hinreißend aus.

Arnold wurde stets etwas verlegen, wenn meine Mutter zu uns trat, und bekam rote Ohren. Ich hingegen blieb natürlich unbeeindruckt und machte mir einen Spaß daraus, auf mehrere Meter Entfernung Seide von Polyester, Modal oder Viskose zu unterscheiden, außerdem Dior von Chanel, Nina Ricci von Guerlain, Lancôme von Yves Saint Laurent.

Ihr Make-up, die leichte Dior-Wolke, die sie an dem Tag umgab, ihre grazile Haltung – nichts davon wollte so recht in diesen Keller passen, oder überhaupt in einen Keller. Meine Mutter war für ein anderes Leben gemacht, in New York oder Paris, den Metropolen aus den Bildbänden, die auf ihrem Nachtschränkchen lagen. Das Leben hatte ihr einen Streich gespielt und ihr einen erfolgreichen, gut aussehenden westdeutschen Ingenieur präsentiert; und wer gab schon viel auf Familiengeschichten? Auch ihre Familie war nach dem Krieg deportiert worden, von Ostpolen nach Westpolen, ein Trauma wie so viele andere. Vordergründig musste man den Eltern vermitteln, dass es sich bei dem Auserkorenen um einen Deutschen handelte. Um Kasachstan machte man sich da keine Gedanken. Als man sie sich dann doch machte, war es längst zu spät, und man musste sich damit begnügen, die eigenen Gespenster und die aller anderen mit Chanel No. 5 und Bildbänden zu exorzieren.

Wo hat er die her? Die Russen?

Wissen wir nicht.

Was macht ihr hier unten?

Hausaufgaben!

Arnold hatte wie immer eine Spur schneller geschaltet als ich, er deutete auf den Kollegblock und wedelte mit einer vollgekritzelten Seite. Der Zorn über meinen Vater fiel kurz in sich zusammen, meine Mutter nestelte an ihren hennaroten Locken und lehnte sich gegen den Kellerschrank, der, weil aus Polyesterplane, nachgab. Sie fing sich ab, eine Hand am Schrankgestänge, die andere an einem ausrangierten Spinnrad vom elterlichen Hof, und stieß eine Kaskade an deftigen polnischen Flüchen aus. Ich reichte ihr unseren letzten Müsliriegel, den sie sofort verspeiste. Vielleicht war es diese unerwartete Nahrungsaufnahme oder das Spinnrad, denn die Wut, einmal erloschen, kehrte nicht wieder zurück.

Na schön. Dobrze. Aber es gibt nur Kartoffelsuppe!

Kartoffelsuppe?

Und Pierogi.

Pierogi!

Und Krautwickel!

Obwohl ich überrascht war, ging mir etwas anderes durch den Kopf. Ich ahnte, dass die Gäste meines Vaters über Nacht bleiben würden, was ich kategorisch ablehnte. Sollte es tatsächlich dazu kommen, wollte ich weder in meinem Zimmer übernachten noch komplett das Feld räumen. Ich entschied mich, hier unten zu bleiben; Arnold versprach sofort, mir Gesellschaft zu leisten. Meine Mutter, die längst damit beschäftigt war, den Kleiderschrank auszuräumen, überhörte diese Ankündigung.

Neben den Wollmänteln bewahrte sie im Kellerschrank offensichtlich ganze Stapel an abgelegter Kleidung auf, die sie nun in Wäschekörbe stopfte und nach oben beförderte. Noch Jahre später sah ich Aussiedler, Russlanddeutsche, Russen oder wie auch immer die Neuankömmlinge später genannt wurden, in den alten Kleidern meiner Mutter in Mühlheide herumlaufen, in Seidenblusen, Leinenhosen und Kaftanen, in lockeren Kaschmirpullovern, pastellfarbenen Strickjacken mit kaum wahrnehmbaren Noten von Dior und Chanel.

Es bereitete meinem Vater Mühe, sich an die erste Nacht in der Steppe zu erinnern, er erzählte selten und wenn, dann ungern von der Ankunft bei seinen ersten Gastgebern. *Gastgeber:* Nicht einmal dieses Wort gebrauchte er, wenn es um die Familie Quapp ging, und das, obwohl sie fraglos zu ihrer aller Überleben beigetragen hatte.

Vielleicht lag es am merkwürdigen Ausdruck in den Augen Heinrich Quapps, als er, am Eingang des Erdhauses stehend, sich, seine Frau Lisbeth und die beiden Kinder Irene und Karl vorstellte. Angst sei es gewesen, meinte mein Vater, oder Unbehagen. Dabei seien auch sie Deutsche gewesen, auch sie in der Verbannung, genauso wie die anderen in Nowa Karlowka vertretenen Volksstämme, aber das konnte mein Vater damals noch nicht einordnen. Erst wesentlich später wurde ihm klar, dass die Tscherkessen, Armenier, Ukrainer, Polen, Esten, Finnen, Tschetschenen, Koreaner oder Kalmücken, die in Nowa Karlowka lebten, schon vor Jahren aus allen möglichen und unmöglichen Ecken des sowjetischen Imperiums zusammengetrieben worden waren und in die Steppe geschafft. Nichts davon war freiwillig geschehen, die bunte Dorfgemeinschaft war brutal erzwungen, und sie alle, alle waren Gefangene, zurückgehalten nicht von Mauern, sondern von Leere.

Gefangene und Fremde. Alles Fremde, außer die Kasachen, aber die wohnten ein Stück weiter draußen in einer Siedlung, die sie *Aul* nannten, ein kasachischer Ausdruck, der ein Dorf, ein Lager bezeichnete. Und selbst sie bewegten sich wie Fremde in Nowa Karlowka, kaum dass sie die Furt überquert und die Gassen des Dorfes betreten hatten. Sie, die Einzigen, die doch daheim waren in der Steppe und im Wind, wirkten noch ungelenker, noch deplatzierter in diesen Verhältnissen, die keine kasachischen, sondern sowjetische waren, erdacht auf einem weit entfernten Planeten namens Moskau.

Das Dorf, es sei für alle, die es betraten und bewohnten, die Fremde gewesen, nichts an ihm sei eigentlich oder wesenhaft erschienen, niemand habe es mit Liebe oder Wehmut bedacht, jedenfalls nicht damals. Das habe ich Vater öfter sagen hören, meistens voller Liebe und Wehmut.

Woher kommen Sie?, fragte Josef verwirrt, da schob ihn die Großmutter bereits zum Eingang des Erdhauses.

Wolga, flüsterte Heinrich Quapp, ein Wort, das Josef schon einmal gehört hatte, daheim. Etwas zog sich in ihm zusammen, das Wort berührte die Wörter *Mutter, Vater, Bruder*. Da schloss er die Augen und presste seine Handballen gegen sie. Der Mann meinte wohl, es müsse an seiner Antwort gelegen haben, denn er machte einen Schritt zur Seite und ließ die Gruppe hinein.

Nur der Harla schien es sich im letzten Moment anders überlegt zu haben, er rannte dem Kasachen Schämschi Sarsenbayev hinterher und gestikulierte wild, sagte dabei immer wieder: Emma, Emma. Nach einer Weile schien er sich begreiflich gemacht zu haben, denn gemeinsam zogen sie mit dem Kamel hinaus in die Steppe, genau in die Richtung, aus der die Sibirienfahrer kurz zuvor gekommen waren.

Gleich hinter Heinrich Quapp stand seine Frau Lisbeth. Hager, mit tiefen Furchen um den Mund, musterte sie die Wawa, die sich unsicher im Erdhaus umblickte und auf sie zutrat. Schließlich legte die Großmutter etwas in Lisbeth Quapps Hand, etwas, das in dunklen Stoff gewickelt war, das sah Josef genau. Aufgebracht flüsterte er: Wawa, was war das? Sag schon, Wawa, was war das?

Er hängte sich an ihren Arm und zog daran, aber Teresia Ambacher wehrte ihn ab. Lisbeth Quapp ihrerseits steckte das, was sie entgegengenommen hatte, in die Tasche ihrer Schürze und ließ sich nichts anmerken.

Wie viele sind Sie?

Zwölf.

Das sind viele.

Wir waren noch viel mehr.

Von wo?

Warthegau. Galizien, von damals her.

In der Früh werde ich Sie melden müssen.

Nach und nach bezogen die Sibirienfahrer ihr Lager im Erdhaus. Es bestand aus einem länglichen Raum mit halbhoher Trennwand und einer niedrigen Decke aus Reisig und Grassoden. Bald schon füllten die Neuankömmlinge und ihre Bündel einen Großteil der Behausung aus; die Tante platzierte Josef so, dass er sich gerade ausstrecken konnte. Etwas widerstrebend holte Lisbeth Quapp einen Weizenfladen hervor, den sie bröckchenweise an ihre Gäste verteilte.

Als endlich der Großvater zurückkam, waren die Ersten bereits eingeschlafen. Mehrere Stunden waren vergangen, seit er sich mit den Kasachen und ihrem Kamel auf die Suche nach seiner Tochter gemacht hatte; er war durchnässt, verfroren, hatte blaue Lippen.

Sie ist nicht da, sagte er leise zur Wawa, Josef und die Tante hörten es trotzdem. Nirgends, Teresia. Als hätte es sie nie gegeben.

Da bedeckte die Großmutter ihr Gesicht, und die Tante drückte Josef eng an sich. Josef bekam keine Luft mehr und stieß sie wütend von sich.

Die Emma, das sagte die Tante immer wieder und lächelte, die Emma, die wird schon wieder auftauchen. Aber auch sie war entsetzt, das bemerkte Josef sehr wohl. Da kam Zorn in ihm auf, und er nahm sich vor, die Hoffnung niemals aufzugeben. Er würde seine Mutter nicht loslassen, dann konnte sie ihm auch nicht entgleiten, niemals.

Kaum hatte Josef das letzte Bröckchen Fladenbrot heruntergeschluckt, schlief er ein. Wenige Stunden später wachte er auf und wusste nicht, wo er war. Vor lauter Angst, irrtümlicherweise beerdigt worden zu sein, sprang er auf und griff um sich. Er ertastete die Körper der Großmutter und der Tante, spürte das warme Kommen und Gehen ihres Atems, hörte die Stimme des Großvaters, wie immer murmelte er im Schlaf, dieses Mal war es der Name seiner Tochter. Als Josefs Augen sich an die Dunkelheit gewöhnt hatten, erkannte er das Ehepaar Quapp, das direkt am Ofen schlief. Eng an sie geschmiegt lagen die Zwillinge Karl und Irene. Mit Josef hatten sie den ganzen Abend über kein einziges Wort gewechselt, ganz so, als würden sie keine Sprache miteinander teilen.

Er bemerkte ein Kribbeln in seinen Beinen, massierte die Waden, kniff sich in die Haut. Als die Wirkung ausblieb, steckte er ratlos die Hände in die Taschen und zog Tachawis Feder heraus. Er hatte sie völlig vergessen. Vorsichtig wechselte er sie von Hand zu Hand, zwirbelte sie zwischen Daumen und Zeigefinger. Draußen löste sich das Bellen der Hunde mit einem entfernten Jaulen ab; kurz fragte sich Josef, ob das Kamel imstande war, wie ein Wolf zu heulen.

Ta-Cha-Wi, flüsterte Josef. Nahm den Federkiel und ritzte das Wort in den Lehmboden. Dann schrieb er: Si-Bir, Bu-Ran. Er kam nur langsam voran, aber mit jedem Wort, das er der Erde einschrieb, ließ das Kribbeln in seinen Waden ein wenig nach. A-Bra-Ham, Te-Re-Sia, An-To-Nia, Jo-Sef. Jetzt kannte die Steppe ihre Namen, das war eine Verbindlichkeit, die nicht früh genug hergestellt werden konnte.

Als letztes Wort schrieb er *Em-Ma* in den Lehmboden, da kehrte schlagartig Ruhe ein; nichts kribbelte, nichts pulsierte mehr, selbst das Schnarchen war verklungen. Dafür schien es Josef, als steckte er in einem finsteren, klammen

Grabloch fest, aus dem längst alle Atemluft gewichen war. Hektisch fing er an, durch den Mund zu atmen, Schweiß sprang ihm auf die Stirn. Er griff nach seinem Mantel, tastete sich zur Tür und stürzte nach draußen. Er musste seine Mutter finden. *Jetzt.*

Josef schnappte nach Luft, lebendig und gierig. Der Nachthimmel hatte sich aufgeklart und hing voller Sterne. Über das Dorf hinweg zog sich ein schimmernder Streifen, diffuses bläuliches Licht fiel auf die Häuser ringsum. Josef warf seinen Mantel über und folgte dem Pfad, der aus der Siedlung hinausführte.

Am Rande des Dorfs hatte man einen großen Erdhaufen aufgeworfen, diese Anhöhe erklomm er und betrachtete die Häuser, die Stallungen und die Scheunen. Dann nahm er all seinen Mut zusammen und schrie aus voller Kehle: Mama! Emma! Em-Ma! Em-Ma! Ma-Ma!

In unmittelbarer Nähe flog die Tür eines Hauses auf, ein alter Mann humpelte heraus und blinzelte schlaftrunken in die Nacht. Als er Josef auf dem Erdhaufen bemerkte, rief er ihm mit heiserer Stimme etwas zu und drohte ihm mit seinem Stock. Erschrocken schwieg Josef. Sonst rührte sich nichts, niemand reagierte auf seinen Ruf.

Schon überlegte Josef, hinaus in die Steppe zu gehen, dorthin, wo auch der Harla bereits gesucht haben musste, da bemerkte er, wie sich im Zentrum der Siedlung etwas regte. Schatten lösten sich aus dem Dunkel, schleppten etwas hin und her, im Schein der Sterne und des Mondes war es deutlich zu erkennen. Außerdem war jetzt ein leises Schaben, ein Klirren zu hören – Josef wunderte sich sehr und beschloss, der Sache nachzugehen.

Er lief los, immer im Schatten der Häuser und dicht an

ihren Mauern entlang, hinüber zum baumbestandenen Hauptplatz der Siedlung. In unmittelbarer Nähe fand er einen Stall, hinter dem er sich versteckte. Er sah sich um. Jetzt, da er seinen Posten bezogen hatte, war weder etwas zu hören noch zu sehen.

Ihm wurde kalt, Enttäuschung machte sich breit, schon überlegte er umzukehren – da hörte er erneut das Klirren, dieses Mal etwas lauter und vermischt mit anderen Geräuschen, die er nicht deuten konnte. Sie drangen aus der Richtung dreier Häuser, die so nah beieinanderstanden, dass sie eine Art Innenhof bildeten. Ein enger, gemauerter Durchlass führte von der Gasse hinein. Josef kniff die Augen zusammen und konzentrierte sich. Da sah er wieder die Schatten, die hin und her huschten, und dieses Mal erkannte Josef Männer, die etwas im Innenhof zusammenkehrten und dann mit Schaufeln in Säcke beförderten, schnell, atemlos, ohne sich umzusehen oder auch nur eine Sekunde zu pausieren. Sand?, dachte Josef, Erde?

Sein ewig hungriger Magen knurrte, und da wusste er plötzlich, was es war, das die Männer da zusammenkehrten. Langsam, ganz langsam, zog er sich seine Mütze vom Kopf und schlich hinüber zum Durchgang. Als die Männer mit den Säcken in einem der Häuser verschwanden, bückte er sich rasch und fegte mit den Händen etwas von dem Schatz zusammen, der sich auf dem Boden verteilte. Weizen! So schnell er konnte, so viel er konnte, füllte er in seine Mütze, dann lief er davon.

Gegen zwei Uhr in der Nacht hielten Arnold und ich es nicht länger im Keller aus. Wir beschlossen, unser Lager zu verlassen. Genau, wie ich vermutet hatte, waren die Gäste meines Vaters über Nacht geblieben. Ab und zu waren Arnold und ich auf unseren Luftmatratzen eingenickt, aber jedes Mal hochgeschreckt, wenn aus den geöffneten Fenstern im ersten Stock lautes Gelächter oder Stimmengewirr gedrungen war.

Wir öffneten leise die Tür zum Treppenhaus, das Licht unserer Taschenlampen flackerte über Vaters sibirische Holzmasken, Wandbehänge und Statuetten. Es roch nach verbranntem Kraut und der Käse-Zwiebel-Füllung der Piroggen. Arnolds Bauch knurrte. Arnold Kolb, dürr wie ein Zaunpfahl, war grundsätzlich hungrig und konnte einfach immer essen, egal, wann, egal, was.

Ich war zu aufgeregt, um mir über Essen Gedanken zu machen. Alles an diesem Abend war so bemerkenswert wie besorgniserregend. Mein Vater, der Gesellschaft selten länger als dreißig Minuten am Stück ertrug, hatte bereits mehrere Stunden in der oberen Wohnung verbracht, noch dazu in einem Bereich unseres Hauses, der eigentlich meiner Mutter zugeordnet war. Schon seit einiger Zeit hielt er sich aus der oberen Wohnung fern, seine Schlafstatt hatte er aus dem Wohnzimmer im ersten Stock in die kleine Bibliothek der unteren Wohnung verlegt. Dort, zwischen den Bücherregalen, hatte er sich eine kleine, zusammenklappbare Matratze hingelegt und sein Lager bezogen.

Vorsichtig warfen Arnold und ich einen Blick hinein. Wir sahen zwei Männer, die mit ihren Oberkörpern halb auf der Matratze, halb auf dem Boden lagen, zugedeckt mit dem Wandteppich, der eine polnische Weidenlandschaft zeigte. Um sich herum hatten sie festungsgleich ihre Polyestertüten aufgebaut, einer der beiden hielt noch im Schlaf die Henkel eines kleinen Täschchens fest. Die Schuhe hatten sie im Flur neben der Eingangstür gelassen. Fein säuberlich standen sie dort aufgereiht, die Männer- neben den Frauenschuhen. Dazwischen verteilten sich drei Paar Kinderschuhe, davon eines, das mir und Arnold passte.

Ich kann kaum mehr sagen, was uns an diesen Schuhen so faszinierte. Vielleicht kam es uns zu banal vor, dass diese Menschen, die in unser Leben eingedrungen waren, unsere Essensvorräte verspeisten und in unseren Betten schliefen, tatsächlich Schuhe trugen, ganz als wären sie Gestalten aus dem Märchen, deren Kleidung und Schuhwerk nur dann Erwähnung fanden, wenn sie wundertätig waren. Das Polyestertäschchen mochte einen Knüppel aus dem Sack verbergen – um Siebenmeilenstiefel handelte es sich bei den löchrigen und abgelaufenen Schuhen jedenfalls nicht.

Stille war im Haus eingekehrt. Jede Stufe, die wir hinaufstiegen, knarzte unter unseren Schritten unerträglich laut. Die Taschenlampen ausgeschaltet, blieben wir vor dem Kupferstich Breslaus stehen und warteten, bis sich unsere Augen an das Halbdunkel gewöhnt hatten. Die Küchentür war angelehnt, Licht drang heraus. Behutsam stiegen wir über Mäntel und Taschen, die wir nun auf dem Flurboden erkannten, und standen schließlich vor meinem Vater und einem älteren Herrn. Beide waren auf dem Küchentisch eingeschlafen, in exakt derselben Haltung: die Arme verschränkt, den Kopf nach rechts gerichtet. Noch im Schlaf wirkte ihr Gesichtsausdruck so aufmerksam, als hätten sie Wache halten wollen für die anderen, die vor ihnen eingeschlafen waren. Um sie herum stapelten sich alle Teller, alles Besteck, alle Gläser und Tassen, die wir besaßen, überzogen mit einem Fettfilm und den Resten angebratener Zwiebeln. Arnold und ich blickten einander entgeistert an, fischten die übrig gebliebenen Piroggen aus der Pfanne und verspeisten sie.

Ich hatte den letzten Bissen noch nicht heruntergeschluckt, da liefen wir schon weiter zum Wohnzimmer. Sofas, Sessel und Tisch waren an die Wand geschoben, und auf der so frei gewordenen Fläche lagen dicht an dicht schlafende, atmende Körper. Obwohl ich im Türrahmen stehen geblieben war, wurde mir von der abgestandenen Luft übel. Ich machte ein paar Schritte zurück in den Flur, wo ich gegen Arnold prallte.

Die Schuhe, flüsterte er. Hast du sie gezählt?

Die Schuhe?

Ein Paar zu viel. Schläft noch jemand woanders?

Unser Blick fiel auf die Tür meines Kinderzimmers, die, obwohl ich sie stets gewissenhaft schloss, nur angelehnt war. Wir durchquerten den Flur und stießen die Tür vorsichtig auf. Die Jalousie war geschlossen, das Nachtlicht aus. Es war kein Gepäck zu sehen, das Bett schien unberührt, nicht die leiseste Note von Zwiebeln oder Butter lag in der Luft – und doch war etwas anders als sonst.

Arnold?, flüsterte ich.

Leila!

Ich drehte mich zu ihm, er aber packte mich an den Schultern und wirbelte mich zur Seite. Ich riss die Augen auf: Ein Junge stand hinter der Tür. Er war etwa einen halben Kopf größer als wir und hielt etwas in der Hand, das er auf uns richtete. Es war, natürlich, der alte Coltrevolver aus der Sammlung meines Vaters.

Ich will nicht sterben, sagte Arnold.

Der Junge baute sich vor uns auf und zielte mal auf mich, mal auf ihn.

Kupferstich von Breslau sinken, der Stadt, in der sie, was sonst, Geschichte studiert hatte.

Was war das?, donnerte mein Vater in das Stimmengewirr hinein. Entsetzt sah ich zu Arnold, der aber wie gebannt auf Pascha starrte. Der nämlich war plötzlich fahrig geworden, wühlte unter seiner – meiner – Jacke herum, nestelte an den Seitentaschen und zog endlich etwas hervor.

Zwille, grinste er. Sehr gut. Sehr stark.

Das ist Pawel, sagte einer der Männer und verpasste Pascha eine Ohrfeige. Der nahm sie stoisch hin. Den Coltrevolver hatte er wie ein Zauberkünstler aus dem Fernsehen zum Verschwinden gebracht.

Bei Möbel Kirchner gibt es jetzt auch Teppiche, flüsterte meine Mutter von ihrem Platz neben der Kommode, dreißig Prozent Rabatt bis Ende August.

In diesem ersten, kasachischen Sommer hatten sich die Ereignisse überschlagen. Vater neigte dazu, sie als Einheit zu präsentieren, nur selten berichtete er Einzelheiten. Das Wesentlichste, so erschien es ihm rückblickend, das Wesentlichste war die Entscheidung des Harla gewesen, dass sie alle überleben sollten. *Dableiben.* Eine fehlte: Trotz der unzähligen Suchgänge und Nachforschungen, die die Familie in den folgenden Wochen unternahm, wurde Emma Ambacher nicht gefunden.

Auch wenn die Suche nach ihr andauerte, trauerten die Großeltern bereits um ihre Tochter, die Tante um ihre Schwester. Mein Vater, der bereits seinen Bruder Jakob zu betrauern hatte, weigerte sich, den Tod seiner Mutter auch nur in Betracht zu ziehen. Die Mutter, das zwang er sich zu glauben, war irgendwo da draußen, und Punkt. Daran hing fortan sein Überleben.

Das Überleben aller anderen hing an der Entscheidung des Großvaters. Sie war es, die allem zugrunde gelegen habe, der Suche nach einem eigenen Haus, nach Arbeit und nach Nahrung. *Wir werden überleben.* Diese Worte galten nicht nur der eigenen Familie, sondern allen, die es bis in die Siedlung geschafft hatten. Worte hatten in der Steppe, wie der Wind oder die Sonne oder der Schnee, mehr Macht als sonst irgendwo auf der Welt.

Mit knurrendem Magen krochen die Verschleppten am ersten Morgen aus dem Erdhaus. Das frühe Sonnenlicht blendete, sie waren überrascht, am Leben zu sein und, von allen Orten, in der Steppe. Zum Frühstück gab es einen dünnen, süßlichen Tee, dann lief Heinrich Quapp voraus. Er führte seine Gäste zum Vorsitzenden des Dorfsowjets, Konstantin Petrowitsch Fadejew, dem Vertreter jener zentralen Macht, die fortan über ihr Dasein bestimmen sollte. Nur ein einziges Mal richtete Quapp dabei das Wort an sie. Es war ein Ratschlag, den sie alle beherzigen sollten, in diesem Jahr wie in allen, die vor ihnen lagen: sich voneinander fernzuhalten. Ein Deutscher in der Kolchose, auf der Straße oder in einem Haus schien nicht besonders auffällig, aber eine ganze Gruppe von ihnen schon. Sie alle standen unter Beobachtung und unter einem hässlichen Generalverdacht. Fernhalten, das bedeutete: nicht nahe beieinander wohnen, sich nicht treffen, weder geplant noch versehentlich, und unter keinen Umständen, unter keinen, keinen Umständen jemals Deutsch miteinander sprechen.

Vater erzählte, dieser Gang durch das Dorf sei tatsächlich das letzte Mal gewesen, dass er alle Verschleppten aus den Güterwaggons zusammen gesehen habe. Nach jenem Tag hätten sie sich in der Steppensiedlung verloren, untergebracht an verschiedenen Orten, zur Arbeit geschickt an verschiedenen Orten. *Fernhalten*, dieses Wort prägte sich ein, es war gleichbedeutend mit Angst und Misstrauen.

Ratlos stand die Gruppe der Verschleppten vor dem

mausgrau verputzten Haus, zu dem Heinrich Quapp sie geführt hatte. Zentral am Hauptplatz der Siedlung gelegen, hatte man von hier einen guten Blick auf die Stallungen und Scheunen – dorthin, wo gearbeitet wurde, das hatte die Großmutter sofort erkannt. *Rabota* – Arbeit, noch ein neues Wort, dumpf und erdig, ganz anders als *kuschatj*, essen, das klang eilig und überhastet, so wie man eben aß, wenn man fürchtete, seine Nahrung im letzten Moment doch noch zu verlieren.

Endlich ging die Tür auf; heraus trat, gedankenverloren und keineswegs in Eile, ein hagerer Mann in zerschlissenem Anzug. Konstantin Petrowitsch Fadejew war die Situation sichtlich unangenehm, er zögerte. Schließlich sprach er eine Begrüßung aus, verhaspelte sich dabei, setzte noch einmal an. Er sprach Russisch, und nach den ersten dahingemurmelten Sätzen schien er sichereres Terrain erreicht zu haben. Nun hielt er einen regelrechten Vortrag.

Josef bemerkte, dass die Erwachsenen Fadejew wie gebannt zuhörten, obwohl die meisten von ihnen nicht das Geringste verstehen konnten. Der Zauber wirkte auch so. Das musste es sein: ein Zauber der Worte, denn kaum war dieses eine, bestimmte Wörtchen gefallen, wagte keiner mehr, sich zu rühren, tief durchzuatmen oder nach der Hand des Nächsten zu greifen. *Gulag*. Das war ein starkes Wort, ein mächtiges Wort, Josef prägte es sich gut ein.

Die Großeltern und die Tante hatten über alldem völlig vergessen, was eigentlich getan werden musste. Josef aber hatte den Überblick behalten, war nicht eingelullt vom Bannspruch des Vorsitzenden; er, der Steppenwanderer, war zwar müde, aber ortskundig. Die Situation war kritisch, es musste Nahrung gefunden werden, und die Mutter.

Jetzt holte Konstantin Petrowitsch Fadejew einen Bleistift hervor, außerdem ein Stück abgegriffenes, längst über und über beschriebenes Blatt Papier, auf dem er die Namen eintrug, die ihm ringsum genannt wurden. *Die Liste.* Jeder, der seinen Namen auf ihr wiederfand, musste sich regelmäßig bei Fadejew melden, durfte das Dorf nicht verlassen, stand obendrein unter besonderer Beobachtung. Die Berufe wurden abgefragt; bei den allermeisten handelte es sich um Landwirte, *fermer*. Sie würden auf den Feldern der Kolchose arbeiten. Nur bei der Tante und beim Harla klang es anders – *medsestra*, *plotnik* –, da horchte Fadejew auf, schien plötzlich erregt und belebt. Vor allem die Tante hatte es ihm angetan, sie war die Erste, deren Papiere er prüfte und die er in eine separate Liste eintrug. Antonia Ambacher, die Krankenschwester, würde fortan gemeinsam mit Doktor Juri Sergejewitsch Podgorny im Medpunkt des Dorfes arbeiten; ihr Vater, Abraham Ambacher, als Tischler in der Schreinerei der Kolchose. Weder für die Großmutter noch für Josef schien man besondere Verwendung zu haben.

Rabota. Medpunkt. Gulag. Kolchos. Tante Antonia und der Harla warfen ihm diese Vokabeln hin, kurz bevor sie auf Fadejews Geheiß mit ihm losgingen und Josef und die Großmutter allein ließen. Das war die Worternte dieses Tages. Josef verwahrte sie sicher, sortierte sie, trocknete sie, schichtete sie so lange um, bis die Worte etwas ergaben, mit dem man arbeiten konnte.

Die Großmutter sah sich einen Moment lang um, dann nahm sie Josef an der Hand. Gemeinsam verließen sie die Siedlung und liefen in Richtung der Bahngleise, hin zu den Häusern, die sich dahinter befanden. Das Schneetreiben während des Sturms musste so dicht gewesen sein, dass es die kleine Häuseransammlung an der Bahnstation einfach verschluckt hatte. Sie waren keine zweihundert Meter von ihr entfernt gewesen und einfach in die andere Richtung gegangen. Nun überquerten Josef und die Großmutter die Gleise, umrundeten die Häuser, versuchten jedem Menschen, den sie trafen, radebrechend zu erklären, was sie hergeführt hatte. Aber niemand wusste etwas zum Verbleib einer jungen Frau zu sagen, keiner hatte etwas gesehen oder gehört. Auch einen leblosen Leib hatte niemand in der Steppe gefunden.

Wo ist sie nur hin, Wawa?, fragte Josef die Großmutter. Die Mama, sie muss doch irgendwo sein?

Die Steppe ist groß, antwortete die Wawa da und fuhr sich über die Augen. Es gibt wilde Tiere, mein Junge, und vielleicht auch Dinge, von denen wir nichts wissen. Wir müssen jetzt weitermachen, hörst du? Immer weitermachen.

Aber sie ist bloß *fort*, Wawa, hörst du? Fort, nicht tot!

Das bedeutete für Josef einen himmelweiten Unterschied, für die Wawa offenbar nicht. Schweigend gingen sie zu den abgeernteten Weizenfeldern nahe der Siedlung. Gemeinsam krochen sie über die Stoppelfelder und sammelten Korn um Korn ein, manchmal fand sich auch eine vergessene Ähre. Josefs Gedanken schweiften ab, hin zur Mutter, die er vermisste, zum Zug, dessen Rattern er noch immer in den Beinen spürte. Wenn die Großmutter nicht hinsah, steckte er sich eine kleine Handvoll Körner in den Mund und kaute so lange auf ihnen herum, bis sie sich in einen Brei verwandelten.

Da fiel ihm ein, was er am Vorabend zwischen Lisbeth Quapp und seiner Großmutter beobachtet hatte: Sag, Wawa, war es etwas zu essen? Was du ihr gegeben hast?

Nein.

Etwas zum Anziehen?

Nein, Josef.

War es –

Schluss jetzt! Sprich es nie wieder an, hörst du?

Nie wieder?

Nie wieder!

Teresia Ambacher kniff wütend die Augen zusammen und pulte eine Ähre aus dem Stroh hervor. Josef wollte es ihr gerne versprechen, aber sein Mund verschloss sich, kein Wort kam mehr heraus. Ob es der Harla wusste? Oder Tante Antonia? Er seufzte und zwang sich, an etwas anderes zu denken, zum Beispiel an Weizenkörner oder die kleinen, schwarzen Käfer, die zwischen Stroh und Erde umherkrabbelten. Oder an den Jungen namens Tachawi. Sofort nahm er sich vor, ihn zu finden. Das setzte er auf seine Liste wie der Dorfsowjet die Namen der Deutschen: Mutter, Nahrung, Tachawi. Die Liste wuchs, es wuchs aber auch der Vorrat in Josefs rechter und linker Hosentasche. Am Abend würde sich daraus mit Quapps Handmühle Mehl mahlen lassen, und aus dem Mehl ließ sich ein Fladen backen.

Heinrich Quapp hatte aus seinem Unmut keinen Hehl gemacht, als er am Abend erfahren hatte, dass ihm die Ambachers zugeteilt worden waren. Bis auf Weiteres würden sie in seinem Erdhaus wohnen bleiben, jedenfalls so lange, bis eine andere Lösung gefunden wurde. Auch die anderen Familien waren auf Deutschstämmige verteilt worden, auf diese Stammeszugehörigkeit hatte der Vorsitzende des Dorfsowjets genau geachtet.

Erst Jahrzehnte später hatte mein Vater Heinrich Quapps

Reaktion einordnen können; hatte begriffen, dass Fadejews Anweisung wie eine weitere Schikane gegen ihn, den Wolgadeutschen, erscheinen musste. Quapp, so wie alle Deutschen, die im Russischen Reich gesiedelt hatten, war Jahre zuvor selbst enteignet und deportiert worden, verleumdet und angefeindet. Nur, was hatte er schon zu tun gehabt mit Hitler und überhaupt dem Deutschen Reich? Das einzige Reich, das seine Familie seit Jahrhunderten kannte, war das russische, und dass sie nun diese Deutschen aufnehmen mussten, völlig egal, wo genau sie herkamen und wie genau ihre Geschichte war, musste sich anfühlen wie eine Frechheit und eine Zumutung. Weder hatten sie genug Nahrung noch Kleidung – nicht einmal ein richtiges Haus war es, das sie bewohnten, sondern nur dieses Erdhaus, für etwas anderes hatte es in den vergangenen Jahren nicht gereicht oder nicht reichen sollen.

Viel später kommentierte Tachawis Mutter Aigul: Die Deutschen zerfallen in mehr Stämme als die Kasachen, und keiner achtet den anderen. Das war meinem Vater fortan nicht mehr aus dem Kopf gegangen.

Am Abend backte Teresia Ambacher einen Weizenfladen, der süßliche Geruch durchzog das Erdhaus. Eingedenk ihrer Pflicht als Gast bot sie der Familie Quapp einen Teil davon an. Stumm nahmen sie das Stück, das ihnen die Wawa überreichte, entgegen und zogen sich mit den Zwillingen auf ihre Plätze zurück.

Die Tante war so müde gewesen, dass sie gleich nach dem Abendbrot eingeschlafen war, der Großvater hatte sich, gleich nachdem er seine Portion verspeist hatte, nochmals auf die Suche nach Emma gemacht. Josef wollte ihn begleiten, wurde aber barsch angewiesen, bei der Wawa zu bleiben.

Darüber ärgerte er sich, genauso wie darüber, dass die Großmutter den Quapps etwas von ihrer Nahrung abgegeben hatte. Ihm schien es selbstverständlich, dass sie ihre Mühle benutzen durften und ihre Pfanne und ihr Salz, den Ofen und das Feuerholz. Es kränkte ihn, dass Irene und Karl ihn ignorierten – vielleicht, mutmaßte der Harla später, waren sie dazu von ihren Eltern angehalten worden –, sie reagierten auf kein Wort und keine Geste. Kommentarlos hatten sie Wawas Fladenbrot in sich hineingestopft und waren sofort dazu übergegangen, ein Spiel miteinander zu spielen, dessen Regeln Josef nicht begriff.

Er saß hinten auf seinem Platz und ritzte ein böses Wort in die gestampfte Erde. Als ihm einfiel, dass er selber darauf schlafen musste, verwischte er es rasch wieder, dennoch konnte er die ganze Nacht nicht ruhig liegen und einschlafen. Was einging in die Steppe, kam nicht wieder heraus, das hatte er nun gelernt. Diese Erkenntnis machte ihm Angst. Eigene Stärke hatte er vorerst nicht dagegenzusetzen, aber Stärke ließ sich auch ausborgen, zum Beispiel von Tante Antonia, ihr Vorrat schien unerschöpflich.

Am nächsten Morgen vermisste die Tante ihr Bündel mit der Bettdecke. Sie machte sich auf die Suche und fand es kurze Zeit später auf der Quapp'schen Wäscheleine wieder. Lisbeth Quapp besaß die Frechheit zu behaupten, die Decke hätte seit jeher zu ihrem Hausstand gehört. Da verfinsterte sich Tante Antonias Blick wie der Horizont kurz vor dem Schneesturm, sie packte Lisbeth Quapps Hand und sagte: Die Decke soll demjenigen, der unter ihr schläft, kein Glück bringen.

Da wurde Lisbeth Quapp ganz blass im Gesicht: Wie können Sie so etwas sagen!

Aber Tante Antonia konnte noch viel mehr. Sie hatte eine Kraftquelle angestochen, die sprudelte und nicht mehr versiegte. Josef dachte: Endlich etwas, das reichlich vorhanden ist und weder eingeteilt noch aufgespart werden muss.

Aul. Dieses Wort liebte Josef sehr, konnte nicht genug davon bekommen, liebkoste es mit der Zunge, schob es immer wieder im Mund hin und her und sprach es zehn-, zwanzigmal hintereinander aus. *Aul* bedeutete Dorf auf Kasachisch, Siedlung, Heimstätte, und der Aul, in dem Tachawi und seine Familie wohnten, hieß Kökterek.

Bei einem seiner Erkundungsgänge hatte Josef den Weg in den Aul gefunden. Er hatte an dem Tag das Areal jenseits der Furt absuchen wollen, hatte das Wäldchen passiert und nach einer Weile in einiger Entfernung eine Siedlung bemerkt.

Die Kasachen, durchfuhr es ihn. Dort mussten sie wohnen! Er nahm sich vor, sie für die Suche nach seiner Mutter einzuspannen. Sicherlich kannten sie hier alles und jeden, wussten vielleicht, wie man vorging, wenn die Steppe etwas verschluckt hatte und nicht wieder hergeben wollte.

Ein paar Kinder liefen Josef entgegen, unter ihnen auch Tachawi, der laut auflachte und Josef mit sich zog. Erstaunt blickten die Erwachsenen auf den Jungen, der den Weg zu ihnen gefunden hatte, kratzten sich unter ihren Mützen, Schapkas und Turbanen. *Die Steppe hat was herangeweht.*

Daran erinnerte sich mein Vater gerne: dass ihn Tachawi erkannte. Er schmückte die Begegnung gerne aus, erzählte von Adlern, die nur über Kökterek kreisten, nie aber über der russischen Siedlung, vom wild wuchernden Wermut und von Hanfpflanzen, die hier hüfthoch emporragten, von dem Kamel, das stinkend und hochmütig über die Bewohner des Auls wachte.

Die etwa zwei Dutzend Häuser und Hütten von Kökterek bestanden zu jeweils unterschiedlichen Anteilen aus Holz, Wellblech, Flusssteinen und Viehmist. In nordöstlicher Richtung, umgeben von einem windschiefen Holzzaun, lag der Friedhof; genau entgegengesetzt, aber ähnlich weit entfernt, der Steppenbrunnen mit verbogenem Hebearm und Gegengewichten.

Aul, sagte Tachawi und wies rings um sich.

Zwille, sagte Vater, und hob die Waffe hoch, die er selbst am Morgen gebaut hatte. Das Kindervolk kreischte vor Begeisterung, und Tachawi hatte seine liebe Not, die anderen Kinder beiseitezuschieben und Josefs Fabrikat zu untersuchen.

Schließlich führte Tachawi seinen Freund zum Haus der Familie. Trat man ein, so befand sich rechter Hand der Ofen, linker Hand der Schlaf- und Essbereich. Dort, an einem länglichen Tischchen, reichte Tachawis Mutter Aigul Sarsenbayeva Josef Tee und *kurt*, den getrockneten Joghurt, den er bereits kannte. Wieder kam es ihm vor, als würden wenige Kügelchen ausreichen, den Magen zu füllen und den Hunger zu beschäftigen – ein kasachisches Wunderwerk. Ein paar der Kügelchen hob er für seine Großeltern und die Tante auf.

Ana, sagte Tachawis Mutter, schlug die schwarzen Augen nieder und wies auf sich selbst, die Lammfellweste, die klatschmohnrote Bluse und den verschlissenen Wollrock, der bis zu ihren Stiefeln reichte.

Ana – njet, antwortete Josef und versuchte mit ein paar

Brocken Russisch zu erklären, dass seine Mutter im Schneesturm verloren gegangen war. Ana – buran, sagte er, wiederholte so lange *ana – buran*, bis er meinte, dass alle begriffen haben mussten, was er ihnen sagen wollte. Natürlich hatte Schämschi Sarsenbayev, Tachawis Onkel, da längst im Aul herumerzählt, dass einer der Deutschen seine Tochter vermisste. Eine junge Frau. Dass sie auch Mutter gewesen war, verstanden sie erst jetzt.

Iskatj?, fragte Josef hoffnungsvoll. Suchen?

Tachawis Mutter nickte und fuhr ihm über das hellblonde Haar; ein paar der älteren Männer, die vor der Tür alles mit angehört hatten, besprachen sich und schüttelten dann Josefs Hand.

Iskatj, sagte Tachawi. Er steckte Josef noch ein paar Kügelchen in die Hosentasche, und Aigul zog zwei zerknitterte Fotografien hervor: Eine zeigte wohl Tachawis Vater, die andere einen jungen Mann, der sein Bruder sein mochte. Beide steckten in Uniformen und hatten sich mit ernsten Mienen ablichten lassen. Tachawi nahm die beiden Fotografien, drehte sie um und sagte: äke – njet, aga – njet.

Er fuhr sich über die Augen und blickte erst wieder auf, als er spürte, wie Josef ihm die Zwille in die Tasche steckte.

Ana – Mutter, *äke* – Vater, *aga* – Bruder.

Dann folgten sie den Männern, die in der kurzen Zeit ein Pferd und einen alten Zweisitzer aufgetrieben hatten. Gemeinsam fuhren sie hinaus, hielten Ausschau, befragten die Hirten, die sie unterwegs mit ihren Herden trafen. Alle bedauerten sie, ihnen nicht helfen zu können.

Vater erzählte, die Männer des Auls hätten noch Jahre später versucht, etwas über den Verbleib der Deutschen Emma Ambacher herauszufinden. Offenbar aber war ihr etwas gelungen, was selten zuvor jemand geschafft hatte: dem Ohr und dem Auge der Steppe zu entgehen.

Josef blieb bei dem, was er sich vorgenommen hatte: weiterzusuchen, egal, wie, egal, wie lange. Wer suchte, hatte die Hoffnung noch nicht ganz aufgegeben.

An die ersten Schultage in der sechsten Klasse erinnere ich mich mit Befremden. Weil die Lehrerschaft an der Paula-Modersohn-Schule nicht vorbereitet war auf das, was sie erwartete, offenbarten jene Tage eine Schwachstelle, einen weißen Fleck in der Kartographie unserer Lebenswelt: den Horizont der Normalos. Er reichte für gewöhnlich bis knapp hinter die Grenze des Mühlheider Landkreises. Damals war es noch nicht üblich, mehrmals im Jahr in den Urlaub zu fahren, um so wenigstens eine Art räumliche Erweiterung des eigenen Erfahrens herzustellen; man blieb am Ort und kümmerte sich um den Rasen, die Hecke oder um das Pferd auf seiner Parzelle, draußen, hinter der Tangente. Fremdsein bedeutete hier zumeist, aus Celle oder Uelzen zu stammen, aus Lüneburg oder Buxtehude. Ich wusste, dass selbst *Polen* für die meisten der Normalos einen exotischen, leicht suspekten Klang besaß. In Polen begann eine andere, eine slawische Welt.

Kasachstan? Arme Frau Wessels. Sie war unsere neue Klassenlehrerin und hatte sich gerade erst an die Türken gewöhnt: Ramazan und Izny, Yavuz und Aytaç, Müjde und

Fatma. Frau Wessels hatte sie vielleicht nicht in ihr Herz geschlossen – dafür waren sie zu offensichtlich fremd, zu lästig die Spuren einer völlig anderen Kultur und Religion –, aber immerhin hatten sie ihren Platz zugewiesen bekommen und eingenommen. Die letzte Bank war für sie reserviert, dort, wo Frau Wessels am wenigsten davon mitbekam, wie wenig sie mitbekamen. Zwischen den Türken und dem Normaloanteil unserer Klasse gab es einen Grenzbereich, der schützen sollte und trennen zugleich. Diesen Grenzbereich, den bildeten wir, Arnold, ich und die Peltzer-Schwestern. Niemand hatte uns gezwungen, an exakt dieser Stelle zu sitzen, es hatte sich einfach so ergeben. Dass wir keineswegs ein Bollwerk waren, sondern vielmehr ein florierender Umschlagplatz für Schmuggelware aller Art – Spickzettel, Hausaufgaben, klebrig-aromatische Süßigkeiten, Vokabular –, blieb Frau Wessels vielleicht verborgen. Arnold liebte Halwa, ich Lokum, damit stopften wir uns voll, wenn keiner hinsah. Zitronengelbe Harissatuben wechselten die Besitzer, lagen kühl und geschmeidig in der Hand und wurden, vorsichtig dosiert, auf Käsebrote gequetscht.

Zumindest Yavuz kannte ich recht gut. Mein Vater ging im Lebensmittelladen seiner Eltern regelmäßig einkaufen, bevorratete sich mit Ayran, Kefir, Pferdewurst, scharfen Pasten und Unmengen an losem Tee, mit in Öl eingelegten Pfefferonen und Schafskäse. Was meine Mutter als eine wenig subtile Kritik an ihrer polnischen Hausmannskost begriff, kann ich nun, Jahre später, besser einordnen und benennen: als jahrhundertealten Einfluss der türkischen Kultur auf die kasachische. Was mein Vater als Kind in der Steppe kennenlernte, fand er Jahrzehnte später als Erwachsener wieder in einem dämmrigen, vollgestellten Orient-al-Supermarkt am Rande des Mühlheider Industriegebiets. Auch ich mochte Pfefferonen, mochte Yavuz' freundliche Art und Fatmas Großzügigkeit (sie selbst konnte weder Halwa noch Lokum ausstehen und liebte dafür, ich begreife es nicht, Zuckerkuchen). Sie alle waren Bewohner des Stadtrandes, wenn auch eines anderen als wir – anstelle der Klapphäuschen ragten dort Mehrfamilienhäuser empor, *Blocks*, wie wir sie nannten, was ich lose mit dem Begriff des Ostblocks verband, ohne weiter darüber nachzudenken. Es reichte, dass eine Note des Bedenklichen und Suspekten mitschwang, um in mir Sympathie zu wecken.

Meine Nähe zur letzten Bank erschien Frau Wessels sicher schleierhaft. Während sie dem Schüler Arnold Kolb relativ neutral gegenüberstand – nicht auf den Kopf gefallen, aber etwas verdruckst und sperrig –, hegte sie für die Schülerin Leila Ambacher wohl eine zarte Schwäche. Meine rasche Auffassungsgabe half ihr immer wieder im Unterricht, und meine sauber formulierten, phantasievollen Aufsätze ließen sich gut im Schulforum präsentieren. Großzügig sah sie darüber hinweg, dass meine Mutter ein etwas ungelenkes Deutsch sprach und dass wir am Stadtrand wohnten. Fremdheit schien ein zweischneidiges Schwert zu sein, im besten Fall wirkte sie mitleiderregend, im schlechtesten Fall rief sie Ablehnung und Abschiebung hervor. Diese etablierte Ordnung, die nur die letzten beiden Reihen bewusst als solche erkannten, fand ein jähes Ende – kurioserweise mit Vanillemilch und einem strahlend weißen Schienbeinknochen.

Mit dem Gong öffnete sich die Tür zum Klassenzimmer. Frau Wessels ließ uns eintreten und wies zur Tafel. Drei neue Schüler warteten dort, mit durchgedrücktem Kreuz, akkurat gezogenem Mittelscheitel und heruntergekauten Fingernägeln. In der Mitte stand Pascha, er trug meine Adidas-Jacke, die noch immer atemberaubend nach Paco Rabanne pour Homme roch. Falls er uns erkannte, ließ er sich nichts anmerken. Nach der ersten Nacht, die die Neuankömmlinge bei uns verbracht hatten, waren sie von einer Behörde der Stadt auf leer stehende Sozialwohnungen verteilt worden. Das lag etwa eine Woche zurück, seither waren wir ihnen nicht mehr begegnet.

Willst du die nicht wiederhaben?, flüsterte Arnold und wies mit dem Kinn auf die Jacke. Obwohl ich sie gerne getragen hatte, schüttelte ich den Kopf. Der Geruch würde sich nie wieder daraus entfernen lassen, da war ich mir sicher.

Es gibt neue Mitschüler, sagte Frau Wessels unnötigerweise. Eduard, Paul und Natalie bereichern ab heute unseren Klassenalltag.

Ihre Stimme klang verwundert, ein wenig missbilligend. Es war klar, dass sie in der kurzen Zeit, die sie mit den Neuen allein im Klassenraum verbracht hatte, keinen Gefallen an ihnen gefunden hatte. Wahrscheinlich hatte sie schon herausgefunden, dass keiner der drei, trotz ihrer deutsch klingenden Namen, glänzende Sprachkenntnisse besaß; sie waren also, in Frau Wessels' Augen, nicht nur fremd, sondern entweder dumm, aufsässig oder schwerfällig. Obendrein wirkten sie unausgeschlafen und verängstigt, ihre Gesichter hoben sich bleich und fahl von dem Dunkelgrün der Tafel ab.

Unter Getuschel und Geschubse nahmen wir die neuen Plätze ein. Die Tischreihen waren durch ein Hufeisen mit innen liegenden Zweierplätzen ersetzt worden. In der ersten allgemeinen Ratlosigkeit hatten sich Ramazan und Izny, Yavuz und Aytaç, Fatma und Müjde wahllos auf Plätze gestürzt und sich so unter die Normalos gemischt. In der Mitte war einiges frei geblieben, dort nahmen Arnold und ich Platz, vor uns die Peltzer-Schwestern. Sie grämten sich, nicht mehr am Fenster zu sitzen, denn dort standen die Schulranzen der neuen Schüler. In der Mitte zu sitzen: Das war neu.

Wir sind umzingelt, flüsterte ich Arnold zu.

Immer, sagte er.

Wer von euch weiß, wo Kasachstan liegt?, fragte Frau Wessels.

Schweigen, dann kicherte Lisa Schwarzkopf von ihrem sicheren Platz an der Seite.

Leila?

Ich zuckte zusammen: In der Sowjetunion?

Das schien Frau Wessels' Stichwort zu sein; kaum war der Begriff gefallen, holte sie das Gestell mit der Weltkarte hinter der Tafel hervor, rollte die Karte auf und zeigte – relativ sicher, was mir nicht entging – tatsächlich auf Zentralasien.

Auf dem Gebiet der Sowjetunion leben viele Deutschstämmige. Paul, erzähl uns doch mal was von der kasachischen Steppe. Natalie, du kannst uns auf der Karte einmal zeigen, wo in Kasachstan ihr gewohnt habt. Und Eduard, du kannst schon mal überlegen, was dir sonst noch so dazu einfällt.

Den neuen Mitschülern, die ab sofort unseren Klassenalltag bereicherten, schienen vor Schreck die Augen hervorzutreten, Eduard wurde puterrot, Pascha begann zu schwitzen – einzig Natalie kam Frau Wessels' Aufforderung nach und zeigte auf Nordkasachstan. Als kein Bericht über Lebensumstände oder die Steppennatur folgte, seufzte Frau Wessels, murmelte etwas von Sprachförderung und schickte die Neuen auf ihre Plätze. Dann warf sie einen forschenden Blick auf die Weltkarte, wollte erneut anheben, kam aber nicht mehr dazu. Es klopfte, und herein trat Herr Petersen, der Hausmeister unserer Schule.

Herr Petersen war ein typischer Vertreter jener norddeutschen Männer, die in den gewöhnlichen, norddeutschen Stadtteilen Mühlheides wohnten, Jeanshemden trugen und sich gerne in Garagen aufhielten. Als ehemaligen Lastwagenfahrer konnte ihn nichts aus der Ruhe bringen; uns Schülern, allen voran Arnold und mir, brachte er eine wortkarge Sympathie entgegen. Mindestens so beflissen wie um den Pausenkiosk, wo er Schoko-, Vanille- und Erdbeermilch verkaufte, kümmerte er sich um die Teiche, die die Paula-Modersohn-Schule umgaben. Blickte man während des Sachkunde- oder Mathematikunterrichts aus dem Fenster, konnte man ihn manchmal dabei beobachten, wie er verirrte Sumpfschildkröten auflas und zu den Teichen oder zum Aufpäppeln in einen seiner Schuppen trug. Während einer solchen Rettungsaktion musste er eines unserer Verstecke gefunden haben. Zwischen unseren Vorräten und der Ausrüstung für einen plötzlichen Kälteeinfall (Wolldecken, Lkw-Plane, Skiunterwäsche, einige ausrangierte Schlitten) fanden wir eine freundliche Notiz, was uns sehr imponierte.

Vielleicht wollte Herr Petersen die Last des ersten Schultages nach den Sommerferien ein wenig abfedern, denn er ging mit einem großen Jutesack durch die Reihen und ließ jeden von uns eine Flasche Schoko-, Vanille- oder Erdbeermilch herausnehmen.

Kleines Geschenk des Hauses, sagte er und stellte eine Flasche Erdbeermilch auf Frau Wessels' Lehrertisch.

Erdbeer mag ich nicht, sagte sie, und Herr Petersen, ungerührt: Ist aber gesund.

Als er bei den Neuen ankam, geriet die Verteilung ins Stocken. Natalie, Eduard und Pascha starrten ihn entgeistert an und rührten sich nicht.

Vanille?, fragte Herr Petersen. Schoko? Erdbeer?

Als sie noch immer nicht wagten, in den Sack zu greifen, stand Arnold auf, nahm drei Flaschen heraus und stellte sie nacheinander vor ihnen ab. Herr Petersen klopfte ihm auf die Schulter, beendete seine Runde und verließ, vage in Frau Wessels' Richtung grüßend, das Klassenzimmer.

Wie gebannt starrte Pascha auf seine Vanillemilch. Als ringsum die Flaschen geöffnet und an die Münder gesetzt wurden, griff auch er schließlich nach seiner Flasche, löste ihren Deckel und roch an ihrem Inhalt. Ich bin mir nicht sicher, ob er Vanille nicht mochte oder aber eben sehr, denn er drehte die Flasche wieder zu, stellte sie vor sich ab und fragte dann mit glasklarer Stimme in den Raum hinein: Weihnachtsmann, ja?

Lautes Johlen und Grölen, den Peltzer-Schwestern spritzte vor lauter Lachen Schokomilch aus der Nase, eine Flasche ging zu Bruch, an allen Ecken und Enden des Klassenzimmers wieherte es, so absurd war das eben Gehörte und so willkommen der Anlass, Frau Wessels' Beschulung ein paar Augenblicke lang zu sabotieren.

Frau Wessels versuchte, durch den Lärm zu dringen, aber vergebens. Michael Baer, von der Normaloflanke, griff schließlich, ohne die Konsequenzen auch nur erahnen zu können, nach Paschas Vanillemilchflasche und wollte ihn wohl imitieren, sich seinerseits nach dem Weihnachtsmann oder dem Nikolaus oder dem Osterhasen erkundigen, aber Pascha, der annahm, man wolle ihn bestehlen, war schneller. Er schubste Michael beiseite, der sich gerade noch am Tisch festhalten konnte, sich kurz berappelte und gemeinsam mit seinem Sitznachbarn Sebastian Schulte auf Pascha losstürzte. Während das Knäuel der mit Armen und Beinen um sich schlagenden Jungen zu Boden stürzte, lief Frau Wessels entsetzt in den Flur und schrie um Hilfe. Dabei muss jemand Paschas Ranzen umgestoßen haben, denn er schlitterte in Richtung Lehrertisch, der Verschluss öffnete sich, und heraus kullerte ein schneeweißer, blanker Knochen.

Frau Wessels, die mit dem Biologielehrer im Schlepptau zurück in die Klasse gestürzt kam, blieb wie erstarrt stehen. Herr Sievert hob auf, was da auf dem Boden lag, und sagte: Interessant! Tibia – einwandfrei ein Schienbein. Darf ich fragen, woher es stammt?

Germania?

Die Stimme des Dorflehrers und Kriegsinvaliden Iwan Iwanowitsch Gusew schnitt durch das Klassenzimmer, in dem sich rund vierzig Kinder aller Altersstufen drängten. Die Schule lag ein wenig abseits vom Hauptplatz des Dorfes und bestand aus dem Gebäude mit dem Klassenraum, einem Häuschen, in dem die Kantine untergebracht war, sowie einem lang gezogenen, blockhüttenartigen Bau, in dem einige der Schüler übernachten durften. Iwan Iwanowitsch selber bewohnte eine Kammer hinter dem Klassenzimmer.

Wie alle Räume der Schule war auch das Klassenzimmer nur mit dem Nötigsten ausgestattet. Neben dem Lehrerpult gab es einen alten gusseisernen Ofen, dessen Rohr quer durch den Raum verlief. Die Menge der Schüler wurde vom Ofenrohr in eine jüngere und eine ältere Hälfte geteilt, wobei es so eng auf den Bänken zuging, dass der eine den Atem des anderen spürte; spürte, wenn er zusammenzuckte, nervös mit dem Fuß wippte oder sich hin und her wiegte.

Germania.

Das Wort meinte ihn, Josef. Sofort wurde es still. Das Wort hing über den Köpfen der Schüler und strahlte dort, wo mein Vater sich zusammen mit Tachawi Sarsenbayev und zwei anderen in eine Schulbank gezwängt hatte, noch ein wenig heller.

Josef senkte den Blick, schloss die Augen. Obwohl es der erste Schultag war, wusste er schon: Verriet man sich als Deutscher oder wurde als solcher verraten, hatte man Hohn und Spott zu ertragen oder, schlimmer noch, Prügel und Quälerei. Dabei schien das Ausmaß der Ablehnung willkürlich zu sein. An einem Tag ließen die Kinder zu, dass er mit ihnen ging und Tabakblätter klaute oder Fische fing, an anderen schrien sie aus voller Kehle Josef-Faschist, Josef-Faschist, und wenn er versuchte, sich ihnen zu nähern, bewarfen sie ihn mit Steinen.

Ein halbes Jahrhundert später schmerzte bei Tiefdruck noch immer der Hinterkopf meines Vaters, ob aus Wetterfühligkeit oder weil ihn zu viele Steine an der Stelle getroffen hatten, blieb ungeklärt.

So oder so hatte er den Kindern verziehen. Allesamt Halbwaisen, die ihre Väter im Krieg gegen Nazideutschland verloren hatten, stürzten sie sich auf den nächstbesten

Schuldigen. Und das sei nun mal er gewesen, unbestreitbar Deutscher. Den Zwillingen Irene und Karl schien es in den Jahren zuvor gelungen zu sein, sich so gut wie nahtlos einzugliedern. Ihr Russisch kam Josef fehler- und akzentfrei vor, nie sah er, dass auch sie verprügelt wurden. Vielleicht, so dachte er später, vielleicht hatte er lediglich ihren Platz eingenommen. Falls es so war, so hatten sie es ihm nicht mitgeteilt. Noch immer machten sie einen weiten Bogen um Josef, als sei sein Deutschsein ansteckend, als könnten sie es sich auf keinen Fall erlauben, mit ihm in Verbindung gebracht zu werden.

Einmal waren die Jungen aus dem Dorf, allen voran Schura Malinin, der größte und stärkste unter ihnen, Josef nachgejagt, hatten ihn gepackt und zum Fluss geschleppt. Sie wussten längst, dass Josef nicht schwimmen konnte und starr wurde vor Angst, wenn man ihm Gewalt antat. Sie hielten ihn so lange unter Wasser, bis er ohnmächtig wurde, dann zogen sie ihn erschrocken ans Ufer und liefen davon.

Josef kam erst wieder zu sich, als er Schläge auf seinen Rücken spürte und einen Schwall Flusswasser erbrach. Eine alte Russin hatte aus der Entfernung beobachtet, was geschehen war, und ihn gerettet.

Weil Josef nicht reagierte und noch immer mit geschlossenen Augen dasaß, erhob sich Iwan Iwanowitsch Gusew von seinem Platz am Pult, streckte das eine, heile Bein aus und humpelte bis vor Josefs Tisch. Er klopfte auffordernd gegen die Tischplatte und stocherte zurück zur Tafel, wo er auf Josef wartete.

Ein wenig schwerer von Begriff, und Iwan Iwanowitsch Gusew hätte meinen Vater womöglich nicht sofort ins Herz geschlossen, die Geschichte wäre, keine Frage, anders verlaufen, Iwan Iwanowitsch hätte sich vielleicht eines anderen Kindes angenommen. Aber wie Vater da am ersten Schultag an der Tafel stand und eine Rechnung nach der anderen löste, alles addierte, subtrahierte und multiplizierte, was Iwan Iwanowitsch ihm vorgab, das flößte selbst den Rüpeln in der letzten Reihe Respekt ein.

Ein Ausnahmetalent, ohne Zweifel, das hatte Iwan Iwanowitsch erkannt, und dieses Talent hatte alle Bezeichnungen und Kategorien so gut wie ausgelöscht. Schließlich war da der Blick eines Humpelnden für das Humpeln eines anderen. Der Russe Iwan Iwanowitsch Gusew besaß Milde, ein präzises Auge und ein schlecht sitzendes Holzbein.

Als Josef wieder Platz nehmen durfte, ging er widerstrebend zurück zu seiner Bank, vorbei an Irene und Karl Quapp, vorbei an Schura Malinin, immer am Ofenrohr entlang, von dem zu dieser Zeit noch längst keine Wärme abstrahlte, sondern glatte, reine Kühle. Diesmal rumorte es nicht in den Bänken, wenn er sie passierte. Die Zahlen hatten Stille gebracht.

Tachawi nickte zufrieden, als sich der Freund neben ihn gleiten ließ. Eines kam Josef merkwürdig vor: Obwohl Tachawi schon seit mehreren Jahren die Schule besuchte, fand sich auf seinem Täfelchen keine einzige Zahl, geschweige denn eine ganze Rechnung. Josef meinte, dass der Freund wohl seine Kreide verloren hatte, und brach sofort sein eigenes Stück entzwei. Als er aber Tachawi die kaum daumennagelgroße Hälfte hinhielt, schüttelte der nur den Kopf und blickte stur nach vorne. Iwan Iwanowitsch saß da, streckte das Holzbein von sich und hielt in der Hand ein Buch, aus dem er nun vorlas.

Da fiel Josef auf, dass er Tachawi noch nie hatte unbekümmert Russisch sprechen hören. Auch jetzt, da Iwan Iwanowitsch eine Geschichte vorlas, betrachtete Tachawi ihn mit völlig unbewegtem Gesicht, zeigte keine Regung, selbst wenn ringsum die Kinder lachten oder grämlich aufseufzten.

Josef selber gelang es kaum, den Lehrer zu verstehen; zu schnell las der und las Worte, die Josef weder in der Steppe noch im Dorf je zuvor gehört hatte. Er war froh, wenn er einem Gespräch folgen konnte, einer Aufforderung oder einer Drohung. Auch konnte er Tachawis Mutter folgen, wenn sie in einer Mischung aus Russisch und Kasachisch etwas erklärte; eine russische Erzählung zu verstehen, ging jedoch weit über die Kenntnisse, die er in der Zeit vor Schulbeginn gesammelt hatte, hinaus.

In den Lesepausen fiel Iwan Iwanowitsch irgendwann auf, dass der Blick des deutschen Jungen ziellos durch den Klassenraum irrte und immer wieder hilfesuchend zum kasachischen Schüler Tachawi Sarsenbayev hinüberglitt. Da beendete er früher als geplant den Russischunterricht und schickte die Schüler hinaus auf den Schulhof. Ohnehin würde es bald eine Stärkung in der Kantine geben, und Josef Ambacher war beileibe nicht der Einzige gewesen, der der Geschichte nicht hatte folgen können.

Josef war schon beinahe aus der Tür, da rief sein Lehrer ihn zurück.

Josef? Ein Wort, bitte.

Wort, slowo, söz.

Jawohl, Herr Lehrer, sagte Josef: Ein Wort, welches denn?

Iwan Iwanowitsch lachte so sehr, dass der Stuhl, auf dem

er saß, quietschte und ein wenig nachgab. Er rutschte auf der Sitzfläche nach vorne, dabei verschob sich das Hosenbein und entblößte die Prothese. Das Holz war so von Wurmlöchern durchsetzt, dass Josef meinte, es müsse unter dem Gewicht des Lehrers in Späne und Mehl zerfallen. Iwan Iwanowitsch, der Josefs Blick bemerkte, zog das Hosenbein hinunter und sagte: Stalingrad.

Jawohl, antwortete Josef. Ein Wort: Stalingrad. Ich werde es mir merken.

Wieder hätte er beinahe den Klassenraum verlassen, wenn Iwan Iwanowitsch ihn nicht ein zweites Mal zurückgerufen hätte, um ihm einen Vorschlag zu unterbreiten.

Weder die Tante noch der Harla hatten Zeit für Josef, so beschäftigt waren sie in der Tischlerei und auf der Krankenstation, so schweigsam, wenn sie abends das Erdhaus der Quapps betraten. Die Arbeit und die Suche nach Emma machten müde, und so wurden die Suchgänge erst seltener und blieben schließlich ganz aus. Die Großeltern wie die Tante hatten, so schien es, das Schicksal ihrer Tochter und Schwester hingenommen.

Die Großmutter saß jeden Tag vor der Tür, die Knie weit auseinander, dazwischen spannte sich ihr Rock. Sie mahlte die Körner, die Josef auf den abgeernteten Feldern jenseits des Flusses auflas, und backte Fladen über der Glut des Feuers. Sie sprach kaum etwas, und so hielt ihn bei ihr wenig. Josef brauchte Wörter und Erzählungen ebenso sehr wie Bewegung.

Wenn er auf den Beinen war und umherlief, konnte er die Gedanken an die Mutter manchmal für eine Weile abschütteln. Seine Traurigkeit wanderte langsamer durch den

Raum als er selbst, für Josef eine der wichtigsten Erkenntnisse dieses Spätsommers.

Er lieferte die Weizenkörner bei der Großmutter ab und floh, floh vor ihrer Wortlosigkeit, ihrem Blick, ihrer Hand, die ihn liebevoll tätscheln wollte. Lieber machte er sich auf die Suche nach dem Harla, so wichtig schien, womit er sich beschäftigte. Mit dem Spätsommer war die Heimlichkeit ins Dorf eingezogen; alles, was in den Stunden des Abends geschah, hüllte sich in ein feines, nebeldünnes Gespinst, das Josef noch nicht ganz durchblickte. Nachdem die Erwachsenen ihre Arbeit in der Kolchose, auf den Feldern, den Weiden und den Werkstätten beendet hatten, setzte eine geheimnisvolle Unrast ein, eine schweigsame, betont unauffällige Geschäftigkeit.

Noch nach vielen Jahren verblüffte es meinen Vater: Die Steppe brauchte nur wenige Monate, um aus dem aufrechten Tischlermeister Abraham Ambacher einen Fuchs zu machen. Tatsächlich sei es ihm damals vorgekommen, als hätte der graue Bart des Harla einen Rotstich angenommen und das Haupthaar, bis auf wenige braune Strähnen ebenfalls längst ergraut, einen rötlichen Schimmer. Nur ein Fuchs konnte sich in der Schattenwirtschaft, die neben der Kolchose florierte und überhaupt das Dorf und seine Bewohner am Leben erhielt, behaupten.

Einmal brachte der Harla ein erlegtes Steppenmurmeltier zu Wawas Feuerstelle, ein andermal ein Dutzend angeschlagene Eier, wieder ein anderes Mal ein notgeschlachtetes Ferkel mit verkümmerten Hinterbeinen. Das Fleisch hatte verdorben geschmeckt, hart war es und säuerlich, aber doch unbestreitbar Fleisch.

Abraham Ambacher, der Fuchs-Harla, war ein viel beschäftigter Mann. Immer wenn er Josef auf den breiten Wegen im Dorf oder auf den engen Gassen zwischen den angrenzenden Häusern begegnete, schickte er ihn *nach Hause*. Oder, noch schlimmer, er steckte ihm einen Kanten Brot zu und lief so schnell davon, dass Josef kaum mit ihm Schritt halten konnte.

Nein, der Harla hatte keine Zeit für Josef.

Umso ungeheuerlicher erschien Iwan Iwanowitsch Gusews Vorschlag, sich jeden Tag, sechsmal die Woche, zwei Stunden Zeit zu *nehmen*.

Nehmen von wem?, hätte Josef beinahe gefragt, aber er hatte Angst davor, wieder ausgelacht zu werden. Es erschien ihm nur logisch, dass auch die Zeit eine verknappte Ressource war, ein streng rationiertes Gut, das nur unter der Hand vergeben werden konnte.

In diesen zwei Stunden sollte nun Russisch studiert werden, Lesen und Schreiben, außerdem Aussprache und Grammatik, nur so würde er, Josef, in der Lage sein, dem Unterricht zu folgen und sich zu entwickeln, gemäß dem – hier räusperte sich Iwan Iwanowitsch –, nun, gemäß dem Plan.

Und weil er wohl ahnte, dass der Schüler Ambacher nachhaken würde, fügte er hinzu: ... dem Plan, dass ein jeder sich entsprechend seinen Anlagen zu entwickeln und zu arbeiten habe.

Das habe ich nicht verstanden, antwortete Josef da, was Iwan Iwanowitsch aber überhörte.

Im Gegenzug, Deutschelchen, setzt du dich mit den Kasachen auseinander. Vielleicht reden sie ja mit *dir*.

Sturheit hält den Kasachen am Leben, sagte der Fuchs-Harla, Sturheit hat ihn gemacht und geschützt vor Kälte, Hitze, Wind und Dürre. Man muss nur zu stur sein, um zu erfrieren, zu stur, um sich fortwehen zu lassen, zu vertrocknen wie ein Pappelblatt, man muss sturer sein als die Bolschewiken, dann überlebt man, das müssen sich die Deutschen von den Kasachen abschauen oder von ihren Kamelen.

Was machen denn die Russen hier, wenn das Land doch den Kasachen gehört?, hatte Josef empört den Großvater gefragt, denn so viel hatte er begriffen: dass die Kasachen diesem Land entsprangen, dass sie eins waren mit dieser merkwürdigen Landschaft und ihren Erscheinungen. Auch Tante Antonia, die auf der Krankenstation jede Woche Dutzende von Russen versorgte, bemerkte, dass sich nie auch nur ein einziger Kasache vorstellte. Sie schienen unberührt von Krankheiten, Knochenbrüchen, Ausschlägen, Furunkeln und Geschwüren. Die Russen hingegen – oje! Dass jedoch nicht einmal der härteste Kasache vor Gebrechen und Wehwehchen gefeit war, erfuhr sie erst Monate später.

Weiß der Teufel, hatte der Harla geantwortet. Oder Genosse Stalin. In jedem Fall sind deine Kasachen schon lange nicht mehr Herren über ihr Land. Oder über das eigene Schicksal.

Jahrzehnte später wurde meinem Vater klar, wie grausam das Schicksal des kasachischen Volkes wirklich gewesen war. Bereits in den Jahren vor dem Krieg, unter sowjetischer Herrschaft, waren die nomadisch lebenden Kasachen zur Sesshaftigkeit gezwungen und enteignet worden. Es war zu Massendeportationen gekommen, zu Unruhen, Flucht und Vertreibung. Die stalinistische Agrarpolitik hatte schließlich auch in Kasachstan zu einer Hungersnot geführt, bei der über eine Million Kasachen starben. Als sie als überstanden galt, war die Hälfte aller ethnischen Kasachen entweder tot oder emigriert und der Zustand der Viehzucht, seit Jahrhunderten die Lebensgrundlage der Nomaden, desolat.

Dass Genosse Stalin nicht diesem Land entsprang, daran bestand überhaupt kein Zweifel. Von einem Porträt im Klassenzimmer aus betrachtete er die Schüler mit einem Gesichtsausdruck, der noch schwerer zu entziffern war als Iwan Iwanowitschs kyrillische Schreibschrift. Josef sah sich das Porträt stundenlang an, konnte in dem breiten, fleischigen Gesicht aber nie auch nur den geringsten kasachischen Zug entdecken.

Was Genosse Stalin wohl zu der Gruppe gesagt hätte, die sich jeden Nachmittag nach Schulschluss unter seinem strengen Blick versammelte und wiederholte, wiederholte, wiederholte?

Wie genau Josef Ambacher es angestellt hatte, würde sein Geheimnis bleiben, Iwan Iwanowitsch jedenfalls ergründete es nicht. Aber so, wie Josef jeden Tag nach dem Unterricht auf seiner Bank sitzen blieb, so verharrten auch Tachawi, Muchtar und Edige auf ihren Plätzen, aufmerksam wie sonst nur dann, wenn Kasachisch auf dem Lehrplan stand. Es war ganz so, wie Iwan Iwanowitsch Gusew vermutet haben mochte: Sie waren allesamt intelligent, aber zu stur, um sich auf herkömmliche Weise unterrichten zu lassen.

Das Licht der Nachmittagssonne, das durch die verstaubten Fensterscheiben fiel, tanzte auf dem Ofenrohr, unter der hölzernen Decke summten träge die Fliegen und zogen ihre immer gleichen Kreise. Josef, der im Erdhaus der Quapps schlecht schlief, fielen immer wieder die Augen zu. Vor allem, wenn Iwan Iwanowitsch vorlas oder diktierte, glitt er in eine Art Dämmerzustand, in dem er die Dinge, die ihn umgaben, in einer anderen Qualität wahrnahm – sie waren verschwommener und zugleich klarer.

Da waren zum Beispiel die Holzbretter, aus denen der Fußboden des Klassenraumes bestand. Sie quietschten und verschoben sich bei jedem Schritt, gaben nach und zersplitterten. Häufig stolperte Iwan Iwanowitsch, seine Prothese verkantete sich oder rutschte auf dem unebenen Bodenbelag ab. Die alten Dielen machten ihm das Leben schwer, die Kinder sahen es jeden Tag.

Immer wenn Iwan Iwanowitsch den Raum für einen Augenblick verließ, griff Josef in ein besonders weit aufklaffendes Bretterloch und zog ein wenig von der kostbaren Substanz hervor, die sich darunter verbarg. Es handelte sich, wie konnte das sein, um deutschsprachige Zeitungsblätter.

Holz, das wussten selbst die, die sonst nichts wussten, war Mangelware. Holz – auch Iwan Iwanowitschs wurmstichiges Unterbein bestand aus diesem seltenen Stoff. Josefs Blick wanderte vom Fußboden hoch an die Decke, an den hölzernen Balken und Streben entlang ... Er wäre beinahe eingenickt, da hatte er eine Idee, sofort war er wieder hellwach. Er musste mit dem Harla sprechen, so schnell wie möglich.

Ein Schienbein menschlichen Ursprungs. In Bezug auf den Knochen, der aus Paschas Schulranzen gefallen war, blieb das die einzig belastbare Aussage, und darüber hinaus war es ein Ausdruck, den Pascha sich einprägte: *menschlichen Ursprungs.* Er verwendete ihn fortan gerne, wenn er gefragt wurde, woher er stamme. Oder ob er Deutscher sei, Russe oder Kasache. Paschas Antwort lautete stets: Ich bin menschlichen Ursprungs.

Weder Frau Wessels noch der Biologielehrer Herr Sievert, nicht einmal der Schulleiter Herr Heinen konnte mehr über die Herkunft jenes Schienbeins erfahren. Das strahlende Weiß leuchtete noch lange in unserer Erinnerung und entsetzte uns, entfachte unsere Phantasie darüber, zu wem es gehört haben mochte, wie der Mensch gestorben war und, natürlich, wie Pascha an einen seiner Knochen gelangen konnte.

Erst wesentlich später fanden Arnold und ich heraus, dass Artur Nagler, Paschas Vater, in Zentralkasachstan Baugruben für riesige Gebäudekomplexe ausgehoben hatte. Ich vermute, er war dabei auf mehr als nur ein Massengrab gestoßen. In Karaganda, der Stadt, aus der sie stammten, hatte sich bis 1959 eines der größten Arbeitslager der Sowjetunion befunden. Abertausende von Menschen, darunter auch zahllose Deutsche, waren hier im Laufe der Jahrzehnte umgekommen, umgebracht durch Schwerstarbeit, Hunger, Kälte und Misshandlung.

Und Pascha? Sagte kein Wort. Behauptete weder, es handele sich bei dem Knochen um eine Art Andenken, ein morbides Souvenir, noch erklärte er, sich für Anatomie zu interessieren, weil er später einmal Arzt werden wolle oder Forensiker. Er zuckte nicht einmal mit der Wimper, als Herr Heinen die gesamte Familie Nagler einbestellte. Unser Schulleiter hielt eine ernsthafte Ansprache über Anstand, Menschenwürde und Pausenhofregeln und reichte schließlich mit hilfloser Geste das Schienbein an Artur Nagler weiter. Es steckte, fein säuberlich eingewickelt, in einem Leinenbeutel mit Werbeaufdruck der Mühlheider Schloss-Apotheke.

Bevor die Familie das Büro des Schulleiters verließ, entschuldigte sich Artur Nagler, auch im Namen seines Sohnes.

Man kann nichts dagegen tun, sagte er, da hielt er schon die Klinke in der Hand. Sehen Sie, Pawel ist abergläubisch. Liegt an der Kultur.

An *welcher* Kultur?, fragte Schulleiter Heinen sicherheitshalber, seine Stimme klang ein wenig alarmiert.

Wissen wir nicht, erwiderte Artur Nagler trocken und führte seine Familie aus dem Schulgebäude.

Erst Einzelne, dann Dutzende, schließlich Hunderte. Zwischen den Herbstferien und Weihnachten waren bereits so viele Aussiedler nach Mühlheide gekommen, dass sämtliche Unterkünfte überbelegt waren. Am Stadtrand hatte man Containersiedlungen aufgebaut, die die allerneusten Neuankömmlinge aufnehmen sollten, eine jener Anlagen befand sich ganz in der Nähe unserer Siedlung. Einzig der Weidenhain hinter dem Stromhäuschen verdeckte die Sicht auf die grauen Klötze, und nicht wenige unserer Nachbarn waren dankbar dafür.

Weil es in den Wellblechcontainern niemals wirklich warm wurde, egal, wie sehr man die Elektroheizungen aufdrehte oder die Fenster mit Teppichen und Pelzmänteln abdeckte, und weil sie außerdem so klein waren, dass man sie mit zwei, drei Schritten durchmessen konnte, hielten es die Neuankömmlinge nur nachts dort aus. Tagsüber liefen sie in der Fußgängerzone auf und ab, standen grüppchenweise vor dem Rathaus, vor den Gebäuden der Verwaltung und warteten. Worauf genau, weiß ich nicht. Irgendwann tauchten auch vor dem HL-Markt unserer Siedlung die Grüppchen auf, standen bei den Einkaufswagen, an den Fahrradständern und auf dem kleinen Parkplatz, selbst am Stoppschild standen zwei, drei Männer und verrenkten sich die Hälse nach jedem Auto, das vorbeifuhr. Andere wiederum, vor allem die älteren Frauen, liefen langsam die Straßen unserer Siedlung auf und ab und warfen lange, wissende Blicke in die weitläufigen Nutzgärten hinter den Häusern. Manchmal denke ich, dass schon die Gärten Auskunft gegeben haben müssen über uns und unsere Nachbarn, bevor irgendeine Art von Austausch stattfand. Dass der so lange auf sich warten ließ, hatte natürlich seine Gründe.

Eines Nachmittags im Dezember klingelte es bei uns an der Tür. Mein Vater war gerade dabei, unten im Flur die Post zu ordnen, und öffnete. Auf dem Treppenabsatz aus Waschbeton stand eine dürre, gebeugte Babuschka mit geblümtem Kopftuch und hellblauen Augen. Ihr Blick flackerte zwischen meinem wie vom Donner gerührten Vater und der sibirischen Schnitzkunst in unserem Flur hin und her. Nach einem längeren Moment des Schweigens räusperte sich mein Vater und öffnete die Tür noch ein Stück weiter.

Ja bitte?

Guten Tag, sagte die alte Frau, und: Entschuldigung. Ich wollte fragen, wegen der ... nu, wegen der Quitten. Die kann man essen.

Sie zeigte auf den verwachsenen Quittenbaum in unserem Vorgarten, an dem noch immer Dutzende der leuchtend gelben, steinharten Früchte hingen.

Möchten Sie sie haben?, fragte mein Vater rasch. Nehmen Sie sie, bitte. Warten Sie, ich helfe Ihnen. Leila?

Ich lief nach oben und holte einen der Weidenkörbe, die wir jedes Jahr aus Polen mit nach Hause brachten. Als ich aus dem Haus trat, kletterte mein Vater bereits im Quittenbaum herum, ohne Jacke, dafür mit Pelzschapka und seinen polnischen Lederschlappen, und löste die Früchte von den Zweigen.

Zufrieden betrachtete die Frau das Schauspiel, dann fiel ihr Blick auf mich.

A ty gavarisch po ruski?, fragte sie mich. Sprichst du Russisch?

Njet, sagte ich, und sie nickte verständnisvoll. Zwei Tage später brachte sie uns Quittenbrot und Gelee.

Selbst gemacht, sagte sie. Besser als gekauft.

Quitten, Vogelbeeren, Hallimasche und Täublinge. Die Anwesenheit der Früchte und Pilze, die mir vorher nicht weiter aufgefallen waren, machte mich nun stutzig. Sie alle hätten längst zu Marmelade, Kompott oder Ragout verarbeitet sein müssen, die Bäume, Büsche, Waldlichtungen abgesucht und abgeerntet. Aber im selben Maße, in dem die Neuankömmlinge die Straßen, die Feld- und Waldwege durchstreiften, zogen sich die Bewohner unserer Siedlung in ihre Häuser und in sich selbst zurück.

Sicherlich handelte es sich dabei nicht um Berührungsängste, wie sie die Normalos gegenüber den Aussiedlern entwickelten, nicht um kategorisches Misstrauen. Vielmehr war es ein spukhaftes Unbehagen, das unsere Gemeinschaft befiel, denn ihre Vergangenheit schien leibhaftig auferstanden. Mein Vater wagte den Versuch, sich ihr zu stellen. Die Liebe, diese *Kasachischkeit*, die er den Neuankömmlingen gegenüber aufbrachte, kostete ihn allerdings mehr, als er zugab.

Es sprach sich rasch herum, dass mein Vater eine Anlaufstelle war für alle Fragen und Anliegen, die nicht mit den eigentlich zuständigen Behörden geklärt werden konnten. Jeden Tag verwendete mein Vater ein, zwei Stunden darauf, Sprachunterricht zu geben, mit den Neuankömmlingen einkaufen zu gehen und die Eigenheiten der deutschen Milch-, Wurst- und Bäckereiprodukte zu erklären, er beschaffte Mietwohnungen, Fahrräder, Gebrauchtwagen, verlieh, und das war streng geheim, Geld. Natürlich konnte von *Verleihen* nicht die Rede sein; mein Vater hatte nie in seinem ganzen Leben je Geld zurückgefordert, das widersprach seinem Naturell. Wer weiß, vielleicht hegte er Schuldgefühle all jenen gegenüber, die nicht so viel Glück im Unglück gehabt hatten wie er, die um Jahrzehnte länger als er in Zentralasien hatten ausharren müssen.

Ohnehin ging es vordergründig nie um Geld, wenn die Neuankömmlinge bei uns klopften, im Garten standen oder meinen Vater auf der Straße ansprachen – es ging um Geschichten. Waren die Fragen nach Arbeit, Formularen oder Übersetzungen geklärt, wechselten unsere Besucher – ich hörte ihre Stimmen durch das gekippte Fenster bis in den Garten hinaus, wo ich eine ideale Stelle zum Belauschen gefunden hatte – ins Russische und erzählten, meistens so lange, bis meine Mutter hineinplatzte und meinen Vater erlöste.

Ich vermute, das Wesen eines Menschen bleibt immer gleich und findet in verschiedenen Lebensphasen lediglich zu unterschiedlichen Ausprägungen. Im Wesen meines Vaters lag es, Geschichten zu sammeln und aufzubewahren, sich mit wahrhaft kasachischer Sturheit jedem Abgeben oder Vergessen entgegenzustellen. Im Winter 1990/1991 kartographierte mein Vater Josef Ambacher die Geschichte der Deutschstämmigen nach 1955. Knapp vier Jahrzehnte lud er sich auf, speicherte andauernde Verzweiflung, Diskriminierung, Schikane und Misshandlung, verzeichnete Sehnsucht, Lockerung, Umzüge in den Süden Kasachstans, überraschende Karrieren und Lebensläufe, die sich zaghaft normalisierten, bis die Sowjetunion implodierte und jegliche Normalisierung hinfällig machte.

Meine Mutter wuchs in dieser Zeit über sich hinaus. Nicht nur, dass sie die Abscheu vor der russischen Sprache so gut wie völlig ablegte und unversehens vom Polnischen ins Deutsche und hinüber ins Russische wechseln konnte, sie erwarb außerdem die erstaunliche Fähigkeit, einem Menschen auf den Kopf zuzusagen, ob er russlanddeutschen Hintergrund besaß – völlig egal, was der Mensch trug, machte oder sagte. Damit sollte sie noch Jahrzehnte später Wildfremde überraschen, die sich nicht selten von ihr entlarvt fühlten. Als ob es sich dabei um ein despektierliches Geheimnis gehandelt hätte: irgendwann, irgendwo, ein Neuankömmling gewesen zu sein.

Sosehr mein Vater Agnieszka zur Weißglut brachte mit seinem Engagement, so sehr rührten sie die Kinder der Neuankömmlinge, die mit großen Augen und akkurat gezogenen Scheiteln durch unsere Siedlung liefen. Wie eine Eiskönigin thronte meine Mutter jeden Nachmittag auf unserer Terrasse, dick eingepackt in ihren fuchsiafarbenen Daunenmantel, und lotste die Kinder in unseren Garten. Dort trafen sie auf Arnold, Pascha und mich, bauten Schneemänner, zogen Schlitten umher, tranken Suppe aus Styroporbechern und stopften sich mit Keksen voll, die meine Mutter jeden Tag für sie backte. Sie backte sie *für* die Kinder, ohne Frage, sie backte sie allerdings auch *gegen* meinen Vater und seine Tante.

Tante Ömir-Ölim, die nach wie vor schwächelte und unser Gästezimmer bewohnte, vergab Audienzen an Rat- und Heilungssuchende, was zu einem bunten Kommen und Gehen im Erdgeschoss unseres Hauses führte. Vormittags besuchten die Neuankömmlinge meinen Vater, nachmittags die Bewohner unserer Siedlung Tante Ömir-Ölim. Unser gemeinsames Mittagessen, nach Schulschluss um dreizehn Uhr zehn, bildete in gewisser Weise die Demarkationslinie zwischen den beiden Welten, und obwohl es von niemandem ausgesprochen oder gar vorgegeben wurde, hielten sich beide Seiten an ihre jeweiligen Zeiträume und übertraten sie so gut wie nie.

Gestützt von einem halben Dutzend Kissen lag Tante Ömir-Ölim auf dem Diwan, wie sie das Gästebett nannte, und tat das Gegenteil dessen, was mein Vater tat: Sie nahm keine Geschichten ab, sie teilte sie sorgsam dosiert aus. Gefühle, Erinnerungen und Gedanken, wachgerüttelt von den Neuankömmlingen, wurden jeden Tag von vierzehn bis siebzehn Uhr bei uns im Haus ausgetauscht, überschrieben, ausgelöscht. Tante Ömir-Ölim war eine Meisterin des Palimpsestes und nach siebzehn Uhr am Ende ihrer Kräfte. Sie brauchte Ruhe, meine Mutter dagegen Kekse. Wenn sie backte, dann nur unter wüstem Scheppern und Klappern der Backbleche, Schüsseln und Siebe.

Vater war der Letzte, der hätte vermitteln können. Er hatte zu dieser Zeit andere Probleme, und der Winter war eines davon. Wie immer brachte er Phasen von Erkältung, Kopfschmerz und Niedergeschlagenheit. Dazu kam jetzt, ausgelöst vom Stress und von einer nervlichen Gereiztheit, das Gefühl, keine Luft mehr zu bekommen. Er gewöhnte sich an, durch den Mund zu atmen, einzig die Spaziergänge, auf die er mich mitnahm, brachten etwas Linderung. Tante Ömir-Ölim, krank oder nicht, half der Siedlung; das Moor und ich, wir halfen meinem Vater. Während der Spaziergänge – wir wählten Wege, die so weit hinausführten, dass uns weder einer der neuen noch einer der alten Sibirer begegnete – gewöhnte ich mir an, Stichwörter einzustreuen, Anfänge oder Pointen von Geschichten, die ich kannte und von denen ich wusste, dass Vater sie gerne erzählte, dass sie ihn beschwingten. Ich ahnte, dass er ohne Unterlass mit seinen Gedanken in der Vergangenheit weilte, und so versuchte ich, seinem Grübeln und seinem geistigen Erleben eine weichere Kontur zu verleihen.

Eine Ringelnatter auf dem Feldweg? – Dawaj, die oberschenkeldicke Schlange im Steppengraben!

Preiselbeeren im Moos? – Erzähl von den endlosen wilden Erdbeerfeldern!

Ein Rauhaardackel an der Leine? – Komm schon, sag was über die Hirtenhunde, die Zentralasiatischen Owtscharkas!

Einmal begegneten wir dem Tartter, es muss unweit seiner Anlage zwischen Tangente und Moor gewesen sein. Ich war so vertieft in die Geschichte meines Vaters, dass ich nicht bemerkte, welche Richtung wir eingeschlagen hatten.

Herr Diplom-Ingenieur Ambacher, sagte der Tartter und kam uns entgegen. Ich erstarrte vor Schreck.

Der Mann mit den drei «T», sagte mein Vater. Was gibt's Neues in der Welt der Forellenzucht?

Teiche wurden letzte Nacht leer gefischt, antwortete der Tartter und fixierte mich mit seinem grauen Blick. Ich vermute, von einer Aussiedlerbande. Sie haben doch sicherlich einen Überblick, nicht wahr?

Ich leide an den Nebenhöhlen, sagte mein Vater nach einer längeren Pause. Mit Überblick kann ich nicht dienen.

Und das Töchterchen? Wusstest du, dass Forellen Zähne haben?

Wusste sie nicht. Adieu, Herr Tartter.

Mit diesen Worten packte Vater meinen Oberarm und zog mich fort, Richtung Tangente.

Noch Jahre und Jahrzehnte später war ich damit beschäftigt, die Teile des Puzzles, das die Jahre 1990 und 1991 bildeten, zusammenzuklauben. Eines der für mich entscheidenden Details war das der Scham. Pascha erwähnte mir gegenüber einmal, dass in jenen Jahren nicht wenige der Neuankömmlinge vermuteten, dass wir uns schämten. Dass unsere Eltern und Großeltern sich schämten, und zwar dafür, vierzig Jahre früher fortgelassen worden zu sein, vierzig Jahre, in denen sie in Freiheit leben durften, während die anderen, Nachkommen der Russlanddeutschen unterschiedlichster Siedlungsgebiete, noch immer in Kasachstan festgehalten wurden.

So sieht man sich wieder, sagte Paschas Vater gerne, wenn er zu uns nach Hause kam, um sich etwas aus der Werkstatt meines Vaters auszuleihen. Wahrscheinlich meinte er damit sich und ihn, Artur und Josef, aber für meinen Vater und alle, die es hörten, musste es etwas ganz anderes bedeuten.

Tatsächlich setzte mit der diffusen Angst vor den Neuankömmlingen und den Erinnerungen, die sie heraufbeschworen, eine emsige Namensklauberei ein. Man reichte sich gegenseitig die Namen weiter, die man auf der Straße oder im Supermarkt gehört hatte, berichtete von den Namen, die anderen untergekommen waren, ganz so, als bestünde Anlass nicht nur zu einer vagen, namenlosen Angst, sondern zu einer ganz konkreten, altbekannten. Als seien die kasachischen Geschäfte der Mühlheider nicht ganz abgeschlossen gewesen, damals, als Chruschtschow sie 1955 hatte ausreisen lassen.

Eines Tages, es muss an einem Samstag- oder Sonntagvormittag gewesen sein, betrat Bruno Peltzer unseren Flur. Meine Mutter, die mit einem Arm voll Tannengrün zur Tür hereinkam, zog die Augenbrauen hoch, so unüblich war sein Besuch, jedenfalls zu dieser den Neuankömmlingen vorbehaltenen Tageszeit. Mein Vater hatte wohl Peltzers Begrüßung durch die angelehnte Tür gehört, denn er kam aus seinem Büro heraus, wirkte ein wenig abgelenkt und unausgeschlafen.

Josef, schau doch mal, sagte Bruno Peltzer und zog aus seiner Tasche einen Zettel hervor, an dem ein zweiter, ein dritter und ein vierter klebten. Es war das erste Mal, dass ich die *Liste* sah; mein Vater hatte nicht glauben wollen, dass so etwas tatsächlich existierte.

Das ist nicht richtig, Bruno, sagte mein Vater. Wer hat das angefertigt? Doch nicht du?

Was? Nein, war im Briefkasten. Nu sieh schon, sieh!

Peltzer drängte sich an meinen Vater und hielt ihm die Papierbahn buchstäblich ins Gesicht. Vater wehrte ihn ab und nahm ihm das Papier aus der Hand, das dabei zerriss. Er sah auf das kleine Stück, das Ende der Liste, das er in seiner Hand hielt – und erstarrte.

Der letzte Name, der auf dem Papier zu lesen war, lautete Quapp.

Was hast du da in der Hand, Junge?

Papier, bumaga, kajas. Josef erstarrte, als er Heinrich Quapps Stimme hörte. Quapp war gerade an einer der vom Schnee befreiten Grassoden zugange, die das Dach seines Erdhauses bildeten. Ein Atemwölkchen löste sich von seinem Mund und blieb einen Moment lang vor dem Gesicht stehen, bevor es sich auflöste.

Das Stück Papier raschelte in Josefs Hand; eine Sekunde später, und er hätte es zu den anderen Fetzen schieben können, dorthin, wo er seit Beginn des Winters alles aufbewahrte, was vor fremden Blicken geschützt werden musste. Eine ganze Sammlung deutschsprachiger Zeitungsfetzen war da zusammengekommen, herausgerissen aus dem Fußboden des Klassenzimmers. Josef war sehr verwundert und hätte nur zu gerne den Lehrer gefragt, wer die Schule einst erbaut hatte und wie es ihm ergangen war, aber er hatte sich nicht getraut und für sich die Erklärung gefunden, dass es wohl an ihm, Josef Ambacher, liegen müsse; er zog eben die deutsche Sprache an, bündelte und materialisierte sie.

Neben den Zeitungsblättern befand sich in seinem Versteck auch ein kleines deutsches Gebetsbuch, das Tachawi unweit der Kolchose in einem Stall gefunden hatte, außerdem die untertitelte Zeichnung eines Kirchengebäudes und eine Handvoll deutschsprachiger Briefe.

Nichts, Herr. Schnee und Eis.

Schnee und Eis?

Mit zwei Schritten war Quapp bei ihm, entriss ihm das Papier, faltete es auseinander und wurde bleich.

Wo hast du das her?

Ich hab's gefunden, Herr, es lag einfach da, ich –

Schon rollte Josefs Blick verräterisch hinüber zur Grassode, schon fasste Quapps Arm unter das aufgehebelte Ende und zog Blatt um Blatt aus dem Dach des Erdhauses. Als Quapp bei dem Gebetsbuch angekommen war, schlug er Josef damit ins Gesicht, dreimal und mit voller Wucht. Das habe die Großmutter auf den Plan gerufen, und das wiederum, so erzählte es Vater später, sei das Ende des Aufenthaltes im Hause Quapp gewesen. Zuerst habe Heinrich Quapp die Sammlung verbrannt, anschließend sie alle hinausgeschmissen. Es herrschten minus vierzig Grad, die Schneedecke ringsum war gespickt mit zu Eis erstarrten Krähen, die im Flug erfroren und hinabgefallen waren.

Da half auch der Fluch der Tante nicht viel oder das Flehen der Großmutter. Als er später davon erzählte, gab mein Vater zu, Heinrich Quapp habe nicht ganz unrecht gehabt; sie alle hätten unter Beobachtung gestanden, und wer Deutsch sprach oder deutsche Schriftstücke aufbewahrte, wurde in den Gulag verschleppt. Das Schlimmste sei allerdings fortan die Angst vor Heinrich Quapp gewesen. Im selben Maße, wie Quapp fürchten musste, für seine

Gäste zur Verantwortung gezogen zu werden, mussten die Großeltern und die Tante nun die Vorstellung ertragen, jederzeit beim Vorsitzenden des Dorfsowjets Konstantin Petrowitsch Fadejew angeschwärzt werden zu können.

Vorerst aber galt es, ein Quartier für die Nacht zu finden. Josef war empört darüber, dass Quapp es wagte, sie mitsamt all ihrer Habseligkeiten vor die Tür zu setzen, wo sich die Schneewehen haushoch über ihren Köpfen auftürmten. Weder Lisbeth noch Irene oder Karl hatten sich für die Ambachers eingesetzt, sie standen mit verschränkten Armen da und beobachteten, wie die Wawa und die Tante hektisch ihre Dinge durchgingen und sortierten.

Quer durch das Dorf, von Haus zu Haus, verlief eine Art Tunnelanlage, die die Bewohner in die Schneedecke gegraben hatten. Fünfmal liefen Antonia, Josef und die Großmutter zwischen dem Erdhaus und der kleinen Dorfschule hin und her, bis sie alles hinübergeschafft hatten. Der Fuchs-Harla war währenddessen zurück in die Tischlerei der Kolchose geeilt, wo er vorgeblich an einem Fensterrahmen arbeitete. Unter dem Rahmen aber befand sich ein Rundholz; an ihm feilte und schmirgelte Abraham Ambacher so lange, bis das Holz gewölbt und organisch in seiner Hand lag. Mit einem Haarband seiner Tochter schnallte er es an der Wade fest und lief betont unauffällig aus der Werkstatt.

Eine kurze Umarmung, die Wawa bekreuzigte sich, dann klopften sie an die Tür des Klassenzimmers. Iwan Iwanowitsch öffnete. Draußen war es bereits dunkel geworden, es dauerte einen Moment, bis er die mit Raureif überzogenen Gesichter erkannte. In der Dunkelheit stand, inmitten von Bündeln und Koffern, die Familie Ambacher.

Es gibt offensichtlich ein Problem mit Ihrem Fußboden, sagte Abraham Ambacher, schob sich am Dorflehrer vorbei und drückte ihm dabei etwas in die Hand. Es war ein Unterbein aus rötlich gemasertem Apfelbaumholz.

Die Nacht verbrachten sie im Klassenzimmer. Iwan Iwanowitsch hatte sogar den Ofen befeuert und ein wenig von seinem kostbaren Feuerholz hergegeben; als er merkte, dass das neue Unterbein besser passte als das alte, schob er die wurmzerfressene Prothese ebenfalls ins Feuer. Josef sah, wie sie aufloderte, kurz bevor Iwan Iwanowitsch die gusseiserne Klappe schloss. Mit dem neuen Holzbein wirkte der Lehrer größer, aufrechter, sogar sein Kreuz kam Josef etwas breiter vor, und zum ersten Mal fiel ihm auf, dass es sich bei Iwan Iwanowitsch nicht um einen jung gebliebenen, sondern um einen jungen Mann handelte.

Der Fuchs-Harla ließ sich von ihm bei der Inspektion des Holzbodens assistieren. Er stellte fest, dass Josef recht hatte mit seiner Behauptung: Wo sich die Dielen hochbogen und splitterten, ließen sich Zeitungsfetzen hervorziehen, die meisten jedoch so feucht und zersetzt, dass nichts mehr darauf zu erkennen war. Iwan Iwanowitsch wusste weder, wer das Schulgebäude errichtet hatte, noch, wie es zu der ungewöhnlichen Isolierschicht gekommen war – dafür deutete er auf die Löcher und Spalten in der Mitte des Raumes. Der alte Ambacher verstand.

Ich könnte Ihnen einen anständigen Boden zimmern, sagte der Fuchs-Harla.

Ich könnte Ihnen für den Winter Quartier im Schulhaus gewähren, sagte Iwan Iwanowitsch. Es sei denn, Sie sind in diesen Dingen anspruchsvoll?

Sehr, sagte Abraham Ambacher. Die beiden Männer lachten und gaben sich die Hand. Hinten, in Iwan Iwanowitschs Kammer, hatte Tante Antonia gerade den Tee fertig angerichtet, die Wawa hatte auf der rußigen Ofenplatte einen kreisrunden Kartoffelfladen gebacken, und Josef war, müde von der Schlepperei im Schnee, auf einer Bank eingeschlafen. In seinen Hosentaschen knisterte Papier; das Ende der einen Sammlung war der Beginn einer anderen, und diesmal, das hatte er sich vorgenommen, bevor er eingeschlafen war, würde er ein besseres Versteck finden.

Zwei Krähen links, zwei Krähen rechts. Mit leeren Händen ging man nicht in den Aul, das gehörte sich nicht, nicht bei den Kasachen. Vor dem Frost war Josef manchmal mit ein paar Früchten hinübergelaufen, mit einer Schlangenhaut oder einem Stängel getrockneter Kamille, um das ewig gereizte Kamel Ak-Bota zu besänftigen. Es stand in einem frei geschaufelten Unterstand vor Schämschi-Kökes Hütte, dröhnte und rumorte, wenn man ohne ein Mitbringsel an ihm vorbeiging. Getrocknete Kräuter mochte es besonders gern, Schämschi-Köke sagte, dass sie seine Nerven beruhigen und gegen Mundgeruch helfen würden. Es stimmte: Ak-Bota stank entsetzlich, und es blieb Josef ein Rätsel, zu welchem Zweck die Bewohner Köktereks an diesem Ungetüm festhielten.

Seit einigen Wochen schon hatte sich Josef auf Krähen verlegt. Man musste sich nur aus den Schneetunneln emporarbeiten, dorthin, wo der Schnee verharscht war und man nicht einbrechen konnte, dann fand man sie. Hier oben lagen die schwarzen Bündel, manche mit ausgestreckten, andere mit angelegten Flügeln, alle mit offenen Augen, im Flug vom Tod überrascht. Hervorragende Gastgeschenke, sie ließen sich auf dem Ofen braten wie Hühner, das Fleisch, wenn auch mager, schmeckte ausgezeichnet.

Aigul Sarsenbayevas Haus erkannte man von Weitem. Das Ofenrohr ragte ein wenig windschief aus dem Schnee hervor, und weil Tachawis Geschwisterschar nicht frieren sollte, stieg stets mehr Rauch auf als von den anderen Behausungen. Offensichtlich konnten die Sarsenbayev-Kinder durch Wände schauen, denn noch bevor Josef klopfte, rissen sie schon die Tür auf und purzelten hinaus in die Kälte, hängten sich an Josefs Taschen, schrien *Karga, Karga* – Krähe, Krähe – und zogen die Vögel hervor. Sie wurden neben den gusseisernen Ofen gelegt, wo sie langsam auftauten.

Inmitten der Wolldecken, die sich im Schlafbereich stapelten, stand tagsüber das niedrige Tischchen. Hier saß Aigul Sarsenbayevas Besuch. Egal, zu welcher Tages- oder Nachtzeit man ihr Haus aufsuchte, sah man dort, am Tischchen, eine Gestalt kauern, vor sich eine Schale Tee. Meist waren es andere Frauen oder Greise aus dem Aul, manchmal aber auch Kasachen, die Josef nie zuvor gesehen hatte, mit braunen, sonnenverbrannten Gesichtern und einem schwarzen Blick, der ihn, Josef, förmlich durchbohrte.

Der Besuch pflegte stets an der linken Seite des Tisches zu sitzen, nie verirrte sich jemand auf die rechte Seite – selbst wenn es zwei, drei Besucher auf einmal waren, verteilten sie sich lieber im Raum, als die rechte Seite des Tisches zu besetzen. Als Josef sich einmal unwissend am rechten Ende des Tisches niedergelassen hatte, zog ihn Tachawi von dort weg und flüsterte nur ein Wort: Sarsen.

Es dauerte eine Weile, bis Josef begriff: Hier wurde Sarsen Sarsenbayevs Platz frei gehalten. Tachawis verschollener Bruder war für seine Mutter noch immer lebendig, und wer lebendig war, verfügte über einen festen Platz in ihrem Haus. Aigul stellte jeden Tag ein Schälchen Tee für ihn auf den Tisch, das selbst die jüngeren Geschwister nie anrührten.

Fortan schauderte es Josef vor dem leeren Platz an der rechten Tischseite: ganz so, als säße ein Unsichtbarer vor dem Schälchen Tee und als wäre es nur eine Frage der Zeit und des richtigen Moments, bis Josef Zeuge werden würde, wie sich die Schale von allein in die Luft hob und geleert wurde. Da fragte er sich, wie er in diesem Falle wissen könne, ob es sich tatsächlich um den Geist Sarsen Sarsenbayevs handelte und nicht um den seines Vaters oder seines Bruders oder – den seiner Mutter.

Den letzten Gedanken schob er schnell von sich. Es war bereits mehrere Wochen her, dass einer der Kasachen ihn auf eine Schlittenfahrt in eine entferntere Siedlung mitgenommen hatte. Auch dort hatte Josef niemand weiterhelfen können. Keiner im Aul zweifelte an Josefs Suche, jeder schien sie zu begreifen und zu respektieren. Im Winter wurde sie allerdings mühseliger, Josef spürte, dass er sie aufschieben musste.

Auch Aigul war eine Mutter, zu gerne hielt er sich in ihrem Haus auf, und so sagte er sich, dass er den Geist seines Vaters daran erkennen würde, dass er den Tee in einem Zug leerte und das Schälchen klirrend wieder auf den Tisch stellte, und den Bruder, nun, den kleinen Jakob würde er daran erkennen, dass er allen Tee verschüttete, bevor er auch nur einen Schluck davon nehmen konnte.

Einzig Schämschi-Köke wagte es, seiner Schwägerin Aigul in der Tischchenfrage zu widersprechen.

Kümmere dich um deine lebendigen Kinder, hatte er einmal zu ihr gesagt.

Solange er nicht begraben ist, ist er nicht tot, hatte Aigul ihrem Schwager geantwortet.

Schön, beerdigen wir ihn also!

Nach längerer Zeit des Überlegens, des Abwägens und Beratschlagens mit den Ältesten von Kökterek war Schämschi-Köke zu einer Entscheidung gekommen. Er verkündete sie schließlich im Haus seiner Schwägerin vor einer größtmöglichen Anzahl von Zeugen: Die Ältesten waren anwesend, alle Nichten und Neffen sowie der kleine *nemys*, der kleine Deutsche, der sich gerne im Aul herumtrieb und den man, ob gewollt oder nicht, lieb gewonnen hatte.

Also!, hatte Schämschi-Köke verkündet und sich sofort unterbrochen, um seine Teeschale zu leeren. Also! Um ein für alle Mal mit der alten Zeit und ihren Opfern abzuschließen – hier schluchzte Aigul auf, wieder pausierte Schämschi-Köke respektvoll –, scheint es uns notwendig, nach vorn zu blicken. Aigul, dein Sohn Sarsen ist seit beinahe zwei Jahren verschollen. Man muss annehmen, dass er gefallen ist, so wie dein Mann und viele andere Männer aus Kökterek. An seiner statt werden wir seinen Mantel begraben, und zwar draußen, in der Alqap-Senke, auf dem alten Steppenfriedhof, nach alter Väter Sitte.

Den *Mantel*? Aigul Sarsenbayeva sah ihren Schwager verständnislos an und wischte sich die Tränen ab.

Schwager Schämschi, der Mantel ist nicht mehr da. Verliehen und verloren.

Schwägerin Aigul, man wird den Mantel wiederfinden. Wir machen uns auf die Suche.

Josef, der zwar zugehört, aber nicht alles verstanden hatte, stieß Tachawi in die Seite. Der nickte und flüsterte seinem Freund ins Ohr:

Schämschi-Köke möchte gerne an der rechten Seite des Tischchens sitzen!

Der Aul war voller Wunder. Ihrem Besuch bot Aigul Sarsenbayeva nicht nur Tee an, manchmal gab es auch Fladenbrot, ein wenig Hammelfett oder ein Löffelchen Erdbeermarmelade. Woher Tachawis Mutter die Lebensmittel nahm, blieb Josef rätselhaft. Schämschi-Köke arbeitete als Viehhirte in der Kolchose, aber das bedeutete nicht viel. Josef stellte sich vor, Aigul Sarsenbayeva hätte an geheimen Stellen schier unerschöpfliche Vorräte angelegt, sodass man rings um die Häuser Köktereks nur ein wenig zu buddeln brauchte, und schon kamen Gläser mit Kompott, Marmelade, Mehl und Fleisch zutage.

Vielleicht, überlegte er, wachte das Kamel Ak-Bota über jene Vorräte, und diese Aufgabe begründete seine Stellung im Aul. Es war zu eigenartig; Ak-Bota stank nicht nur, er konnte spucken, ausreißen, brüllen und röcheln, und die Aul-Bewohner brachten ihm dennoch so viel Respekt entgegen wie sonst nur den Alten.

Waren die Krähen, Josefs Gastgeschenk, einmal aufgetaut, übergoss Aigul sie mit kochendem Wasser. Dann rupften Josef und Tachawi die Federn, und schließlich nahm die Mutter die kleinen Leiber aus und legte sie in einen Kessel Wasser oder briet sie auf der mit Fett ausgeschmierten Ofenplatte. Die Kinder gerieten vom Geruch des bratenden Fleisches ganz durcheinander; sie bestürmten ihre Mutter, während Josef und Tachawi eilig die Federn zusammenrafften und sich damit in die hinterste Ecke des Hauses zurückzogen.

Mit flinken Fingern wählten sie die längsten, schwärzesten Federn aus, glätteten und ordneten sie. Dann schoben sie sie vorsichtig unter eine Ecke des Teppichs. Die Kleinen hatten natürlich längst bemerkt, dass Tachawi und Josef die Federn einsammelten und mit geheimniskrämerischen Mienen umherliefen. Sogar die Vogelschädel fischten die beiden aus dem Kochtopf oder von der Herdplatte, sie kratzten so lange mit ihren Messern an ihnen herum, bis sie ganz blank waren. Aber sosehr sich die Kleinen auch anstrengten, sie fanden nicht heraus, was mit den Federn und Schädeln geschah.

Wenn Tachawi und Josef den Wohnraum für sich hatten, was in der Winterzeit selten vorkam, zogen sie Fäden aus der Unterseite des Teppichs und nähten damit die Krähenfedern zu einer Art Kragen zusammen. Zwei der schönsten und weißesten Krähenschädel hingen, wenn die Jungen unter sich waren, an getrockneten Schafssehnen um ihren Hals.

Der Krähenclan, sagte Tachawi, ist ein geheimer Bund. Er erhält alles und jeden am Leben, ohne dass die Erwachsenen es bemerken.

Gut, sagte Josef, und wer gehört alles zum Krähenclan?

Nur wir beide, antwortete Tachawi.

Josef war sofort einverstanden. Er liebte das Gefühl des Schädelchens auf der nackten Brust, und schon bald fehlte es ihm, wenn er das Schädelchen abnahm, ganz so, als wäre er ohne Mütze oder ohne Stiefel unterwegs.

Eine Sache blieb unklar, und weil sie für Tachawi bedeutend war, wurde sie es auch für Josef: die Frage, was es hieß, ein wahrhaftiger kasachischer Ehrenmann zu sein. Ein *qaharman*.

Sarsen Sarsenbayev hatte gewollt, dass sein Bruder zu einem solchen erzogen wurde, so stand es in seinem letzten Brief. Tachawi versuchte zu ergründen, was genau er damit gemeint hatte. Doch egal, wie sehr er drängte, er bekam von niemandem im Aul eine Antwort. Die Bewohner Köktereks lachten, so merkwürdig klangen die Fragen der beiden Jungen – Was heißt *qaharman*? Was heißt *kasachisch*? –, zumal auf Kasachisch vorgetragen. Sie schoben es auf die Schule, wo der Russe Iwan Iwanowitsch Gusew den Kindern Flausen in den Kopf setze.

Bei aller Unsicherheit stand für Tachawi fest, dass ein kasachischer Held in der Steppe von Weitem erkennbar sein sollte. (Josef dachte, dass man in der Steppe grundsätzlich alles von Weitem erkannte, sprach es aber nicht aus, um den Freund nicht zu verletzen.) Die Federkragen erfüllten zusehends jene Vorgabe der Sichtbarkeit. Über die Wochen wuchsen sie so sehr heran, dass sie unmöglich mehr im Haus versteckt werden konnten. Wo verbarg man etwas, wenn man in einem Klassenzimmer wohnte oder in einem Haus ohne Möbel?

Josef und Tachawi zogen ihre Kragen über, banden das Kamel Ak-Bota los und liefen mit ihm hinaus in die Steppe. Ein Versteck, überlegte Josef, würde mehrere Probleme auf einmal lösen – nicht nur die Kennzeichen ihres Krähenbundes würden dort Platz finden, sondern auch seine neue Sammlung. Aus dem Fußboden der Schule hatte er einen letzten Fetzen Zeitungspapier gezogen, bevor der Harla alles in einem großen Feuer verbrannt hatte. Darauf stand zu lesen, in zierlicher Frakturschrift und wieder auf Deutsch: *Über die Übersiedlung der Wolgadeutschen, die in den Wolgarayons wohnen*, und darüber ein Datum: 30. August 1941.

Einst, wenn er seine Mutter fände, würde sie sich wundern, wie gut er noch immer Deutsch beherrschte. Dieser Gedanke bekümmerte ihn nämlich in diesem ersten Winter: Er könnte, wenn sie sich wiedersahen, Deutsch verlernt haben, und sie hätte vielleicht noch immer nicht Kasachisch oder Russisch gelernt. Sobald im Frühling der Schnee getaut war, würde er weiter die umliegenden Dörfer und Aule nach ihr absuchen.

Sie waren noch nicht lange unterwegs, da verdunkelte sich der Himmel, und ihnen wurde bang. Ak-Bota verzog das Maul, atmete ein paarmal geräuschvoll ein und aus, röhrte und zog schließlich Josef und Tachawi zurück in Richtung des Auls. Auf dem Rückweg bemerkten sie unterhalb einer kleinen Anhöhe ein paar Holzpfähle, die aus dem Schnee emporragten – alte Schafshürden, die im Sommer von den Viehhirten der Kolchose genutzt wurden. Wortlos hängten sie die Kragen daran.

Was bedeutet das?

Können Sie es nicht lesen?

Sie wissen genau, dass ich es nicht lesen kann.

Und der da?

Kann es lesen, will es aber nicht übersetzen.

Doktor Lilienthals Bariton drang durch unser Treppenhaus und bis hinauf in mein Kinderzimmer. Sofort lief ich nach unten und blieb verblüfft im Flur stehen. Die Tür zu unserem Gästezimmer – nach wie vor Tante Ömir-Ölims Quartier – stand weit offen. Darin sah ich meine Tante, die mit weit aufgerissenen Augen und verschränkten Armen auf ihrem Diwan saß, außerdem Doktor Lilienthal von der Schloss-Apotheke und, zu allem Überfluss, Pascha.

Oma ist krank, flüsterte er mir zu. Und Opa und noch eine Oma. Brauchen Hilfe. Alle krank.

Warum gehen die nicht zum Arzt?, flüsterte ich genervt zurück, wohl wissend, dass niemand in unserer Nähe, weder die Neuen noch die Alten, in der Lage war, einfach so *zum Arzt zu gehen.* Vielleicht war es die beginnende Pubertät, aber so langsam hatte ich die Geheimnistuerei satt, das beredte Räuspern und das ewige, geflüsterte Russisch. Meinetwegen konnte gerne einmal etwas auf pragmatische, normale Art gelöst werden.

Auf *deutsche* Art, dachte ich und biss mir auf die halb polnische Zunge. Wieder war da ein Zettel, der von Hand zu Hand gereicht wurde, wieder konnte ich kyrillische Schrift darauf erkennen – das reichte, um in mir ein ungutes Gefühl zu wecken.

Das letzte Mal, als ein Zettel bei uns im Erdgeschoss herumgereicht wurde, war mein Vater so erschrocken über den Inhalt gewesen, dass er sich sofort in seine Arbeit vergraben hatte und schließlich verreist war – dienstlich, wie er sagte. *Quapp*. Es war ein Name gewesen, der ihm Angst eingeflößt hatte. Weil weder ich oder Arnold noch Pascha je jemandem mit diesem Namen in Mühlheide begegnet waren, kümmerte ich mich nicht weiter darum.

Als uns wenige Tage nach der Abreise meines Vaters eine Postkarte aus München erreichte, wussten wir, dass wir fürs Erste auf uns allein gestellt waren. Die ersten Blumen trauten sich aus der Erde, die Tage wurden länger, wir kamen zurecht. Zu der Zeit arbeitete mein Vater für ein Münchner Industrieunternehmen, es kam häufig vor, dass er wochenlang vor Ort sein musste. Meine Mutter, gleichermaßen belastet und beseelt von ihrer Sorge um die Kinder der Neuankömmlinge, lief durch das Haus und beseitigte die Spuren meines Vaters, als wäre er nicht verreist, sondern verstorben. Sie riss die Fenster so energisch auf, dass es wirkte, als wolle sie nicht den Muff vertreiben, sondern eine Art Exorzismus durchführen. Fortgeschmissen wurden die Notizzettel, die sich in beiden Wohnungen wie eine Patina über alle Oberflächen gelegt hatten, fortgeschmissen die Salben, Cremes,

Tropfen und Tinkturen gegen Erkältungen und verstopfte Nebenhöhlen.

Kurz vor der Abfahrt meines Vaters waren seine sonst für den Winter typischen Malaisen zu wahrhaften Leiden herangewachsen; daran hatten weder die steigenden Temperaturen noch die Aussicht auf den Frühling etwas ändern können. Begonnen hatte es, daran erinnere ich mich genau, mit jener Liste, die Bruno Peltzer ihm gezeigt hatte. Josef Ambacher hatte es mit der Angst zu tun bekommen, dem größten und mächtigsten Zipperlein von allen. Es war, wie Tante Ömir-Ölim immer sagte: Angst macht krank!

Jetzt, da ich sah, wie sich Tante Ömir-Ölim unter Doktor Lilienthals entsetztem Blick von ihrem Diwan erhob und aufrichtete, wusste ich, dass die Angst nicht nur den Ängstlichen selbst krank machte, sondern alle in seiner Umgebung. Angst machte nicht nur krank, Angst war ansteckend.

Unter Zeugen tat Tante Ömir-Ölim ihren Entschluss kund, genesen zu sein, und zwar so plötzlich und umfänglich, wie sie zuvor schwach geworden war.

Geben Sie schon her, sagte sie und nahm Doktor Lilienthal den Zettel aus der Hand. Ich übernehme. Gehen Sie zurück in Ihre Apotheke.

In der Annahme, sie stützen oder hinüber zum Tisch führen zu müssen, trat ich zu ihr. Sie wies mich ab, strich das hochgeschlossene Nachthemd glatt und machte sich daran, ihr aufgelöstes Haar zurückzustecken. Pascha und Doktor Lilienthal gafften sie an, das alte Weib, das sich vor ihren Augen in eine tatkräftige Frau verwandelt hatte.

Wo wohnen die?, erkundigte sich Tante Ömir-Ölim noch, und Pascha sagte, ein wenig kleinlaut: In den Blocks. 17a und c.

Dann begleitete ich die beiden zur Tür. Mit Pascha verabredete ich, dass wir uns in einer Stunde vor den Blocks treffen würden. Für Tante Ömir-Ölim war es ein Schritt zurück ins Leben.

Weil meine Mutter mit dem Auto zu einer Freundin gefahren war, beschlossen wir, uns von Bruno Peltzer aushelfen zu lassen. Langsam gingen wir über die gepflasterte Einfahrt, ihre Hand lag fest und warm in meiner. In den angrenzenden Häusern wurde nervös an den Häkelgardinen gerupft und gezogen – niemandem entging es, dass Antonia Ambacher das Haus verlassen hatte, noch dazu mit ihrer Tasche, die Trost und Genesung versprach.

Tante, sagte ich, Tante, stimmt es, dass du mal einen Toten zum Leben wiedererweckt hast?

Meine Tante – Ömir, Ölim? – blieb stehen: Och, Leila. Sie fiel in ihren egerländischen Dialekt: Danouch kraht koan Hohna mäiha!

Ich blieb unbeirrt: Warum hast du nicht deine Schwester zum Leben erweckt? Meine Oma. Ich vermisse sie so.

Tante Ömir-Ölim stellte ihre Tasche ab und nahm mein Gesicht in ihre Hände.

Um wiedererweckt zu werden, muss man erst einmal sterben.

Du willst doch nicht sagen, dass Oma noch lebt? Nicht einmal Papa glaubt das.

Natürlich nicht. Emma hat ihre eigene Geschichte geschrieben, und wie die geendet ist, weiß leider nur sie selbst. Glaub mir: Ich hätte gerne eine Rolle darin gespielt. Emma war stur. Hat nur das gemacht, was sie wollte. Kommt dir das bekannt vor?

Ich schwieg, betrachtete nachdenklich die Krokusse

in den Vorgärten und kletterte hinter Bruno Peltzer ins Auto.

Vor den Blocks angekommen, die Pascha uns genannt hatte, zögerte Tante Ömir-Ölim kurz, bevor sie ausstieg. Sie drehte sich zu mir um und fragte: Möchtest du mit reinkommen?

Es war das erste Mal, dass mich meine Tante, die eigentlich meine Großtante war und noch eigentlicher ein Großmutterersatz, so etwas fragte.

Warum rufen sie nach *dir*, Tante?, fragte ich. Was hast du in deiner Tasche, was Doktor Lilienthal nicht hat?

Wortlos schnipste sie den Verschluss ihrer Hebammentasche auf. Sie war, bis auf ein ausgespültes Marmeladenglas mit einer Art Balsam, leer.

Komm mit, sagte sie, und zu Bruno Peltzer: Du wartest hier, druschok. *Freundchen.* Keiner von uns beiden wagte zu widersprechen.

Draußen standen schon Arnold und Pascha. Kaum, dass sie Peltzers Auto gesehen hatten, waren sie aus dem Treppenhaus gekommen, um uns die Tür aufzuhalten. Arnold wirkte etwas unausgeschlafen und trug eine Mütze, die ich nicht kannte. Sie war ein wenig zu groß und rutschte ihm bis auf die Augenbrauen, sein Gesicht wirkte noch schmaler als sonst.

Ich war überrascht, ihn zu sehen, und ein wenig beleidigt, dass er sich mit Pascha traf, ohne es mir zu sagen. Arnold war wie ein Bruder für mich, unsere Freundschaft erschien mir wie ein Naturgesetz. Die Freundschaft zu Pascha entwickelte sich erst, sie hinkte in gewisser Weise um viele Jahre hinterher. Wichtig war sie mir trotzdem. Heimlich sorgte mich der Gedanke, ausgeschlossen zu werden – weil den beiden über kurz oder lang einfach auffallen musste, dass es sich bei Leila Ambacher um ein Mädchen handelte. Oder, schlimmer noch, irgendwann, um eine junge Frau.

Ich begrüßte sie etwas unsicher und flüsterte mit Blick auf meine Tante: Sie will, dass ich mit reinkomme.

Alles klar, sagte Arnold. Viel Glück. Treffen uns nachher draußen, es gibt ein Problem.

Im Treppenhaus umfing uns der Geruch von Zwiebeln und Kartoffelklößen. An den gelb verputzten Seitenwänden stapelten sich Kisten, Körbe und prall gefüllte Plastiktaschen, kreuz und quer darüber waren Schnüre gespannt, auf denen Wäsche trocknete.

Lager sehen immer gleich aus, sagte Tante Ömir-Ölim und klingelte. Die Tür ging auf, Paschas Mutter begrüßte uns und führte uns durch ein buntes Durcheinander hinüber ins Wohnzimmer. Eine Runde älterer Herrschaften saß hier auf zusammengewürfelten Sofas. Sie wirkten ein wenig betreten, beschämt. Umringt wurden sie von einer Schar kleiner Kinder. Sofort leuchtete mir ein, warum Pascha es nicht in dieser Wohnung aushielt. Keinen Schritt konnte man vor den anderen setzen, ohne über einen Wäschekorb, einen Umzugskarton oder über ein Kleinkind zu stolpern.

Fügen sich bestens bei uns ein, dachte ich grimmig. Chaos und Durcheinander können wir auch.

Wie sich herausstellte, wohnten die Naglers nicht mehr allein in der Dreizimmerwohnung, sondern hatten zwischenzeitlich zwei weitere Familien darin aufgenommen. (Wie Paschas Mutter sofort erläuterte, sei das kein Problem, man kenne sich ja *von früher her*, ein Ausdruck, der Tante Ömir-Ölim aufhorchen ließ.) Gleich mehrere der ältesten

Familienmitglieder klagten über Schmerzen im Bauchraum und im Bereich des mittleren Rückens; Tante Ömir-Ölim setzte sich umstandslos zu ihnen, stellte sich als Antonia Ambacher vor, fragte nach Namen, Alter und Gebrechen. Dann erkundigte sie sich bei Ljudmila Nagler nach einem Zimmer, das sie als Behandlungsraum benutzen konnte, woraufhin man sie ins Schlafzimmer führte.

Tante Ömir-Ölim rief mich und eine Frau Michels, die sie als erste Patientin auserkoren hatte, zu sich. Ich schloss die Tür, Frau Michels setzte sich neben der Tante auf die Bettkante. Sie wirkte nervös, ein wenig fahrig – jedenfalls so lange, bis Tante Ömir-Ölim ihre Hände nahm und festhielt. Sie sagte dabei kein einziges Wort, blickte die Dame nur unverwandt an. Als Frau Michels sich beruhigt hatte, bat die Tante sie, sich auf den Rücken zu legen und die Bluse hochzuschieben. Peinlich berührt sah ich zur Seite. Tante Ömir-Ölim holte das Marmeladenglas aus der Tasche und schraubte es auf, der Geruch von Harz und Kräutern entströmte ihm. Eine walnussgroße Menge von dem Balsam wurde auf dem nackten Bauch verteilt, dann begann Tante Ömir-Ölim, den fettglänzenden Körper vor sich zu befühlen, zu kneten und schließlich regelrecht zu walken. Frau Michels stöhnte vor Schmerzen.

Mit dem Konzept der manuellen Therapie war ich nicht vertraut, ich hatte keinerlei Vorstellung von dem, was gerade vor sich ging. Mir wurde schwindelig, der Geruch des Balsams stieg mir zu Kopf. Die Schmerzen der Frau schienen immer stärker zu werden, sie wimmerte, Tränen liefen ihre Wangen hinab. Ich war entsetzt, aber Tante Ömir-Ölim ließ sich vom Leid ihrer Patientin kaum beeindrucken. Eher war es, als ob die Schmerzen sie anstachelten.

Tante Ömir-Ölim walkte und knetete weiter, richtig verbissen hatte sie sich in eine Stelle, an der sie drückte und drückte. Schließlich stützte sie sich mit ihrem ganzen Gewicht darauf.

Frau Michels war bleich geworden und verstummt. Kurz bevor Tante Ömir-Ölim schweißüberströmt von ihr abließ, schrie ich: Was machst du mit ihr? Hör auf damit!

Aber da war es schon vorbei. Frau Michels bäumte sich erst auf, ließ sich dann auf das Bett zurücksinken und schloss die Augen. Unglaublich: Sie wirkte befreit, lächelte sogar. Tante Ömir-Ölim legte eine Wolldecke auf ihre Patientin und riss die Fenster des Schlafzimmers auf.

Der Nächste, bitte, sagte sie.

Ich schick ihn rein, erwiderte ich. Dann rannte ich aus der Wohnung, die Treppe hinunter und auf die Straße.

Scheißrussen, dachte ich und meinte damit gleichermaßen die deutschen Rückkehrer von 1955 wie die deutschen Aussiedler von 1990: Scheißrussen, alle miteinander.

Vor dem Wohnblock warteten Arnold und Pascha.

Und?, fragte Arnold.

Geht gar nicht, sagte ich.

Arnold nickte, Pascha lachte bitter auf. Dann gingen wir zum Spielplatz hinter den Garagen. Zwischen Zaun und Gestrüpp unterhielten wir eines unserer Lager mit Snickers und Fantadosen. Jetzt schien mir ein guter Zeitpunkt, es aufzulösen.

Pascha wunderte sich nicht weiter über das, was ich im Schlafzimmer seiner Eltern erlebt hatte, auch Arnold war derlei Geschichten gewohnt. Der Schrecken über die körperliche Gewalt meiner Tante wirkte bei mir hingegen nach. Ich war davon ausgegangen, dass sich ihre Heilmethoden auf das Verabreichen von diversen Kräutertees, Aufgüssen und Pülverchen beschränkten, auf das Bestreichen mit Salben, Cremes und Pomaden. Mit den Händen innere Organe abzutasten – für ein solches Schauspiel war ich nicht gewappnet gewesen, und falls Tante Ömir-Ölim vorhatte, bei mir das Interesse für ihre Kunst zu wecken, mich vielleicht sogar zu ihrer Nachfolgerin zu machen, so war ihr das nicht gelungen, ganz im Gegenteil. Ich fühlte mich abgestoßen und befremdet.

Erleichtert betrachtete ich Arnolds Gesicht, studierte die vertrauten Züge, während er mir erzählte, was zuletzt geschehen war. Es dauerte eine Weile, bis ich ihm aufmerksam zuhören konnte.

In den Tagen, als ich damit beschäftigt war, meinen Vater von sich selbst abzulenken und Bittsteller abzuwimmeln, hatten sich offenbar Dinge ereignet, zu denen wir uns verhalten mussten.

Es geht um den Tartter, sagte Arnold. Wie sich herausstellte, war er mehrfach dabei beobachtet worden, wie er vor den Blocks patrouillierte, mal allein, mal in Gesellschaft einiger Gestalten, die wir dem Mühlheider Schützenverein zuordneten.

Patrouillierte?, fragte ich, zweifelnd und in der Hoffnung, Arnold hätte das Wort unbedacht gewählt. Hatte er nicht. Seit einigen Monaten schon war es in Mühlheide vermehrt zu Einbrüchen und Diebstählen gekommen; nicht wenige Bewohner brachten den Anstieg der Kriminalität mit dem Zuzug der Aussiedler in Verbindung. Und weil die Polizei immer erst dann kam, wenn es bereits zu spät war, hatten sich offenbar einige Herrschaften zusammengeschlossen, um in ihren jeweiligen Wohnvierteln für Sicherheit zu sorgen. Instinktiv spürte ich, dass Arnold etwas Wesentliches ausgespart hatte; der Tartter wohnte weitab der Blocks, von seinem *Wohnviertel* konnte hier nicht die Rede sein.

Ich wollte Pascha die Zähne zeigen, sagte Arnold schließlich gequält. Ich meine, das Zahngold.

Du hast *was*?

Und jetzt ist es in Paschas Wohnung.

Ich biss ein Stück meines Schokoriegels ab und schloss die Augen. Der Albtraum ging weiter.

Und?

Wie und? Verstehst du's nicht?

Nein. Erklär's mir halt.

Und Arnold erklärte. Gemeinsam mit Pascha hatte er die Theorie entwickelt, dass der Tartter die Anwesenheit seines Besitzes im Wohnblock 17a spüren konnte. Dass ihn die Strahlkraft unseres Diebesguts hierhergelockt hatte.

Aha, antwortete ich. Und warum hatte es ihn dann nicht angelockt, als es noch bei euch im Heizungskeller versteckt lag?

Keine Ahnung, tiefer Keller und dicke Kellerwände?

Ich schnaubte verächtlich, spürte aber, dass Arnold mir den Gedanken der Strahlkraft schon eingepflanzt hatte. Wenn der Tartter tatsächlich einen bestimmten Verdacht hegte, so mussten wir etwas unternehmen. Wir konnten auf keinen Fall zulassen, dass er sich unserem Freund zuwandte, ihn buchstäblich ins Visier nahm.

Schön, sagte ich, dann legen wir den Beutel eben in euren Heizungskeller zurück. Wo ist das Problem? Dort war er anscheinend gut aufgehoben. *Strahlungssicher*.

Sehr witzig. Auf keinen Fall.

Arnold meinte es ernst. Er wollte die Sache mit dem

Zahngold ein für alle Mal beenden, auflösen, von seinem Elternhaus fernhalten. Und wenn ich ehrlich war, galt für mich dasselbe. Am sichersten schien es uns, den Beutel an den Ort zurückzubringen, von dem wir ihn entwendet hatten, und dieser Ort befand sich ausgerechnet im Keller des Tartters. Natürlich wurde die Straße, in der der Tartter wohnte, regelmäßig von der Nachbarschaftspatrouille abgelaufen – allerdings zu recht vorhersehbaren Zeiten, wie Arnold und Pascha aufgefallen war.

Pascha rührte weder Snickers noch Fanta an, er starrte auf meine Turnschuhe, aber dieses Mal lag kein Ausdruck von Bewunderung darin, sondern leises Entsetzen.

Konzentrationslager – Tartter – Leila Ambacher und Arnold Kolb – Pawel Nagler, sagte er. Ich will lieber nicht in dieser Linie sein. Ihr?

Wie bitte? Welche Linie?

Ich dachte, ich höre nicht richtig: Pascha maßte sich an, unseren Angriff auf den Tartter – denn als solchen hatten wir den Diebstahl damals vage begriffen – zu hinterfragen, uns zu kritisieren. Uns, die wir uns täglich gegen die Schatten unserer Lebenswelt behaupteten.

Ihr hattet etwas Böses in der Hand, und jetzt hatte ich es in der Hand, und das ist schlecht, das ist –

Da ist noch was, fiel Arnold ihm ins Wort. Der Tartter ist bewaffnet.

Pascha, der auf dieses Stichwort gewartet zu haben schien, schob den Anorak hoch und gab den Blick frei auf seinen Hosenbund, in dem, was sonst, der alte Coltrevolver meines Vaters steckte. Ich machte ihn sofort darauf aufmerksam, dass der Colt mir gehörte. Oder jedenfalls meinem Vater. In jedem Fall nicht ihm, Pascha.

Aber er überhörte meinen Kommentar und sagte: Wir bringen den Beutel Mittwochnacht in den Keller zurück. Kommst du mit?

In der Nacht fuhr der Frost in die Bäume und riss sie auseinander. Ihr Zerbersten hallte wie Kanonenschüsse durch das Steppendorf, weckte die Menschen und die Tiere. In den Ställen und Verschlägen begann es zu kläffen und zu jaulen. Die Menschen schrien kurz, aber heftig zu ihren Hunden hinüber und schliefen weiter.

An das Platzen der Bäume habe er sich nie gewöhnen können, das sagte mein Vater immer dazu, wenn er vom Winter berichtete, das gehörte zu seinem Winterlied wie die sagenhaften minus fünfzig Grad. Außerdem gehörten dazu Eiszapfen, so dick wie Oberschenkel, Spucketropfen, die gefroren, bevor sie den Boden erreicht hatten, und die Gefahr, die von Metall ausging. Berührte im Winter ein Stück Metall die Haut, konnte es festkleben und nur durch heißes Wasser zu lösen sein.

Das Platzen der Bäume aber war weniger außerordentlich oder eigenartig als vielmehr empörend und entsetzlich in einer Gegend, in der es so wenig von ihnen gab. Wer platzt, verliert, das verkündete mein Vater gerne in den unpassendsten Momenten, im Winter, wenn es kalt war, wenn bei Tisch zu viel gegessen wurde oder ich mich über etwas ärgerte. *Wer platzt, verliert.*

Eines Nachts gegen zwei Uhr hob erneut das Gebell der Hunde an, dieses Mal jedoch wachten die Dorfbewohner nicht auf. Vielleicht waren die Hunde verrückt geworden, mutmaßte Josef, so schrill und hoch wurden die Laute, vielleicht bekam ihnen der Winter nicht. Er schloss die Augen und wickelte sich etwas enger in Iwan Iwanowitschs abgelegten Wattemantel ein, dachte an seinen Freund Tachawi, drüben in Kökterek ... Ob das Kamel Ak-Bota über die Sicherheit der Sarsenbayevs wachte? Ob das Feuer in Aigul Sarsenbayevas Haus wohl länger und wärmer brannte als das im Schulhaus? War das Feuer einmal verglommen, kehrte schlagartig die Kälte zurück, jedes Mal eine Spur klammer und eisiger als zuvor. In Gedanken lief Josef durch das Dorf und hin zum Fluss, und er überquerte ihn nicht an der Furt, sondern direkt hinter dem Häuschen der freundlichen Russin Walentina Petrowna Fjodorowa. Der Fluss lag meterdick zugefroren da, man konnte ihn an jeder beliebigen Stelle überqueren, das Eis verband Steppe und Dorf, die ewige Trennung war aufgehoben ...

Dieser Gedanke ließ Josef aus dem Halbschlaf hochschrecken. Das Dorf lag offen! Er horchte auf das Winseln der Hunde, das wieder um eine Note höher geworden war, und schälte sich rasch aus Iwan Iwanowitschs Wattemantel. Sofort fuhr es ihm eiskalt ins Hemd hinein, da zog er sich den Mantel kurzerhand wieder über und trat, ohne seine Tante oder seine Großeltern zu wecken, aus dem Schulhaus. Mit ungebundenen Schnürsenkeln und schief auf dem Kopf sitzender Schapka kletterte er aus dem Schneetunnel heraus und erklomm den Schneehügel, der sich um das Schulhaus gebildet hatte.

Vom Hügel aus konnte man bis hinüber zum Fluss und zum Steilufer sehen. Auch das Dorf ließ sich von hier gut überblicken, jedenfalls dann, wenn der Wind keine Wolken vor die feine Mondsichel schob. Doch ausgerechnet jetzt musste er erstarken und den Neuschnee aufwirbeln – hinter dem Schleier aus hauchfeinen Eiskristallen verschwommen die Dächer der umliegenden Häuser, selbst die Pappeln an der Furt waren kaum zu erkennen. Josef wischte sich den Schnee aus dem Gesicht und kniff die Augen zusammen.

Für einen kurzen Augenblick fiel der Wind in sich zusammen, der Schleier glitt zu Boden, und das Licht des Mondes fiel auf das Dorf und die Steppe, die es umgab.

Erst ein halbes Dutzend, dann ein ganzes. Schwarze Schatten auf grauem Grund: Steppenwölfe.

Sie überquerten den Fluss knapp hinter Walentina Petrowna Fjodorowas Haus, genau dort, wo auch Josef und die anderen Kinder häufig das Steilufer hochliefen und runterschlitterten. Dann hielten sie auf das Zentrum des Dorfes zu, auf den kleinen Platz mit dem Haus des Dorfsowjets, dem Medpunkt, der kleinen Gemischtwarenhandlung der Russin Tjotja Katja.

Vater sagte über die Steppenwölfe immer, sie seien ohne Frage intelligenter als die Menschen. Wie sonst hätten sie den perfekten Zeitpunkt für ihren Einfall ins Dorf finden können, ihn koordinieren mit den Phasen des Mondes, dem plötzlichen Abfallen der Temperatur und dem dadurch verursachten Bersten der Bäume, dem Schlaf der Dorfbewohner und dem Wind, der in der zweiten Hälfte jener Nacht aufgekommen war?

Lautlos teilten sich die Wölfe auf und schnürten mit gesenkten Köpfen von Dach zu Dach. Als Josef sah, dass einer der Wölfe auf das Dach von Walentina Petrowna Fjodorowa zusteuerte, stolperte er den Hügel hinab und riss die Tür des Schulhauses auf.

Wolf, brüllte er, Wolf, Harla, Iwan Iwanowitsch – brüllte es auf Deutsch, dann auf Russisch: wolk, wolk! Brüllte auf Kasachisch: kaskyr, kaskyr! Harla, sie kommen durch die Dächer!

Sofort waren alle wach, und Iwan Iwanowitsch stand mit Fellmantel, angeschnalltem Holzbein und Gewehr in der Mitte des Klassenraumes. Er und der Harla hatten schon den Schneetunnel betreten, da griff Iwan Iwanowitsch in die Innentasche seines Fellmantels, holte eine Pistole heraus und gab sie dem Harla in die Hand.

Schießen Sie in die Luft, sagte er.

Ich darf keine Waffe führen, antwortete Abraham Ambacher. Ich bin Deutscher!

Interessiert die Wölfe nicht!

Iwan Iwanowitsch humpelte in den Schnee hinaus, lud das Gewehr und schoss in den Nachthimmel. Josef wollte seinem Großvater hinterherlaufen, aber Antonia Ambacher hielt ihn zurück. Er widersetzte sich und kämpfte so lange gegen sie an, bis sie nachgab. Schließlich stieg sie mit ihm auf den Hügel, um zu verfolgen, was geschah.

Leben war ins Dorf gekommen. Kaum hatte Iwan Iwanowitsch die ersten Schüsse abgegeben, flogen allerorts die Türen auf, Geschrei erhob sich, auch von Konstantin Petrowitschs Haus peitschten jetzt Schüsse herüber, außerdem vom Haus, in dem der Medpunkt-Leiter Juri Sergejewitsch wohnte.

Die Männer liefen von Dach zu Dach, schossen, trieben die Wölfe vor sich her und in Richtung des Flusses. Schattengleich entwichen die Tiere in die Tunnel, änderten die Richtung, kamen von anderer Seite. Iwan Iwanowitsch, der nicht gut im Neuschnee vorwärtskam, überließ das Gewehr einem anderen und fiel zurück. In ihrem Hunger waren die Wölfe so nah an die Männer herangekommen, dass beinahe jeder Schuss traf; das Rudel wurde immer schwächer und kleiner, versprengt liefen einzelne Wölfe aus den Tunneln hinaus auf die offene Schneedecke, wo sie noch leichter zu erlegen waren.

Josef beobachtete, wie der Harla sich an die Russen hielt. Einmal wurde er durch eine Schneewehe von ihnen getrennt, und als er wieder zu ihnen aufgeschlossen hatte, standen sie für einen kurzen Moment so im Mondschein da: auf der einen Seite der Deutsche mit einer Pistole, auf der anderen die Russen mit ihren Gewehren. Regungslos starrten sie Abraham Ambacher an. Erst das Winseln und Knurren der letzten Wölfe, die Richtung Furt flohen, brachte sie wieder zu sich, die Hatz ging weiter, hinab zum Fluss und darüber hinaus.

Abraham Ambacher war stehen geblieben und ließ die Pistole sinken. Die Munition war längst aufgebraucht. Auf der Schneedecke lagen die Gefallenen, massige, dahingestreckte Wolfskörper. Dampf stieg von den Leibern auf, um sie herum breiteten sich Blutlachen aus. Die Schneedecke war so beschmutzt wie die Laken aus dem Medpunkt, die Antonia Ambacher hinab zum Fluss zu tragen pflegte, um sie dort im Eiswasser auszuspülen. Der Anblick schien Abraham Ambacher nicht loszulassen, er stand so lange da, bis die Männer zurückkehrten.

Nehmen Sie einen für sich mit, sagte Konstantin Petrowitsch Fadejew und wies auf die Kadaver. Bewahren Sie das Fleisch nicht im Freien auf. Ihre Frau soll dem Jungen eine Jacke nähen aus dem Fell, das hält warm. Aus dem Fleisch lässt sich ein passabler Eintopf machen.

Abraham Ambacher zögerte kurz, dann packte er eines der Tiere an den Hinterläufen und zog es mit sich fort.

Kurz bevor er mit dem erlegten Wolf zum Schulhaus abbog, hielt ihn Konstantin Petrowitsch noch mal am Arm zurück und sagte: Das hier ist nur ein Traum, Deutschelchen. Wenn Sie morgen aufwachen, haben Sie ihn vergessen, und ich habe vergessen, dass Iwan Iwanowitsch einem Deutschen eine Waffe gegeben hat.

Die Dorfbewohner vergaßen nichts. Zu sehr rührte die Nacht an ihre Erinnerung, an die Nächte vor Stalingrad, Warschau und Berlin – keiner von ihnen war damals wohl davon ausgegangen, lebendig in die Heimat zurückzukehren. Ebenso wenig hatten sie wahrscheinlich gedacht, jemals wieder einem Deutschen mit einer Waffe zu begegnen.

Zu Abraham Ambachers Unglück und dem seines Enkelkindes wirkte er kaum wie ein sechzigjähriges Großväterchen; sein federnder, rascher Gang verlieh ihm ein fast jugendliches Auftreten, die Augen blickten wach und strahlend blau aus dem Gesicht. Seit dieser Nacht, so kam es den anderen Männern im Dorf vor, strahlten die Augen noch ein wenig mehr, federte der Gang noch etwas beschwingter. Da war das Wort *Faschist* wieder in aller Munde.

Der Vorsitzende des Dorfsowjets aber rührte Ambacher nicht an. Zu nützlich war der Tischler, zu schnell, rührig, erfinderisch und geschickt – aus so gut wie nichts hatte er für die Räume des Medpunkts neue Fensterrahmen getischlert, außerdem dem Schulzimmer einen neuen Boden und dem Lager der Kolchose ein neues Doppeltor. Nein, Abraham Ambacher durfte nicht angerührt werden. Die Erwachsenen hielten sich zurück, die Kinder nicht. Sie wussten: Für Josef Ambacher galten keinerlei ungeschriebene Gesetze.

Josef war von Iwan Iwanowitsch offensichtlich mit Bedacht neben seinen Freund Tachawi Sarsenbayev gesetzt worden, war mit Bedacht zu den nachmittäglichen Förderstunden eingeladen worden, die sich verdächtig oft bis in den Abend hinzogen.

Josef liebte seinen Lehrer sehr und registrierte jede seiner Bemühungen. Vor allem und jedem konnte ihn Iwan Iwanowitsch allerdings nicht beschützen. Einmal äußerte er Josef gegenüber, dass er selbst einmal Schüler gewesen sei. Er schwieg einen Moment lang, dann fügte er hinzu, dass er auch mal im Krieg gewesen sei, lang genug, um zu wissen, was auf den Gassen des Dorfes vor sich ging. Nun, sein Eindruck sei der, dass man am Verhalten der Schülerschaft bei Tage genau ablesen konnte, wovon die Mütter und Großeltern am Vorabend gesprochen hatten. Waren es das Wetter und familiäre Angelegenheiten, so klang ausgelassenes Spiel von den Steilufern des Flusses herüber. Waren es der Krieg und seine Opfer, so hallten wütendes Geschrei und eiliges Fußgetrappel durch das Dorf. Die Kinder in den Gassen des Dorfes – manchmal mochten sie ihre Kämpfe abbrechen und Waffenstillstand erklären, der Krieg aber dauerte an.

Iwan Iwanowitsch schüttelte betrübt den Kopf und vermied es, Josef ins Gesicht zu blicken.

Weiß der Teufel, wie du es erträgst.

Genau wusste es mein Vater später nicht zu sagen, aber vermutlich verlor er sein Humpeln bereits in diesem Winter. Die Schapka und die Jacke aus Wolfsfell, die ihm die Wawa nähte, hielten ihn wärmer als alle Kleidungsstücke, die er bis dahin besessen hatte. In seiner Vorstellung umgab ihn eine wolfshafte Aura. Ausgestattet mit Krähenschädelchen und Wolfsjacke fühlte er sich stärker, der Steppe anverwandelt.

Die russischen Kinder waren ungleich weniger beeindruckt. Beine hätten sie ihm gemacht, das war Vaters Ausdruck dafür, Beine gemacht an der Stelle, wo sich vorher nur schwache Gliedmaßen befunden hatten. Bald schon lief er geschwinder als die meisten anderen im Dorf. Irene und Karl beispielsweise, sie versuchten nie, ihn zu beschützen, ergriffen nie für ihn Partei, konnten ihm aber auch nie Schaden zufügen: Er war einfach zu schnell für die beiden.

Seid ihr böse auf mich?, hatte er sie einmal auf Russisch gefragt, als sich die beiden nach der Schule auf den Heimweg machen wollten.

Wir kennen dich nicht, hatte Irene geantwortet.

Wir reden nicht mit dir, hatte Karl hinzugefügt.

Dann waren sie fortgegangen, und Josef hatte ihnen noch eine Weile hinterhergesehen.

Josef lernte schneller und besser Russisch, als es irgendjemand für möglich gehalten hätte. Er lernte, sich zu befreien, lernte, stillzuhalten, sich abzukühlen, sich aufzuwärmen, die Luft anzuhalten, zu schlucken, ohne zu schmecken, und zu schauen, ohne zu sehen. Josef war ein ausgezeichneter Schüler, das hätte niemand bestritten, nicht einmal Schura Malinin, Josefs verlässlichster Peiniger.

Auch Peiniger haben Schwächen, und die von Schura Malinin lag fraglos in der Mathematik. Iwan Iwanowitsch hatte eine Idee, wie er die beiden Jungen einander näherbringen konnte: Er bestimmte, dass Josef Ambacher und Schura Malinin in der Mathematikstunde nebeneinandersitzen und *einander helfen* sollten, wie er es ausdrückte. Später bereute er diesen Einfall und gab zu Protokoll, dass alles, was daraufhin geschehen war, durchaus ihm selbst zuzuschreiben sei und nicht den beiden Jungen, nicht einmal Josef Ambacher, bei dem es sich trotz allem, was sich an dem Tag im Klassenraum zugetragen hatte, um ein Kind handele.

Als er hörte, neben wen er sich setzen sollte, blickte Josef stumm zu seinem Banknachbarn Tachawi, zu seinem schwarzen Haarschopf, der wie ein Tierchen mit gesträubtem Fell auf seinem Kopf saß. Er rührte sich nicht.

Dawaj, Ambacher, sagte Iwan Iwanowitsch. Es klang wie: *Ambakjer*.

Da erhob sich Josef und ging zögerlich hinüber zur Bank, in der Schura Malinin saß. Schura hatte sich so breitgemacht, dass Josef sein linkes Bein über die Bank baumeln lassen musste, um an den Tisch zu passen; sein Fuß streifte dabei über die Stelle, unter der sich vor Kurzem noch das Zeitungspapier befunden hatte. Der Harla hatte gründlich gearbeitet, glatt und eben lag der Fußboden unter Josefs Stiefelsohle.

Beim Gedanken an den Großvater wurde Josef ein wenig leichter zumute. Auch Tante Antonia kam ihm in den Sinn, ein weiteres Mal wünschte er sich, Anteil zu haben an ihrer Kraftquelle, was oder wo auch immer sie sein mochte. Vielleicht war es Ruhe, dachte Josef. Oder Zorn. Beides wohnte in Antonia Ambacher zu gleichen Teilen.

Iwan Iwanowitsch hatte begonnen, Gleichungen an die Tafel zu schreiben und die Rechenschritte zu erklären. Jetzt ruhte Josefs Stiefel still über dem Dielenbrett. Als Josef klar wurde, dass Schura Malinin nicht über ihn herfallen würde – nicht im Klassenzimmer, nicht vor Iwan Iwanowitschs Augen –, hatte sich auch sein Herzschlag wieder beruhigt.

Es ging um Mathematik, um Zahlen und die Sprache, die sich daraus ergab. Josef konnte sich nicht ganz vorstellen, wie sie jemandem fremd bleiben mochte, wenn sie doch ganz ohne Worte auskam, ohne Vokabeln und Dialekte. Ohne den Kopf zu bewegen, schielte er zu Schura – der starrte an die Decke, ganz so, als ginge ihn nichts von dem, was der Lehrer sagte, in irgendeiner Weise an. Es knisterte und knackte im Ofenrohr. Da bemerkte Josef, dass Schura seine rechte Hand zu einer Faust geballt hielt; diese Geste kannte er schon, sofort schmerzten Unterkiefer und Wangenknochen.

Jetzt rief Iwan Iwanowitsch Schura Malinin und Josef Ambacher an die Tafel: Gemeinsam die Gleichung lösen, bitte schön!

Mit dem Hinweis, dass man sich beraten dürfe, machte sich Iwan Iwanowitsch auf seinen Weg durch die Reihen, um die Arbeiten auf den Täfelchen der Schüler zu kontrollieren.

Schura erhob sich als Erster und ging betont langsam an die Tafel. Josef folgte ihm, ging vorbei an Tachawis Sitzplatz, vorbei an Irene und Karl – und ging schließlich auch dicht vorbei am Lehrerpult, wo er, ohne darüber nachzudenken, unauffällig nach Iwan Iwanowitschs Bleistift griff und ihn in seine Hosentasche steckte.

Vor der Tafel angekommen, blickte Josef kurz zu Schura und nahm ein Stück Kreide.

Zusammenarbeit, Ambakjer!, rief Iwan Iwanowitsch.

Unsicher drehte Josef sich zu Schura um und sagte: Wir multiplizieren erst. Und dann –

Und dann, und dann, äffte ihn Schura nach. Dann laufen wir weg und schreien wie ein Mädchen?

Nein, sagte Josef zögerlich. Wir rechnen, wir nehmen unser Ergebnis und subtrahieren dann den zweiten Teil –

Wer hat dir das beigebracht? Dein Großvater, der Faschist?

Jetzt wollte Josef nichts mehr sagen, er schüttelte nur den Kopf, die Kreide wurde schwer in seiner Hand.

Oder dein Vater? Der Nazisoldat?

Das Stück Kreide wog so viel wie Blei, es drang durch die Finger und fiel zu Boden. Iwan Iwanowitsch, in der letzten Reihe angekommen, warf einen Blick nach vorne und meinte wohl, dass die Schüler Malinin und Ambacher sich weisungsgemäß berieten und austauschten; er wandte sich Tachawi Sarsenbayev zu. Tachawi bedeckte mit beiden Händen sein Gesicht, das machte den Lehrer so stutzig, dass er neben seiner Bank stehen blieb. Vielleicht hätte er ihn gerne angesprochen, auf Kasachisch, und musste nachdenken, wie es korrekt zu lauten hätte. Darüber verstrichen ein paar Momente, in denen Iwan Iwanowitsch abwesend aus dem Fenster sah, hinaus auf die weiße Schneemasse, die sich davor auftürmte.

Gerade hatte Josef das Stück Kreide aufgehoben und das Ergebnis der Subtraktion an die Tafel geschrieben, da spürte er Schuras Kopf ganz nah an seinem, Schuras Atem strich in seinen Hemdkragen: Oder hast du's gar von deiner

Mutter – das Rechnen und das Rennen? Aber der Schneesturm war schneller, wie?

Kreide, Stiefel, Hemdkragen, alles Empfindungen, alles Werte in einer Gleichung, die sich aufeinander bezogen. Und plötzlich war da noch ein Wert. So schnell ging es, dass Josef sich selbst damit überraschte. Aus seiner Hosentasche riss er Iwan Iwanowitschs Bleistift hervor, kurz blitzte die spitze Mine auf, dann fuhr sie mit Gewalt in Schura Malinins rechte Schläfe. Josef ließ los, der Stift blieb stecken, auch dann noch, als Schuras Körper zu Boden glitt und sein Kopf sich auf die linke Seite neigte.

Stecken lassen!, donnerte die Stimme Iwan Iwanowitschs herüber, dann knallte er nach vorne zur Tafel, kniete sich dort nieder und prüfte den Puls des Schülers Schura Malinin. Der Krieg, er wollte einfach nicht aufhören.

Die Ankunft meines Vaters war wie immer eine kleine Sensation, auch wenn er dieses Mal nicht aus Moskau, sondern bloß aus München heimkehrte. Auf unsere Nachbarn und Bekannten hatten diese Tage, an denen Josef Ambacher von Reisen zurückkehrte, eine besondere Wirkung, ganz so, als wäre er von den Toten auferstanden, mit wichtigen Mitteilungen und Gaben von ganz oben.

Natürlich übten die großzügigen Geschenke, mit denen Vater nicht nur mich und meine Mutter bedachte, sondern auch unsere Nachbarn, eine gewisse Anziehungskraft aus. Aber mehr noch als um Kekse, Pralinen, Wodkaflaschen, Weizenkringel, Schnitzereien und Fensterbilder ging es um Beistand. Mir ist nicht ganz klar, wer hier wem etwas schuldete, wem mehr Übles widerfahren war – meinem Vater, der Mühlheide beruflich hatte verlassen müssen, um ausgerechnet in die Sowjetunion oder nach Bayern zu reisen, oder unseren Bekannten, die in Mühlheide hatten bleiben müssen und für die es nicht den geringsten Anlass gab, sich fortzubewegen. Man besuchte uns, horchte, forschte nach mit so wenig Worten wie möglich.

Dieses seelenvolle Beisammensein fand an beliebigen Orten statt, und doch hatte es etwas Eingespieltes, Reglementiertes. Die Grüppchen der Besucher fingen meinen Vater gerne auf der kleinen Waschbetontreppe ab, die hochführte zu unserer Eingangstür, an den Mülltonnen, zwischen dem wuchernden Phlox und der Eibe, die sich in den Durchgang zum Garten schob, außerdem infrage kamen die Garagen, unser Flur sowie der unebene, mit Tannennadeln übersäte Weg durch unseren Vorgarten.

Hier wurden die Geschenke überreicht, mein Vater gab zwei, drei Anekdoten zum Besten, zwischendurch wurde bedeutsam geschwiegen und geseufzt. Als Kind fehlte mir jede Einsicht in diese hohe Schule der Uneigentlichkeit; erst jetzt erkenne ich, dass diese nur scheinbar absichtslose Ortswahl und das gemeinsame Schweigen einen Wert darstellten und eine Aussage, eine Demonstration von Treue, von Härte und Gleichgültigkeit gegenüber den Umständen. Man war, wer man war, nicht mehr, aber auch nicht weniger.

Meine Mutter und mich bekümmerte der Anblick der unbeholfenen Gestalten auf unserem Grundstück, und so beschlossen wir, kaum dass mein Vater aus München heimgekehrt war und sich frisch machte, zu handeln. Sein asphaltgrauer BMW stand für jedermann gut sichtbar in unserer Einfahrt, es konnte nicht lange dauern, bis die ersten Besucher eintrafen.

Neuerdings ging man in unserer Siedlung am östlichen Stadtrand Mühlheides nämlich rasch und ohne Umwege. Man flanierte nicht mehr, verlor sich nicht länger in Betrachtungen von Flora und Fauna der Gehwege und Gärten, stahl hier eine Birne, dort eine Walnuss. Zu riskant war jedes Trödeln, zu real die Gefahr, Neuankömmlingen zu begegnen, in Gespräche oder auch nur in Gedanken verwickelt zu werden. Nein. Unsere Besucher würden bald erscheinen, und so beeilten wir uns, das vorzubereiten, was ich großspurig *Empfang* getauft hatte.

Auf dem Schulhof hatte ich Jeanette Hasenjäger von einem Empfang sprechen hören, den ihre Eltern für Bekannte aus Hannover ausgerichtet hätten; Häppchen habe es da gegeben, einen Tisch mit Süßigkeiten, dekoriert mit Blumen, die Erwachsenen hätten Sekt getrunken und die Kinder so viel Orangina, wie sie nur wollten.

In meiner Vorstellung handelte es sich bei einem Empfang um so etwas wie eine Party norddeutscher Ausprägung – verhaltene, auf den Punkt dosierte Langeweile. Heimlich verzehrte ich mich nach einer solch zivilisierten Zusammenkunft, bei der ich selbst – so stellte ich es mir vor – etwas abseits stehen würde, eine Orangina in der Hand, die weder abgelaufen war noch ein billiges Imitat aus dem Orient-Laden im Industriegebiet, alles würde von allein funktionieren, nichts musste überblickt, gerettet, kontrolliert oder zusammengeführt werden.

Meine Mutter verzog keine Miene und half mir, die Klapptische aus dem Keller hochzutragen. Wir platzierten sie auf der Terrasse, zwischen den dick ummantelten exotischen Gewächsen meiner Mutter, und deckten sie mit Teegeschirr und Süßigkeiten. Auch der Leberkäse, die Brezeln sowie rasch für diesen Zweck besorgte Flaschen Orangina wurden darauf arrangiert. Um das Ganze zu vollenden, nahm ich ein Porträtfoto meines Vaters von der Wand und lehnte es gegen den elektrischen Samowar, der in der Mitte der zusammengeschobenen Klapptische prangte.

Als es klingelte und meine Mutter zur Tür lief – mein Vater war noch immer im Badezimmer zugange –, trat ich einen Schritt zurück und betrachtete unser kunstvoll arrangiertes Buffet, die nebelfeucht abgewischten Campingsessel und Klappstühle. Aus der offen stehenden Terrassentür drang der NDR – gerade lief ein Song von Meat Loaf –, die Amseln stritten lautstark in unserem Apfelbaum, das Wasser im Samowar blubberte. Mein Werk: In den Augen Frau Wessels' oder Frau Hasenjägers hätte es kaum Bestand gehabt, aber für unsere Verhältnisse kam es mir höchst gelungen vor.

Als Erstes kamen die Familien Kolb und Peltzer heraus auf die Terrasse, ein wenig widerwillig und verlegen folgten sie meiner Mutter. Arnold begleitete seine Eltern. Ich wusste genau, weshalb er gekommen war – es lag auf der Hand, dass er mit mir darüber sprechen wollte, wie wir am Folgetag verfahren würden. Es ging, natürlich, um den Beutel mit dem Zahngold, den zurückzubringen er und Pascha sich in den Kopf gesetzt hatten, darum, wie man in den Keller des Tartters gelangen konnte. Ein wenig vorschnell hatte ich meine Hilfe zugesagt.

Was ist *das* denn?, fragte Arnold und zeigte auf die Campingsessel und den Samowar.

Ein Empfang, Mann, sagte ich. Wegen Papa. Orangina?

Arnold griff zu, Irina und Helena Peltzer bedienten sich, die Eltern zögerten. Elise Kolb setzte sich als Erste in Bewegung und wollte sich Teewasser zapfen, da fiel ihr Blick auf das Porträt meines Vaters.

Mit glockenheller Stimme fragte sie: Josef ist doch nicht tot?!

In dem Moment traten auch die Diwerts, die Herlichs

und die Sakowskys auf die Terrasse. Hermann Sakowsky hatte nur das letzte Wort gehört: Was – tot?

Quatsch, rief ich, Papa lebt!

Meine Mutter lachte laut auf, was von den anderen anscheinend als Hysterie gewertet wurde, man starrte sie entgeistert an, Verwirrung machte sich breit. Dann kam Bewegung in die Gruppe. Ein Zitrusbäumchen stürzte und riss die Etagere mit dem polnischen Milchkonfekt herunter, der Samowar geriet ins Wanken, Gesine Herlich schluchzte laut auf, Bruno Peltzer versuchte, sie zu beruhigen – und in all die Verwirrung platzte schließlich mein Vater, geduscht, frisch rasiert und vollkommen ahnungslos.

Josef!, rief Bruno Peltzer und zeigte auf das Durcheinander im Wintergarten. Was soll das alles?

Mein Vater sah fragend zu mir und meiner Mutter. Agnieszka war noch immer mit den Folgen ihres Lachanfalls beschäftigt, sie wischte sich die Tränen mit einem seidenen Taschentuch ab und gab darauf acht, ihr Make-up nicht zu verschmieren.

Es sollte so etwas wie ein Empfang werden, antwortete ich.

Ach ja? Für wen denn?, fragte mein Vater. Er klang aufrichtig interessiert.

Jezu Chryste, sagte meine Mutter. Möchte jemand ein Stück Leberkäse?

Mit einem Blick schätzte mein Vater die Lage ab und griff nach dem Weidenkorb mit den Brezeln. Schon drängten unsere Besucher unter aufrichtigsten Beteuerungen, uns nicht weiter stören zu wollen, zurück ins Wohnzimmer und Richtung Haustür.

Die Diwerts waren als Erste zur Tür hinaus, dicht gefolgt

von Gesine Herlich und Elise Kolb. Mein Vater drehte sich kurz zu mir um, verzog den Mund – mir war nicht klar, ob es missbilligend gemeint war oder entschuldigend – und lief ihnen hinterher. Es wurde still auf der Terrasse, nur das Blubbern des Samowars drang sachte durch die Blätter der Bougainvilleen und des Hibiskus.

Wo ist meine Mutter?, fragte ich Arnold. Er und die Peltzer-Schwestern hatten es sich mit einer Tüte Color-Rado in den Campingstühlen bequem gemacht.

Oben, sagte Arnold, und Irina: Was hast du denn gedacht?

Boże! Gott!

Ich verdrehte die Augen, ganz die Tochter meiner Mutter, und lief durch Wohnzimmer und Treppenhaus hinaus in den Vorgarten.

Wie sich herausstellte, hatte sich der Empfang nicht aufgelöst, sondern lediglich verlagert. Vor den Garagen, zwischen dem BMW und dem Mäuerchen, das die blühende Rhododendronhecke einfriedete, hatte mein Vater die Besucher eingefangen. Als ich zu ihnen stieß, waren sie längst in schönstes Schweigen und Brezelkauen vertieft, unterbrochen nur von sorgenvollen Seufzern.

Mein Vater wusste diese Zeichen offenbar zu deuten, er wartete bestimmte Momente ab, in denen er dann berichtete vom Viktualienmarkt, vom Englischen Garten und von der Panne, die er auf dem Rückweg gehabt hatte. Der Pannenbericht – versagende Batterie, Starthilfe – munterte die Gesellschaft ein wenig auf, es wurde geschmunzelt über den possierlichen bayerischen Lastwagenfahrer und seine redselige Hilfsbereitschaft. Kurz, es war wie immer. Sakowskys hatten sich auf dem Mäuerchen niedergelassen, Bruno Peltzer lehnte am BMW, nur ich kam mir plötzlich überflüssig vor. Als ich bemerkte, dass ab und zu jemand aus der Runde zurück auf die Terrasse lief, um sich eine Tasse Tee zu holen oder ein Stück Milchkonfekt, beschloss ich, mich nützlich zu machen.

Ich schmiss Arnold und die Peltzer-Schwestern aus den Campingstühlen und bugsierte mit ihnen gemeinsam einen Klapptisch, die Süßigkeiten, den Leberkäse, besagte Stühle und eine Dattelpalme vors Haus. Hermann Sakowsky folgte uns und trug den Samowar.

Na bitte, sagte er. Nett bei euch.

Ich war gerade dabei, mir etwas Wasser am Samowar zu zapfen, da sah ich, wie ein glänzender VW betont langsam an unserem Haus und an dem Menschenauflauf vor unseren Garagen vorbeifuhr. Er kam mir vage bekannt vor. Durch das offene Fenster erkannte ich schließlich das ungläubige Gesicht Jeanette Hasenjägers, ihr Blick flackerte über Klapptisch, Samowar und Dattelpalme. Ich hob die Hand zum Gruß und ließ mich in den Campingstuhl fallen, das Teewasser schwappte aus meiner Tasse und verbrannte mir den Handrücken, es hätte mir nicht egaler sein können. Hier war ich: ein erledigter Feldwebel nach krachend verlorener Schlacht.

Das war Jeanette, sagte Irina.

Hasenjäger, fügte Helena hinzu.

Den ganzen nächsten Nachmittag verbrachten wir damit, bei Pascha Eistee zu trinken, Erdnussflips zu essen und uns einzureden, dass überhaupt nichts schiefgehen könne. Wir hatten einen Plan, den wir immer wieder durchgingen.

Wie Arnold herausbekommen hatte, fand sich die

Nachbarschaftspatrouille jeden Mittwochabend zu einem Stammtisch im Deutschen Eck ein. Der letzte Rundgang vor dem Stammtisch erfolgte gegen neunzehn Uhr dreißig, der erste danach nicht vor zweiundzwanzig Uhr dreißig. Dieses Zeitfenster war natürlich ihre Achillesferse, aber offensichtlich eine, die sie nicht allzu sehr bekümmerte. Der wöchentliche, geregelte Konsum von Wolters Pilsener schien von großer Wichtigkeit.

Auch der Tartter besuchte den Stammtisch, und wir rechneten nicht vor zweiundzwanzig Uhr mit seiner Rückkehr. Arnold und Pascha waren der Meinung, dass wir nicht mehr als eine halbe Stunde benötigen würden, um in den Keller einzusteigen und das Beutelchen mit dem Zahngold wieder dort zu deponieren, von wo wir es Monate zuvor entwendet hatten.

Noch immer, Jahre später, frage ich mich, warum wir es überhaupt mitgenommen hatten, abgesprochen oder kalkuliert war es jedenfalls nicht gewesen. Vielleicht hatten wir es getan, um dem Bösen – in Gestalt des Tartters – zu schaden. Oder weil wir nicht ertrugen, dass es in unserem Land ganz andere Geschichten gab als die unserer Familien, Geschichten, die noch düsterer waren, unbegreiflich in ihrer Monstrosität. Wir wollten diese Geschichten nicht, sie machten uns skeptisch und zornig auf die Gesellschaft, die uns umgab. Dass wir uns mit dem Diebstahl des Beutels selbst eines Delikts schuldig gemacht hatten, dass dieses Delikt uns mit einem feinen Band an die Vergangenheit dieses Landes knüpfte, fiel uns reichlich spät auf, und darauf aufmerksam gemacht hatte uns ausgerechnet Pawel Nagler, das Aussiedlerkind aus Zentralkasachstan. Mir kam dieser Gedanke ungeheuerlich vor: mich auf irgendeine

Weise, und sei es noch so beiläufig, mit einem deutschen Verbrechen gemeingemacht zu haben.

Ich hielt unser Vorhaben für riskant, aber weil ich mich verantwortlich fühlte für Arnold und die Tatsache, dass sich der Beutel mit dem Zahngold in unserem Besitz befand, verschwieg ich meine Bedenken. Einmal hatten wir Glück gehabt – aber ein zweites Mal?

Paschas Entschlossenheit in dieser Sache gab uns Kraft und Zuversicht, und so konzentrierten wir uns auf das, was wir wussten: dass der Tartter eine Verkörperung des Bösen war. Es musste dringend verhindert werden, dass er sich auf unseren Freund und seine Gemeinschaft einschoss.

Frau Wessels' Geschichtsunterricht erzielte bei uns größtmögliche Wirkung – unser kindlicher Mystizismus verhärtete sich immer mehr in Annahmen über Deutschland und die deutsche Gesellschaft. Der Tartter, so sahen wir es jetzt, hatte die schwarze Stunde längst über dieses Land gebracht, wir konnten nur schätzen, wie viele Menschen er umgebracht hatte. In unserer Vorstellung waren es Hunderte, wenn nicht Tausende. Der Tartter war unser Feind.

Der beste Weg in seinen Keller schien uns der über die Garage zu sein. Die des Tartters war von derselben Bauart wie die Garagen unserer Elternhäuser, und so gingen Arnold und ich davon aus, sie ohne Weiteres aufhebeln zu können. Der größte Nachteil dieser Garagen bestand darin, dass die Schwingtore, wenn man sie aufzog, über die betonierten Böden kratzten und schepperten; man musste ungeheuer vorsichtig sein, um nicht die Nachbarn auf den Plan zu rufen. Oder die Patrouille, dachte ich im Stillen, hoffte aber, dass Arnold mit seinen Berechnungen recht behalten mochte.

Um einundzwanzig Uhr trafen wir uns am Spielplatz zwischen Blocks und Dammstraße. Arnold hatte ein Brecheisen dabei, ich die Taschenlampen. Daheim ging man davon aus, dass wir, müde vom Tag und von dem Deutschnachhilfeunterricht für Pascha, längst in unseren Betten lagen und schliefen.

Tatsächlich standen uns, als wir den Spielplatz hinter uns ließen und Richtung Färberwinkel liefen, Bilder aus unserem Schulbuch vor Augen, allerdings nicht in kräftigen Tönen, sondern in Schwarz-Weiß, in Ruß-, Asche- und Haarfarben. Statt uns mit dem Römischen Reich zu beschäftigen, hatten wir vorgeblättert zu den Kapiteln über das Dritte Reich, hatten auf die Bilder aus den Konzentrationslagern gestiert. Beinahe glaubten wir, den Tartter darauf ausmachen zu können, in Uniform und irgendwo im Hintergrund. Wir schürten unseren Zorn, fütterten unsere Abscheu, und mit einem Mal kam es uns vor, als würden wir mit unserem zweiten Einbruch nicht nur eine alte Schuld begleichen, sondern dem Bösen erneut Schaden zufügen.

Ich hasse ihn, presste ich hervor, als wir in den Färberwinkel einbogen und das Haus des Tartters in der Sackgasse zu erkennen war. Arnold und Pascha nickten. In den umliegenden Häusern waren bereits die Lichter gelöscht worden, auch das Haus des Tartters lag dunkel am Ende des Wendehammers. Von der Patrouille war keine Spur.

Und du hast ihn sicher weggehen sehen?, fragte ich Arnold.

Hab ich doch gesagt, antwortete Arnold. Ist um Viertel vor acht los, wie immer, mit Hut und Lederetui. Hab noch extra eine Viertelstunde gewartet, ob er nicht zurückkommt. Dann erst bin ich nach Hause.

Und er ist sicher nicht zurückgekommen? In der Zwischenzeit?

Was? Quatsch! Warum sollte er?

Und wenn doch?

Arnolds Flüstern klang heiser und ein wenig abgehackt, die Anspannung war uns beiden deutlich anzumerken – dies hier war kein Kinderspiel, sondern sorgfältig geplant und vorbereitet. Pascha, dem das Hin und Her zu lange dauerte, zog uns hinter einen parkenden VW-Bus. Ich erinnere mich noch genau an die Sticker, die auf der Schiebetür klebten: *Atomkraft? Nein danke*, drei Prilblumen, außerdem ein kleines Surfbrett und ein Fehmarn-Schriftzug.

Diese Motive aus der Normalowelt beruhigten mich ein wenig, spendeten Trost. Ich begann, an dem Surfbrett-Sticker herumzukratzen, aber Pascha riss meine Hand vom Bulli und behielt sie in seiner.

Was ist los?, fragte er. Angst? Vor dem alten Mann?

Jetzt packte Arnold Paschas linke Hand, so standen wir einen Moment lang da, drei atmende, unbewegte Körper im Halbdunkel jener Frühlingsnacht.

Kommt, sagte Pascha schließlich, ließ unsere Hände los und zog aus seiner Anoraktasche den alten Coltrevolver meines Vaters.

Pascha?

Obwohl er sich bereits aus dem Schatten des Bullis gelöst hatte, blieb er noch mal stehen und drehte sich zu uns um.

Warum schleppst du einen Knochen mit dir rum?

Ich hatte nicht geplant, es zu fragen, das Schienbein war mir plötzlich eingefallen, und in dieser Ausnahmesituation, im Dunkel und in der Angst, schien alles erlaubt.

Als Erinnerung, sagte Pascha schließlich. Daran, dass ich

Nazis hasse. Nazis haben den Zweiten Weltkrieg gebracht. Leid. Elend. Tod. Für alle. Auch für uns.

Arnold und ich schwiegen einen Moment lang. Pascha wollte Rache, das wurde uns jetzt klar. Und es war ihm offensichtlich so ernst damit, dass ich bereute, ihm nicht längst den Revolver meines Vaters abgenommen zu haben.

Wir müssen los, sagte Arnold. Wir bringen den Beutel zurück und fertig. Und fertig, hörst du, Pascha? *Pawel?*

Vorsichtig hebelten wir mit Arnolds Brecheisen die Garagentür auf, es kam mir merkwürdig vor, fast zu einfach. Aber wir waren keine Einbrecher, das versuchte ich mir immer wieder klarzumachen, wir wollten nichts stehlen, sondern etwas zurückbringen. Ein himmelweiter Unterschied.

Pascha, der vorne an der Thujahecke des Tartters gestanden und darauf geachtet hatte, ob die Patrouille auftauchte, ob bei den Nachbarn oder beim Tartter selbst Lichter angingen, stieß zu uns.

Lasst uns schnell machen. Der Keller ist gleich um die Ecke.

Wir ließen das Garagentor einen Spaltbreit geöffnet; noch wollten wir ohne Taschenlampen auskommen, und so tasteten wir uns in dem bisschen Licht, das von der Straßenlaterne hereindrang, vor bis zur Tür, die die Garage mit dem Keller verband. Sie war nicht abgesperrt. Vorsichtig schlossen wir sie hinter uns und knipsten endlich unsere Taschenlampen an.

Die Lichtkegel wanderten über einen penibel sauber gehaltenen Kellerboden, über einige mit Planen abgedeckte Kisten und Möbelstücke. Linker Hand ging es in den

Raum, wo wir den Beutel gefunden hatten, vergraben unter Uniformen und abgelegter Kleidung.

Wir horchten, aber weder aus dem Keller noch aus dem Haus über uns drang ein Laut zu uns.

Links, flüsterte ich Pascha zu, der den Beutel trug. Komm, schnell!

Arnold war schon in den Kellerraum vorgegangen, ich stand noch im Gang, der zur Garage führte, und da setzte sich auch Pascha in Bewegung – allerdings lief er nicht Arnold hinterher, sondern stieg die Treppe nach oben, die hoch ins Haus des Tartters führte.

Pascha, zischte ich, bist du verrückt? Komm da wieder runter! Wir wollten das im Keller deponieren, hörst du? Was machst du da?

Es war ein Fehler, pochte es in mir, das Ganze war ein haarsträubender, grundlegender, krimineller Fehler. Ich pinkelte mir vor Angst beinahe in die Hose und wünschte mir nichts mehr, als aufzuwachen aus diesem irren Albtraum. Arnold, der mich gehört hatte, hastete zur Treppe und hielt Pascha am Anorak fest, so standen die beiden auf dem oberen Absatz und zerrten aneinander.

Da öffnete sich, mir blieb das Herz stehen, die Tür zum Treppenhaus. Dort, im Licht meiner Taschenlampe, stand der Tartter und zielte mit einer Pistole auf Arnold und Pascha.

Nicht schießen, brüllte ich, Herr Tartter, wir sind's bloß! Leila Ambacher und Arnold Kolb! Nicht schießen, bitte!

Arnold und Pascha waren unfähig, sich zu bewegen – unmöglich, die Pistole hervorzuholen. Wie erstarrt standen sie vor dem Tartter.

Was macht ihr in meinem Keller? Stehlen?

Nein, schrie ich von unten, das ist ein Missverständnis! Wir stehlen nicht, wir bringen!

Der Tartter ließ die Pistole sinken, Arnold rührte sich als Erster und floh die Treppe hinunter. Pascha, der ihm hinterherwollte, war eine Spur langsamer, der Tartter ging einen Schritt auf ihn zu und bekam ihn an der Kapuze seines Anoraks zu fassen.

Priwjet, druschok, stieß er zu unserer aller Überraschung auf Russisch aus, hab ich dich erwischt, du Russe. Nicht der Erste vor dieser Mündung, aber vielleicht der Letzte? Notwehr eines alten Mannes, Überfall im eigenen Hause?

Pascha riss sich los, wütend brüllte er: Ich bin menschlichen Ursprungs, du Nazischwein!

Dann floh er die Treppe hinunter, der Tartter lachte, und wir rannten, rannten, rannten.

Dass wir vergessen hatten, den Beutel von uns zu werfen, bemerkten wir erst deutlich später.

Einmal, ein einziges Mal nur, erzählte mein Vater von dem Bericht, der ihnen allen das Leben gerettet haben soll. Verfasst hatte ihn der Lehrer Iwan Iwanowitsch Gusew, unter welchen Umständen und für welchen Zweck, kann ich nur erahnen. Mein Guckloch verzerrt und verfälscht, aber was ich von hier aus lesen kann, ist Folgendes:

Der Schüler Alexander Malinin, elf Jahre, hat den Hieb des Schülers Josef Ambacher überlebt. Wenn auch der Vorfall anfangs noch Besorgnis erregte, so ist der Patient nun rekonvaleszent und voller Tatendrang, möglichst schnell in den Unterricht zurückzukehren.

So mochte der Lehrer und Kriegsinvalide Iwan Iwanowitsch Gusew geschrieben haben. Mochte sich noch einmal durchgelesen haben, was er geschrieben hatte, um das ein oder andere Wörtchen zu ersetzen – zum Beispiel *Tatendrang* durch *Willen* – und zu überlegen, wie weit er gehen konnte in seinem Bericht über den *Vorfall*, wie er die

Angelegenheit nannte, ein Begriff, den er womöglich stur verteidigte gegen Vokabeln wie *Attacke*, *Überfall* oder *Hinterhalt*. Es lag auf der Hand, dass der Bericht für den Vorsitzenden des Dorfsowjets Fadejew weitergereicht und über das Schicksal der gesamten Familie Ambacher entscheiden würde.

Iwan Iwanowitsch, er mochte weiterhin geschrieben haben:

Der Unterricht der Dorfschule von Nowa Karlowka wird bereichert durch das mathematische Talent des Schülers Josef Ambacher, der, wenn auch Kind deutscher Sondersiedler, in der Vergangenheit Hilfsbereitschaft bewiesen hat. Es wird also empfohlen, trotz der Auseinandersetzung der beiden Schüler – die als Rangelei unter Kindern bezeichnet werden muss, mit bedauerlicher Eskalation – von der Verbringung der Familie Ambacher abzusehen. Im Übrigen leisten Mitglieder dieser Familie, Abraham Ambacher sowie Antonia Ambacher, wichtige Dienste in Erfüllung des Planes, in der Tischlerei der Kolchose und im hiesigen Medpunkt. Es sei außerdem angemerkt, dass sich insbesondere Antonia Ambacher, Tante des Schülers Josef Ambacher, hervorgetan hat in der Erstversorgung des Patienten.

Als Strafmaßnahme wird empfohlen, die Familie Ambacher aus der Unterkunft in der Dorfschule zu entfernen und in eine der hinfälligen Bauten am Dorfrand einzuquartieren. Es ist zu erwarten, dass die Veränderung der Behausung regulierenden Einfluss auf den Schüler Josef Ambacher haben wird, der, sicher ausgelöst durch Schlafmangel und Beengtheit, Anzeichen von Schwäche und Irritabilität gezeigt hat.

Hier mochte Iwan Iwanowitsch Gusew seinen Bericht beendet und sich gefragt haben, was wohl geschehen würde.

Eine ganze Weile geschah rein gar nichts. Der Wind blies, der Schnee fiel, Josef angelte. Tachawi musste Schämschi-Köke bei der Säuberung des Kamels Ak-Bota zur Hand gehen, und obwohl die Großeltern ihm, Josef, befohlen hatten, sich von den anderen Kindern fernzuhalten, suchte er geradezu ihre Nähe. Zum ersten Mal ließen sie ihn in Ruhe. Die Mädchen blickten ab und zu scheu zu ihm herüber, die Jungen taten so, als bemerkten sie ihn nicht, ganz als wäre er unsichtbar geworden. Nur Irene und Karl grüßten ihn, winkten, das wunderte Josef sehr, er begriff diesen Sinneswandel nicht. Er winkte kurz zurück, dann stellte er sich an ein Eisloch, das Schura und einige andere freigehackt hatten. Niemand wagte, ihn darauf hinzuweisen, und so zog er nacheinander drei Forellen, einen Karpfen und einen kleinen Hecht heraus. Der Hecht zappelte länger als die apathischen Forellen und der Karpfen, der erstarrt war, kaum dass Josef ihn auf das Eis geworfen hatte.

Josef – das war das einzige Wort gewesen, das Schura von sich gab, kurz nachdem sie ihn in den Medpunkt gebracht hatten, Iwan Iwanowitsch und eine Gruppe von Schülern. Auch Josef war unter ihnen gewesen, betäubt und noch ohne Begriff dafür, was soeben geschehen war. Mit aufgerissenen Augen hatte er zwischen den Kindern gestanden und seine Tante dabei beobachtet, wie sie den Verletzten gemeinsam mit Doktor Juri Sergejewitsch Podgorny auf eine Bank hievte und seinen Puls kontrollierte. Der Bleistift steckte noch immer.

Die Kinder gingen allesamt davon aus, dass Schura Malinin tot sei, vor ihrer aller Augen umgebracht von einem Faschisten. Josef krallte sich an einen der umstehenden Tische, starrte auf Schuras Körper, der sich nur dann bewegte, wenn seine Tante oder der Doktor an ihm rissen und zogen; jetzt hantierten sie mit Verbänden, mit Baumwollbinden und Zwecken. Der Körper, der dort lag, gehörte einwandfrei zu seinem, Josefs, Feind, und doch schien er anders, verwandelt. Die Haut schimmerte wächsern, die Hände lagen bleich und reglos auf der Bahre. Plötzlich meinte Josef zu spüren, wie der Boden unter ihm zu vibrieren begann, wie er sich ratternd vorwärtsbewegte, das kannte er, daran erinnerte er sich. Und da fiel ihm auch ein, woher er die wächserne Haut kannte: So hatte der kleine Jakob ausgesehen, kurz bevor die Mutter seinen Körper in Białystok einem polnischen Pfarrer in die Arme gelegt hatte. Der Geschmack von Giersch breitete sich in seinem Mund aus.

Ihn überkam ein so überwältigendes Gefühl des Schmerzes und der Schuld, dass er sich vornahm, seinen Feind Schura Malinin, sollte er doch am Leben bleiben, zu seinem Freund zu machen, ihm zu helfen und ihn zu unterstützen, er würde ihn gesund pflegen und –

Gosposcha Ambakjer, hörte er Karl Quapp laut durch den Raum rufen, da hatte Doktor Podgorny gerade den Stift aus der Schläfe gezogen und einen Druckverband angelegt, *Gosposcha Ambakjer*, Ihr Neffe ist's gewesen, der hat den Schura ermordet!

Was hast du gemacht?, donnerte Antonia Ambacher in die Stille hinein, auf Russisch und mit ohrenbetäubendem deutschem Akzent: *Schto ty sdelal?*

Er hat angefangen, antwortete Josef, ebenfalls auf Russisch, und, nach einer Weile: Es ist doch nur ein Bleistift, Tante.

Bleistift, karandasch, karyndasch.

Iwan Iwanowitsch Gusews Bericht, sorgfältig gefaltet und in einen Umschlag gesteckt, weitergereicht, geöffnet, weitergereicht, weitergereicht und weitergereicht, hatte die erhoffte Wirkung erzielt. Zusammen mit dem Umstand, dass der Schüler Schura Malinin praktisch unmittelbar und restlos genesen und von seiner Wunde nicht mehr zu sehen war als ein kleiner, in die Haut eintätowierter Bleistiftpunkt, hatten Iwan Iwanowitschs Argumente dem Vorsitzenden des Dorfsowjets Konstantin Petrowitsch Fadejew sofort eingeleuchtet.

Die Familie Ambacher sollte bleiben. Fadejew teilte ihnen eines der Häuser vor der Furt zu, das erste, das bei einer Überschwemmung litt, und das letzte, das die Fluten nach einer Überschwemmung wieder freigaben.

Haus?, hatte der Lehrer und Kriegsinvalide Iwan Iwanowitsch wiederholt, als ihm Fadejew von seinem Plan erzählte. Dieses Häuflein Lehm und Stroh? Na, wenn es jemand instand setzen kann, dann der alte Ambacher. Im Frühling wird man sehen.

Was ist das für ein Frühling, fragte die Wawa später, wenn der Sommer in den Winter einbricht und alles in Wasser und Schlamm verwandelt?

Tatsächlich entpuppte sich während der Schneeschmelze das, was Konstantin Petrowitsch Fadejew als *Haus* bezeichnet hatte, als eine Ansammlung von Lehm und Flusssteinen. Eine Zeit der nicht enden wollenden Arbeit begann. Der letzte, sich hartnäckig haltende Schnee wurde von den

Häusern auf die umliegenden Straßen und Gassen gekehrt, wo er sich zu schmutzigen, braunen Wällen häufte. Wo die Sonne den Schnee fortgebrannt hatte, verwandelte sich der Untergrund in knöcheltiefen Morast. Kleine Tümpel entstanden, und weiter draußen in der Steppe bildeten sich ausgedehnte Seen, von denen das Geschnatter und Gewese der Steppenkiebitze und Regenpfeifer herüberdrang.

Viele der Familien, die noch immer in den Erdhäusern lebten, litten an eigenartigen Krankheiten, ausgelöst durch den langen Winter, die so plötzlich erstarkte Sonne und die allgegenwärtige Feuchtigkeit. Auch Karl und Irene erschienen tagelang nicht in der Schule; Iwan Iwanowitsch trug Josef auf, ihnen die Schulaufgaben zu bringen, was er widerstrebend tat.

Er selbst war gesund geblieben, nicht zuletzt dank des Stalls, den der Harla als Erstes aus dem Schlamm hatte bergen und herrichten können. Noch Jahre später, als längst der Wohnbereich mit Küche, Wohn- und Schlafzimmer fertiggestellt war, hielt sich in der Familie eine innige Zuneigung für diesen Teil ihres Hauses.

Ein Stall aus Steinen! Das habe die Kasachen zum Lachen gereizt, als sie an der Baustelle der Ambachers ankamen. Schämschi-Köke führte sein voll beladenes Kamel am Seil hinter sich. Ganze Ballen von Zweigen, Ästen, Stroh und Lehm waren auf seiner Satteldecke befestigt, missmutig ließ Ak-Bota es geschehen, dass die Männer die Last entluden und vor der Baustelle auf dem Boden ausbreiteten.

Na schön, sagte Schämschi-Köke. Dann fangen wir mal an.

Womit?, fragte Abraham Ambacher, der Tischler, und blickte verdutzt zum Kasachen.

Schämschi-Köke ließ sich nicht aus der Ruhe bringen. Er gab Ak-Bota einen Klaps auf die Flanke, eine Staubwolke löste sich aus seinem Fell. Das Tier setzte sich in Bewegung und schaukelte allein zurück Richtung Furt.

Na – Haus bauen. Kasachische Art. Alle zusammen, mit Lehm, Stroh und Zweigen.

Zum Dank für die Hilfe begann Antonia Ambacher, regelmäßig Kökterek zu besuchen. Gemeinsam mit Josef lief sie nach ihrem Dienst im Medpunkt über die Furt und vorbei am Wäldchen entlang des Steilufers. Für gewöhnlich nahm sie dann Platz am Tischchen Aigul Sarsenbayevas, die ihr stur und unverdrossen, trotz aller Abwehrversuche, Tee und winzige Stückchen Fladenbrot servierte.

Rechts sitzt ein Unsichtbarer, erklärte ihr Josef, seitdem sah sie sich vor und kauerte stets an der linken Seite. Es brauchte eine Weile, bis sie ohne Weiteres im Schneidersitz ausharren konnte, schweigsam und leiderprobt.

Fast wie eine Kasachin, kommentierte man im Aul. Da dauerte es nicht mehr lang, bis sich weiterer Besuch bei Aigul Sarsenbayeva einstellte, stets ein Schälchen Tee trank, ein wenig seufzte, hierhin, dorthin blickte und schließlich einen Arm, ein Bein, den Kopf oder den Bauch vorzeigte. Kam Antonia Ambacher anfangs noch mit leeren Händen, so brachte sie bald schon eine prall gefüllte Tasche mit. Auf Vermittlung des Lehrers Iwan Iwanowitsch und mit zögerlichem Segen Doktor Juri Sergejewitsch Podgornys, Leiter des Medpunkts, behandelte sie nun vor Ort.

Wie viele sind es eigentlich?, hatte Doktor Podgorny Antonia Ambacher einmal gefragt.

Wie viele Leiden?, hatte sie da zurückgefragt.

Nein – wie viele Kasachen?

Zu klein, um bei einer Sprechstunde oder auf der Baustelle zu helfen, aber groß genug, um Unruhe zu stiften, wurden Tachawi und Josef immer wieder losgeschickt, meist mit der Aufgabe, etwas Essbares aufzutreiben. Die Ehre des Krähenclans stand auf dem Spiel. Bald schon aber kam es den beiden Jungen vor, als würde die ewige Jagd auf Vögel und Ziesel nicht ausreichen; der Frühling, der ringsum die Natur wiedererweckt hatte, schürte auch in den Kindern den Drang nach etwas Größerem, in das es hineinzuwachsen galt.

Tachawi beschloss, sich auf die Suche nach dem Mantel seines verschollenen Bruders Sarsen zu machen. Kaum dass die Erwachsenen Schämschi-Kökes Rat, den Mantel anstelle des Bruders zu beerdigen, einmütig zugestimmt hatten, war alles wieder vergessen, sie hatten rein gar nichts unternommen. Es war wie immer, wenn etwas in Worte gefasst wurde: Es erstarrte und trug keinerlei Bedeutung mehr in sich.

Ich nehme das jetzt selbst in die Hand, sagte Tachawi, als er gemeinsam mit Josef ziellos durch das Dorf strich. Ich gehe zu Verwandten und frage sie, was mit dem Mantel geschehen ist. Mutter hat ihn verliehen, seitdem ist er verloren.

Verwandte im Aul?, fragte Josef.

In der Siedlung an der Bahnstation. Etwa fünf Kilometer von hier. Wo ihr damals –

Gehen wir, unterbrach ihn Josef schnell. Er erinnerte sich nur zu gut daran, wie er mit der Großmutter im Jahr zuvor die Siedlung aufgesucht hatte. Damals hatte ihnen niemand weiterhelfen können – vielleicht würde er diesmal mehr Glück haben.

Schweigend gingen sie los und hingen ihren Gedanken

nach. Sie hatten gerade die letzten Häuser Nowa Karlowkas hinter sich gelassen, da fiel Josef ein, dass es ihm womöglich gar nicht erlaubt war, ausgerechnet zur Bahnstation zu laufen. Im Vorjahr hatten sie sich diese Frage überhaupt nicht gestellt. Tachawi winkte nur ab: Wenn sie dich nicht dafür bestrafen, dass du Schura mit einem Bleistift aufspießt, werden sie dich auch nicht bestrafen, wenn du ein bisschen in der Steppe schwimmst.

In der Steppe schwimmen. Obwohl Josef sich vorgenommen hatte, stur, emotionslos und ohne aufzublicken bis zur Bahnstation zu laufen, blieb er stehen und sah sich voller Verwunderung um. Ringsherum hatte sich der Schnee in eine Wasserfläche verwandelt, die nur hier und da von kleinen Anhöhen, Sträuchern und Büscheln von Reihergras durchsetzt war. Der aufgeschüttete Damm aus Sand und Steinen, den sie entlangliefen, verband die Siedlungen wie eine Brücke. Verließ man ihn zu jener Zeit der Schneeschmelze, konnte man sich nie sicher sein, wie tief das Wasser reichen würde – bis an die Knöchel oder bis zur Hüfte.

Josef konnte sich nicht erinnern, welchen Weg sie nach ihrer Ankunft an der Bahnstation damals eingeschlagen hatten, ob links oder rechts vom Damm; wo genau die Mutter sich von ihnen entfernt hatte.

Es war, als hätte sich die Steppe eine weitere Härte für die Menschen ausgedacht. Vielleicht, dachte Josef, während sich seine aufklaffenden Stiefelspitzen in den nassen Untergrund des Damms schoben und der Sand zwischen seine nackten Zehen drang, vielleicht hatte es etwas mit dem Wesen des Wassers zu tun. Dem Ursprung des Lebens, wie Iwan Iwanowitsch einmal erklärt hatte, voller Emphase und mühsam gezügelter Begeisterung. Ja, keine Frage, der Dorflehrer liebte das Wasser und saß ebenso sehr wie sie alle in der kasachischen Steppe fest, dem Ort, der am weitesten auf der Welt von einem Ozean entfernt war. Wasser – in ihm konnte man, kam es als Masse gefrorener Kristalle, erfrieren, man konnte in ihm ertrinken, in ihm, kam es vermischt mit Erde, stecken bleiben, und fehlte es gänzlich, so ging man eben an seinem Mangel zugrunde.

Tachawi war stehen geblieben und blickte starr in Richtung Horizont.

Na, komm schon, sagte Josef. Dawaj. Wir schaffen das.

Gemeinsam setzten sie sich wieder in Bewegung und wateten um eine riesenhafte, grün schillernde Schlange herum, die aus den umliegenden Sümpfen auf den Damm gekrochen war und sich zum Sonnen quer darübergelegt hatte.

Ein Mantel, Kind?

Mantel, palto, kurtka.

Danesch-Köke, der Mann, von dem Tachawi behauptet hatte, er sei so etwas wie der Sohn des Großcousins seiner Mutter, lachte so sehr, dass er sich verschluckte, rot anlief und zu husten begann.

Ganze Völker sind in den letzten Jahrzehnten verschwunden, und du suchst Sarsens Mantel? Ein altes, zerschlissenes Ding?

War gar nicht so zerschlissen, erwiderte Tachawi. War allerhöchstens dreimal so alt wie ich. Ich dachte – vielleicht wüsstest du, was mit ihm geschehen ist. Nachdem Mutter ihn dir geliehen hat.

Da beruhigte sich Danesch-Köke schlagartig. Er nahm einen Schluck Tee und schien nachzudenken. Durch die offene Tür des kleinen Hauses drang laue Frühlingsluft, dazu der Geruch von Maschinenöl und verrostetem Metall.

Schön, Tachawi, sagte Danesch-Köke schließlich. Ich sehe, es ist dir wichtig. Ein Kasache ehrt das Andenken seines Nächsten. Sag Aigul, dass ich den Mantel leihweise in Zahlung gegeben und vergessen habe, ihn auszulösen.

Gegeben an wen?

An so einen langen Lulatsch. Aus dem Aul Tuzdy-Bety. Was schert es dich? Wirst du hinfahren und ihn auslösen?

Solltest du es nicht tun?

Josef war sehr überrascht von dem Mut und der Vehemenz, mit der sein Freund gegen den Mann anging. Als er merkte, dass Tachawis Verwandter ungehalten wurde, räusperte er sich und stand ein wenig ungelenk vom Teppich auf.

Keschiringis, sagte er auf Kasachisch, Entschuldigung, Herr. Haben Sie vielleicht meine Mutter gesehen?

Aber es war wie damals mit der Großmutter. Weder Danesch-Köke noch sonst irgendjemand aus der Siedlung wusste etwas über eine Deutsche, die im Jahr zuvor in einem Schneesturm verschollen oder aufgegriffen worden war. Weil die Kinder ihm leidtaten und Tachawi nun mal ein Verwandter war, ging Danesch-Köke mit ihnen durch die Gassen, sprach Nachbarn und Passanten an. Darüber wurden seine Beine müde; er gab den Kindern einen halben Laib Brot für Tachawis Mutter mit und verabschiedete sich. Bevor er in seinem Haus verschwand, hielt er kurz inne, legte seine Hand auf Josefs Schulter und fragte nach dem Namen seiner Mutter.

Emma, sagte Josef. Sie hieß Emma.

Leila?

Mein Vater merkte gleich, dass etwas vorgefallen sein musste. Schweigsam, mit bleichen Gesichtern, hockten Arnold und ich in den nächsten Tagen bei uns im Haus herum. Wir hatten Angst und warteten wahlweise auf die Polizei oder auf den Tartter, der uns zur Rede stellen würde. Dass weder die Polizei noch der Tartter sich blicken ließen, erleichterte und irritierte uns gleichermaßen.

Mein Vater sagte: Ihr seid zu jung, euch so zu quälen. Was ist passiert?

Kurz horchte ich seinen Worten nach: *zu jung, sich so zu quälen*, als gäbe es einen Stichtag, an dem sich das änderte. Dann zwang ich mich zu einem Lächeln: Es ist nichts, Papatschka. Wir haben uns mit Pascha gestritten, das ist alles.

Das war nicht einmal eine Lüge, und *Streit* war sogar noch untertrieben. Paschas Alleingang im Keller des Tartters hatte uns alle in Gefahr gebracht. Arnold und ich waren es gewohnt, uns auf den jeweils anderen verlassen zu können; es hatte uns tief getroffen, dass Pascha unser Vertrauen enttäuscht hatte.

Schließlich hatte ich ihm das an den Kopf geworfen: *Du bist keiner von uns.* Um sicherzugehen, dass er mich verstand, wiederholte ich es auf Russisch: *Ty nie adyn is nas.*

Diesen Satz hatte ich mir daheim mit einem Wörterbuch selbst zusammengereimt, meinen Vater hatte ich nicht danach fragen wollen. Pascha hatte den Satz Wort für Wort nachgesprochen und war daraufhin in den Eingang seines Wohnblocks verschwunden.

Die Sorge, der Tartter könnte uns wegen Einbruchs angezeigt haben, schwand im Laufe der nachfolgenden Woche und wich einer dumpfen Bedrängnis. Wir hatten uns in dieser Geschichte verheddert und erkannten nicht mehr, was gut war und was böse, was eine logische Folge wovon war und welche weiteren logischen Folgen aus alldem erwachsen konnten. Vollkommen fraglos war nur eines: Wir waren immer noch im Besitz des Zahngolds. Der Beutel lag seit unserer Flucht aus dem Tartter'schen Haus einmal mehr in unserem Versteck am Stromhäuschen.

All das lastete auf uns, erst einen Tag lang, dann zwei, dann drei, vier, bis am fünften Tag schließlich Pascha an der Tür auftauchte und um Einlass bat. Am sechsten entschuldigte er sich, am siebten schlossen wir halbherzig Frieden. Ab da warteten wir zu dritt auf den nächsten Schritt des Tartters. Wie dieser Schritt aussehen würde, darüber brüteten wir jeden Tag viele Stunden lang. Am Tag elf oder zwölf platzte mein Vater in mein Zimmer und sagte: Hurtig, Kinder, Abendbrot – wir haben ein Geschenk bekommen. Es gibt frische Forellen!

Je tiefer wir uns in unser Unwohlsein gruben, desto mehr verloren wir unsere alten Interessen und Pflichten aus den Augen. Zu den Pflichten gehörte unter anderem der Nachhilfeunterricht für Pascha. Ausgerechnet jetzt, in dieser Situation, jemandem Deutsch beibringen? Ein wenig kam es uns vor wie Hohn oder Unehrlichkeit: mitzuhelfen, wie sich hier jemand ein Nest baute, ohne genauestens aufzuzeigen, was es bedeutete und was es mit sich brachte, in Deutschland deutsch zu sein.

Pascha selbst wäre der Letzte gewesen, der uns an den Nachhilfeunterricht erinnert hätte. Sein Deutsch hatte sich in den letzten Wochen kaum verbessert, Frau Wessels hatte bereits begonnen, Briefe an seine Eltern zu schreiben, die aber, weil von Pascha vorgelesen und zensiert, kaum Eindruck hinterließen.

Hilfe kam von unerwarteter Seite. Die Umbrüche jener Zeit, allen voran die Entwicklungen, die sich im Laufe des Jahres 1991 ereigneten, hatten dazu geführt, dass mein Vater weniger Aufträge als sonst bekam. Kaum dass er von seiner Dienstreise nach München heimgekehrt war, wurde es schlagartig ruhiger, er erhielt weniger Anrufe, weniger Briefe, weniger Dokumentenlieferungen. Die deutsche Wirtschaft hielt in jenen Monaten, dem Frühling und Sommer 1991, die Luft an, allerorten machte sich Sauerstoffmangel bemerkbar, und alles, was nicht zwingend nötig war, wurde abgestoßen.

Für unsere Gemeinschaft sollte die Langeweile und Verzweiflung meines Vaters noch eine größere Rolle spielen. Das Wörtchen *arbeitslos* nahm er nie auch nur in den Mund – er bevorzugte Ausdrücke aus der Seemannssprache wie Flaute, Ebbe, in den Seilen hängen, Schieflage. In jedem Fall musste eine andere Beschäftigung her, und der erste Schritt, den mein Vater in dieser Hinsicht unternahm, führte ihn zu Pascha.

Wieder hatten wir den Nachmittag auf der Terrasse verbracht, Eistee getrunken und uns nicht getraut, das Haus zu verlassen. Klingelte es an der Haustür, hielten wir den Atem an. Noch immer befürchteten wir, dass die Polizei kommen und uns festnehmen könnte. Pascha ging, gelangweilt und unausgelastet, durch unseren Keller und kam mit der Pelzschapka meines Vaters zurück. Sie gefiel ihm so gut, dass er sie selbst dann nicht vom Kopf nahm, als er anfing, auf unseren Obstbäumen herumzuklettern.

Mein Vater trat auf die Terrasse, warf einen zerstreuten

Blick auf uns und auf den Kirschbaum. Er blieb stehen, stemmte die Arme in die Seiten – was er von uns gewollt hatte, war ihm anscheinend entfallen – und starrte Pascha an, als sähe er ihn zum ersten Mal. Die Schapka tief ins Gesicht gezogen, saß er auf einem Ast des Kirschbaumes, tat so, als würde er angeln, und sang dabei ein russisches Lied.

Na so was, sagte mein Vater. Ein kleiner Fischer.

Dann schwieg er wieder. Von meinem Platz auf dem Klappstuhl sah ich, wie seine rechte Hand den linken Oberarm walkte. Nach einer Weile ging er ins Haus und kehrte mit einem kleinen, altmodischen Lederköfferchen zurück, aus dem er gut ein Dutzend zerfledderter Hefte herausholte.

Er trat auf die Terrasse, wedelte mit den Heften und rief, auf Russisch und mit einer seltsam zarten Stimme: *Schto ty lowisch?* Was angelst du?

Schtschuka, sagte Pascha, und mein Vater: *Schtschuka* – Hecht, *Karp* – Karpfen, *Som* – Wels, *Forel* – Forelle. Komm runter, Junge, ich zeig dir was.

Heute begreife ich, dass das Interesse meines Vaters an Pawel Nagler unsere eigene Beziehung nicht herabsetzte, auch wenn ich es damals so empfand. Trotz des Altersunterschiedes war es, als kennten sich die beiden *von damals her*, als hätten sie einen geheimen Einblick ins Seelenleben des jeweils anderen. Ich hatte nie zuvor an einem Steppenfluss geangelt, hatte keine Ahnung davon, wie man Welse fing, mein Russisch war so gut wie nicht vorhanden, ich ging nicht mehr nach draußen, wenn das Thermometer minus zehn Grad anzeigte, von Sturmböen bekam ich Ohrenschmerzen, und Tiere zu töten, war ich nie imstande.

Schmerzhaft wurde mir bewusst, dass meinen Vater und mich mehr trennte als nur die Zugehörigkeit zu einer anderen Generation; dass wir uns, egal, wie viele seiner Geschichten ich kannte und mit mir herumtrug, in gewisser Weise fremd bleiben mussten.

Pascha schrieb mir als Paul Nagler Jahre später, dass mein Vater ihn in gewisser Weise gerettet habe. Ohne ihn und seine Hefte hätte er niemals gutes Deutsch gelernt, und gebe es sie noch, würde er sie als Faksimile drucken lassen und veröffentlichen, als *wasserdichte* – unverkennbar eine Schifffahrtsvokabel, die mein Vater ihm vererbt hatte – Methode, Aussiedlern und Ausländern Deutsch beizubringen.

Kein einziges dieser Hefte hat das große Feuer, das mein Vater im Sommer 1991 entfachen sollte, überlebt, aber ich erinnere mich deutlich an die Jahreszahlen, mit denen sie betitelt waren. *1955* und *1956* hatte da gestanden, außerdem *Mühlheide, Bundesrepublik Deutschland*. Die Vokabeln hatten mehr oder weniger noch immer Bestand: *Meldeamt*, *Sprachexamen*, *Ausbildung*, *Eingliederung*. Sie standen, auch daran erinnere ich mich, direkt neben *Zwille*, *Blei*, *Wassermelone*, *Schwarzbeere*, *Adlerhorst* und *Reuse*. Warum sie mein Vater notiert hatte, kann ich mir nicht ganz erklären, immerhin hatte die Familie Ambacher nur zehn Jahre in der Sowjetunion verbracht und nicht wie die Familien Nagler, Kempf, Schwab und alle anderen, die da kamen, über zweihundert. Zweihundert Jahre in der Fremde, das bedeutete, Vokabeln pauken zu müssen; zehn Jahre vielleicht, sich ihrer zu vergewissern.

Diese Rettung durch meinen Vater, schrieb Paul Nagler, sei ein großes Glück gewesen, und noch jetzt, Jahrzehnte später, finde er es bezeichnend, dass sich ausgerechnet einer der Altsibirer seiner angenommen hatte. So nannten uns die Aussiedler: *Altsibirer*. Vielleicht hatten sie diesen Begriff sogar bei uns aufgeschnappt, und sie verwendeten ihn nicht ganz unironisch. Pascha ließ mehr als nur einmal durchblicken, dass wir für sie eine Art «Aussiedler light» waren und die Erfahrung der Verschleppung und Verbannung in Zentralasien eine Art «Soft-Sibirien». Wobei selbst der Begriff *Sibirien* bei ihnen kaum mehr benutzt wurde, Pascha und die anderen sprachen stets nur von *Kasachstan*, ein Wort, das sich selbst jetzt noch, Jahre nachdem ich das Land bereist und kennengelernt habe, ein wenig fremd in meinem Mund anfühlt.

Unsere Östlichkeit wirkte sicher rührend auf die Neuankömmlinge, wirkte sympathisch und zugleich, auf eine wehklagende, ewig beleidigte Art und Weise, *deutsch*. Wer anderthalb Jahrhunderte an der Wolga gelebt und den Boden bearbeitet hatte, den brach auch die zentralasiatische Steppe nicht, egal, wie lange man dort leben musste. Über hundertfünfzig Jahre Wolga, unter Stalin enteignet, verschleppt, verbannt, fünfzig Jahre Kasachstan, von 1941 bis 1990. Die Geschichte, das war eine meiner schwindelerregendsten Erkenntnisse dieses Frühjahrs, dauerte bis in den gegenwärtigen Moment an.

Und wir? Zehn Jahre Kasachstan, aber die hatten sich für immer in die Biographien unserer Familien eingeschrieben, hatten sie geformt, ausgedünnt, beschnitten und gezeichnet. Was weder Pascha noch sonst einer der Neuankömmlinge wusste, war, dass auch die Altsibirer nicht einer Art *Kernland* entstammten, dass auch sie im Osten gesiedelt hatten, in Gebieten, die heute in der Ukraine liegen. Die Ukraine, das war der Rand Europas – die Wolga der Rand der Welt.

Die Härte, aber auch die Widerstandskraft der Naglers und aller anderen, die in Mühlheide eingetroffen waren, beeindruckten meinen Vater stärker, als er es sich anfangs eingestand. Nun, da er sich so gut wie jeden Tag mit Pascha, mit seinen Notizen von 1955 und der eigenen Ankunft im Kernland auseinandersetzte, kam es ihm vor, als würden die Neuankömmlinge schon bald den Platz einnehmen, den zu beanspruchen sie, die Altsibirer, ewig gezaudert hatten.

Kaum in Mühlheide angekommen, erkundigte sich Paschas Vater bereits nach Immobilienpreisen, nach Grundstücken und Bauunternehmen. Er zeigte damit eine geschäftige Unverdrossenheit, die meinen Vater und viele unserer Nachbarn anzufassen schien.

Sich seinen Platz suchen. Diese Wendung griff im Sommer 1991 in unserer Siedlung um sich, sie fiel immer dann, wenn über die Neuankömmlinge gesprochen wurde – erst leise nur und beiläufig, später immer offener. Unsere Gemeinschaft hatte nach über einem halben Jahr das anfängliche Trauma der Konfrontation hinter sich gebracht und wagte den Blick zurück, in eine Zeit, als ihre Mitglieder selbst Neuankömmlinge in Mühlheide gewesen waren.

Mein Vater neigte dazu, ein wenig überhastet von dieser Zeit des Ankommens und des Neuanfangs zu erzählen. Sie muss schmerzhaft gewesen sein, war sie doch eine Phase des Bruchs mit dem alten Leben, mit alten Freundschaften und, kurioserweise, mit seiner Identität als Deutscher.

Fünf Tage hatte die Familie Ambacher im Zug verbracht – diesmal in einem Passagierwaggon der zweiten Klasse –, vierzehn Tage im Auffanglager in Friedland, wo man sie auf Gesundheit und Läuse überprüfte. *Die Heimkehr der Zehntausend.* Mit ihnen wurden auch und vor allem die deutschen Kriegsgefangenen durch Friedland geschleust, ihre Freilassung hatte Konrad Adenauer kurz zuvor mit Nikita Chruschtschow ausgehandelt. Männer aller Altersklassen, aus Gefangenenlagern noch der entlegensten Teile der Sowjetunion, drängten sich dicht an dicht über das Gelände. Musik wurde gespielt. Man hieß sie, das hatte sich Josef gemerkt, willkommen.

Willkommen, Dobro poschalowatj, Kosch keldinis.

Gemeinsam in der Steppe, gemeinsam im Zug nach Deutschland, gemeinsam in Friedland. Seit vielen Jahren war es das erste Mal, dass auch die Grüppchen der deutschen Zivilgefangenen wieder zusammentrafen, sich ohne Furcht nebeneinanderstellten, -setzten, -legten. Deutsch sprachen. Alle, die hier waren, hatten die Hitze überlebt, die Kälte, den Hunger. Das schweißte zusammen. Die meiste Zeit wurde so lautstark geschwiegen, dass ihnen allen die Ohren dröhnten. Nach den ersten Tagen kam man überein, zusammenbleiben zu wollen. Hatte man sich schon in Kasachstan voneinander fernhalten müssen, so würde man nun die Nähe vorziehen. Wer sonst würde begreifen oder nachvollziehen können, was sie erlebt hatten?

Niemand, sagten die einen, mit Blick auf das Land ringsum.

Die werden uns für Kriegsgefangene halten, sagten die anderen, mit Blick auf die Soldaten.

Das Ehepaar Schwarzkopf berichtete von einer entfernten Bekannten, die in einem nahe gelegenen Städtchen wohnte; wer wolle, könne, möge sie beide begleiten. Der Ort heiße Mühlheide und sei im Krieg so gut wie unversehrt geblieben. Niemand im Lager hatte je davon gehört, man sagte trotzdem zu.

Für die erste Zeit hatte man den *Rückkehrern*, wie man in Mühlheide Kriegs- und Zivilverschleppte gleichermaßen nannte, Wohnungen am Stadtrand zugewiesen. Hier befanden sich Wohnblocks, die man zügig und mit geringsten Mitteln in den Jahren zuvor erbaut hatte; die Wohnungen hatten alle denselben Grundriss, denselben Ausblick, denselben Geruch.

Die Bemerkung, es handele sich lediglich um eine Zwischenlösung, alarmierte die Familie Ambacher und bestärkte sie in ihrem diffusen Gefühl, sich nie wieder wirklich niederlassen zu können. Nichts an Mühlheide oder an Norddeutschland fühlte sich nach Heimat an. Sprach Josef Egerländisch, verstand ihn niemand, versuchte er sich an Hochdeutsch, verhaspelte er sich, rollte das «R» auf russische Art und geriet durcheinander. Alles an ihm verriet den Fremden: das kurz geschorene Haar, der unsichere Blick.

Über dreißig Jahre später, als andere die Rolle der Neuankömmlinge spielten und sie meisterhaft interpretierten, kommentierte mein Vater: Kunststück! Wir kamen aus der Verbannung, die kommen aus einer wohlsortierten Datscha. Wir fuhren Zug, die fliegen Lufthansa. Wir wurden mit Kriegsverbrechern in einen Topf geschmissen – und die? Wir hatten den Krieg in den Knochen. Und die hier – was haben die?

Papatschka, antwortete ich zweifelnd, Papatschka, die haben es auch nicht gerade leicht.

Diesen Kommentar wollte mein Vater nicht gelten lassen, *nicht gerade leicht* war keine Kategorie, in der er dachte. Lieber erzählte er, dass ihre ausgepackten Koffer noch wochenlang leer im Flur der kleinen Wohnung gestanden und den Weg blockiert hätten, und doch sei es niemandem eingefallen, sie fortzuräumen. Vielleicht, so mutmaßte er, habe man sie rasch zur Hand haben wollen, hätte man die Wohnung wieder verlassen müssen.

Die Wohnung: zwei Zimmer, eine Küche, ein Bad, dazu ein Balkon. Dass dieses Ding, das am Wohnzimmer dranhing, so hieß, erfuhren sie erst später.

Der Harla und die Wawa kränkelten immer mehr, vor allem den Großvater schien nun, da sie zurück in Deutschland waren, alle Kraft verlassen zu haben. Womöglich hatte er sich in sein Schicksal gefügt oder es sogar selbst herbeigeführt; ganz so, als hätte er eine Aufgabe erledigt, sein Werk vollbracht. In Mühlheide besaß jeder einen Dielenboden, oder eben Linoleum, wer keine Fensterläden hatte, wollte auch keine, für einen alten Tischler gab es keine Verwendung. Auch die Wawa schien die Reise aufgerieben zu haben. Zusammen richteten sie sich notdürftig im Schlafzimmer ein und vermieden es, die Wohnung zu verlassen.

Antonia und Josef zogen es vor, auf dem Balkon zu schlafen. Es war Oktober, aber die Luft noch immer mild, und von hier aus hatten sie die Bäume, die sie beide liebten, stets im Blick: Fichten und Tannen, beinahe so hoch wie der Wohnblock selbst.

Tagsüber lief Antonia Ambacher die Apotheken und Arztpraxen in Mühlheide ab, sie wollte erfahren, auf welche Art der Tod die Menschen in dieser Gegend hier zu sich holte. Mit großer Sorge beobachtete sie ihre Eltern, die vor ihren Augen immer kleiner, schwächer und stiller wurden. Vielleicht, so überlegte sie laut, handelte es sich um Keime in der

Luft, um Keime im Wasser, in der Erde, oder, Gott bewahre, um Dschinn, die im Gepäck aus Asien mitgereist waren.

Während die Großeltern Tag für Tag die Tränke und Sude zu sich nahmen, die Antonia ihnen zubereitete, ging Josef auf die Jagd. Vorerst noch vermied er es, die Stadt zu erkunden, er blieb lieber bei den Wohnblocks. Die Fremdheit brannte ihm im Nacken, auf den Handflächen, den Lippen und der Stirn. Sollte doch die Tante umherrennen, er hatte Zeit und harrte aus in der Nähe des Harla und der Wawa. Wenn sie ihn fragten, was er mit sich anfangen wolle, bald, *bald*, dann antwortete er zögernd: studieren. Mathematik oder Ingenieurwissenschaften, oder beides. Bald.

Auf den Grünstreifen vor den Blocks traf sich das Jungvolk aus der Steppe, rauchte, sprach ein wenig Russisch miteinander, machte Jagd auf Ringeltauben, Elstern und Amseln. Mit der Zwille war es fast beleidigend einfach, sie aus ihren Nestern herunterzuholen. Der Harla aß nun so gut wie nichts mehr, einzig das Fleisch der Tauben bekam er noch hinunter. Es dauerte allerdings nicht lange, da riefen die Lagerfeuer, über denen die jungen Männer ihre Beute brieten, den Hauswart auf den Plan. Er verbot offenes Feuer im Besonderen und *Wegelagern*, wie er es nannte, im Allgemeinen.

Das empörte Josef. Er war, wie die anderen, ein erwachsener Mann – und nun sollte er nicht einmal die Freiheit besitzen, sich etwas zu braten? Diese Welt, in die sie hineingeraten waren, schien ihm entsetzlich klein, die Menschen engstirnig, die Straßen schmal, die Heide ein Witz gegenüber der Steppe.

An einem Nachmittag fand er endlich die Ruhe, das zu tun, was er sich seit Langem vorgenommen hatte: seinem

Freund Tachawi zu schreiben. Aber kaum dass er Papier, Bleistift und Briefmarken besorgt und sich an den kleinen Tisch im Wohnzimmer gesetzt hatte, kam der Fuchs-Harla aus dem Schlafzimmer gehumpelt und überraschte Josef dabei, wie er gerade den Umschlag adressierte. Unwirsch fuhr er seinen Enkel an, riss ihm den Umschlag aus der Hand, las die Adresse und zerriss das Papier in kleine Fetzen.

Es ist nur Tachawi, versuchte Josef den Großvater zu beruhigen. Er verschwieg, dass er ebenfalls plante, Iwan Iwanowitsch Gusew zu schreiben, seinem Lehrer, den er nicht vergessen hatte.

Der Blick geht nach vorn, antwortete Abraham Ambacher. Josef, verstehst du das? Der Blick nach hinten macht dich kaputt. Du musst vergessen, was war, *wer* war. Brich mit dem Alten, geh hin zum Neuen. In der Vergangenheit liegt nichts Gutes für dich.

Harla, ich bitte dich, sagte Josef da, wiegelte ab, erklärte, er habe es seinem Freund versprochen und werde dieses Versprechen natürlich –

Schweig!, herrschte ihn der Großvater an und wuchs ein letztes Mal über sich hinaus, nahm den gesamten Raum ein, der ihn umgab: Versprich mir, Kind, mit allem und allen zu brechen! Rette dich und deine Tante, versprich es mir, versprich es mir jetzt!

Josef nickte, verwirrt, überwältigt von dem Sturm, den sein Großvater entfacht hatte.

Zwei Tage später war der Harla tot, die Wawa überlebte ihn um nur wenige Wochen. Kurz bevor auch sie verstarb, entschuldigte sie sich bei Josef, wofür, begriff er nicht.

Mein Vater liebte Supermärkte, liebte es, sich die Lebensmittel anzusehen, sie in den Einkaufswagen zu legen und sie in aller Seelenruhe vor sich her zu schieben. HL-Markt, Minimal, Penny, sie alle hatten ihren Platz und ihre Bedeutsamkeit.

Ich begleitete ihn gerne, wenn er einkaufen ging, und einer unserer Einkäufe ist mir besonders in Erinnerung geblieben. Wir liefen zu Fuß zum etwas weiter entfernten Minimal-Supermarkt, nicht wie sonst zum HL-Markt am Ende unserer Straße. Meine Mutter hatte vergessen, Schichtkäse zu besorgen, eine Zutat, die sie für die Füllung ihrer ruthenischen Piroggen benötigte. Sie hatte uns beide losgeschickt in der Hoffnung, zu zweit wären wir vielleicht in der Lage, Schichtkäse von Quark, saurer Sahne und Hüttenkäse zu unterscheiden.

Schon standen wir mit dem, was wir für Schichtkäse hielten, an der Kasse, als unmittelbar vor uns ein Streit ausbrach zwischen der Kassiererin und einer Kundin. Die junge Frau, offenbar eine der Neuankömmlinge, war der Meinung, ihr sei zu viel abgerechnet worden, und fiel ins Russische. Weil die Kassiererin – Frau Kösters, wie auf ihrem Namensschildchen zu lesen war – kein Wort verstand, schimpfte sie in schönstem Norddeutsch zurück.

Ich wartete darauf, dass mein Vater eingreifen würde, da er doch jedes einzelne Wort der beiden Frauen verstand. Aber er starrte nur gedankenverloren auf das Laufband, auf dem wir das Molkereiprodukt unserer Wahl abgelegt hatten. Er kam gar nicht auf die Idee, dass er die Szene, die sich vor ihm entspann, irgendwie beeinflussen könnte.

Schließlich stieß ich ihn ungeduldig mit dem Ellbogen an: Jetzt sag doch mal was! Auf Russisch, Mann, Papa.

Da erst kam er zu sich – und vermittelte. Als das Missverständnis aufgeklärt war, zupfte die junge Frau vor lauter Dankbarkeit eine Nelke aus dem soeben gekauften Blumenstrauß und überreichte sie meinem Vater.

Ich danke Ihnen sehr, sagte er, wie immer eine Spur zu förmlich. Ich danke Ihnen sehr, Fräulein –?

Quapp, sagte da die Frau. Julia Quapp.

Wir verließen den Minimal. Mein Vater blickte benommen der jungen Frau hinterher, die, nachdem sie sich vorgestellt hatte, scheu geworden war und im Laufschritt den Parkplatz überquerte.

Auch mein Vater fiel in einen schnelleren Gang, als hätten sie beide, die junge Frau und er, eine Gefahr gewittert. Ich spürte, dass irgendetwas meinem Vater Angst gemacht hatte.

Quapp? So wie diese Leute, bei denen ihr damals untergekommen seid?

Das kann man nicht wissen.

Außer, man fragt!

Mein Vater sah kurz zu mir, mittlerweile ging er so schnell, dass ich kaum mithalten konnte.

Das ist kein Spiel, Leila. Ich möchte nicht, dass du dich in diese Dinge einmischst.

Kein Spiel? Und wie kommst du darauf, dass ich mich *einmischen* will?

Sag Pascha, dass der Unterricht heute ausfällt. Ich habe zu tun und möchte nicht gestört werden.

Kaum waren wir zu Hause angekommen und die Frustration meiner Mutter über das falsche Molkereiprodukt abgeebbt, zog mein Vater sich in sein Büro zurück. Am Abend weigerte er sich herauszukommen, auch am nächsten Tag sah ich ihn weder in der unteren noch in der oberen Wohnung.

Papa isst wieder Nüsse, kommentierte meine Mutter, eine Anspielung auf seine Vorräte an Mandelkernen und Trockenfrüchten. Wenn er wollte, war mein Vater autark.

Wie sich später herausstellte, war dieser Rückzug für meinen Vater äußerst fruchtbar. In den folgenden Tagen kam er zu einer richtungsweisenden Erkenntnis: Er wollte fort. Hatte genug von den Klapphäuschen, den Tannen und den Fichten in den Vorgärten, dem Waschbeton, den Johannisbeeren, den Provisorien. Hatte genug, womöglich, von seiner Tante. Es reichte, und zwar schon seit Langem.

Bis heute bin ich mir nicht sicher, warum es die Begegnung mit Julia Quapp im Supermarkt war, die diesen Ausbruch in Gang brachte. Vielleicht war es die Erinnerung an das Erdhaus, die ihm plötzlich den Atem nahm, oder ein Unmut und Überdruss an der eigenen Geschichte. Vielleicht wollte er noch einmal ein anderer sein. Zum ersten Mal schien mein Vater darüber nachzudenken, wo er wirklich sein wollte, zum ersten Mal den Gedanken zuzulassen, dass er selbst sein Leben gestalten konnte oder sogar musste.

Hinzu kamen sicherlich das Anschauungsbeispiel der Neuankömmlinge, das patente und lebenstüchtige Raumgreifen eines Artur Nagler und die Angst vor dem Dunkel der Geschichte, einem Dunkel, das längst nicht mehr namenlos war und jederzeit über ihn hereinbrechen konnte. Mein Vater hatte, das mochte sein Eindruck gewesen sein, keine Zeit zu verlieren, wollte er dem Leben ein gutes, ein besonderes Kapitel abgewinnen.

Vom Katasteramt besorgte er sich meterlange Pläne, auf denen die Flurstücke der Stadt Mühlheide und ihrer Außengebiete zu sehen waren. Diese Karten breitete er auf dem Boden seines Büros aus und verbrachte nun ganze Tage damit, sie zu studieren. Was ich damals für den Anfang einer bloßen Episode hielt – Paketband, Klappmatratze, Unrast, Landkarten –, stellte sich als etwas viel Größeres heraus. Mein Vater hatte eine Idee, und wenn mein Vater eine Idee hatte, dann wurde sie auch in die Tat umgesetzt.

Er hatte einen Weg gefunden, sich aus den Plänen des Mühlheider Katasteramtes eine Art Schutzkappe zu bauen, eine Schutzkappe gegen das Erinnern, gegen die Klapphäuschen, die niemand je wirklich gemocht hatte, gegen einen Vorfall in der Vergangenheit, dessen Botin Julia Quapp gewesen war. Die Nelke, die sie meinem Vater geschenkt hatte, verwelkte auf der Fensterbank neben den Fimo-Figuren meiner Mutter, den Wolkenkratzern New Yorks im Maßstab eins zu viertausend.

Eines Abends ging ich hinunter ins Erdgeschoss, um meinen Vater zum Abendbrot zu holen. Hinter der geriffelten Glasscheibe seiner Bürotür sah ich, dass der Raum im Halbdunkel lag. Ich klopfte erst zögerlich, dann etwas vehementer. Stille.

Als ich näher an die Scheibe herantrat, erkannte ich die hellen Papierbahnen des Katasteramtes auf dem Büroboden, erkannte, dass mein Vater eigens Schreibtisch und Stühle beiseitegeschoben hatte, um sie komplett ausbreiten zu können.

In dem Moment brach die Abendsonne durch die Wolkendecke und flutete durch die Glasbausteine unseres Flures. Das gleißende Licht drang durch die Glasscheibe der Bürotür, und so erkannte ich meinen Vater, wie er, Arme und Beine weit von sich gestreckt, mit dem Gesicht flach nach unten auf den Katasteramtskarten lag und sich nicht rührte.

PAPA!

Als er den Horror in meiner Stimme hörte, sprang er sofort auf, öffnete die Tür und umarmte mich heftig.

Entschuldige, Töchterchen, entschuldige, sagte er. Ich dachte, du könntest mich nicht sehen.

Mein Vater, der sonst so viel mit mir geteilt hatte, zog sich immer mehr zurück und reagierte abweisend, wenn ich bei ihm klopfte oder ihn im Flur abfing. Er flüchtete sich in das Studium seiner Katasteramtskarten und wurde darüber mürrisch und zerstreut wie sonst nur dann, wenn er sich stundenlang über die Bibel gebeugt und versucht hatte, eine Korrespondenz zu erkennen zwischen dem Wort Gottes und dem Universum, wie er es als Mathematiker sah.

An diesen Tagen seines Studiums mied er mich und meine Mutter, und selbst wenn Tante Ömir-Ölim zu Besuch kam und ein Gespräch mit ihm anfangen wollte, lag ein Vorwurf in seinem Blick. Er ertrug uns nicht, was meine Mutter mit der Zeit immer wütender machte. Ich versuchte, meinen Vater zu verteidigen und zu entschuldigen. Meine eigenen Probleme kamen mir im Vergleich zu dem, was meinen Vater beschäftigen musste, banal vor, das hatte sich seit dem Vorfall mit dem Tartter nicht geändert. Ich hatte ihn ganz für mich behalten und kapselte meine Angst ab, so, wie es mir ringsum vorgelebt wurde.

An einem Samstag im Mai hielt mein Vater es nicht mehr aus und fuhr mit dem Fahrrad allein hinaus an den Schrevensee. Er liebte den See und seine vielen abgelegenen Buchten. Etwa vier Kilometer entfernt vom Stadtrand

Mühlheides trennte der Schrevensee die Heideflächen unserer Gegend von den Mooren der Nachbargemeinde. Das Nordufer war mit Strandbad, Kiosken und Wasserrutschen für die Naherholung ausgestattet, für die Badegäste von außerhalb gab es sogar ein Seehotel.

Das Südufer lag dafür so gut wie unberührt da, voller Ried und mit wild wuchernden Sanddornbüschen. Lediglich einige Trampelpfade führten von den Radwegen zu den Bauwagen oder Lauben, die Lebenskünstler hier für ihre Sommer im Grünen aufgestellt hatten.

Am Wasser, auf einer mit Moorbirken bestandenen Halbinsel, begegnete mein Vater Bruno Peltzer. Er war es, der mir später von dieser Begegnung berichtete. Wie er sagte, hatte er an einer der Birken gelehnt, eine Frikadelle gegessen und hinaus auf den See geblickt, als mein Vater auftauchte. Er begrüßte ihn freundlich, und weil er merkte, dass es seinen Besuch sofort wieder fortzog, verwickelte er ihn in ein Gespräch. Bruno Peltzer kannte seinen Nachbarn nur zu gut.

Sagte: Sibir.

Da horchte mein Vater auf.

Sibir?

Peltzer verspeiste das letzte Stückchen seiner Frikadelle und kniete sich in den Kies, um sich die Hände im Wasser des Sees abzuspülen.

Hab ich mal jemanden sagen gehört, der hier spazieren ging: Sieht ja aus wie in Sibirien.

Haben bestimmt mal was im Fernsehen über den Baikalsee gesehen.

Kurze Pause, Peltzer lachte auf.

Wusstest du, dass das Land hier den Herlichs gehört?

Drüben, der Abschnitt hin zu den Radwegen, der gehört den Sakowskys, meine ich.

Das wusste ich nicht. Vor zehn, zwanzig Jahren gekauft? Im Rausch?

Vater verkniff sich wohl zu sagen, dass er bestens Bescheid wusste über die Grundstücke in Mühlheide und Umgebung.

Vielleicht. Und dann bereut und verdrängt. Feucht, vermückt, abgelegen. Führt ja noch nicht mal eine vernünftige Straße her. Bisschen Geld in der Tasche – bisschen Land gekauft. War damals so. Egal, wo. Hauptsache, Land. Als ob das was ändern würde.

Als ob das was ändern würde.

Im Ried raschelten und tönten die Rohrsänger, eine Ente stob schnatternd davon und zog eine lange, aufgewühlte Bahn durchs Wasser. Vater blickte ihr hinterher. *Als ob das was ändern würde.* Dann bückte er sich und zog erst seine Schuhe, dann seine Socken aus.

Du wirst doch nicht schwimmen gehen?

Warum nicht? Und hinterher schaue ich vielleicht einmal bei Herlichs vorbei oder bei Sakowskys.

Dann legte er seine Kleidung ab und sprang ins Wasser.

Wasser, woda, su.

Mein Vater sagte, wo Wasser stand, floss oder sprudelte, habe es auch ein wenig Freiheit gegeben, unwiderstehlich habe es ihn angezogen und mit Freude erfüllt. Der Fluss Sartschaly war im Sommer das Paradies – sooft er konnte, lief Josef an seinem Ufer entlang und suchte nach abgelegenen Buchten und Windungen. Seit Neuestem war er mit einem Auftrag am Sartschaly unterwegs, er lautete, Treibholz und Flusssteine zur Ambacher'schen Baustelle zu schaffen.

Folgte Josef dem Lauf des Sartschaly etwa fünfhundert Meter flussaufwärts, lag da eine felsige Flussenge. Neben kleineren Felsblöcken spülte der Fluss auch handliche Steine und Brocken an, auf die warteten die Erwachsenen drüben an der Baustelle. Hier unten, im Schatten des Steilufers, ging ein kühler Wind übers Wasser, man konnte, bevor man mit Steinen beladen den Rückweg antrat, knietief ins Wasser steigen und Libellen und Wasserwanzen beobachten. Josef kannte die Flussenge gut, wusste, in welcher Pappel die Turteltauben ihre Nester hatten, kannte die Stellen, an denen

Johannisbeeren, Hagebutten und Berberitzen heranreiften, wusste, unter welchem Felsvorsprung Schwärme kleiner Fische die Hitze der frühsommerlichen Tage verschliefen.

Die Pausen, die er sich zwischen den Gängen mit den Steinen genehmigte, dehnten sich von Mal zu Mal länger aus, sodass der Harla zu schimpfen begann. Daraufhin lieh sich Josef eine Schaufel von der Baustelle aus, grub ein paar der Johannisbeersträucher, der Hagebutten und sogar den kleinen Setzling einer Pappel aus und brachte nach und nach alles hinter den Stall. Dann half er der Tante und der Wawa, aus den Flusssteinen eine Umfriedung für den Garten zu bauen.

Bis zur Brust reichte Josef schließlich die Mauer; sie umfasste eine Fläche von etwa vier mal fünf Metern. Hier grub Josef die Beerenbüsche ein und wässerte sie mit dem zerdellten Emailleeimer der Wawa. Im eingehegten Garten machte er eine erstaunliche Entdeckung: Die Gartenmauer reichte aus, um die Steppe fernzuhalten. Ein paar gut ineinander verkeilte Flusssteine vermochten die Weite auszublenden, den Wind abzuhalten, Nähe herzustellen und Geborgenheit.

Die kleine Pappel ließ, kaum eingegraben, die Blätter hängen. Josef setzte sich zu ihr und hielt einen ihrer Zweige wie die Hand eines Patienten, saß da lange und ergeben, bis der Harla ihn aufscheuchte und zu den Hechtruten am Fluss schickte.

Im selben Maße, wie ein Haus, das man baut, wächst, schrumpfte man selbst, das war damals Josefs Eindruck gewesen. Abgekämpft saßen die Großeltern und die Tante jeden Abend in der Küche, fuhren mit den Fingernägeln die Rillen im Dielenboden nach und kauten schweigsam.

Josef fiel es schwer, Dankbarkeit dafür zu empfinden, dass der Harla sich auf der Baustelle derart aufrieb. Viele der anderen Familien hausten noch immer in ihren Erdhütten oder hoben neue Gruben aus; ganz offensichtlich überlebte man auch darin. Nur der Harla war in eine regelrechte Raserei verfallen, setzte alles daran, sich selbst und ihnen allen ein Gehäuse zu schaffen, einen wind-, wasser-, schnee- und wolfdichten Schutzwall, hinter den sie sich im folgenden Winter zurückziehen konnten.

Nach nur wenigen Wochen erhob sich so neben dem Stall ein bezugsfähiger Anbau. Als Küche sollte er dienen, außerdem als Schlaf- und Wohnzimmer, jedenfalls so lange, bis sich genügend Material finden würde, um dem Anbau einen weiteren Anbau hinzuzufügen. Im Stall waren dafür nun abwechselnd und unter strengster Geheimhaltung verschiedene Tiere untergebracht; weil der Stall aus Steinen gemauert war, hörte man draußen auf der Straße weder das Scharren noch das Gackern oder das leise Meckern.

Der Harla rackerte sich kaputt, die Kasachen halfen, wo sie konnten, Konstantin Petrowitsch Fadejew tat so, als sei die Familie Ambacher unsichtbar. Dafür stand Iwan Iwanowitsch regelmäßig in den Beeten des frisch angelegten Gartens, die Wawa scheuchte ihn dann so freundlich wie bestimmt hinaus und wischte sich verlegen die lehmigen Hände an der Schürze ab, bevor sie eine Tomate oder eine Handvoll Erdbeeren entgegennahm.

Eines Tages fand sich auch Heinrich Quapp in der Küche der Ambachers ein. Er war unbemerkt durch Garten und Stall gekommen, und als er plötzlich in der Tür zur Küche stand, fiel der Großmutter vor Schreck beinahe der Teig für den Fladen aus der Hand. Der Großvater, der gerade die

Feuerstelle mit Holz bestückte, stand auf, auch die Tante, die mit Josef auf dem Boden gesessen hatte, erhob sich. Nur Josef blieb sitzen und verbarg sein Gesicht mit den Oberarmen, der Quapp sollte nicht sehen, wie sehr er ihn verabscheute. Was sollten auch diese Fragen: Warum sie, die Ambachers, die Ersten gewesen seien, die sich ein solches Haus bauen konnten? Woher sie die Zeit und das Material genommen hätten? Es war zu dumm, aber es dauerte nicht lang, da ging der Harla mit dem Quapp durch den Stall hinaus, die Tante fluchte leise und auf Egerländisch.

Hoch oben auf dem Sims, das der Großvater als Letztes für die Küche getischlert hatte, stand Tante Antonias ganzer Stolz. Es war ein Gläschen Hagebuttenmarmelade, das ihr der Leiter des Medpunkts als Anerkennung für ihre Leistung zum Erhalt der Dorfgesundheit geschenkt hatte. Von seinem Platz links neben der Tür hatte Josef es gut im Blick, sah, wie der Widerschein des abendlichen Feuers auf dem Glas spielte, wie golden und buttrig der Deckel glänzte. Josef musste nur den hellroten Inhalt betrachten, und schon schmeckte der trockene Fladen etwas süßer.

Eines Nachmittags lag der Anbau verwaist da. Der Hunger hatte Josef von der Angel am Fluss weggetrieben, den ganzen Nachmittag lang hatte kein Fisch angebissen, die Ziesel drüben am Hang hatten sich in ihren Erdlöchern vergraben, die Enten waren von den Tümpeln fortgezogen. Josefs Magen knurrte so laut, dass es in der ganzen Küche zu hören war. Da hielt er es nicht länger aus und griff hoch zum Sims.

Kühl und schwer lag Doktor Podgornys Glas in seiner Hand, mit dem Daumen fuhr er den Rand des geriffelten Deckels entlang. Ein wildes Verlangen packte ihn, er schraubte das Gläschen auf und verspeiste gierig seinen Inhalt. Erst als das Glas leer war, kam er wieder zu sich.

Schon öffnete sich die Tür zum Stall, herein kamen die Tante und die Wawa, und hätte der Fußboden nicht aus Dielen bestanden, sondern aus gestampfter Steppenerde, so wäre Josef gerne darin verschwunden, hätte sich wie ein Ziesel in sie eingegraben.

Josef, was hast du getan?

Was ist in dich gefahren?

Ich hatte solchen Hunger …

Den haben wir alle!

Noch am selben Nachmittag packten Antonia und Teresia Ambacher Josefs Schultasche, legten die Felljacke und ein Stück Fladen hinein. Fort solle er! Mit versteinerten Gesichtern brachten sie ihn zur Furt, sagten kein Wort und wiesen schließlich über den Fluss und zum Horizont.

Tante, rief Josef, Wawa!

Josef war verwirrt, es war ungeheuerlich, er wusste nicht, was er zu seiner Verteidigung anbringen konnte. Vielleicht, dass er noch ein Kind war? Er wollte die beiden Frauen umarmen, aber sie schoben ihn fort. Mit in die Seiten gestemmten Armen warteten sie, bis er den Fluss überquert hatte und nicht etwa Richtung Kökterek abbog, sondern weiter dem Weg der Viehherden folgte, hinaus in die Steppe, bis der Pfad sich verlor.

Vielleicht war es die geistige und nervliche Zerrüttung, vielleicht aber auch eine Rohheit, der man sich hingegeben hatte, genau wusste mein Vater es später nicht einzuordnen. Ich vermute, in dieser Episode liegt alle Skepsis begründet, die mein Vater in Bezug auf ein eigenes Haus hegte; ich bin überrascht, dass er sie nicht auch auf eine eigene Familie bezog. Niemals, nirgends behaust und sicher sein – spätestens in diesem Moment musste sich ihm diese Empfindung auf immer eingebrannt haben.

Vieles mochte mein Vater in den Jahrzehnten darauf vergessen haben, nicht aber das Gefühl der Verstoßung. Für ihn habe damals festgestanden, dass die Großmutter und die Tante ihn nicht mehr haben wollten und ihn zum Sterben in die Steppe geschickt hatten. Der süße Geschmack im Mund war rasch sauer geworden, er erbrach sich, noch bevor das Dorf Nowa Karlowka außer Sichtweite war. Die Beine gehorchten: Sie setzten immerfort einen Schritt vor den nächsten, als wollten sie Josef von der Scham und der Erinnerung an das hellrot schimmernde Marmeladenglas forttragen. Als Josef einfiel, dass es bald dämmern würde, verzweifelte er. Die Steppenwölfe fielen ihm ein, die doch auch im Sommer herumstrichen, nicht nur im Winter, wenn es fror.

Plötzlich hatte er den Eindruck, beobachtet zu werden, er drehte sich um und sah in die Richtung, aus der er gekommen war. Der Himmel hatte sich blassblau gefärbt, am Horizont hingen rosafarbene Schwaden. Der Abend kündigte sich an. Er bemerkte eine Staubsäule, die heranzog; immer deutlicher wurde sie, sie hielt genau auf ihn zu. Ein Reiter auf einem Pferd sprengte heran.

Gott allein wusste, wie Tachawi an ein Pferd gekommen war und wie er geahnt hatte, wo Josef sich befand. Das lange Ohr der Steppe hört alles, sagte er atemlos, stieg vom Pferd und schickte es mit einem Schlag auf die Flanke zurück nach Kökterek.

Das lange Ohr der Steppe: Das waren die Gerüchte, die

Erzählungen und Geschichten, die hier schneller die Runde machten als sonst irgendwo. Sie flogen, so schien es, mit dem Wind, dem sich nichts entgegenstellte.

Warum bist du nicht in den Aul gekommen?

Ich dachte, ich sollte fort, sagte Josef. Richtig fort, nicht nur ein bisschen.

Ein bisschen? Du bist *ein bisschen* dumm, sagte Tachawi.

Mit bebender Stimme erzählte Josef, was geschehen war. Tachawi schüttelte den Kopf, die Geschichte gefiel ihm nicht, so wie niemandem drüben in Kökterek der wilde Arbeitseifer der Familie Ambacher behagt hatte. Dann erzählte er, was er vorhatte.

Der Weg nach Tuzdy-Bety führte zwei Stunden lang in nordwestliche Richtung. Josef, der meinte, seine Familie für immer verloren zu haben, hatte sich stumm in das Vorhaben des Freundes gefügt. *Emma* – den Namen seiner Mutter nahm er mit in den Aul, versuchte, darüber die zornerfüllten Gesichter der Großmutter und der Tante zu vergessen, überschrieb damit Teresia und Antonia. Er fragte sich, was der Harla wohl dazu gesagt haben mochte, dass er, Josef, in die Steppe geschickt worden war, und ob das eine Rolle spielte – immerhin war es Tante Antonias Marmeladenglas gewesen.

Die beiden Jungen erreichten den Aul kurz nach Sonnenuntergang. Hinter den Häuschen erhob sich eine Anhöhe, dazwischen schob sich eine Waldflanke, von der ein sanftes Rauschen herüberdrang. Es war ein Geräusch, das Josef beinahe vergessen hatte. *Wald, les, orman.*

Der Aul selbst empfing sie mit Hundegebell und dem Blöken der Schafe, die hier auf die Sommerweide geführt worden waren. Ihre Ankunft wurde sofort von einer Gruppe kasachischer Melkerinnen bemerkt, die Josef und Tachawi neugierig nach ihren Namen fragten und sie schließlich zur Hütte des Dorfältesten brachten.

Er bat die ganze Gesellschaft herein, und als die Art und Nähe der Verwandtschaft geklärt war – bei Tachawi Sarsenbayev handelte es sich, so stellte man nach einigem Überlegen und Berechnen fest, um einen Großcousin dritten Grades –, wurden die Geschenke überreicht. Überrascht bemerkte Josef, wie Tachawi sein Krähenschädelchen unter dem Hemd hervorzog und es dem Dorfältesten überreichte. Schweigend besah dieser den Tierkopf und steckte ihn schließlich seufzend in seine zerschlissene Samtweste. Tachawi erhielt im Gegenzug ein Metallröhrchen, aus dem ein Stück Papier herauslugte. Er reichte es an Josef weiter, der es in seiner Schultasche verstaute.

Nach dem Tee und der dünnen Hammelsuppe traute sich Tachawi endlich, nach dem Mantel seines Bruders zu fragen. Er erkundigte sich, ob es in Tuzdy-Bety nicht zufällig einen langen Kerl gebe. Danesch-Köke von der Bahnstation Nowa Karlowka habe den Mantel, wie er behauptet hatte, bei einem *Lulatsch* aus Tuzdy-Bety in Anzahlung gegeben.

Da ertönte Lachen ringsum: Einen Lulatsch gebe es hier nicht, wenn überhaupt, so zeichne man sich in diesem Aul durch unterdurchschnittliche Körpergröße aus. Lumpen habe man dafür mehr als genug! Wieder schallendes Gelächter. Der Dorfälteste sagte schließlich, dass er sich tatsächlich an den Mantel erinnern könne, er sei eines Tages im Gepäck des fliegenden Händlers Abisch Dükenbai aufgetaucht – halt, nein, nicht im Gepäck, sondern an seinem

Leib, deswegen und darum unverkäuflich, wenngleich sich auch mehrere Aul-Bewohner für das Kleidungsstück interessiert hätten. Wo Abisch Dükenbai sich zurzeit aufhalte? Eine gute Frage! Man werde wohl das lange Ohr der Steppe befragen müssen. Ob er, das Jüngelchen, wisse, was das sei?

Blieb die Frage nach der Mutter, Emma Ambacher. Niemand erinnerte sich an einen besonders heftigen Schneesturm im vergangenen Jahr. Auch von einer Deutschen, die in einer Kutsche oder aber mutterseelenallein aufgetaucht sein mochte, wusste man nichts. Josef nickte resigniert. Mit der Zeit hatte er den Gedanken zulassen müssen, dass die Mutter, wäre sie wirklich noch am Leben gewesen, sich längst schon auf die Suche nach ihm gemacht hätte. Aber war es nicht ebenso vorstellbar, dass sie irgendwo gestrandet war und an Gedächtnisverlust litt oder an Verwirrung?

Du musst schlafen, sagte Tachawi. Hör auf, jetzt.

Und du? Josef richtete sich auf: Suchst du vielleicht nicht?

Jetzt nicht. Morgen vielleicht.

Die Nacht verbrachten sie im Haus des Dorfältesten und seiner Frau, inmitten ihrer Enkelschar. Anders als Tachawi fand Josef aber nicht in den Schlaf, er dachte an den Großvater und die Küche, die er gebaut hatte, dachte an das getischlerte Sims, das Gärtchen der Großmutter. Draußen rauschte der Wald, das Rufen eines Käuzchens drang herüber.

Als ihre Gastgeberin ihnen am Morgen Tee und Fladenbrot reichte, schlangen sie es hastig hinunter und warteten, ob der Alte noch etwas über den Verbleib des Händlers Abisch Dükenbai sagen konnte. Aber das lange Ohr hatte in der Nacht vergebens gelauscht, nichts Nennenswertes konnte der Dorfälteste berichten, weder die Nachbarn noch die Schäfer trugen etwas zur Aufklärung bei.

In der Früh machten sich Josef und Tachawi auf den Rückweg. Hoch über ihnen kreiste ein Adler, sein Schrei war weithin zu hören.

Der Plan sah vor, auf direktem Weg nach Nowa Karlowka und nach Kökterek zurückzukehren. Josef war sich mittlerweile sicher, dass der Harla ihn vermisste. Womöglich suchte der Großvater bereits nach ihm ... Dieser Gedanke beunruhigte ihn, er wusste, dass stundenlanges Laufen den Großvater anstrengte, er litt an Schmerzen im Bauch, die manchmal so stark wurden, dass sie ihn in die Knie zwangen. Ein Wunder, wie er es geschafft hatte, den Anbau fertigzustellen. Als Josef daran dachte, rannte er los, so schnell, dass Tachawi Mühe hatte, mit ihm Schritt zu halten.

An irgendeiner Stelle mussten sie vom Weg abgekommen sein. Drei Stunden waren vergangen, und sie hatten noch immer nicht die Sartam-Senke erreicht oder zumindest den alten Grabhügel von Schengeldi in westlicher Richtung ausgemacht. Die Steppe lag plan und stumm vor ihnen. Ausgerechnet an diesem Vormittag hatte sich eine weißliche Wolkendecke über den Himmel geschoben, und wo die Sonne stand, ließ sich die meiste Zeit nur erahnen.

Als sie schließlich anstelle ausgedehnter Salzflächen grünen Lehm unter ihren Füßen bemerkten, wussten sie, dass sie sich verlaufen hatten. Sie versuchten, sich an einem Schwarm Vögel zu orientieren, der am Horizont immer wieder über der gleichen Stelle aufstob, so ließ sich wenigstens die Richtung halten. Als sie den Flecken erreichten, flogen die Vögel davon, rosafarben schimmernde Tiere waren es, die weder Tachawi noch Josef je zuvor gesehen hatten.

Wo sie wohl hinfliegen?, fragte Josef. Zögerlich folgten sie der eingeschlagenen Richtung. Der Untergrund wurde wieder fester, der Grasbewuchs dichter. Als Überreste von verwitterten Pfählen im brusthohen Reihergras auftauchten, meinte Tachawi, dass es sich bei diesem Gebiet um alte, längst aufgegebene Weidegründe handeln müsse.

Na bitte, rief Tachawi, und Josef: Aber was nützt uns das?

Da schüttelte Tachawi den Kopf. Wann er, Josef, denn endlich mal etwas Wichtiges lernen werde, nicht nur das Zeug, das ihnen Iwan Iwanowitsch in der Schule vorsetzte? Etwas über Sommer- und Winterweiden zum Beispiel, oder über Schafzucht im Allgemeinen.

Ich wüsste nicht, sagte Josef, wie uns das jetzt weiterhelfen würde.

Eine Weide verrät etwas über Entfernung, erklärte Tachawi. Dieser Ort war erreichbar für eine Herde. Das ist gut.

Ja, aber erreichbar von wo? Tuzdy-Bety?

Darauf wusste Tachawi keine Antwort. Stattdessen fragte er, was Josef in seiner Tasche habe – zufällig noch etwas zu essen?

Aber die Tasche war, bis auf das Metallröhrchen und die Jacke aus Wolfsfell, leer. Als Josef die Enttäuschung im Gesicht des Freundes bemerkte, zog er ein Stück Fladenbrot aus der Hosentasche: Übrig geblieben, vom Frühstück!

Schweigend und im Stehen aßen sie.

Dort, wo das Reihergras mit Seggen und Rasenbinsen durchsetzt war, erhob sich das Land zu einem kleinen Hügel.

Von hier oben blickten die Jungen über die Steppe; schon überlegten sie umzukehren, den Weg zurück nach Tuzdy-Bety zu suchen, da fiel Tachawi etwas auf. Unmittelbar unter dem Hügel befand sich ein üppiges Sanddorngebüsch, in dem, sah man genau hin, grau verwitterte Bretter aufblitzten.

Komm, sagte Tachawi. Das schauen wir uns an.

Während einer Unterhaltung mit meinem Vater schnappte ich zwei Wörter auf, deren Bedeutungen ich nicht ganz erfasste: Sie lauteten Schuld und Sühne.

Allein so viel begriff ich: Sie schienen etwas mit Gott und seiner Schöpfung *und* mit den Deutschen und ihrer Vergangenheit zu tun zu haben. Frieden über das eine wie das andere zu bringen, bedeutete, es zu erlösen. Krude Versatzstücke aus dem katholischen Glauben meiner Mutter überlagerten sich hier mit der nüchternen, fatalistischen Spiritualität meines Vaters. Nichts von alldem passte zusammen, was mich aber nicht weiter besorgte. Die Vagheit und Offenheit meiner Theorien verliehen ihnen eine mystische Aura, was mir als Legitimierung völlig ausreichte.

In der Nacht hatte ich meinen Vater gehört, wie er seine kleine Matratze von der Bibliothek hinaus auf die Terrasse schleppte. Es war bereits nach drei Uhr, und ich wunderte mich, dass er noch nicht schlief; hatte er doch Stunden im Mühlheider Bauamt verbracht, in der Sparkassenfiliale am Rathaus und schließlich damit, mit meiner Mutter zu streiten.

Endlich hatte er uns seinen Plan – dem er den geschickten Decknamen *Wunsch* verliehen hatte – offenbart. Mein Vater wollte umziehen, wollte fort, fort, fort. Allerdings nicht Tausende von Kilometern weit fort, sondern bloß an den Schrevensee.

Der Streit meiner Eltern in jener Nacht kreiste um die Rahmenbedingungen ebenjener Entscheidung. Meine Mutter war sicher nicht dagegen, das Klapphäuschen und das Viertel, in dem es stand, zu verlassen – aber die Idee meines Vaters, so viele Nachbarn und Nachbarsnachbarn wie irgend möglich einzubeziehen, stieß auf wenig Gegenliebe. Auch mir bereitete das Unbekannte, auf das wir als Familie zusteuerten, Sorge. Noch immer schrieb ich meinem Vater aber eine solche Kraft, eine solche Macht zu, dass ich mich nicht gegen ihn auflehnte. Vorauseilend trauerte ich meinem Zimmer und dem verwinkelten Garten hinterher, und indem ich diese Wehmut ertrug, kam ich mir erwachsen und erfahren vor.

Wir ziehen um, hatte mein Vater gesagt, wir verkaufen den Neuankömmlingen unsere Grundstücke und bauen neu. Wenn wir alt sind, Agnieszka, sitzen wir auf unserer Terrasse und schauen auf den Schrevensee.

Wieso *alt*?, hatte meine Mutter alarmiert gefragt, ganz so, als sei ihr dieser Gedanke noch nie gekommen: alt zu werden. Dieser Satz meines Vaters kränkte sie, vielleicht noch ein wenig mehr als die Aussicht, selbst nach einem Umzug noch immer umgeben zu sein von Sonderlingen und Käuzen, von Peltzers, Herlichs, Sakowskys und Kolbs.

Mein Vater bemerkte kaum, dass er meine Mutter verunsichert hatte. Selbst, wenn es ihm aufgefallen wäre, war er längst zu tief eingestiegen und verwickelt in sein Projekt, das er mit der gleichen Obsession verfolgte wie vorher seine Algorithmen, das Sammeln folkloristischer Artefakte oder Paschas Deutschunterricht.

Ein halbes Jahrhundert nach seiner eigenen dunkelsten Stunde war Josef Ambacher vielleicht bereit, sich etwas Eigenes zu erschaffen. Rückblickend rührt es mich, dass seine Pläne nicht nur ihn und unsere Familie einschlossen, sondern unsere ganze Gemeinschaft. In gewisser Weise waren mein Vater und ich beide in diesem Sommer damit beschäftigt, die Gesellschaft, in der wir lebten, zu retten, nur dass wir gänzlich verschiedene Ansätze verfolgten.

Mein Ansatz sah vor, das Band zu kappen, das uns mit dem Tartter und dadurch mit dem Bösen verknüpfte. Ich wollte den Beutel mit dem Zahngold endgültig loswerden, und zwar, das hatte ich mir in den Kopf gesetzt, mit einer Beerdigungszeremonie, die den Namen verdiente.

Beerdigen?, fragte Pascha. Wie einen Menschen?

Arnold pflichtete mir bei, sagte, dass jedes einzelne Stück Zahngold einmal Teil eines Menschen gewesen sei: quasi Teil seiner *Knochen*. Das letzte Wort sprach er betont laut aus und zog es in die Länge. Natürlich begriff Pascha die Anspielung, verschränkte die Arme vor der Brust, schaute zu Boden und grinste.

Jaja, in Ordnung. Respekt vor den Toten, schon klar. Als Gegengift für den Tartter brauchen wir eine richtige Show, nicht bloß Verbuddeln.

Wieso Show? Willst du ihn etwa dazu einladen?

Keiner lädt hier irgendwen ein – spinnt ihr? Außerdem habe ich doch gesagt: richtige Beerdigung. Könnt ihr nicht zuhören?

Aber Arnold und Pascha hörten zu, und zwar genau. Sie wollten wie ich den Tartter endlich vergessen – und mit ihm die Geschichte, für die er stand.

Und wo, Leila? Auf dem Friedhof?

Lieber nicht, das ist garantiert verboten.

Ich wusste, dass es Arnold nicht schnell genug gehen

konnte, den Beutel mit dem Zahngold aus dem Versteck am Stromhäuschen zu entfernen, und dass er schon deswegen jedem Plan zustimmen würde. Hauptsache, weg aus unserer Nähe und unter die Erde.

In einer schlaflosen Nacht hatte ich mir ausgemalt, wie es wohl wäre, im Dunkeln auf den Friedhof zu gehen und den Beutel heimlich in einem rasch ausgehobenen Loch zu bestatten, irgendwo hinter der Kapelle, nahe der Hecke. Allein der Gedanke daran hatte mich so entsetzt, dass ich die Idee sofort wieder verwarf – und gereizt darauf reagierte, als Pascha sich dafür einsetzte.

Aber ein Friedhof ist würdig. Ein heiliger Ort, oder nicht? Ich bin für den Friedhof. Hat abschreckende Wirkung.

Ich wartete ab, ob Arnold sich einbringen würde. Als er schwieg, atmete ich tief ein und behauptete, dass es ihm, Pascha, nicht zustehe, die Planung dieser Aktion an sich zu reißen, weil – hier stockte ich, dann spuckte ich es aus: Na, weil er nun mal nicht *von hier* sei. Sofort schämte ich mich, nahm es aber nicht zurück.

Von hier?, echote Pascha verwundert. Seid ihr doch auch nicht!

Womit er recht hatte. So gut wie niemand, den wir kannten, war von hier – selbst die Familie von Jeanette Hasenjäger war, wie sich einmal im Unterricht herausstellte, aus dem Alten Land hergezogen.

Ich lenkte ein, gab ihm recht. Auf den Friedhof würde ich trotzdem keinen Fuß setzen, so viel stand fest.

Ich habe eine Idee, sagte Arnold. Wisst ihr, was ein guter Ort wäre?

Nein, sagten Pascha und ich gleichzeitig.

Der große Findling in der Weyfeler Heide. Von dort würde uns niemand vertreiben. Nicht der Pfarrer, nicht die Polizei.

Überrascht willigte ich ein. Wir überlegten, was wir brauchten, und besorgten alles Notwendige. Am kommenden Vormittag würden wir mit den Rädern in die Weyfeler Heide fahren, dann wäre endlich Ruhe, hofften wir.

Der Findling war der größte Stein, den es um Mühlheide herum gab. Er wog wohl knapp achtzig Tonnen und war gut drei Meter hoch, fünf Meter lang und vier Meter breit. Ein Koloss. Arnold und ich kannten ihn seit einem Grundschulausflug vor ein paar Jahren. Frau Frerick hatte mit uns in der Nähe gepicknickt und uns raten lassen, wie der Findling in die Heide gelangt sein mochte. Niemand hatte richtiggelegen, und niemand hatte sich so recht vorstellen können, dass Eis allein einen solchen Brocken transportieren konnte. In jedem Fall war offenbar vor zweihunderttausend Jahren etwas bewegt worden, das bis zum heutigen Tag an Ort und Stelle lag – eine Kontinuität, die mich schwer beeindruckte.

Wir stellten die Räder am Parkplatz unweit des Findlings ab und liefen über sandige Pfade. Pascha und Arnold trugen den Spaten und einen Blumenstrauß, ich transportierte den Beutel des Tartters, den ich in dunkelblauen Samt eingeschlagen und in meinen Rucksack gelegt hatte. Dankbar registrierte ich, dass die Gegend menschenleer war; ungern hätte ich erklären müssen, was wir mit dem Spaten vorhatten, zusammen mit unseren ernsten Gesichtern und dem Blumenstrauß hätte er sicher Fragen aufgeworfen.

Schön, jetzt verstehe ich, was ihr mit *großer Stein* meint, sagte Pascha verblüfft. Er blickte an dem felsartigen Gebilde hoch, stieß einen Pfiff durch die Vorderzähne aus und versuchte dann, sich am Vorsprung entlangzuhangeln.

Viel Spaß beim Klettern, sagte ich und umrundete den Findling. Arnold war mir schon voraus und untersuchte den Boden auf eine geeignete Stelle. Anders als Pascha schien er nicht vergessen zu haben, wofür wir hergekommen waren.

Ich holte den umhüllten Beutel aus meinem Rucksack hervor, weich und glatt lag er in meiner Hand. Endlich würde sich diese Episode auflösen, dachte ich, endlich wäre die Verbindung zum Tartter und zu seiner Geschichte gekappt. Eine ungläubige Erleichterung stellte sich bei mir ein, ich konnte es kaum erwarten, die Sache zu Ende zu bringen.

Hier ist's gut, rief Arnold. Hier ist fast nur Sand, kein Gras, kein Heidekraut.

Er zeigte auf eine Kuhle, die sich neben dem Findling gebildet hatte, und ich nickte. Mir sollte es recht sein. Pascha bot sofort an zu graben, kommentarlos reichte Arnold ihm den Spaten.

Nach ein paar Spatenstichen schien uns das Loch tief genug; unter der ersten, sandigen Schicht kam braune Erde zutage, in sie hinein legte ich das samtene Bündel. Sofort bröckelte ein wenig Erdreich darauf. Ich versuchte mich darauf zu besinnen, was ich hatte formulieren wollen, aber es erschien mir plötzlich theatralisch, unangebracht. Es gab so viel zu sagen, doch mir fehlten die Worte.

Wir nahmen uns an den Händen, blickten auf den glänzenden Samt, schwiegen. Arnold murmelte etwas, dann schloss er die Augen, als ob es ihm peinlich wäre. Pascha war der Erste, der sich bewegte, sich räusperte. Wieder nahm er den Spaten und schaufelte Erde auf den Beutel, dann war ich an der Reihe, dann Arnold. Zum Schluss häufelten wir noch ein wenig Sand darauf und legten unseren Blumenstrauß ab, rote Nelken vom HL-Markt für zwei Mark fünfzig.

Ich konnte mich nur schwer von dem Anblick losreißen, presste, bevor wir zurück zu unseren Fahrrädern gingen, die Hände gegen den Stein. Zweihunderttausend Jahre, und dann kamen wir mit einem Beutel Zahngold. Ich dachte an den Tartter, daran, wie sein Anteil an den zweihunderttausend Jahren Geschichte ausgesehen hatte, daran, welche Zeitspanne uns zugemessen war. Mir wurde schwindelig, ausgerechnet jetzt musste ich an Zuckerkuchen denken. *Zuckerkuchen* – ich wusste, dass die Normalos ihn gerne auch nach Beerdigungen verspeisten. Plötzlich begriff ich die Notwendigkeit eines Rituals nach dem Ritual, eines alltäglichen Akts, der zurück ins Leben führte.

Habt ihr Lust auf Eis?, fragte ich und erhielt einstimmige Antwort.

Wir hatten Mühlheide bereits wieder erreicht und radelten gerade den Lehmweg hinab in Richtung Fußgängerzone, als mir etwas einfiel.

Ach ja, noch was. Der Beutel ist nicht das Einzige, was wir für immer losgeworden sind.

Ich schwieg kurz, dann ließ ich die Bombe platzen: Für den alten Coltrevolver gilt dasselbe.

Arnold bremste so scharf, dass Pascha beinahe in ihn reinfuhr.

Was ist los?

Auch Pascha starrte mich ungläubig an: Oh nein. Sag nicht, dass wir ihn eben begraben haben.

Da lachte ich auf, denn ich ahnte, dass Pascha den Revolver sofort wieder ausbuddeln und heimlich mit nach Hause nehmen würde.

Nein, viel besser, sagte ich. Ich habe ihn meinem Vater zurückgegeben.

Arnold war wütend, Pascha war wütend. Ich hatte meine liebe Not, ihnen zu erklären, dass der Revolver ein Objekt war, von dem nichts Gutes ausgehen konnte, und dass wir uns in Zukunft besser von solchen Dingen fernhalten sollten.

Und wenn du dich mal gegen etwas verteidigen musst?, wollte Arnold wissen. Und vor allem: Wieso hast du nicht vorher mit mir darüber geredet?

Mit uns, meinst du wohl, ergänzte Pascha.

Jetzt ist er jedenfalls weg. Kommt schon, ich lade euch auf ein Eis ein. Schwamm drüber, okay?

Natürlich trugen sie mir die heimliche Beseitigung *unserer* Waffe nach. Ich dachte: *Unsere* ist sie nie gewesen, sie war schon immer und einzig die meines Vaters, und der hatte sie jetzt wieder.

Weil Bauernmarkt war, konnten wir nicht bis zur Eisdiele fahren, sondern mussten unsere Räder am Rathaus anschließen. Genervt schob ich mich durch die Menschenmenge, erkannte am Eierstand Familie Hansen, drüben am Käseanhänger die Hasenjägers, Dycks und Seilers – und, ich glaubte meinen Augen kaum, Artur und Ljudmila Nagler, Paschas Eltern. Sie standen vor der Käseauslage und studierten ungläubig die Preisschilder. Ich zeigte in ihre

Richtung, aber bevor wir uns hinter dem Stand des holländischen Blumenverkäufers verstecken konnten, hatten sie uns schon bemerkt. Pascha ging zu ihnen, und Arnold rief ihm nach, dass wir bei Dolomiti auf ihn warten würden.

Der kleine Platz vor der Eisdiele lag im Schatten, die Tische waren so gut wie verwaist. Links außen, zwischen Fontäne und Betonbank, saß der Tartter.

Er trug einen sandfarbenen Trenchcoat, auf seinem Schoß lag das lederne Etui, das er stets bei sich trug. Eines aber fehlte, und das war sein Hut. Ohne die Schatten, die sonst die Filzkrempe in sein Gesicht warf, wirkte er gewöhnlicher. Die Glatze war übersät mit Altersflecken, mich ekelte vor ihm. Vielleicht, dachte ich, wusste er, was wir an dem Tag vollbracht hatten und dass wir genau hierher kommen würden.

Der Tartter war so sehr mit der Sahne seines Spaghettibechers beschäftigt, dass ihm entging, wie wir noch vor dem Blumen-Rondell stehen blieben und uns in die nahe Boutique mit Herrenmode flüchteten. Der Verkäufer ignorierte uns, so hatten wir Zeit, uns mit gedämpfter Stimme abzusprechen. Der Beutel mit dem Zahngold war nicht mehr Teil von uns, die Verbindung mit dem Tartter und der Vergangenheit, der er angehörte, war gekappt. Falls stimmte, was wir vermutet hatten, waren wir frei und unberührbar für das Dunkle. Es musste nur noch getestet werden.

Kann ich euch helfen?

Der Verkäufer nestelte an seiner Krawatte und trat zu uns.

Das wäre so schön, sagte Arnold, ich hörte die Unsicherheit in seiner Stimme, den Wunsch, wirklich Hilfe annehmen zu dürfen oder zu können. Wir tauschten die Rollen;

ich fing mich wieder, nun durfte Arnold Schwäche zeigen. Ich packte ihn am Arm und sagte zum Verkäufer: Leider nein. Aber vielen Dank.

Dann zog ich Arnold nach draußen. Wir hatten Pascha versprochen, bei Dolomiti auf ihn zu warten, und genau das würden wir tun, und zwar nicht an irgendeinem der Tische, sondern am Tisch neben dem Tartter. Seine Reaktion sollte unser Indikator werden, unser Lackmustest. Mit Herrn Sievert hatten wir im Biologieunterricht diverse Flüssigkeiten auf ihre pH-Werte untersucht; nun prüften wir, ob das Interesse des Tartters an uns wirklich erloschen war, begraben und vergangen.

Noch immer schien er uns nicht zu bemerken. Während wir Platz nahmen und uns dabei zwangen, möglichst frontal und offen sichtbar vorzugehen, stocherte der Tartter weiter selbstvergessen in seinem Spaghettibecher herum. Nach wie vor waren er und wir die einzigen Gäste bei Dolomiti – gäbe es etwas zu sagen oder zu klären, so würde es jetzt herauskommen. Wir stellten uns dieser Prüfung. Kurz kam mir in den Sinn, wie wir im Jahr zuvor unter der Treppe zur Terrasse gehockt hatten, über uns der Tartter, und uns vor der dunklen Stunde fürchteten. Andere, vergangene Zeiten.

Wir bestellten drei Biene-Maja-Becher und schwiegen angespannt. Als die Bedienung die Becher vor uns abstellte, nahm ich meinen Mut zusammen und sprach den Tartter an.

Was haben Sie damals eigentlich bei uns gewollt? Als Sie sich zur Terrasse reingeschlichen haben?

Jetzt erst wurde der Tartter auf uns aufmerksam und ließ seinen Löffel sinken. Betont langsam schob er seinen Becher von sich, wischte sich mit der dottergelben Serviette den Mund ab und räusperte sich schließlich: Du musst mich verwechseln, Kind. Aber sag mir doch, was ihr bei mir wolltet. Das hatten wir noch gar nicht geklärt, meine ich.

Ich verwechsele Sie nicht. Sie wissen es ganz genau.

Nein, das tue ich nicht. Ich schleiche nicht in fremden Häusern herum.

Haben Sie uns nicht eine Kröte gebracht?

Sein Blick wurde kühler, Wind kam auf und fegte durch die Fußgängerzone. Der Tartter nahm sein Lederetui und legte es vor sich auf den Tisch. Etwas befeuerte mich, ich wollte noch weiter gehen, aber in dem Moment hielt mich Arnold zurück: Pascha schob sich zwischen den Tischen hindurch und nahm neben uns Platz. Wie immer war er hungrig und stürzte sich auf seinen Biene-Maja-Becher.

Meine Eltern haben für zehn Mark Käse gekauft. Für zehn Mark!

Er warf einen Blick auf unsere noch immer unangetasteten Becher und fragte, den Mund voller Kekskrümel und Streusel: Mögt ihr kein Eis mehr, oder was? Kann ich was abhaben?

Pawel, zischte Arnold. Wie auf Befehl ließ Pascha von seinem Eisbecher ab und setzte sich gerade hin. Da sah er den Tartter – und der ihn. Pascha hörte auf zu essen, seine Gesichtszüge wurden hart und starr. Ich wartete, ob einer von ihnen etwas sagen würde. Der Tartter rührte sich nicht, blinzelte nicht einmal. Sein Blick erinnerte mich an den der Kröte, und es kam mir vor, als hätten sich seine Pupillen zu Schlitzen verengt, als würde er zum Sprung ansetzen, uns mit seinen giftigen Erregern infizieren. Das Böse, stellte ich mir vor, würde als Warze mit langen Dornen in uns wachsen und sich immer weiter fortsetzen, von einem Menschen zum anderen, von einer Generation zur nächsten.

In Paschas Augen lag nichts außer blankem, unverstelltem Hass, ich erinnere mich genau daran, weil es mich erschreckte.

Das war wenige Tage, bevor der Tartter starb und Pascha verschwand. Die Bedienung erzählte später herum, sie hätte uns alle zusammen an den Tischen sitzen sehen, Biene-Maja-Becher hätten wir gegessen und uns unterhalten. Das Lederetui hatte sie nicht gesehen, jedenfalls hatte sie das nicht weitergetratscht, hatte nicht gesehen, wie der Tartter es in aller Seelenruhe öffnete, eine Pistole herausnahm und sie neben seinen Spaghettibecher legte, so, dass ihre Mündung auf Pascha zeigte, unseren Freund.

Waffen, Schicksal, Schuld. Mein Vater beteuerte, ihm sei erst, als es längst zu spät war, der Gedanke gekommen, dass es sich bei dem Röhrchen aus Tuzdy-Bety um den Lauf einer Waffe gehandelt haben musste. Er schwor es bei seinem Leben – niemals habe er Quapp anschwärzen, ihn in Gefahr bringen wollen; niemand, wirklich niemand habe die Deportation in den Gulag verdient, und schon gar nicht wegen eines gedankenlosen Kinderstreichs.

Der Fund der Hütte hatte die Freunde in eine solche Euphorie versetzt, dass sie vom anbrechenden Abend überrascht wurden. Die vergangenen Stunden hatten Josef und Tachawi damit zugebracht, lose Bretter zu befestigen und Löcher zu schließen. Mit einem Stück Holz, das sie aus dem Gebüsch zogen, stachen sie mühsam Grassoden aus dem Steppenboden und bedeckten damit so gewissenhaft das Dach der Hütte, dass sie vor dem silbrig-grünen Hintergrund des Sanddorns beinahe verschwand. Sie rissen die Disteln heraus, die im Inneren wucherten, und traten schließlich den blanken Erdboden mit den Füßen glatt.

Als Josef und Tachawi sich endlich darauf niederließen und das letzte Stück Fladenbrot aßen, lag die Erde seidig und kühl unter ihnen. Im violetten Abendhimmel stand die feine Sichel des abnehmenden Mondes. Josef und Tachawi hockten in der Aussparung der Tür, atmeten den würzigen Geruch des Wermuts, der vor ihnen dichte, wadenhohe Polster bildete, und lauschten dem Gesang eines Vogels.

Und wenn wir hierbleiben?

Tachawi hustete, er hatte sich am Fladenbrot verschluckt.

Dann verdursten wir, bevor wir verhungern.

Unweit der Hütte hatten sie ein kleines Rinnsal gefunden, aber das Wasser darin hatte so stark nach Salz geschmeckt, dass sie nur wenig davon tranken.

Daheim wollen sie mich nicht mehr, hier geht es mir besser.

Sie haben es längst vergessen. Bestimmt suchen sie dich schon.

Dieser Gedanke dämpfte ihre Freude über die Hütte, Kummer sickerte ein. Schweigend traten sie hinaus und betrachteten den Horizont, die Anhöhe, die sich hinter der Hütte erhob, und das Sanddorngestrüpp, das noch die vertrockneten orangefarbenen Früchte des Vorjahres trug. Sie aßen so lange, bis sich ihre Münder vor Säure zusammenzogen, schließlich legten sie sich in die Hütte und versicherten einander, sie würden bei Tagesanbruch sofort loslaufen und ganz sicher, wirklich sicher, den Weg zurück nach Nowa Karlowka finden. Dann horchten sie in die anbrechende Dunkelheit.

Es war die zweite Nacht, die Josef fernab seiner Großeltern und seiner Tante verbrachte, und die Angst, sie vielleicht für immer verloren zu haben, erfüllte ihn mit einer eigentümlichen Klarsicht: Im Zwielicht erkannte er die Hütte – drei mal drei Meter, zwei Meter hoch, Pappel- und Birkenholz –, spürte sie, wie er einst die Hütte gespürt hatte, aus der sie von Soldaten der Roten Armee herausgezogen worden waren. Aber weder hielt die Hütte den Atem an, noch erschienen dunkle, schicksalhafte Gestalten an der Tür. Alles blieb ruhig, Tachawi schlief, die Steppe schlief.

Da erinnerte sich Josef an das Metallröhrchen und holte es aus seiner Tasche hervor. Er zog den Papierstopfen, der noch immer darin steckte, heraus und breitete das Papier glatt vor sich aus. Es dauerte, bis er begriff, was da vor ihm lag. Er kniff die Augen zusammen, um im Dämmerlicht besser lesen zu können. Es war die Bedienungsanleitung eines Grammophons, und zwar weder auf Russisch noch auf Kasachisch, sondern auf Deutsch.

Die Schalldose, entzifferte er, *ist das Herzstück des Grammophons.*

Herz. Josef war so verwundert, dass er zu lächeln vergaß. Es stellte sich erst ein, als er sich an das Haus der Nachbarn erinnerte, aus dem vor vielen Jahren die Musik eines Grammophons erklungen war. Seine Mutter hatte gelächelt, die Augen geschlossen und gesagt: Debussy. Josef konnte sich nicht erklären, wie das Röhrchen nach Tuzdy-Bety gelangt sein mochte und wem es ursprünglich gehörte. Am liebsten wäre er sofort aufgebrochen, zurück nach Tuzdy-Bety, um herauszufinden, was man dort zu sagen hatte, über das Röhrchen und das Papier.

Kaum zu Ende gedacht, gab er den Plan bereits auf. Es schien eine Eigenart der Steppe zu sein, willkürlich Dinge an einem Ort zu verschlucken und an einem anderen wieder auszuspucken, wie sollte man dafür eine Erklärung liefern können, selbst wenn man der Dorfälteste eines anständigen Auls war? Es würde ein Geheimnis bleiben, eines, das auch die Mutter und den Mantel Sarsen Sarsenbayevs umfassen mochte. Das gab Josef Hoffnung, und mit dem Gedanken an das Grammophon schlief er ein, Debussys Klänge begleiteten ihn bis in den Traum.

Am nächsten Morgen wurde er noch vor Tachawi wach. Das Papier schob Josef zwischen zwei Bretter der Hüttenrückwand. Er betrachtete, wie das Sonnenlicht durch den Eingang fiel. Schließlich begann er, seine Tasche auszuleeren und die deutschsprachigen Zeitungsfetzen herauszuholen, die er rasch hatte einstecken können, bevor man ihn fortgeschickt hatte.

Josef legte seine Habseligkeiten mal an den einen, mal an den anderen Ort. Völlig egal, wo sie lagen, sie sahen richtig aus und wahr – als hätten nun die Dinge ihren Platz gefunden, sicher vor dem Zugriff der Menschen und dem der Steppe.

Dann hörte er ein Geräusch. Es war das entfernte Trampeln und Trappeln Hunderter Hufe, dazwischen ein Kläffen und ein lang gezogener Pfiff. Sofort wurde auch Tachawi wach, gemeinsam rannten sie hinaus und hinauf auf die kleine Anhöhe hinter der Hütte. Schreiend liefen sie dem Hirten Bosdak aus Kökterek hinterher, der neben seiner Schafherde einen Hirtenhund und das Kamel Ak-Bota mit sich führte.

Wie sich herausstellte, waren sie nicht einmal sechs Kilometer von Nowa Karlowka entfernt. Längst hatte dort und in Kökterek die Runde gemacht, dass zwei Kinder in die Steppe gelaufen und nicht wieder heimgekommen waren, und so traktierte Bosdak die Kinder mit Fragen und Vorwürfen. Weil er ein heiseres, verstolpertes Kasachisch sprach, konnte Josef nicht ganz folgen. Es schien, als sei Bosdak weniger davon überrascht, dass Tachawi in die Steppe gelaufen war, als davon, dass er einen Deutschen mitgenommen hatte.

Wo habt ihr die Nacht verbracht?

Ohne dass sie sich zuvor abgesprochen hätten, antwortete Tachawi blitzschnell und in lupenreinem Kasachisch, das Josef Wort für Wort in seinem Kopf wiederholte: Wir haben eine Hütte gesucht, aber keine gefunden.

Hütte, chata, qora.

Wie wollt ihr eine Hütte finden, wenn es im ganzen Gebiet zwischen Kökterek, Tuzdy-Bety und Ulguly nicht einmal einen Fuchsbau gibt? Nichts als verrottende Pfähle und Hürden.

Ohne weitere Worte liefen sie nun hinter Bosdak her. Manchmal hielt er an, drehte sich, betrachtete die Sonne, die Wolken und die aufstiebenden Vögel in der Entfernung. Josef und Tachawi tauschten dann verschwörerische Blicke aus, es kitzelte in ihren Bäuchen. Sie kannten eine Hütte, von der niemand etwas wusste!

Nur zu gerne übernahmen sie es, Ak-Bota am Strick zu führen. Sie drehten sich immer wieder zu dem Tier um, tätschelten und streichelten es, das Kamel ließ es sich gefallen.

Bei dem Wort *Fuchsbau* hatte es Josef durchzuckt, ihm fiel ein, dass er nun bald den Harla wiedersehen würde – allerdings auch die Wawa und die Tante. Als sie die Furt überschritten und an den ersten Erdhäusern der Siedlung vorbeiliefen, kam die Erinnerung an das Marmeladenglas zurück und daran, wie das Licht auf dem Deckel gespielt hatte.

Schuldbewusst steckte er seine Hände in die Hosentaschen, ein Krümel geriet zwischen seine Finger, ein Bindfaden, ein Stängel Wermut und schließlich das Metallröhrchen. Josef nahm es heraus und steckte es, gedankenverloren und im Vorbeigehen, in das Sodendach von Familie Quapp.

Abraham Ambacher hatte gesessen, gekauert, getobt, geschrien, so wurde es später Josef berichtet. War sogar hinausgelaufen in die Steppe, hatte fieberhaft nach ihm gesucht. Schließlich gab er auf, kehrte mit schmerzverzerrtem Gesicht zurück in das Haus, das er seiner Familie gebaut und aus dem das Frauenvolk den Enkel vertrieben hatte. Er riss das Sims mitsamt all dem, was Teresia Ambacher dort abgelegt hatte – Knoblauchzehe, Zwiebel, eine Garnspule, eine Schlangenhaut, ein paar Kügelchen getrockneten Joghurts – von der Wand und schmiss es auf den Misthaufen von Frau Walentina, der Nachbarin.

Junge. Dieses Wort hing über ihren Köpfen, vor allem nachts, als sie in der Küche eng nebeneinanderlagen und nicht schlafen konnten. Der Junge war draußen, sie hatten ihn fortgeschickt, was sich noch am selben Tag weder die Tante noch die Wawa erklären konnten. Im Nachhinein kam es ihnen vor, als hätten sie im Rausch gehandelt, in Raserei, ohne Kontakt zu ihrem wahren Wesen. Antonia und Teresia Ambacher litten ebenso sehr wie der Harla, nur taten sie es still, schuldbewusst. Das Böse war in sie gefahren und hatte ihnen Hand und Zunge geführt. Sie schämten sich dafür, dem Dunklen so leichte Beute gewesen zu sein.

Als auch Tachawi vermisst wurde, reimte man sich im Aul sofort zusammen, dass er seinem Freund nachgejagt war. Weder Tachawis Mutter Aigul noch Schämschi-Köke sorgten sich um die Kinder, ohne Frage würden sie wieder heimfinden – im Aul sorgte man sich eher darum, was sich in Ambachers neu errichtetem Haus einquartiert hatte. Es müsse sich, so Schämschi-Köke, um einen bösen Dschinn handeln, der Besitz sowohl von Antonia als auch von Teresia Ambacher ergriffen habe, im Nu und ohne jegliches Vorgeplänkel.

Als Expertin für derlei Dinge brachte Schämschi-Köke Aigul Sarsenbayeva zum Haus der Ambachers, die wiederum brachte Bis-Bekesch, die Großmutter ihres verstorbenen Mannes. Die Greisin besah sich die am Boden zerstörten Frauen, den Mann, der nach den Wutanfällen, mit denen er die Frauen überzogen hatte, in sich zusammengefallen war wie ein Stoß Feuerholz. Sie seufzte, dann schaffte sie alle drei nach draußen und begann ihr Werk.

Vom Garten aus beobachtete Antonia Ambacher, wie Bis-Bekesch Kräuter und Rindenstücke verbrannte, den Rauch in alle Ecken der Küche und des Stalles blies, dabei unablässig auf den leeren Raum vor sich einsprach, als stünde dort ein widerspenstiges Kind, eines, mit dem man schon längst die Geduld verloren hatte. Sie redete und redete, spie aus, trat in die Spucke, drehte sich im Kreis und strich zuletzt die Asche der verbrannten Kräuter auf die Fensterbank und die Stelle an der Wand, an der das Sims gehangen hatte. Danach durfte das Haus vorerst niemand mehr betreten: Der Dschinn, einmal vertrieben, durfte nicht wieder angelockt werden.

Bis-Bekesch hockte sich im Schneidersitz neben Antonia Ambacher, wirkte plötzlich apathisch, weggetreten. Den Blick in eine unbestimmte Ferne gerichtet, ließ sie sich nicht ansprechen; es war, als wäre sie bereits nach Kökterek zurückgegangen und hätte nur die Erinnerung an ihre physische Anwesenheit zurückgelassen.

So saßen sie für lange Zeit da, saßen noch immer, als im Durchlass der Mauer Josef Ambacher erschien und beim Anblick seiner Familie wie vom Donner gerührt stehen blieb.

Für meinen Vater war dieser Tag ein Punkt, an dem zahllose Fäden zusammenliefen, sich umschlangen und ein Muster ergaben, das erst jetzt, aus der räumlichen und zeitlichen Distanz, les- und erkennbar wurde. Lieben und Vergeben, jeder Vorstellung von Beheimatung und Zuhause misstrauen, die Allgegenwart böser und guter Geister, die einen befallen und beseelen konnten.

Hoppla, sagte Josef, und: Was macht ihr da?

Noch immer stand er im Durchlass der Mauer, so sehr verblüffte ihn Bis-Bekeschs Anwesenheit. Er kannte die alte Frau aus dem Aul, hatte aber nie zuvor gesehen, dass sie die Furt überquert und das Dorf Nowa Karlowka betreten hätte. Mehr noch als die anderen Kasachen schien sie ein Geschöpf der Steppe zu sein, eines, das schwerlich hineinpasste in die Begrenztheit durch Häuser, Mauern und Zäune.

Sälem, äsche, murmelte er auf Kasachisch in ihre Richtung – Hallo, Großmütterchen –, aber er sagte es scheu und so leise, als wisse er bereits, dass seine Worte Bis-Bekesch nicht erreichen würden.

Dafür stand seine Familie auf und umarmte ihn. Großmutter und Tante hielten ihn eng umschlossen, der Großvater fuhr Josef immer wieder durchs Haar. Sie wurden so zudringlich, dass Josef sich freimachte und schließlich ihre

Entschuldigungen abwehrte. Ihre Betroffenheit war ihm unangenehm; beinahe hielt er es für angebracht, an die Missetat mit der Marmelade zu erinnern, immerhin hatte er ein Unrecht begangen, das durfte nicht vergessen werden. Für die Erleichterung, wieder Teil der Familie sein zu dürfen, hätte er ohne Weiteres die ärgste Strafe auf sich genommen, ja, sie sogar verstanden und in sie eingewilligt.

Weil vor allem der Harla immer wieder darauf drang, dass Josef erzählte, wie es ihm ergangen war, erfand er immer neue Begebenheiten, Gespräche, ganze Charaktere in Tuzdy-Bety, so lange, bis es ihm selbst ganz ungeheuerlich vorkam, tatsächlich dort gewesen zu sein, als Held der eigenen Fabel. Auch die Hütte kam ihm in den Sinn, zu gerne hätte er von ihr berichtet ... Aber Tachawi und er hatten sich das Versprechen gegeben, niemandem davon zu erzählen und so schnell wie möglich zu ihr zurückzukehren.

Tante Antonia hörte ihm kaum zu, das bemerkte er sofort. Ihr Blick wanderte immer wieder zu Bis-Bekesch, die noch immer entrückt neben der kleinen Pappel saß, als wäre auch sie im Boden verwurzelt und außerstande, sich fortzubewegen.

Später sagte mein Vater, in dieser alten Frau auf den Beeten seiner Großmutter habe alles Kasachische zusammengefunden, das Ungebundene und das Verwurzelte, das von alters her Angestammte und das frei Strebende.

Keiner von ihnen habe bemerkt, wie sie den Garten verließ, sie waren längst in die Küche hineingegangen, in der es noch streng nach den verbrannten Kräutern roch, der blaue Dunst habe in den Augen gebrannt, schwindlig sei ihnen davon geworden.

Der Dschinn ist fort, sagte die Wawa, der Harla aber schnitt ihr das Wort ab.

Seit wann braucht der Mensch einen Dschinn, um sich schlimmer aufzuführen als wie ein Aff', brummte er nur.

Und doch hatte sich etwas verändert. Vielleicht war es der Schrecken über das Geschehene, die ausgestandene Angst um das verlorene Kind, die eine Milde hervorriefen, eine liebevolle Nachsicht. Der Großvater polterte kaum noch, wenn er durch den Stall in die Küche kam, der Blick der Tante wurde weicher und gnädiger, die Großmutter zeterte weniger. Leider weigerte sie sich noch immer preiszugeben, was sie kurz nach ihrer Ankunft Lisbeth Quapp überreicht hatte. Josef hatte nach kurzem Überlegen gewagt, danach zu fragen, aber keine Antwort erhalten. Die Tatsache, dass die Großmutter ihm etwas verheimlichte, wurmte ihn. In der Familie Ambacher, das lernte er, hielt man viel auf seine Geheimnisse, und Teresia war sicher nicht die Einzige, die etwas vor den anderen verbarg.

Da war zum Beispiel die Tante. Antonia Ambacher trocknete dort, wo das Sims gehangen hatte, nun Kräuter aus der Steppe. Es waren nicht ganz zufällig dieselben, die Bis-Bekesch im Haus verbrannt hatte. Als Josef sich wieder einmal auf den Weg nach Kökterek machte, lief sie ihm hinterher. Zu seiner Verwunderung trug sie weder die Medizintasche bei sich noch ihre Uniform aus dem Medpunkt; auch setzte sie sich nicht an die linke Seite des Tisches im Haus von Aigul Sarsenbayeva, sondern ließ sich von Tachawi und Josef zum Haus von Bis-Bekesch führen.

Ihr Haus war im Wesentlichen ein Wellblechschuppen, der an die Außenwand eines anderen Hauses gesetzt worden war, es schien nicht sehr wahrscheinlich, dass er einem Winter trotzen konnte oder einem Sturm.

Antonia Ambacher fragte zweifelnd: Hier wohnt Bis-Bekesch?

Ja.

Holt mich heute Abend wieder ab.

Weiß Bis-Bekesch, dass du kommst?

Vielleicht. Sag dem Harla nichts davon, hörst du?

Warum nicht, Tante? Was hast du vor?

Aber da hatte Bis-Bekesch sie schon vor ihrer Tür gehört. Im Inneren des Schuppens polterte es, etwas fiel zu Boden, und schließlich erklang Bis-Bekeschs Stimme: Wer geht hinein, und wer kommt heraus?

Ratlose Stille, weder Josef noch Tachawi wussten, was antworten.

Es geht hinein Antonia Ambacher, sagte die Tante schließlich, das Kinn nach oben gereckt, die Schulterblätter nach hinten. Sie gab Josef einen Kuss auf die Stirn und betrat den Schuppen. Stumm sah Josef ihr hinterher. Sie war fraglos der unerschrockenste Mensch, den er kannte.

Wie, *wer kommt heraus*?, fragte Josef.

Wird man sehen, sagte Tachawi ungerührt. Woher soll ich das wissen? Nie fragst du mich etwas Leichtes.

Sechs Kilometer: Zu Fuß brauchte man dafür etwa eine Stunde, beförderte man Gepäck, etwa siebzig Minuten, zog, schob und balancierte man etwas über dem Kopf, etwa eine halbe Stunde länger. Sturmböen, Windhosen und Sandstürme erschwerten jeden Gang zur Hütte, vor ihnen musste man sich vorsehen. Über die Sommermonate wurde Josef der Weg hinaus so vertraut, dass er auch nachts noch träumte von dem Knirschen der Salzkruste unter seinen blanken Fußsohlen, von den aufstiebenden Mückenwolken und den eigentümlichen Vögeln, die über ihre Köpfe hinwegflogen.

Was gab es auch sonst zu tun? Die Großeltern ließen Josef seit dem Vorkommnis mit der Marmelade in Frieden, auch auf den Wassermelonenfeldern benötigten die Arbeiter keinerlei Hilfe mehr, und von den anderen Kindern hielt sich Josef neuerdings wieder fern.

Schura Malinin hatte eine Art Tabakmonopol etabliert. Unter seiner Anleitung saßen die Kinder der Siedlung abends hinter den Scheunen der Kolchose und drehten Zigaretten aus gestohlenen Tabakblättern. Einmal hatte sich Josef dazu überreden lassen, einen Zug zu nehmen; er hatte sich sofort erbrochen, die Jungen ringsum hatten geröhrt vor Lachen, es war blamabel gewesen, und die Übelkeit hatte ihn noch lange begleitet.

Eines Tages beobachtete Josef, wie zwei Jungen einer Katze hinterherjagten. Weil er meinte, es handele sich um ein entlaufenes Tier, half er, sie einzufangen, und übergab sie ihren Verfolgern. Er war noch nicht um die nächste Häuserecke gebogen, da hörte er das Tier schon schreien. Als er sich umdrehte, sah er, wie einer der Jungen die Katze an den Hinterläufen packte, sie um sich schleuderte und schließlich ihren Kopf an einem Strommast zerschmetterte. Wenn man rannte, brauchte man für die sechs Kilometer nur vierzig Minuten.

In der Hütte herrschte völlige Klarheit, das liebte Josef. In dieser Klarheit lebte die Erinnerung an die Mutter, an den Bruder, an die Katze, die sie sich daheim gehalten hatten, der Gedanke an Sarsen Sarsenbayev und an alles, wofür weder Nowa Karlowka noch Kökterek Verwendung hatten.

Dazu zählten auch etliche Wörter, die Josef am liebsten waren, viele von ihnen gehörten zur deutschen Sprache, und die benutzten sogar der Harla und die Wawa immer seltener. Selbst wenn sie im Stall oder im Garten waren, sprachen sie lieber ein ungelenkes Russisch, immer in der Sorge, die Nachbarn könnten sie hören. Weil er fürchtete, dass das Vergessen immer schneller um sich greifen würde, und weil Papier Mangelware war, fertigte Josef kleine Täfelchen aus Lehm an. In ihre Oberfläche ritzte er die wichtigsten Begriffe, bevor er sie zum Trocknen in die Sonne legte. *Muttersprache, rodnoj jazyk, ana tili.* Die Täfelchen kleideten bald die Innenwände der Hütte aus, ab und zu fiel eines herunter und zerbrach.

Was ist dein Lieblingswort auf Kasachisch?, fragte Josef einmal den Freund.

Kasak, sagte Tachawi, Kasachisch.

Wie immer, wenn er in der Hütte saß, hatte Tachawi einen seiner Kragen aus Krähenfedern angelegt. Im Halbschatten der Hütte war er ein Baj, ein Clanoberhaupt; was er sagte, hatte Gewicht. Auf einem der Vorsprünge lag seit Neuestem ein zusammengefaltetes Stück Papier: Es war das Antwortschreiben Abisch Dükenbais, des Händlers, an den sich Tachawi wegen des Mantels gewandt hatte. Inspiriert von dem Eindruck, den Bis-Bekesch auf die Familie Ambacher gemacht hatte, war Tachawi so frei gewesen, Abisch Dükenbai mit Bis-Bekeschs Einmischung zu drohen, ach was, mit ihrer ungeteilten Aufmerksamkeit, ja, tatsächlich mit ihrem allvernichtenden Zorn, sollte sich der Mantel seines Bruders Sarsen Sarsenbayev nicht innerhalb eines Monats wieder eingefunden haben. Postwendend hatte Tachawi Antwort erhalten, das Schreiben erging sich in den ausgesuchtesten Entschuldigungen und Beteuerungen der Rückgabe, es war ein erlesenes Schmuckstück in einer ganzen Reihe von Schmuckstücken, die in der Hütte aufbewahrt wurden.

Auf dem Rückweg nach Nowa Karlowka klopfte Josef für gewöhnlich an Bis-Bekeschs Schuppen – er hütete sich, ihn zu betreten –, wartete, bis Antonia Ambacher herauskam und sich im Licht der untergehenden Sonne reckte und streckte, als hätte sie sich gerade einem Kokon entwunden und fände wieder in ihre eigentliche Gestalt. Gemeinsam liefen sie zurück zu den Großeltern, das war die Ordnung, so hatte sie sich herausgebildet.

Es war Ende August. Nichts sei an dem Tag, der alles veränderte, anders gewesen, das behauptete mein Vater, weder habe Bis-Bekesch etwas vorausgesagt, noch habe die Tante etwas gespürt, und auch er, das Kind, habe nicht das Geringste geahnt.

Als sie die Furt überquert hatten und an den Erdhäusern vorbeikamen, bemerkten sie eine Menschenmenge, sahen, wie unbekannte Uniformierte Heinrich Quapp aus seinem Haus herauszerrten. Heinrich Quapp wehrte sich und schrie, schrie auf Russisch und wie am Spieß, aber niemand ließ sich davon beirren, weder die Vorarbeiter der Kolchose noch Doktor Juri Sergejewitsch Podgorny, der Leiter des Medpunkts, und ganz sicher nicht Konstantin Petrowitsch Fadejew, Vorsitzender des Dorfsowjets. Letzterer hielt etwas in der Hand, zu gerne hätte Josef gesehen, was es war.

Ein Zittern ging durch Antonia Ambachers Körper, sie wies ihren Neffen barsch an, ja stehen zu bleiben. Dann ging sie mit langen Schritten hinüber zu den Männern und fragte mit loderndem Blick, was um alles in der Hölle hier vor sich gehe. Das sagte sie: *Was um alles in der Hölle*, allerdings auf Russisch und Kasachisch: *Kakoga tscherta, ne pale.*

Lassen Sie es gut sein, sagte Konstantin Petrowitsch, lassen Sie es gut sein, Antonia Ambacher. Wir kommen unserer Pflicht nach. Es gab einen Vorfall. Ich kann nichts dagegen tun. Jede Aktion erzeugt eine Reaktion.

Was auch immer Konstantin Petrowitsch in der Hand gehalten hatte, er schob es in seine Hosentasche und hob daraufhin demonstrativ die Handflächen in die Höhe, als könne Antonia Ambacher, die Krankenschwester, seine Unschuld und ein gutes Herz daraus ablesen. Die aber interessierte sich überhaupt nicht für seine Hände, sie stürzte zu Heinrich Quapp und redete auf ihn ein. Josef konnte nicht hören, worum es ging. Eines jedoch fiel ihm auf: Weder Lisbeth noch Irene und Karl, die Zwillinge, befanden sich im Wagen. Vielleicht, dachte Josef, hatten sie sich versteckt oder waren weggelaufen.

Fadejew gab den Männern ein Zeichen, woraufhin der Wagen mit Heinrich Quapp davonfuhr. Einige Monate darauf kam die Nachricht, dass er im Gulag gestorben war. Das Röhrchen, das Josef in das Strohdach des Quapp'schen Erdhauses gesteckt hatte, tauchte nie wieder auf.

Der Sommer des Jahres 1991 war eine Zeit der Geschäftigkeit und, trotz der Hitze, die sich in der Norddeutschen Tiefebene festgesetzt hatte, eine Zeit des Erwachens.

Der Plan, an den Schrevensee zu ziehen, alle Vorkehrungen, die es zu treffen galt, beseelten meinen Vater und befähigten ihn schließlich dazu, in wenigen Monaten das zu leisten, wofür andere bei regulärem Energiepegel, mäßiger Motivation und alltäglichen Ablenkungen Jahre gebraucht hätten. Selbst die Trägsten unserer Siedlung wurden von ihm angesteckt und herausgerissen aus ihrer passiven Zeugenschaft, hineinbefördert in eine aktive Rolle. Vater trommelte, agitierte, sprach vor und überzeugte. Die Zahl der Krankheiten, Zipperlein, der Malaisen und Idées fixes, die in dieser Zeit geheilt wurden, imponierte. (Allen voran Doktor Lilienthal, in dessen Schloss-Apotheke es zusehends ruhiger wurde.) Häuser, Grundstücke wechselten die Besitzer und Bewohner.

Herlichs und Sakowskys hatten den Boden ihrer Grundstücke am Schrevensee auf Bautauglichkeit untersuchen lassen. Als die Bestätigung kam, dass man Häuser daraufsetzen konnte, stellten sie Aufteilung und Verkauf in Aussicht. Auch sie selbst erwogen eine Abkehr vom Stadtrand. So gut wie jeder in unserer Nachbarschaft besann sich auf seine persönliche, besondere Beziehung zum Schrevensee, und plötzlich schien es allen Beteiligten, als habe der Umzug seit Jahren nahegelegen, als sei es nicht die Idee Josef Ambachers gewesen, sondern vielmehr etwas, das in der Luft gelegen hatte.

Alle waren von dem Plan überzeugt, bis auf eine. Tante Ömir-Ölim wollte weder umziehen noch neu anfangen. Sie befürchtete, die Gemeinschaft würde mit einem solchen Umzug auseinandergerissen, zerteilt in die, die gingen, und die, die blieben.

Ich erinnere mich an einen Nachmittag Ende Juni, als Artur Nagler in unseren Garten trat. Mein Vater, die Tante und ich waren draußen mit den Sommerhimbeeren beschäftigt. Er begrüßte uns reihum sehr freundlich, aß ein paar Beeren, sah sich um, dann platzte es aus ihm heraus: Wirklich nur sechshundert Quadratmeter? Sieht viel größer aus!

Tatsächlich sechshundertzwanzig Quadratmeter, sagte mein Vater.

So fand ich heraus, dass die Naglers sich für mein Elternhaus interessierten, und obwohl ich mir viel darauf einbildete, mein Herz nicht an Dinge zu hängen, spürte ich einen Stich. *Naglers.* Ich fragte mich, ob meine Mutter davon wusste und ob es sie interessieren würde. Wer am Schrevensee wohnte, gehörte immerhin zur Gemeinde Barnstede, das klang ein wenig mondäner, das klang nach Seebad und gehobener Lage. Vermückt hin oder her, in jedem Fall eleganter als Stadtrand.

Artur Nagler setzte sich auf eine umgedrehte Zinkwanne und sah mir dabei zu, wie ich die Himbeerranken aberntete. Dabei wanderte sein Blick immer wieder zu anderen Bereichen des Gartens: der Ecke mit dem wuchernden Jasmin, dem kleinen Mammutbaum, den wir noch immer klein nannten, obwohl er längst über vier Meter hoch aufragte, dem Gerümpel unter der Treppe, die hoch zur Terrasse führte. Da spürte ich, dass ich all das, was ich nie ausdrücklich geliebt hatte, doch vermissen würde.

Nichts ist für immer, Leila, sagte mein Vater, als Artur Nagler sich mit einem Eimerchen Himbeeren verabschiedet hatte. Alles ist nur temporär.

Ich weiß, antwortete ich gereizt. Aber ausgerechnet Artur Nagler, Papa? Muss das sein?

Was spielt es für eine Rolle? Willst du am See wohnen oder nicht? Jeden Tag schwimmen gehen? Na?

Naglers leiden am Rücken und am Bauch, fuhr Tante Ömir-Ölim dazwischen. Sie gab sonst nie Details ihrer Patienten preis.

Du hast dein Haus vernachlässigt, Josef, es gibt so viel daran zu tun – mag sein, zu viel für Artur Nagler.

Mein Vater scheute den Konflikt und sagte deshalb nur: Wir brauchen das Geld für den Neubau.

Aber damit brachte er Tante Ömir-Ölim nur noch mehr auf. Sie warf ihm an den Kopf, dass man mit fünfundfünfzig doch nicht mehr neu baue, sondern sich mit dem abfinden solle, was man bereits erschaffen habe.

Sie sah zu mir herüber, vielleicht um meinen Beifall zu erhalten, so ganz durchdrungen hatte ich meine Rolle hier nicht. Ich schwieg und rupfte weiter Himbeeren von den Ranken.

Mein athletischer, jungenhafter Vater fühlte sich nicht wie fünfundfünfzig und gab auch nichts darauf, was seine Tante sagte. Sie hatte sich anders entschieden, damals, und kein Klapphäuschen am Stadtrand bezogen, sondern das marode Försterhaus am Waldrand. Es lag in ihrer Natur, Abstand zu halten, nur auf sich selbst zu horchen.

Sie erträgt es nicht, wenn jemand anderes ebenfalls seine eigenen Entscheidungen fällt, kommentierte mein Vater am Abend. Mit fünfundfünfzig Jahren schien die Zeit gekommen, alles Neffenhafte abzulegen. Er setzte sich über seine Tante hinweg und unterhielt weiter Kontakte zu Aussiedlern, die sich für die üppigen Grundstücke und Gärten der Altsibirer interessierten.

Was man bereits erschaffen hat. Dass Tante Ömir-Ölim damit weder die Siedlung noch die Gemeinschaft des Stadtrands meinte, vertraute sie mir Jahre später an, da war ich bereits erwachsen und sie bettlägerig. Es hatte sie vielmehr mit Skepsis erfüllt, dass mein Vater sich anmaßte, in gewisser Weise Verantwortung für eine große Anzahl von Menschen zu übernehmen – sie anzuleiten und ihnen eine Richtung zu geben. Ihrer Einschätzung nach war Josef Ambacher schon daran gescheitert, seiner Ehe ein Fundament zu geben und sich beständig um seine Familie zu kümmern. Er hatte, sagte sie, Agnieszka hineingezogen in diese Welt am Stadtrand und sie dann alleingelassen, hatte ihr Geld gegeben, aber keinen Wohlstand, ein Haus, aber kein Heim. Es rührte mich, dass sie die Situation meiner Mutter so klar wahrgenommen hatte. Ich war stets davon ausgegangen, sie würde Agnieszka und ihre vermeintlichen *Problemchen* ignorieren.

Dann aber fügte sie etwas hinzu, das mich erschütterte

und das bis heute hässlich nachhallt: Eine Tochter hat er ihr auch gegeben. Eine Tochter, aber keine Familie.

Als klar wurde, dass der Hausbau im nächsten Jahr beginnen würde, fingen Arnold und ich an, uns vorzumachen, dass wir unsere Elternhäuser ohnehin nie gemocht hatten, dass wir uns immer schon unbehaust gefühlt hatten und auf eine undefinierbare Weise heimgesucht. Ohne es auszusprechen, hofften wir beide, das Wohlergehen unserer Eltern würde auch auf uns abstrahlen, auf unsere Geschicke an der Schule und unsere Rolle in Mühlheide. Ich hoffte, am Ende sogar mit Jeanette Hasenjäger mithalten zu können; Arnold, nicht mehr über die Alkoholverstecke seines Vaters zu stolpern.

Wir planten, alles Unliebsame hinter uns zu lassen. Dazu gehörten insbesondere Erinnerungen, die uns plagten, und Gespenster unserer Vergangenheit wie der Tartter. Pascha und ich waren stillschweigend übereingekommen, nicht über den Verkauf oder Kauf meines Elternhauses zu sprechen; er begriff wohl, dass diese Transaktion eine Grenzüberschreitung darstellte, eine sonderbare Wendung der Geschichte. Es fühlte sich an wie ein Ereignis des Vorjahres. Im Schwimmbad war Arnold vor aller Augen die Badehose bis in die Kniekehlen hinabgerutscht, nackt hatte er dagestanden, endlose Sekunden lang zu betroffen, um sich zu rühren. Weil das so intim, so verletzlich war, verlor nie jemand darüber ein Wort. Was geschehen war, war zu echt, um darüber zu reden oder zu spotten. Es wurde aus dem Erzählbaren – und damit aus der Welt – ausgeklammert, und fertig.

Trotz unserer Beteuerungen, überall leben zu können, auch am Schrevensee, hielten wir es nicht länger in unserer Siedlung aus, ertrugen es nicht mehr, in den Gärten der Nachbarschaft herumzulungern. Die Ankündigung des Weggangs lud alles mit neuer Intensität auf, mit inniger Vertrautheit und Zuneigung. Wir suchten Zuflucht an dem Ort, den unsere Eltern auserkoren hatten: dem Schrevensee.

Pascha schloss sich uns an. Er war es, der bemerkte, dass einer der Bauwagen am Südufer des Sees in diesem Sommer unberührt geblieben war. Weit verstreut zwischen wucherndem Ried, Sanddorngebüschen, Birken und hoch aufragenden Kiefern lagen die anderen beiden Bauwagen. Wir wussten, dass darin ein Reiki-Meister und ein Dichter wohnten, kuriose Exemplare der Normalowelt, die, wie es schien, ihre ganz eigenen Käuze hervorbrachte. Beide stammten aus einer der größeren Städte in der Nähe von Mühlheide und kamen nur im Sommer her. Der dritte Wagen, der mit Abstand kleinste, muffigste und abgelegenste, hatte einem alten Angler als Unterschlupf gedient. Das Dach war eingesackt und voller Löcher, in einer Ecke wuchsen Pilze, in einer anderen hockte die größte Winkelspinne, die Arnold und ich je gesehen hatten.

Umzug an den Schrevensee, sagte Arnold und schob mit seiner Sandale ein mumifiziertes Nagetier zur Tür hinaus: Bitte schön.

Und wenn der Angler zurückkehrt?, flüsterte ich. Der Tartter kam mir in den Sinn, und wie wir in sein Haus eingestiegen waren. Wie immer, wenn ich daran dachte, sank meine Laune, und ich fühlte mich von Paschas Anwesenheit gestört, abgestoßen, sehnte mich nach der Zeit zurück, als Arnold und ich allein gewesen waren.

Hier wohnt schon lange keiner mehr, sagte Arnold.

Pascha nickte, holte aus seinem Rucksack einen Hammer und ein Säckchen Nägel hervor und sagte, er werde sich um das Dach kümmern. Arnold machte sich daran, mit seinem Klappmesser das Ried zu kappen, das von draußen durch die zerbrochene Fensterscheibe hereinwuchs. Ich setzte mich auf den einzigen Stuhl und wartete auf das Gefühl, das sich bisher eingestellt hatte, wann immer wir einen Ort für uns entdeckten. Es kam nicht. Schließlich meinte ich es zu spüren, aber in einiger Distanz, als könne es nicht ganz zu mir durchdringen, als verharre es unschlüssig draußen bei den Kiefern. Betroffen stand ich auf, ging zum See, um mein Handtuch zu befeuchten, und schließlich begann ich den Wagen und alles, was ich darin fand, abzuwischen und zu schrubben.

Entspann dich mal, sagte Arnold. Du machst hier sonst noch was kaputt.

Aber ich machte nichts kaputt, Pascha machte das Dach nicht stabiler, und Arnolds Kampf gegen das Ried war verloren, bevor er ihn überhaupt begonnen hatte. Das alte Ding widersetzte sich allen Bemühungen, es in irgendeiner Weise herzurichten. Wir nahmen den Wagen auch so als unser Lager für die Sommerferien an, mitsamt der Winkelspinne, die hoch über unseren Köpfen hing wie ein Votivbild aus einer anderen Zeit. Dem Reiki-Meister und dem Dichter begegneten wir so gut wie nie; wenn sich unsere Wege doch einmal kreuzten, ignorierten wir einander. Schwer zu sagen, wer wen merkwürdiger fand.

Das letzte Versteck. Vielleicht gab es nach ihm noch weitere, kleinere, aber meiner Erinnerung hat sich dieser Bauwagen eingebrannt, zusammen mit den langen Wochen der Sommerferien des Jahres 1991, die wir hier verbrachten. Nur zu gern hielten wir uns fern von den Erwachsenen, die ihr Leben und unseres obendrein neu gestalten wollten. Wir hatten genug von sogenannten Systemwechseln und Zeitenwenden, samt und sonders Dinge aus der Welt der Erwachsenen, der wir uns nur zeitweise, mit Mühe und Not, entziehen konnten.

Im Verfall und in der Unordnung des Bauwagens fühlten wir uns wohl, hier bewahrten wir alles auf, was wir zum Schwimmen und zum Klettern brauchten, hierhin verfrachteten wir die Bestände unserer Lebensmittellager. Die ältesten Verstecke ließen wir bestehen, leichtsinnig wäre es Arnold und mir vorgekommen, sie anzutasten. Vom Tartter hatten wir seit der Begegnung in der Fußgängerzone nichts mehr gesehen oder gehört. Wir waren entspannt, hüteten uns aber davor, uns in Sicherheit zu wiegen.

Wir schwammen, fuhren Fahrrad, werkelten, angelten, gaben ein Vermögen für Pommes frites und Eis drüben am Kiosk aus. Fragte uns jemand, was wir da hinten im Ried trieben, zuckte ich mit den Schultern und sagte: Wohnen.

Einige Male überredeten wir Arnolds Vater, mit uns am See zu zelten – allein wollten die Eltern es uns nicht erlauben, und Arnolds Vater konnte sich so der Kontrolle seiner Ehefrau entziehen. Abends schlichen wir uns aus dem Zelt, um die Nacht im Bauwagen zu verbringen.

In einer jener Nächte wurde ich Zeugin einer denkwürdigen Zusammenkunft. Arnold und ich waren wieder vom Zelt hinüber zum Bauwagen gelaufen. Die Nacht war unruhig: Drüben, im Seehotel am Nordufer, fand eine Motto-Party statt, ab und zu drangen Musik und entferntes Gelächter herüber. Ich wusste von der Feier, weil meine Mutter und eine Freundin dort waren. Am Abend, bevor ich mit

Schlafsack und Badesachen das Haus verlassen hatte, war auch sie aufgebrochen, und zwar in einer bodenlangen, violetten Robe und mit einer glitzernden Tiara, die sie sich ins Haar gesteckt hatte.

Great Gatsby am Schrevensee!, hatte sie zur Erklärung gesagt, als ich ungläubig vor ihr stehen blieb.

Und Papa?, fragte ich noch, bevor ich sicherheitshalber die Flucht ergriff.

Ich hatte keine Ahnung, wer oder was Great Gatsby war, aber dass mein Vater nichts damit zu tun hatte, erschloss sich mir sofort.

Auch Pascha war an jenem Abend nicht dabei. Auf die Frage hin, ob er mit uns zelten gehen wolle, hatte er nur erklärt, Dinge erledigen zu müssen. Weil wir froh waren, einmal unter uns zu bleiben, hatten wir nicht weiter nachgefragt. Ich wünschte, wir hätten es getan.

Arnold schlief schon auf den Decken und Isomatten, die wir in den Wagen geschafft hatten, mich aber trieb die Hitze nach draußen. Ich setzte mich auf die Stufen vor der Tür und überlegte, noch einmal in den See zu springen. Vom Seehotel waren noch vereinzelt Ausrufe zu hören, die Musik aber war verstummt. Es war Vollmond, und die Kiefern, die Birken, das Ried und die kleine Lichtung lagen in fahles Licht getaucht. Ab und zu raschelte es im Gebüsch, Igel liefen vorbei, einmal auch ein Fuchs. Aus dem Wald rief ein Käuzchen, die Nachtluft duftete nach den sonnenwarmen Kiefernnadeln.

Mir fiel mein Vater ein, und wie sehr es ihm gefallen hätte, die Nacht hier draußen zu verbringen. Ich versuchte mich daran zu erinnern, wann wir das letzte Mal etwas gemeinsam unternommen hatten, nicht nur zusammen in der Küche oder im Garten gesessen. Traurigkeit flog mich an. Über mir standen, halb ausgelöscht vom Licht des Vollmondes, Schwaden von Sternen, es war das Universum, das All, das meinem Vater so viele Rätsel aufgab. Ich fragte mich, ob er überhaupt noch nachdachte über die Schöpfung, den Urknall, die Materie und den Geist, den er dahinter vermutete.

Die Baupläne, die auf seinem Schreibtisch ausgebreitet lagen, ließen anderes vermuten. Ich dachte: Papatschka unterteilt sein Leben in Projekte. So wie die Gesprächstherapie unserer Nachbarschaft eines gewesen sein mochte oder Paschas Nachhilfeunterricht. Oder – ich. *Moja dotsch*, meine Tochter. Immer, wenn er mit einem von den Neuankömmlingen sprach und ich dabei war, stellte er mich so vor. *Eta dotsch.* Ging ich an den Blocks vorbei oder besuchte Pascha, begrüßte man mich mit Hallo, dotsch, priwjet. Die Tochter, die Grundstücke, die Häuser, der Stadtrand. Mein Vater erfand sich neu, ich fragte mich, nach welchem Vorbild.

Sofort versuchte ich diese Gedanken, mit denen ich meinem Vater sicher unrecht tat, abzuschütteln. Ich stand auf, zog mein T-Shirt gerade. Schon wollte ich hinüber zum See laufen, da hörte ich ein Rascheln im Gras, sachte Schritte draußen auf der Lichtung. Augenblicklich spürte ich, dass es sich nicht um ein Tier handelte, und trat in das dichte Ried neben dem Bauwagen. Hier verharrte ich still, zwei Herzschläge lang, drei, vier. Dann sah ich, wie eine Gestalt die Birken abschritt, immer wieder stehen blieb, sich bückte und etwas aufhob. Es war Tante Ömir-Ölim. Sie hatte ihren großen Korb dabei. Das Mondlicht lag auf ihrem Rücken, und wenn sie sich aufrichtete und ihr Gesicht dem Himmel zuwandte, erinnerten mich ihre Züge an die Masken und Schnitzereien, die mein Vater aus der Sowjetunion mitgebracht hatte, an die Antlitze mythischer Jäger, Krieger und Schamanen. Ich brachte es nicht über mich, aus dem Ried zu treten, zu eigenartig wäre diese nächtliche Begegnung gewesen. Außerdem gingen meine Eltern davon aus, dass ich brav mit Arnold und seinem Vater im Zelt liegen würde.

So beobachtete ich, wie Tante Ömir-Ölim, in der Mitte der Lichtung angekommen, stutzig wurde und den maroden Bauwagen betrachtete, der sich an ihrem Ende halb im Schilf verbarg. Kurz zögerte sie, dann stellte sie ihren Korb unter einer Birke ab, nahm einen Gegenstand – ich konnte nicht erkennen, was es war – heraus und hielt mit schweren, langsamen Schritten auf die offen stehende Tür zu. Etwas an dem Anblick, wie sie auf den Stufen stehen blieb und den schlafenden Leib meines Freundes betrachtete, entsetzte mich. Ich fing an zu schwitzen, überlegte nun doch, zu ihr zu gehen oder davonzulaufen.

Da hörte ich noch ein Geräusch, diesmal von den Kiefern am Waldrand. Ich meinte, es müsse der Fuchs sein, der hier sein Revier hatte, und bog vorsichtig ein paar Schilfpflanzen zur Seite, um besser sehen zu können. Drüben, bei den Bäumen, stand eine schmale Gestalt in einem bodenlangen Kleid und blickte unverwandt hinüber zu Tante Ömir-Ölim. Ich traute meinen Augen nicht, dachte beinahe schon, ich sähe eine Waldelfe oder eine aus den Fluten des Schrevensees entstiegene Nymphe. Aber es handelte sich um ein Wesen aus Fleisch und Blut.

Mama, Mama!

Etwas packte mich, eine Verzweiflung, ein Verlorensein in dieser Nacht, am See, in Mühlheide, in Deutschland. Ich stürzte aus dem Ried und hin zu ihr, die mir, egal, unter welchen Umständen, Geborgenheit und Heimat geben würde. Ich vermisste sie plötzlich, sie war meine Mutter, und ich ihre Tochter. *Dotsch*. Ich rannte wie ein wildes Tier an dem Bauwagen vorbei, in dem sich jetzt Leben regte, vorbei an Tante Ömir-Ölim, die überrascht herumfuhr, lief meiner Mutter entgegen und flog in ihre Arme.

Sie roch nach L'Air du Temps von Nina Ricci und nach Haarspray. Das hat sich mir eingebrannt: dass sie mich nicht mit Fragen bestürmte, was ich hier zu suchen hatte, warum ich zitterte, ob es mir gut ging. Sie hielt mich eng umschlossen, schwieg und starrte weiter hinüber zu Tante Ömir-Ölim, die uns über die Lichtung entgegenging. Auf den Stufen des Bauwagens war nun auch der verschlafene und zerzauste Arnold erschienen. Er winkte und schien zu uns herüberkommen zu wollen, dann entschied er sich anders und setzte sich in die geöffnete Tür.

Antonia?

Agnieszka?

Was ist das alles hier?

Darauf wusste im ersten Moment niemand eine Antwort. Alle drei blickten wir uns stumm an, Tante Ömir-Ölim mit ihrem Baumwollkittel, Agnieszka in violetter Maulbeerseide, ich im verschwitzten Adidas-T-Shirt.

Vollmond, sagte ich schließlich.

Vollmond, wiederholte Tante Ömir-Ölim trocken. Die Nacht ist voller Gestalten, die keine Rast finden. Ich dachte wirklich, du wärest ein Dschinn, Leila.

Wenn sie ein Dschinn ist, dann bist du eine Hexe, Antonia, sagte meine Mutter. Sicher spürte sie wie immer den Impuls, mich vor düsteren Anwandlungen beschützen zu müssen.

Bin ich das etwa nicht?, fragte Tante Ömir-Ölim schnell zurück, ohne das Gesicht zu verziehen, ohne das geringste Lächeln in der Stimme. Wie heißt das auf Polnisch: Wróżba?

Wiedźma, korrigierte meine Mutter. Dein Polnisch ist ein wenig eingerostet.

Ist schon ein bisschen her.

Ich weiß.

Als hätte meine Mutter eine seit Langem vereinbarte, unsichtbare Grenze überschritten, schwieg Tante Ömir-Ölim. Ich spürte, dass die beiden Frauen etwas verhandelten, in das ich keinen Einblick hatte, und wäre am liebsten in kleinkindliche Muster zurückgefallen, hätte die Mutter gerne am Saum ihres Kleides gepackt, daran gezogen und gefragt: Was, Mama, was?

Aber ich beherrschte mich und blickte auf zu den entscheidenden Frauenfiguren meines Lebens. Ich liebte sie beide, ohne Frage, aber auf sehr unterschiedliche Weise.

Sie beide ihrerseits, das wurde mir einmal mehr klar, liebten einander nicht. Zu verschieden, zu verständnislos – zu deutsch, zu polnisch, zuckte es durch meinen Kopf. Vielleicht lief es darauf hinaus.

Da schüttelte Tante Ömir-Ölim den Kopf, als wollte sie etwas loswerden, eine Mücke oder einen Gedanken. Sie sah mir ins Gesicht und schien sich an etwas zu erinnern, denn sie fragte: Ist Pascha gar nicht bei euch?

Sie deutete zum Bauwagen. Dort saß noch immer Arnold, von Pascha war, natürlich, keine Spur.

Nein.

Und nachmittags?

Waren wir mit Arnolds Vater auf dem Zeltplatz und drüben am Kiosk.

Ich wollte hinzufügen: ... und dahinter im Biergarten, ließ es aber bleiben. Arnold war es sehr peinlich gewesen, wie viele Gläser sein Vater geleert hatte und in welcher Geschwindigkeit.

Tante Ömir-Ölim ließ nicht locker. Pascha war nicht mit dabei?

Hatte keine Lust. Warum willst du das alles wissen?

Ljudmila hat gesagt, er wäre bei euch. Alle denken, ihr würdet gemeinsam zelten.

Nein, das stimmt nicht. Was haben seine Eltern noch gesagt?

Meine Stimmlage musste Arnold alarmiert haben, denn er stand eilig auf und kam herüber. Pascha sei nicht daheim?

Tante Ömir-Ölim zögerte, wiegelte ab, wahrscheinlich sei der Junge in einem unserer Verstecke eingeschlafen, kein Wunder, bei der Hitze. Er werde sicher wieder auftauchen.

Augenblicklich stellte sich bei mir ein ungutes Gefühl ein. An hellseherische Kräfte glaubte ich nicht, an Instinkt allerdings schon. Ich wollte weiter nachfragen, aber Tante Ömir-Ölim wechselte etwas überhastet das Thema, erzählte vom Mond und von ihren Kräutern, sie müsse sich mit der Ernte beeilen. Ohne sich von uns zu verabschieden, ging sie zurück zu ihrem Korb. Auf halbem Weg aber drehte sie sich noch einmal zu uns um. Ihre Worte richtete sie an meine Mutter, aber ich spürte deutlich, dass sie für mich und Arnold bestimmt waren.

Sie sagte: Der Tartter wurde heute Abend tot aufgefunden. Lag an seinem Forellenteich, flach auf dem Rücken, mit weit aufgerissenen Augen. Eigenartig, nicht?

Niemand hatte an Irene und Karl gedacht, sagte mein Vater, das sei Fluch und Segen zugleich gewesen. Auch an Lisbeth Quapp sei der Schicksalskelch vorübergegangen, warum, blieb ihm unerklärlich. Als man Heinrich Quapp fortbrachte, war Lisbeth mit den Kindern weit draußen auf den Wassermelonenfeldern gewesen, beim Einsammeln der Früchte, die kaum größer waren als eine Männerfaust und die keiner haben wollte. Aus irgendeinem Grund war niemandem daran gelegen gewesen, die drei Quapps aufzufinden. Vielleicht besaß Konstantin Petrowitsch ein milderes Herz, als man gemeinhin angenommen hatte.

Seit Heinrich Quapp weggebracht worden war, stand seine Frau draußen in der Steppe oder auf dem Dach ihres Erdhauses und aß Gras. Stand da, den glasigen Blick auf den Horizont geheftet, und führte immer wieder Halme und Blüten zu ihrem Mund. Sie hatte, wie Antonia Ambacher später feststellte, den Verstand verloren, dagegen half keine Medizin und kein Alkohol. Lisbeth Quapp erkannte weder die Krankenschwester noch die eigenen Kinder. Der Anblick der Mutter musste Irene und Karl mit einem solchen Entsetzen erfüllt haben, dass sie fortliefen – als fürchteten sie, an ihrem Schicksal oder, schlimmer, am Schicksal ihres Vaters teilhaben zu müssen.

Nach ein, zwei Tagen, die sie in irgendeiner Senke verbracht haben mochten, tauchten sie am Dickicht der Wildrosen südöstlich des Auls auf. Ratlos beobachteten die anderen Kinder – auch sie gekommen, um sich mit den hellroten Hagebutten vollzustopfen –, wie die Hände Irenes und Karls zitterten, wie sie immer wieder aufschreckten und in Richtung der Siedlung starrten, ob jemand käme, sie zu holen.

Aber niemand kam. Die Kinder, die ihnen begegneten, schwiegen verwirrt und sahen schließlich an ihnen vorbei. Irene und Karl waren unsichtbar geworden, und nicht einmal Lisbeth Quapp bemerkte, wie sie eines Tages wieder das Erdhaus betraten und sich in ihrer Ecke einrichteten. Hier, wie überall, war das keine Selbstverständlichkeit: am Leben zu sein.

Im Hause der Ambachers, etwa fünfhundert Meter entfernt, verlor man sich in Grübeleien und Betrachtungen. Als fürchteten die Tante, der Harla und die Wawa, die Ohren des Dorfsowjets könnten bis hinein in ihr Haus horchen, erwähnten sie das Geschehene mit keinem Wort, schon gar nicht mit einem deutschen. *Verrat, ismena, satkyndyk.*

Auch Josef schwieg auf seinem Platz neben der Feuerstelle, er stierte auf das hölzerne Sims, das der Harla an der Stelle des alten angebracht hatte. In der Maserung des Birkenholzes meinte er das Röhrchen zu erkennen, das er in das Strohdach des Quapp'schen Erdhauses gesteckt hatte, er sah das Röhrchen in den Flammen, wenn die Wawa ihre Fladen backte, sah es im Muster des Kleides, das die Tante im Haus und im Garten trug. Einmal erschien ihm im Traum das ausgemergelte Gesicht Heinrich Quapps; mit den Lippen formte er ein Wort, immer und immer wieder, aber bevor Josef es ablesen konnte, wachte er schweißgebadet auf.

Der Harla grämte sich, die Wawa saß schockstarr auf

ihrem Schemel, Tante Antonia ging auf und ab, schüttelte den Kopf, schluckte ihre Wut herunter.

Nur einmal wollte es ihr nicht gelingen, da brach es aus ihr heraus: Es wird erzählt, der Quapp hatte etwas bei sich im Erdhaus versteckt. Irgendjemand muss ihn angeschwärzt haben. Nicht wenige vermuten: wir. Haben sie recht?

Der Harla stutzte, ging einen Schritt auf seine Tochter zu. Es stimmte, die Abneigung der beiden Familien gegeneinander war dem Dorf nicht entgangen, so wie überhaupt wenig dem Dorf entging. In Nowa Karlowka wusste jeder um die Mauscheleien der anderen, man wusste um illegale Weitergabe, Handel, Horten, um heimliches Schlachten und Verzehren, wusste um Verstecke, Vereinbarungen, Versprechen. Das stellte für gewöhnlich Gefahr und Sicherheit zugleich dar; verriet man jemanden, bedeutete das womöglich das eigene Verderben. Den Mund zu halten, war kein Gesetz der Steppe, es war das Gesetz des Dorfes.

Das weiß ich nicht, sag du es mir, Antonia: Haben sie recht? Hast du es nicht ausgehalten und den Mund aufgemacht?

Josef hielt es nicht auf dem Holzboden. Er sprang auf und schrie: Das Röhrchen! Wer wusste von dem Röhrchen, Tante? Es war doch nur ein Röhrchen!

Als keine Antwort kam, stürmte er nach draußen, trat im Stall beinahe auf eines der Küken, die die Wawa von irgendwoher heimgebracht hatte, und schwang sich über die Steinmauer. Er war noch nicht an der Furt angelangt, da pfiff ihn auch schon der Harla zurück: Josef sollte tragen helfen. Beladen mit einem Beutel Weizen, schmalen Holzsparren und einigen Werkzeugen liefen sie gemeinsam hinüber zum Erdhaus der Quapps.

Josef zögerte, dann folgte er dem Harla hinein. Ein wenig widerstrebend trat er an Lisbeth Quapp heran und überreichte den Beutel mit dem Weizen. Ihr Gesicht zeigte keinerlei Regung, weder begrüßte sie die Gäste, noch bedankte sie sich. Dafür steckte sie sich eine Handvoll Körner in den Mund und begann, darauf herumzukauen.

Ihr müsst sie erst mahlen, sagte Josef, an Karl und Irene gewandt. Überrascht hatten sie sich aus ihrer Ecke erhoben.

Wir wissen das, sagten Karl und Irene gleichzeitig.

Ihre Worte gingen unter im Hämmern und Werken Abraham Ambachers, der sich daranmachte, die demolierte Tür mit seinen Sparren wiederherzurichten.

Wenige Tage später klagten Karl und Irene, die Mutter habe den Beutel mit dem Weizen irgendwo draußen in der Steppe vergraben. Die Schule hatte noch nicht wieder angefangen, und so verbrachten die beiden ihre Tage auf den Melonenfeldern und am Wildrosendickicht. Abends drückten sie sich zu Josefs Überraschung am Haus der Ambachers herum.

Die Tante brachte ihnen Fladenbrot heraus, auch ein Schälchen Tee oder ein wenig Dörrobst. Weil die Küche noch immer der einzige Wohnraum des Hauses war und zu klein, sie alle aufzunehmen, schickte sie die Kinder danach wieder zurück in ihr Erdhaus. Josef sah sie manchmal noch lange mit in die Seite gestemmten Armen auf der staubigen Straße stehen und den Zwillingen nachblicken. In ihrem Gesicht arbeitete es. Ihr gefiel es nicht, die Kinder zurückzuschicken – zu *Liesl*, wie sie Lisbeth Quapp nannte, nicht ganz zufällig der Name einer ihrer Kühe in der galizischen Heimat, wie viele Jahre war das her.

Im Stall könnte man sie schon unterbringen, sagte die Wawa zweifelnd, als ihre Tochter eines Abends wieder von der Straße hereingekommen war.

Und wenn Konstantin Petrowitsch davon erfährt?

Und wenn, und wenn?

Der Harla mischte sich ein: Es wäre gefährlich, und Schluss. Sieh zu, Antonia, dass dir etwas einfällt. Wie geht es, sag, Iwan Iwanowitsch dieser Tage?

Stille. Sie alle wussten, dass Antonia nach ihrer Arbeit im Medpunkt stets noch bei der Dorfschule vorbeisah und sich nach dem Befinden des Lehrers erkundigte. Tatsächlich wurde er, seitdem die Ambachers bei ihm Zuflucht gefunden hatten, von verschiedenen Malaisen und diversen Zipperlein heimgesucht, die die dringende Aufmerksamkeit einer Krankenschwester erforderten. Kaum war der Schmerz an der einen Stelle beseitigt, das eine Stechen, Ziehen, Grummeln, Pochen und Drücken kuriert, begann es an anderer Stelle, *es war wie verhext.*

So hatte es Teresia Ambacher einmal formuliert, als Antonia sie um ein paar ihrer Kräuter gebeten hatte, Iwan Iwanowitsch habe es am Magen, der Ärmste. Dabei müsse er doch bei bester Gesundheit sein, um die Kinderlein zu unterrichten.

Wie verhext. Diese Worte gingen Antonia Ambacher in dieser Nacht durch den Kopf; sie wälzte sich hin und her, der Holzboden quietschte, Mäuse raschelten im Strohdach.

Gegen vier in der Früh setzte sich Antonia auf, rieb sich die Augen und verließ so leise wie möglich das Haus. Josef, der ebenfalls wachgelegen hatte, folgte ihr durch den Stall, hatte sie aber, kaum dass der Garten hinter ihm lag, schon aus den Augen verloren. Vom Horizont her kam bereits das erste Tageslicht; ein Fuchs lief in aller Ruhe durch die Gasse.

Tante?

Der Fuchs winselte und verschwand. Wo auch immer die Tante entlanggelaufen sein mochte, sie war nicht mehr zu sehen. Bei der Furt setzte ein Wasservogel klatschend zur Landung auf, reges Flügelschlagen, dann kehrte wieder Stille ein.

Was dann passierte, wurde meinem Vater später aus verschiedenen Quellen zugetragen. Wenn er erzählte, wie die Geschwister Quapp gerettet wurden, setzte er die einzelnen Bestandteile zusammen, ordnete und deutete sie nach eigenem Gutdünken.

Offenbar war Antonia Ambacher an diesem Morgen unweit des Auls gesichtet worden. Anders als sonst aber war sie grußlos vorbeigelaufen und hatte schnurstracks auf die Kasdar-Senke zugehalten. Vermutlich sammelte sie dort ein wenig Heilerde ein und steckte sie in ihren Lederbeutel. Als sie wieder Richtung Kökterek ging, war ihr Kopftuch verrutscht, und im Licht der aufgehenden Sonne wirkte es, als würde ihr üppiger, rotblonder Haarschopf leuchten.

Weil sie bereits ihren weißen Kittel angelegt hatte, den sie im Medpunkt trug, hielten einige der Aul-Bewohner sie für einen Engel, einen *perischte*, der strahlend zu ihnen schritt. Schämschi-Köke, der sie als Erste aus der Senke herannahen sah, dachte wohl, sein letztes Stündlein habe geschlagen, denn er fiel auf die Knie, betete erst zu den Ahnen, dann zu Allah. Aber es war kein Engel, der da kam, es war nur Antonia Ambacher, der im Medpunkt das Birkenpech ausgegangen war und die sich nun welches bei Bis-Bekesch borgen wollte. Sie blieb eine volle Stunde bei der alten Frau in der Hütte, und als sie herauskam, trug sie ein blechernes Töpfchen bei sich.

Schlafwandlerisch überquerte sie damit die Furt und betrat das Erdhaus der Quapps. Dort kniete sie sich in die Ecke, wo die Zwillinge noch schliefen, schaufelte ein wenig von der gestampften Erde in ihr Töpfchen und ging damit hinüber zur Dorfschule.

Sie betrachtete das lang gezogene Blockhaus des Internats. Dieses Gebäude, das war völlig klar, eignete sich für die Unterbringung von Kindern wesentlich besser als das feuchte, spukhafte Erdhaus.

Antonia Ambacher setzte sich auf die Bank vor der Tür und wartete darauf, dass Iwan Iwanowitsch herauskam oder vielmehr heraushumpelte. Es war kein Geheimnis, dass den Lehrer seit einiger Zeit nicht nur im Oberschenkel und im Knie Schmerzen quälten, sondern leider auch in der amputierten Wade.

Iwan Iwanowitsch trat heraus in die Sonne, streckte sich, klapperte mit seinem Holzbein gegen den Türrahmen und gähnte so laut, dass eine Schar Spatzen aufstob. Da erst schien er die Krankenschwester zu bemerken, die neben der Tür saß, eine rotblonde Locke ringelte sich auf ihrer Brust. Iwan Iwanowitsch räusperte sich.

Guten Morgen, sagte er schließlich, sagte es – scheinbar zu seiner eigenen Überraschung – auf Deutsch.

Guten Morgen, Dobroye utro, antwortete Antonia Ambacher ebenfalls überrascht, aber gefasst. Sie hielt das Töpfchen in die Höhe und lächelte.

Ich bringe Ihnen Heilerde, Iwan Iwanowitsch, ein altes Rezept, gegen die Schmerzen in Ihrem Bein. Sie muss mit warmem Wasser angerührt und aufgetragen werden.

Nachdenklich betrachtete Iwan Iwanowitsch das Töpfchen.

Was schulde ich Ihnen dafür?

Antonia Ambacher schüttelte den Kopf und sagte: Nichts, natürlich. Dann deutete sie auf das Internatsgebäude: Aber wissen Sie, ich hätte da eine Frage.

Drei Tage später, noch bevor die Schule nach dem Sommer wieder begann, zogen Irene und Karl Quapp ins Gebäude hinter der Dorfschule. So lange hatte es gedauert, bis die Heilerde ihre Wirkung entfaltet und Iwan Iwanowitsch Gusew genug gehadert und Bedenken hin- und hergewälzt hatte. Würde er niemanden um Rat oder Erlaubnis fragen, könnte er – davon schien er auszugehen – die Unsichtbarkeit der Zwillinge aufrechterhalten und sie aus dem Erdloch herausholen.

Und wirklich: Niemandem schien die Umsiedlung der Zwillinge aufzufallen, weder Erwachsene noch Kinder kommentierten ihre Anwesenheit im Internatsgebäude, nicht einmal Tachawi oder Josef, denen sonst nicht die geringste Kleinigkeit entging. (Josef und Tachawi hatten die Veränderung sehr wohl bemerkt, hüteten sich aber, sie irgendwem gegenüber anzusprechen, so wie jeder andere um sie herum ebenfalls.)

Seit die Hagebutten draußen in der Steppe abgeerntet waren, trieben sich die beiden Jungen, wenn sie nicht in ihrer Hütte Hof hielten, wieder häufiger in der Siedlung herum. Vor allem ein Ort in Nowa Karlowka hatte es ihnen angetan, und das war die Gemischtwarenhandlung von Tjotja Katja. Tante Katja war eine stämmige, weißblonde Russin aus Nowosibirsk. Ihr kleiner Laden lag an einer

Ecke zwischen dem Dorfplatz und dem Büro des Dorfsowjets, und trotz der räumlichen Nähe zu Zentrum, Macht und Autorität herrschte in ihrem Laden ein geradezu freiheitlicher Geist. Im Halbdunkel der wegen Sommerhitze zugeklappten Fensterläden wurde angeschrieben, getauscht, gewuchert, verschenkt, verscherbelt.

Regulär verkauft wurde so gut wie nichts. Immerhin, einige Kisten vertrockneter Aprikosen standen in der Auslage, außerdem Brot, Milchpulver, Tee und Kaffee. Die eigentliche Einnahmequelle Tjotja Katjas bestand im Verkauf einiger Getränke, die sie unter der Hand abfüllte und ausschenkte – Brotsaft, Birkensaft, Sanddornsaft, Selbstgebrannter und diverse Beerenliköre. Aus der gesamten Umgebung fand sich hier ein, wer es sich leisten konnte. Die Kasachen hatten, wenn es um Gerüchte, Nachrichten, Klatsch und Tratsch ging, das lange Ohr der Steppe, die Russen hatten Tjotja Katja.

Neben ihrem bebenden Lachen und ihren weichen, freundlichen Händen, mit denen sie unterschiedslos allen Kindern durchs Haar fuhr, interessierten sich Josef und Tachawi hauptsächlich für zwei Dinge: für das Fässchen aus Eichenholz, das in der Ecke neben Tjotja Katjas Tresen stand, sowie für das Dach des Gebäudes. In dem Fässchen aus Eichenholz bewahrte Tante Katja klebrig-süße Bonbons auf, die wahlweise nach Zitrone, Wassermelone oder Staub schmeckten. An einem Tag im Juli, an dem das Thermometer achtundvierzig Grad Celsius angezeigt hatte, waren die Bonbons allerdings geschmolzen, hatten sich restlos verflüssigt und erst in der Nacht wieder eine feste Form angenommen – und zwar die des Fässchens. Sah man hinein, war es, als würde man auf die gefrorene Eisfläche des Sartschaly blicken. Man fragte sich, wo man die Hacke ansetzen sollte, um das Eis aufzubrechen.

So etwas passiert in Nowosibirsk einfach nicht!, wetterte Tjotja Katja und zeigte jedem, der ihr Geschäft betrat, das Unglück mit dem Fässchen. Niemand widersprach ihr, und niemand legte Geld auf den Tresen für die freigehackten, schlierigen Bonbonstücke. Da gab sie das Süßwarengeschäft auf und konzentrierte sich wieder auf den Getränkehandel.

Zitrone, limon, limon. Josef liebte, wie die Säure auf seiner Zunge tanzte und ihm den Mund zusammenzog. Er brauchte sich nur vor Tjotja Katjas Tresen aufzubauen, da reichte sie ihm schon den kleinen Eispickel herüber, und er durfte sich ein paar Splitter der Zuckermasse herauskratzen. Tachawi, der sich nichts aus künstlichem Wassermelonen-, Zitronen- oder Staubgeschmack machte, ließ sich von Tjotja Katja das pechschwarze Haar kraulen und wartete darauf, dass sie ihm ein Zeichen gab. An Tagen, an denen sie Joghurt in großen Blechen auf ihrem Dach trocknete – nach eigener Rezeptur, mit zugesetztem Zucker und einer Geheimzutat, wie sie behauptete, die aber nie von irgendwem ergründet wurde –, lief sie mit ihren Fingern spielerisch durch Tachawis Haar und blieb schließlich abrupt auf der Höhe des Scheitels stehen. Daraufhin hellte sich Tachawis Gesicht auf – nur am Rande bemerkt von Josef, der schon wie wild mit seinem Eispickel im Eichenfässchen herumfuhrwerkte –, er lief durch die Hintertür hinaus und stieg über die kleine Trittleiter auf Tjotja Katjas Dach. Der *kurt*, der hier in der Sonne briet, schmeckte anders als der seiner Mutter oder von sonst irgendjemandem drüben im Aul. Im Inneren des kleinen Ladens hörte Josef, wie der Freund vorsichtig die Füße aufsetzte, wie er das Gewicht verlagerte, sich bückte, um ein kleines Stück Joghurt abzubrechen. Immer nur eines – dann kam er wieder herunter, das war die Vereinbarung, die zwar nie ausgesprochen wurde, an die er sich aber trotzdem gewissenhaft hielt.

Lungerte man nicht im Laden selbst herum, konnte man auch davor in der Sonne Sonnenblumenkerne knacken, am Gebäude entlangscharwenzeln oder sich im Hinterhof herumdrücken. Hier gab es immer etwas zu sehen und zu entdecken, hier lagerte Tjotja Katja ihren Müll, ihren Hausrat, die neu angekommenen Lieferungen und überhaupt alles, von dem sie nicht wusste, wohin damit. Weil sie um ihre empfindliche, schneeweiße Haut aus Nowosibirsk bangte, ließ sie sich erst draußen blicken, wenn die Sonne hinter dem Horizont verschwunden war.

Im Sommer ging die Sonne in der Sary Arka, der Gelber-Rücken-Steppe, gegen neun Uhr dreißig unter, so lange hatten Josef und Tachawi Zeit, möglichst lautlos durch den Hinterhof zu staken und die Schätze zu bewundern, die sich dort verbargen. Hier gab es alte Kisten und Kartons, Zeitungsfetzen, die Josef mit größtem Ernst studierte, bis Tachawi sie ihm aus der Hand riss, zerbrochene Becher und Gläser, einen toten, durch Hitze und Sonneneinwirkung mumifizierten Hund, den einen oder anderen Traktorreifen, zerrissene Plastikplanen, Vogelfedern, ein Kistchen mit Briefen aus dem Norden – einer davon enthielt eine Passage auf Deutsch, sofort steckte ihn Josef nicht ohne Schuldbewusstsein in seine Hosentasche –, eine bauchige Destillierflasche, mehrere leere Säcke, einen Schubkarren, außerdem eine Ladung getrockneter Schwarzbeeren vom Steilufer des Sartschaly.

An einem Nachmittag fanden sich neben dem alten Unrat neue, völlig unbekannte Kisten und Verpackungen. Aufgeregt stocherten Josef und Tachawi darin herum, machten einen großen Bogen um den toten Hund, den weder sie noch sonst irgendwer jemals anrührten, und stießen schließlich auf einen Jutesack. Etwas schien sich darin zu bewegen; als Josef mit einem Stock dagegenstieß, ertönte ein Quieken, und das Rumoren ließ einen Moment lang nach.

Hör auf damit, sagte Tachawi und machte sich daran, den Sack zu öffnen. Josef drängte sich neben den Freund und hielt die Luft an. Moos kam zum Vorschein, außerdem eine Art Nest, in dem ein unidentifizierbares Nagetier hockte. Kaum fiel Sonnenlicht hinein, schnellte es mit einem hohen Pfeifton heraus und verschwand im Gerümpel des Hinterhofs.

Was war das denn?, fragte Josef, der daran gewöhnt war, dass Tachawi ihm Worte, Bezeichnungen, Koordinaten lieferte. Dieses Mal blieb Tachawi stumm. Das Nagetier war verschwunden, und doch starrte Tachawi noch immer in den Sack.

Schon wollte sich Josef abwenden, da griff Tachawi hinein und zog etwas Dunkles, Unförmiges hervor, das über und über mit Stroh, schwarzen Köttelchen und feinen Härchen bedeckt war. Lange hielt er es in der Hand, strich weder Schmutz noch Halme heraus. Jeder Ausdruck war aus seinem Gesicht verschwunden.

Allah steh mir bei, sagte Tachawi. Sarsens Mantel.

Pascha erschien weder zum Frühstück noch zum Mittagessen. Wie sich herausstellte, hatte er seinen Eltern am Abend zuvor tatsächlich erzählt, er würde mit Arnold, dessen Vater und mir am Schrevensee zelten gehen, und war mit Fahrrad und Rucksack losgefahren. Zwanzig Stunden später war er noch immer nicht wieder aufgetaucht.

Weder am Süd- noch am Nordufer fanden wir eine Spur unseres Freundes – für uns stand fest, dass er sich nicht am See aufgehalten hatte. Wäre er tatsächlich hinausgefahren, hätte er uns einen Besuch im Bauwagen abgestattet, Pascha liebte den Wagen und das Rauschen des Rieds mindestens so sehr wie Arnold und ich.

Jetzt stellten wir uns die Frage, ob der Hass schwerer wog als die Liebe und wozu er Pascha getrieben hatte. Dass der Tartter tot war, entsetzte uns, es war zu befürchten, dass er uns selbst im Tod noch erreichen und schaden könnte.

Tante Ömir-Ölim hatte am Morgen meinem Vater berichtet, der Tartter sei offenbar an Herzversagen gestorben. Das jedenfalls habe Doktor Lilienthal vermutet, kaum dass er ihn bei einem Spaziergang zu den Forellenteichen gefunden hatte.

Alles in allem hielten Arnold und ich es für recht wahrscheinlich, dass Pascha etwas mit der Sache zu tun hatte. Die Vorstellung, er könne am Tod eines Menschen beteiligt sein, entfernte ihn aus unserer Kinderwelt, der auch wir in diesem Sommer entwuchsen. Pascha spielte nicht, vielleicht hatte er noch nie gespielt – alles, was er tat, tat er im Ernst, bei vollem Bewusstsein und offenen Auges.

Falls er nichts zu verbergen hatte, ergab es keinen Sinn fortzulaufen. Er musste ahnen, dass seine Flucht den Verdacht auf ihn lenken würde, dass sie regelrecht dazu herausforderte, Verbindungen herzustellen und Schlüsse zu ziehen.

Wir liefen die ersten Verstecke in der Nähe unserer Siedlung ab, und mit jedem Versteck, in dem wir ihn nicht fanden, wurde mir schwerer ums Herz. Arnold trieb mich an, ich versank immer mehr in mir selbst. Wir hatten uns mit jemandem angefreundet, den wir nicht im Geringsten einschätzen konnten, spätestens der Einbruch in Tartters Haus hätte uns eine Lehre sein müssen. Wir hatten uns von seiner Angstlosigkeit und seiner Härte angezogen gefühlt, waren ihm in tiefere, kältere Wasser gefolgt, und jetzt, da eine eisige Unterströmung an unsere Waden griff, erschauderten wir. Je länger ich darüber nachdachte, desto klarer wurde mir: Pascha hatte den Tartter umgebracht, hatte ihn zu Tode erschreckt oder so sehr in Rage versetzt, dass ihm das Herz stehen geblieben war. Außer Tante Ömir-Ölim schien diese Verbindung niemandem aufzufallen, und sie sprach uns vorerst nicht noch mal darauf an. Wichtiger war die Sorge um ein verschwundenes Kind.

Ich fragte mich, worauf wir uns einzustellen hätten und ob wir noch mit ihm befreundet sein würden, wenn er wieder auftauchte. Dass er wieder auftauchen würde, stand für mich außer Frage.

Befreundet sein? Warum denn nicht?

Weil er vielleicht ein Mörder ist?

Das weißt du nicht.

Ist das dein Ernst?

Ein Streich oder ein Streit ist noch kein Mord. Echt jetzt.

Echt jetzt, echt jetzt. Pascha weiß genau, was er macht.

So redeten Arnold und ich, während wir die Siedlung abliefen, die Bestände im Keller und im Garten inventarisierten. Nichts fehlte, nichts wies auf ein planvolles, vorbereitetes Verschwinden hin.

Die Befragungen begannen. Erst seitens meiner Eltern und Arnolds Eltern, dann durch Tante Ömir-Ölim, die das Ausmaß unserer Fixierung auf den Tartter genau kannte. Auch sie befürchtete, dass Pascha an dessen Schicksal beteiligt sein könnte – vielleicht, weil sie ihn von Anfang an richtig einschätzen konnte, oder weil sie wusste, wie eng wir drei gewesen waren. Ich rechne ihr hoch an, dass sie nie in Gegenwart anderer darauf zu sprechen kam. Nur einmal fragte sie rundheraus, was wir über die Sache wussten. Und wir wussten: nichts.

Schließlich sprach sogar ein Mühlheider Polizeibeamter mit uns, der zwei Tage nach Paschas Verschwinden in die Wohnung der Naglers gekommen war. Hermann Biesig, knapp zwei Meter groß, weißblondes Haar, gutmütige, tiefe Stimme, war einer der Freunde meines Vaters aus dem Moor. So nannte mein Vater alle, denen er grundsätzlich nur draußen, jenseits der Tangente, auf seinen Streifzügen begegnete. Als Artur Nagler sich bei meinem Vater meldete und sagte, man könne Pawel nicht auftreiben – *auftreiben*, wie eine seltene Ware –, war es Hermann Biesig, den mein Vater angerufen hatte und der umstandslos in die Wohnung der Naglers gekommen war.

Dort saßen dann auch Arnold und ich, eingezwängt zwischen unseren Eltern, und hörten Artur Nagler zu. Die Anwesenheit des Polizisten bestürzte ihn so sehr, dass er mit jedem seiner Sätze zurückruderte und wohl am liebsten behauptet hätte, dass sein Sohn überhaupt nicht vermisst wurde. Na, und wenn schon, der tauche wieder auf. Sei auch in Kasachstan immer mal wieder verschwunden, meist nach einem Streit, Streit könne er nicht gut ertragen, Pawel sei – hier rang Artur Nagler um Worte, seine Frau Ljudmila sprang ihm bei – *harmoniebedürftig*.

Ka-sach-stan, wiederholte Hermann Biesig und schrieb das Wort in sein Notizbuch. Ob es auch diesmal einen Streit gegeben habe?

Ja, wegen Umzug, antwortete Ljudmila Nagler, die nun das Gespräch übernahm und schilderte, wie Pawel sich seit der Ausreise gegen alles auflehnte, was die Eltern planten.

Arnold und ich hörten all das wie durch Watte. Auch als unsere Eltern von unserem Hang berichteten, Hütten und Verstecke zu bauen, als sie mutmaßten, Paschas Verschwinden sei womöglich nur ein aus dem Ruder gelaufenes – so formulierte es mein Vater – Kinderspiel, mischten wir uns nicht ein. Wir machten uns natürlich Sorgen um unseren Freund, befürchteten aber auch, dass Hermann Biesig längst einen Zusammenhang zwischen dem Ableben des Tartters und dem Verschwinden Paschas hergestellt haben könnte. Ich erwartete sogar, dass Biesig von unserem Einbruch wusste, vielleicht hatte der Tartter ihn damals doch gemeldet, und all diese Indizien würden nun zu uns führen und uns einkreisen.

Falls Hermann Biesig irgendwelchen Zusammenhängen auf der Spur war, zeigte er es nicht. Arglos biss er in eine Salzgurke, die ihm die Nachbarin aus der Küche reichte, und fragte uns schließlich nach möglichen Aufenthaltsorten unseres Freundes. Ob er jemals angedeutet habe, fortlaufen zu wollen? Abwanderungstendenzen? Ob wir schon in unseren Verstecken nachgesehen hätten?

Abwanderungstendenzen. Arnold und ich tauschten einen Blick, dann gaben wir an, alle uns bekannten Verstecke bereits abgesucht und keinerlei Hinweise gefunden zu haben. Wenn uns etwas einfalle, würden wir uns melden. Das entsprach nicht ganz der Wahrheit; es gab einige Verstecke außerhalb der Stadt, die wir in Ruhe allein absuchen wollten. Und natürlich wollten wir mit Pascha sprechen, bevor die Polizei es tat.

Hermann Biesig nickte, klappte sein Notizbuch zu und sagte, dass er seine Kollegen informieren werde. Die Suche nach dem Jungen sollte bald eingeleitet werden. Er bat Paschas Eltern, mit ihm auf die Station zu kommen. Wie auf ein Zeichen hin erhoben sich alle Anwesenden, aber bevor Arnold und ich Richtung Flur gehen konnten, hielt mich Ljudmila Nagler am Arm zurück.

Es war wegen dir, Leila, sagte sie. Pawel möchte nicht in euer Haus ziehen, er sagt, wir vertreiben euch.

Benutzte er dieses Wort: *vertreiben*?

Ja.

Das war der Streit?

Das war der Streit.

Wir verabschiedeten uns. Auf der Grünfläche vor dem Wohnblock schloss ich zu Arnold auf und sagte: Wir brauchen einen Plan. Pascha hat sie nicht mehr alle.

Mein Vater verlor über das Ableben des Tartters so gut wie kein Wort. Schade um die Forellen – das war sein einziger Kommentar.

Vielleicht hielt er seinen Tod für ein weiteres Zeichen des Umbruchs und der allgegenwärtigen Veränderungen – auch Paschas Verschwinden mochte sich für ihn einfügen als eine Art Begleiterscheinung. Bevor wir nach Hause gingen, warf ich ihm vor, sich nicht um Pascha zu scheren, ihn seinem Schicksal zu überlassen. Mein Vater schaute mich verblüfft an und sagte, wenn man in Kasachstan verschwinden wolle, brauche das seine Zeit, so sei das in der Steppe. Und in der Heide womöglich auch. Pawel werde schon wieder auftauchen.

Bevor sich die Gruppe trennte, verabredeten sich unsere Eltern dazu, mit dem Auto herumzufahren und nach Pascha zu suchen; weder sie noch die Polizei schienen allzu bestürzt. Es waren andere Zeiten.

In unserem Vorgarten begrüßte uns ein riesiger Container der Firma Kreyenbringk. Wenige Tage zuvor hatte ihn ein Lkw mit Bordkran auf dem Platz vor unseren Garagen abgestellt. Meine Mutter beobachtete den Vorgang von unserem Küchenfenster aus, vor lauter Schreck fiel ihr das aufgetoastete Croissant aus der Hand. Mein Vater, der ihre Reaktion ausnahmsweise richtig einschätzte, floh nach draußen und nahm das Ungetüm in Augenschein. Er wirkte äußerst zufrieden, umrundete es immer wieder und trommelte vergnügt gegen seine Außenwände.

Was um alles in der Welt soll da rein?, hatte meine Mutter aus dem geöffneten Küchenfenster herausgeschrien.

Die *Sachen*!, hatte mein Vater zurückgeschrien. Was denn sonst!

Die Vergangenheit und die Gegenwart, sie drangen auf meinen Vater ein, und er reagierte wie der Pragmatiker, der er war: Er bestellte den größten Container, den es für Geld zu mieten gab, und hoffte, das Kondensat eines halben Jahrhunderts möge darin Platz finden.

Ich erinnere mich, wie Arnold und ich in den Container stiegen und verwundert den kasachischen Teppich meines Vaters betrachteten, der fein säuberlich auf dem Boden ausgebreitet war. Mein Vater, das lag auf der Hand, hatte ihn nicht achtlos hineingeworfen, sondern musste mit ihm hinabgestiegen sein, um buchstäblich den Grund zu bereiten für alles, was noch kommen würde.

Er gewöhnte sich an, das Haus niemals mit leeren Händen zu verlassen. Trat er vor die Tür, und sei es, um in den Garten zu gehen oder zu den Mülltonnen, hielt er ein Artefakt in seiner Hand, das er schwungvoll in den Container beförderte. Unser Flur leerte sich zusehends; die sibirischen Holzmasken und die Figurinen vom Baikalsee erwischte es als Erstes. Bald schon folgten Wandteppiche, kleinere Samoware, Lackgeschirr, Matrjoschkas und geschnitzte Humpen aus Birkenholz.

Für meinen Vater kam das einer Art Befreiung gleich, als hätte er bis jetzt kaum bemerkt, wie sehr ihn der ganze Trödel aus dem Osten belastet hatte. Meine Mutter, die sich bereits in einem Haus am See ohne russischen Krimskrams sah, war mit alldem sehr einverstanden. Ich war es nicht, hatte aber andere Sorgen: Mir drohte nicht nur der

Verlust lieb gewonnener Objekte, sondern der Verlust eines Freundes.

Nachdem wir mit Hermann Biesig in der Nagler'schen Wohnung gesprochen hatten, waren Arnold und ich wieder damit beschäftigt, unser Netz aus Unterschlupfen und Lagern abzugehen. Wir suchten im Wald und in den Hochsitzen, suchten nochmals im Bauwagen, auf Spielplätzen, in Schreberhütten, Schafställen, fuhren sogar hinaus zum Findling in der Weyfeler Heide – nichts. Pascha hatte sich offenbar an einen Ort zurückgezogen, der außerhalb unseres Koordinatensystems lag, eine bewusste Entscheidung gegen uns und unsere Welt.

Am Morgen des nächsten Tages wachte ich auf, weil ich meinte, ein Rumoren, ein Klappern und Klirren im Vorgarten zu hören: Pascha?

Ich war sofort hellwach und lief hinaus, aber draußen standen bloß Bruno Peltzer und Gesine Herlich, die einige Tüten und einen kleinen Koffer in den Container luden. Sie grüßten freundlich, wenn auch etwas beschämt, und ließen mich ratlos neben dem Ungetüm zurück. Um mich von der Enttäuschung abzulenken, stieg ich im Pyjama in den Container.

Dort traute ich meinen Augen nicht. Er war bereits zu zwei Dritteln gefüllt, und nicht mehr lediglich mit unserem eigenen Plunder, sondern auch mit Dingen aus anderen Haushalten. Und noch etwas war neu: Es handelte sich nicht länger nur um Nippes, sondern auch um Papiere, Hefte, Bücher, Mappen und Kladden. Wahllos fischte ich eines der in rote Folie eingeschweißten Bücher heraus, schlug es auf und erkannte sofort die fein säuberliche Schrift. Es waren die Tagebücher meines Vaters.

Papa, schrie ich – das Küchenfenster oben stand offen –, Papa, was hast du gemacht?!

Ich hörte Schritte im Vorgarten und meinte, es sei Bruno Peltzer, der zurückgekommen war. Mein Vater, der vielleicht dachte, ich hätte mich im Gerümpel verletzt, stürzte die Treppe hinunter. Ich steckte den Kopf aus dem Container und verfolgte überrascht die Szene, die sich nun an unserer Pforte abspielte: Mein Vater stand einem älteren Mann und einer Frau gegenüber, sie alle waren von der Plötzlichkeit des Aufeinandertreffens überrascht und, allem Anschein nach, überfordert. Die Frau fasste sich als Erste, sie nestelte an dem Leinenbeutel herum, den sie bei sich trug, und fragte: Josef Ambacher?

Mein Vater nickte, bleich, vor grün umflortem Hintergrund.

Irene Quapp, das ist mein Bruder Karl. Wir haben Sie gesucht. Erinnern Sie sich?

Mein Vater sagte später: Er erinnerte sich. Sagte, er erinnerte sich an Irene Quapp, an Karl Quapp, erinnerte sich an Tachawi Sarsenbayev, all diese Menschen hätten noch lange klar und deutlich vor seinen Augen gestanden.

Merkwürdig sei allerdings, dass er sich auch an Sarsen Sarsenbayev erinnern konnte, an Tachawis Bruder, dass er sich erinnern konnte, wie Heinrich Quapp umgekommen war, daran, wie ein polnischer Pfarrer seinen Bruder Jakob begraben hatte – ja, wenn er wollte, konnte er sich sogar daran erinnern, wie die Vorfahren aus dem Egerland nach Galizien gewandert waren, und daran, wie noch Jahrzehnte zuvor die kasachischen Stämme frei über die Steppe gezogen waren. Die Erinnerung spiele Streiche, erfinde dazu, stelle Zusammenhänge her, die es gar nicht gebe. Nur sie brachte alles zusammen, vereinigte die Fragmente und Splitter zu einem Ganzen. Die wichtigsten Splitter trugen die Namen von geliebten Menschen.

Freund, drug, dos.

Vater berichtete, dass sein Freund Tachawi lange darüber nachgedacht habe, was mit dem Fund aus Tjotja Katjas Hinterhof geschehen sollte. Schließlich habe er beschlossen, den Mantel seines Bruders in die Hütte zu bringen und so auszustopfen, wie Iwan Iwanowitsch Gusew einmal einen Ziesel ausgestopft hatte.

Josef ging das nicht in den Kopf hinein, er hatte an dem kleinen Nager deutlich gesehen, dass das Tier alles Wesentliche mit sich in den Tod genommen hatte und nicht mehr als eine erbärmliche Hülle übrig geblieben war.

Sarsen ist tot, Tachawi, sagte er deshalb und bereute es sofort – als hätte er ein Abkommen gebrochen, das Tachawi und er stillschweigend getroffen hatten.

Aber Tachawi zuckte nicht einmal zusammen, schlug nicht zurück: *Deine Mutter doch auch*, oder: *Was willst du mit deinen dummen Tontafeln, diese Wörter wirst du nie wieder brauchen.*

Natürlich, sagte er stattdessen, deswegen stopfen wir ihn ja aus, du Schaf.

Und dann?

Und dann, und dann. Hol Stroh. Weißt du, was das ist?

Weil Josef ein schlechtes Gewissen hatte, sprach er Tachawi nicht noch einmal auf den Bruder an, auch nicht auf seine Mutter Aigul Sarsenbayeva, die den Mantel beerdigen sollte, um abzuschließen.

Tachawi hatte noch längst nicht abgeschlossen, weder

mit dem Mantel noch mit sonst irgendetwas. Mit einem Furor, den Josef sonst nur bei seinem Großvater gesehen hatte, fing er an, in ihrer Hütte Stroh mit grünem Lehm zu vermengen, zu kneten und zu walken. Mit diesem Gemisch füllten sie schließlich Arme und Brustbereich, an die Stelle des Herzens schoben sie einen rötlichen Flussstein, vertrocknete Disteln ragten aus Kragen und Ärmeln hervor.

Nur einen Moment, sagte Tachawi, während er ein ums andere Mal das Stroh zurechtschob und die Disteln neu anordnete. Nur einen Moment, dann bringen wir den Mantel zu meiner Mutter, soll sie doch entscheiden, was mit ihm geschehen soll.

Josef nickte, gab vor, seinem Freund zu glauben, und wendete sich seinen Tontäfelchen zu. Der Buchstabe «H» bereitete ihm Mühe. *Heimweh* lag hier, *Himmelblau* ebenfalls, *Herzenswunsch*, *Halt* und *Hindernis*, und es war nicht ganz klar, ob es am Ton lag, der immer brüchiger zu werden schien, oder nicht doch an dem Buchstaben selbst, der, hingehaucht, kaum über Substanz verfügte und deswegen allerorten bröckelte und in seine Bestandteile zerfiel. Der Sockel aus den Buchstaben «E», «F» und «G», gegen den sie den Mantel aufgebockt hatten, hielt dafür umso fester, Josef hatte die Täfelchen umstandslos seinem Freund hingeschoben.

Aufrecht, wenn auch ein wenig unförmig, thronte der Mantel in der Hütte und überblickte die in der Folgezeit immer weiter anwachsende Zahl von Tontäfelchen, Scherben und Fetzen, die Josef in der Hütte unterbrachte. Immer wenn Tachawi die Hütte betrat, setzte er sich zuerst nah an den Mantel heran, berührte den rechten Ärmel und lauschte so konzentriert, als könnte er tatsächlich etwas vernehmen, das außer ihm niemand hörte. Nach einer Weile stand er auf, nie konnte Josef erkennen, ob zufrieden oder betrübt.

Nach einigen Wochen war Josef beim Buchstaben «O» angekommen – *Ofenrohr, Ohnmacht, Osterhase* –, da wurde es spürbar kühler. Eines Tages schien es, als hätte ein größeres Tier die Hütte zu seinem Unterschlupf gemacht. Die Tontäfelchen waren auf dem Boden verstreut und die Füllung aus dem Mantel gerutscht, sodass er in sich zusammengesackt war wie jemand, der sich schlafen gelegt hatte. Tachawi erschrak, als sie die Hütte betraten, und begann das Stroh und die Disteln herauszureißen, wie wild schmiss er mit dem Strohlehmgemisch um sich, beschmutzte den Stoff, zerriss eine Naht. Josef umklammerte ihn und hielt ihn so lange fest, bis er spürte, dass sich der Freund beruhigt hatte. Als er ihn losließ, griff Tachawi zum Mantel, hüllte sich in ihn ein und hockte sich so vor die Hütte. Josef saß noch eine Weile im Inneren und schaute auf den Kokon vor der Tür. Tachawi regte sich nicht. Da wusste Josef, dass es noch lange dauern würde, bis Aigul Sarsenbayeva etwas bekäme, was sie begraben konnte.

Wie geht es dir, Tachawi?

Der Sommer und mit ihm alle Arbeiten, die angefallen waren, um den nächsten Winter vorzubereiten, hatten Teresia und Abraham Ambacher bis aufs Letzte erschöpft. Abends saßen sie schweigsam auf den kleinen Schemeln, die der Harla aus den Holzabfällen der Werkstatt in der Kolchose gezimmert hatte, und schauten ins Feuer. Eines Abends bemerkte Josef, dass sich die Lippen des Großvaters lautlos bewegten. Meinte er anfangs noch, der Harla würde seine Lippen benetzen oder nervös auf ihnen herumkauen, wie er es bei der Tante manchmal beobachtete, so fiel ihm bald auf, dass er Worte formte, ganze Sätze. Manchmal meinte Josef, den Namen der Tochter, Emma, von seinen Lippen ablesen zu können, dann wieder die Namen der Orte in Galizien, die sie vor Jahren verlassen hatten. Galizien, das hatte Josef im Unterricht bei Iwan Iwanowitsch Gusew gelernt, lag in der Ukraine und gehörte zur Sowjetunion, genauso wie Kasachstan oder Kirgisistan oder Usbekistan, Tadschikistan, Turkestan.

Wie ist das möglich, hatte er den Harla gefragt, dass ein Land die anderen Länder in sich hineinfrisst?

Gier, hatte Abraham Ambacher da geantwortet, leise und auf Deutsch. Gier und Hochmut.

In der Schule hatte Josef lange die Karte der Sowjetunion betrachtet, ihr Bauch schien bis zum Bersten gefüllt, ein Land, das sich selbst bis zur Unkenntlichkeit gemästet hatte. Am Abend des nächsten Tages lagen zwei neue Tontäfelchen draußen in der Hütte, fein säuberlich waren zwei Begriffe hineingeritzt, mit «G» und «H». Sie schienen Josef wesentliche Ergänzungen zu sein, aber weil sie ihm nicht gefielen, schob er sie, als sie halbwegs getrocknet waren, unter *Giftzwerg* und *Hasenfuß*.

Wenn Josef allein mit seinen Großeltern war, studierte er ihre Gesichter. Die Sommersonne hatte sie braun gebrannt und ein Netz aus tiefen Falten auf ihre Haut gelegt, die Anordnung erinnerte ihn an die Höhenlinien der Landkarten, die in der Schule an den Wänden hingen. Mit der Zeit kannte er jede Furche, jede Schlucht, jede Erhebung. Die Großeltern waren alt geworden.

Am Tag der letzten großen Hitzewelle fuhren Tachawi und Josef auf Tjotja Katjas zerbeultem Fahrrad durch Nowa Karlowka, klingelten sich mit großem Hallo an Hühnern, kleinen Kindern, Hunden und Betrunkenen vorbei, schlingerten an ausgetrockneten Pfützen und Gräben entlang und landeten schließlich vor den Toren der Siedlung, weit hinter den Gebäuden der Kolchose. Die Steppe breitete sich strohgelb und braun vor ihnen aus, auf dem dürren Gras stand die Hitze. Nicht das leiseste Lüftchen ging, weder auf dem Damm, der Richtung Bahnstation führte, noch in der kleinen Senke, in der der Friedhof von Nowa Karlowka lag.

Jemand hatte die Pforte des Friedhofs weit offen stehen lassen. Josef hielt laut quietschend davor an und hätte mit der abrupten Bremsung beinahe Tachawi vom Gepäckträger befördert.

Alles in Ordnung?

Ja.

Fahren wir weiter?

Wohin? Mir ist heiß, lass uns umkehren.

Gemeinsam wuchteten sie das Rad aus den Grasbüscheln. Gerade als sie wieder aufsteigen wollten, kniff Tachawi die Augen zu engen Schlitzen zusammen und starrte in die Ferne.

Da ist jemand, sagte er schließlich. Da geht jemand. Sollen wir gucken, wer das ist?

Weil Abraham Ambacher offenbar gedacht hatte, *jemanden* gesehen zu haben – wen, Harla, wen denn bloß? –, war er am Tag der letzten großen Hitzewelle in die Steppe hinausgelaufen. So stellte er es später dar, wiederholte es bereitwillig für jeden, der es hören wollte. Eine Gestalt sei von Norden her gekommen, gewunken habe sie und immer wieder angehalten, als sei sie unsicher auf den Beinen gewesen, vielleicht auch unschlüssig. Aus dem Fenster der Werkstatt hatte Abraham Ambacher die Gestalt gut erkennen können. Er hatte den Hammer niedergelegt und war ihr entgegengelaufen, immer weiter, immer länger, war einfach immer weitergelaufen, bis das Flimmern des Horizonts immer näher rückte und ihn schließlich umfasste. Ein Flimmern und ein Klingeln, wie von weither –

Harla, Harla!

Josef, bist du das? Wo sind wir?

Abraham Ambacher strauchelte und fiel. Josef sprang vom Fahrrad und hievte den Großvater gemeinsam mit

Tachawi hoch; sie bugsierten ihn auf den Gepäckträger und schafften ihn nach Hause.

Antonia und Teresia Ambacher schlugen die Hände über dem Kopf zusammen. Sofort brachten sie den Harla zu seiner Bettstatt, gaben ihm mit Salz und Zucker versetztes Wasser zu trinken. Antonia Ambacher erkannte mit einem Blick, dass er nicht bloß matt und erschöpft war, sondern krank.

Was hat er?, fragte die Großmutter ängstlich.

Aber weder die Tante vermochte genau zu benennen, was Abraham Ambacher befallen hatte, noch der Leiter des Medpunkts, Doktor Juri Sergejewitsch Podgorny. Mit Iwan Iwanowitsch im Schlepptau war er im Hause der Ambachers erschienen, kaum dass die Nachricht die Runde gemacht hatte, dass mit dem deutschen Tischler etwas nicht stimmte. Iwan Iwanowitsch konnte zwar nichts Medizinisches beisteuern, stellte aber eine kleine Flasche mit einer durchsichtigen Flüssigkeit auf das Sims in der Küche. Er legte seine Hand tröstend auf Antonia Ambachers Unterarm, die die Berührung jedoch zurückwies. *Marasmus*, lautete schließlich Podgornys Diagnose: Altersschwäche. Er verschrieb Eisentabletten und Fußbäder (im Winter warm, im Sommer kalt) und empfahl sich.

So unzufrieden Tante Antonia mit Podgornys Urteil war, so musste sie doch zugeben, dass auch ihre Kräutersude, Umschläge, Sprüche und Räucherwerke dem Vater nicht halfen. Er saß in einer Ecke des Hauses und starrte ins Feuer, seine Lippen bewegten sich nicht mehr.

Schließlich holte Antonia Ambacher die Alte Bis-Bekesch aus Kökterek herüber. Sie hatte kaum das Haus betreten und einen Blick auf den hageren, ausgezehrten Harla geworfen, da verdüsterte sich schon ihr Gesicht.

Wieder ein Dschinn?, fragte die Wawa alarmiert, der die Anwesenheit der Alten nicht geheuer war, zu gut erinnerte sie sich an das erste Mal, als Bis-Bekesch ihr Haus betreten hatte.

Natürlich, sagte Bis-Bekesch. Diesmal aber ein mächtiger, ein alter Dschinn. Gegen ihn kann ich nichts ausrichten. In Alatai gibt es einen *Baksy*, einen Schamanen, der kommt vielleicht gegen ihn an.

Antonia Ambacher packte Josef bei den Schultern, beide starrten sie auf Bis-Bekesch, die ihrerseits den Harla nicht aus den Augen ließ, ganz so, als ob sie ihn noch immer lesen und entschlüsseln würde.

Alatai? Wo liegt das?

Weit weg.

Morgen fahre ich los.

Morgen, sawtra, yerteng. Vielleicht, dachte Josef, hatte Tante Antonia dieses Wort auf kasachische Weise gemeint; morgen, das war nicht nur ein Verweis auf den folgenden Tag, sondern eine generelle Verortung in der Zukunft, *morgen* meinte eine Absichtserklärung, eine Haltung, ein Versprechen.

Die körperliche Verfassung des Großvaters schien sich im Laufe der folgenden Tage zu stabilisieren. Auch weil in Nowa Karlowka gleich mehrere Fälle von Typhus aufgetreten waren und sie mehr denn je im Medpunkt zu tun hatte, verschob Antonia Ambacher die Abreise nach Alatai ein ums andere Mal. Josef ahnte, dass die Reise sie mit Angst erfüllte; es war ihnen streng verboten, die Gegend um Nowa Karlowka zu verlassen. Er hatte einen geeigneten Moment abgepasst, um ihr das Versprechen abzunehmen, sie zusammen mit Tachawi begleiten zu dürfen. Immerhin war er der Erfahrenere in der Steppe, sprach besser Kasachisch. Jetzt hieß es warten. Wie lange noch? Josef befand sich in einem Zwiespalt, er wollte so viel Zeit wie möglich mit seinem Großvater verbringen, gleichzeitig aber sich so wenig wie möglich zu Hause aufhalten.

Der Herbst fasste sich kurz. Nach wenigen Tagen des Übergangs kam auch schon der Winter übers Land, erster Schnee legte sich auf Häuser und Gassen, die Geräusche ringsum erstarben.

Solange die Tante die Abreise aufschob, konnte Josef nach der Schule mit Tachawi die Hütte aufsuchen. Noch lief es sich angenehm über die dünne Schneeschicht, rascher als sonst rückten der Hügel und das Sanddorngebüsch in ihren Blick. Die Hütte war über und über mit Neuschnee bedeckt, die hellgrauen Bretter noch immer so unauffällig, dass man sie selbst dann kaum bemerkte, wenn man nur wenige Meter entfernt stand.

Wie immer schlug Josefs Herz ein wenig schneller, so sehr mochte er den Ort, den Tachawi und er sich geschaffen hatten, abseits des Dorfes, des Auls, abseits der Welt der Erwachsenen. Er hatte die Hütte beinahe schon betreten – Tachawi war noch dabei, Schnee zusammenzukratzen und sich in den Mund zu stecken –, da blieb er wie angewurzelt stehen. Zusammengekauert in der hintersten Ecke saß ein Mensch und starrte ihn mit weit aufgerissenen Augen an.

Im ersten Moment war Josef so verwirrt, dass er die Gestalt zuerst für seine Mutter, dann für Sarsen Sarsenbayev hielt. Es war ein Mann, der sich da in Sarsens Mantel hüllte. Josef hatte ihn, das begriff er, kaum dass er wieder klar denken konnte, noch nie zuvor gesehen. Dennoch erschienen ihm seine Züge merkwürdig vertraut.

Tachawi, sagte Josef, zog den Freund am Arm zu sich heran und zeigte in die Hütte. Der Mann hatte sich langsam erhoben, Sarsens Mantel hing ihm schwer und übergroß von den Schultern, durch die zerschlissene Kleidung, die er darunter trug, konnte man erkennen, wie mager der Mann war, wie krumm und gebeugt. Er versuchte wohl, es unter den Mantelschößen zu verbergen, aber die beiden Jungen bemerkten sofort, was die Hände des Mannes band – es war eine eiserne Kette.

Hallo, flüsterte er. Das Wort, auf Deutsch gesprochen oder eher gehaucht, hallte nach, Josefs Blick wanderte zu den Tontäfelchen, die der Mann offensichtlich studiert hatte, denn sie lagen fein säuberlich sortiert und gestapelt an der Rückwand der Hütte.

Hallo, antwortete Josef, und: Wer sind Sie?

Schweigen.

Niemand, sagte der Mann schließlich, ich bin niemand. Bitte, habt ihr was zu essen? Ich verhungere.

Daraufhin ließ er sich zu Boden gleiten. Wie er da kauerte und ermattet immer wieder die Augen schloss, verloren Tachawi und Josef ihre Scheu und traten schließlich zu ihm in die Hütte. Kurz darauf schien der Mann eingeschlafen zu sein; so lautlos wie möglich besahen sie die Überreste seiner Stiefel, die von Kordeln und Schnüren zusammengehalten wurden, das fadenscheinige Hemd, die eisernen Handfesseln und die Kette, die sie verband.

Tachawi fasste an den Kragen des Mantels, hielt dann aber inne. Als hätte er es sich im letzten Moment anders überlegt, zog er die Hand zurück und begann, in seiner Hosentasche zu kramen. Auch Josef kippte den Inhalt seiner Schultasche aus, gemeinsam kamen sie auf dreieinhalb Kügelchen getrockneten Joghurts, fünf verschrumpelte Aprikosen sowie ein kleines Stück Fladenbrot. Sie legten alles vor dem Mann ab und weckten ihn. Als er aufgegessen und sich bedankt hatte, drangen sie nochmals auf ihn ein, fragten, woher er komme und wie um alles in der Welt er ihre Hütte gefunden habe.

Erneut schien der Mann weggenickt zu sein; es dauerte ein paar Minuten, bis er seine Augen wieder öffnete und sagte, dass er seinen Namen vergessen habe, vergessen habe, von wo er stamme, wo er gelebt habe. Er wisse nur, dass man ihn Tag um Tag gequält habe, und eines Nachts sei ihm die Flucht gelungen. Er sei gelaufen, gelaufen, gelaufen. Immer nur nachts und nur dann, wenn der Mond nicht zu hell schien. Am Tag habe er sich versteckt gehalten. Wie lange das schon andauere, könne er nicht sagen.

Sind Sie ein Verbrecher?, fragte Tachawi. Anscheinend vermutete er genau wie Josef, dass sie es mit einem Häftling aus dem Gulag zu tun hatten. Der Mann blinzelte, schien seine Gedanken zu ordnen und antwortete schließlich, dass, wäre er einer gewesen, sein Leben vielleicht leichter verlaufen wäre. Er habe seiner Familie Nahrung beschaffen wollen, das sei alles gewesen.

Da konnte Josef es sich nicht mehr verkneifen. Er fragte den Mann, ob er Deutscher sei – und ob er Hilfe mit der Kette brauche.

Ein Lächeln umspielte die Lippen des Mannes, dann sagte er, dass sie sich in Schwierigkeiten brächten und besser schnell nach Hause laufen sollten. Sie hätten ihm bereits sehr geholfen, mehr, als sie wüssten.

Mehr, als sie wüssten. Eilig liefen die Jungen zurück

nach Nowa Karlowka, dabei besprachen sie, was zu tun sei. Tachawi ging hinüber in den Aul, um unauffällig einige Vorräte zu entwenden, und Josef stahl sich in die Tischlerei, wo er sich ein Stück Draht ausborgte.

Ausborgen ist, wenn man fragt, kommentierte Tachawi.

Und du, hast du Aigul gefragt?, parierte Josef.

Auf dem Weg zurück zur Hütte begannen kleinliche Streitereien. Ohne es sich eingestehen zu wollen, hatten sie es mit der Angst zu tun bekommen. In der Siedlung waren sie Konstantin Petrowitsch Fadejew über den Weg gelaufen. Bei seinem Anblick musste Josef daran denken, wie Heinrich Quapp unter Geschrei fortgeschafft worden war. Fadejew, das hatte er verstanden, gebot über Leben und Tod. Ihm wurde klar, dass er sich und seine Familie in Gefahr brachte. Und als sie dann auch noch Iwan Iwanowitsch begegneten, hätte Josef sich ihm am liebsten offenbart, ihn um Rat gefragt. Aber er hatte nur den Draht etwas fester gepackt und war mit zerstreutem Gruß an seinem Lehrer vorbeigegangen.

Auch Tachawi hatte die Zeit des Nachdenkens nicht gutgetan, er wirkte angespannt. Josef meinte, dass sein Freund ebenfalls mit der Gefahr hadern würde, mit dem Risiko, entdeckt zu werden – erst wesentlich später begriff er, dass ihn etwas ganz anderes umtrieb.

Wir müssen das nicht tun, sagte Josef schließlich, da waren sie schon an der Hütte angekommen.

Doch.

Das war das einzige Wort, das sich Tachawi entlocken ließ, dann betrat er die Hütte, dieses Mal als Erster. Beim Anblick des zusammengekrümmten Leibes auf dem Boden erschrak er. Der Entflohene hatte Sarsens Mantel als Decke über sich gebreitet, unter dem Stoff zeichneten sich die Umrisse des mageren Körpers ab. Erst dachten die Jungen, der Mann sei in ihrer Abwesenheit verstorben, aber als sie ihn berührten, zuckte er zusammen und richtete sich auf. Er schien überrascht, sie wiederzusehen, und betrachtete stumm das Fladenbrot und das Säckchen mit getrockneten Aprikosen. Er bedankte sich, aber statt über das Brot und die Früchte herzufallen, setzte er sich das Säckchen auf den Schoß und hielt es wie ein Kind.

Wir müssen die Schlösser der Handfesseln knacken, sagte Josef, als er sich von diesem merkwürdigen Anblick losgerissen hatte. Er holte den Draht hervor und begann, ihn zurechtzubiegen.

Mit Handfesseln kommen Sie nicht weit, da erkennt man Sie schon aus der Ferne als Entflohener.

Josef biss sich auf die Zunge, es gefiel ihm nicht, das Wort ausgesprochen zu hören. Umso schneller machte er sich daran, mit dem Draht die beiden Schlösser zu traktieren.

Als es ihm endlich gelang, sie zu öffnen, war es bereits dunkel.

Wir müssen los, sagte Tachawi. Und Sie auch.

Der Mann nickte: Noch in dieser Nacht werde er weiterziehen.

Wohin?, fragte Josef.

Einfach weiter, antwortete der Mann. Dann wuchtete er sich hoch, gab Tachawi und Josef die Hand und warnte sie davor, sich in Gefahr zu bringen. In diesen Zeiten könne es teuer zu stehen kommen, den Helden zu spielen.

Ich spiele keinen Helden, sagte Tachawi. Ich bin ein *qaharman*. Ein kasachischer Ehrenmann.

Als sie sich verabschiedet hatten und bereits auf dem Weg nach draußen waren, drehte sich Tachawi noch einmal um und sagte: Den Mantel dürfen Sie mitnehmen.

Erinnern Sie sich?

Diese Frage werde ich wohl für immer mit meinem Vater in Verbindung bringen. Nachdem Irene Quapp sie in unserem Vorgarten ausgesprochen hatte, wirkte sie noch eine Weile nach. Mein Vater war sofort darum bemüht, Haltung zu bewahren, schüttelte seine Beklemmung ab, heuchelte Freude über das Wiedersehen mit alter Bekanntschaft *von damals her*.

Natürlich bemerkte ich, wie er seine schweißnassen Hände an den Hosenbeinen abwischte, wie er fahrig zu mir herüberblickte, als sei es ihm unangenehm, dass ich Zeugin dieses Zusammentreffens war. Wie auf Kommando zog ich mich in den Container zurück, zu den gesammelten Hinterlassenschaften unserer Siedlung. Ich bekam nur noch Wortfetzen der Begrüßung mit und musste mir ausmalen, wie mein Vater die beiden betretenen Leutchen schließlich in unser Haus einlud, wie sie widerstrebend die sieben Treppenstufen aus Waschbeton hinaufstiegen, die zu unserer Eingangstür führten, und meinem Vater ins Wohnzimmer folgten. Als ich den Container verließ, erhaschte ich noch einen letzten Blick auf meinen Vater, bevor er die Haustür lautlos hinter sich schloss.

Ich sehe ihn noch genau vor mir: Er schaut zu mir herüber und doch durch mich hindurch, als hätte er eine Stimme von weither gehört, ohne zu erfassen, woher sie kam. In seinem Gesicht liegt ein Ausdruck von Abscheu oder Furcht, doch bevor ich es genau erkennen kann, geht die Tür zu.

Bei all dem, was sich nun in unserem Haus abspielte, muss ich mich auf die Erinnerung an das verlassen, was mein Vater mir Jahre später davon berichtete. Ich versuche die Teile Stück für Stück wieder zusammenzusetzen, wie fast alles, was ich bis hierhin festgehalten habe.

Mein Vater führte also, so erzählte er es, Irene und Karl Quapp ins Wohnzimmer, wo sie auf dem Sofa Platz nahmen. Wahrscheinlich holte er dann einen der Terrassenstühle herbei und positionierte ihn in sicherer Entfernung, nur um dann doch daneben stehen zu bleiben. Irene Quapp fielen ein paar Nettigkeiten ein, Dinge wie: Ihre Tochter – das war sie doch? – ist Ihnen wie aus dem Gesicht geschnitten, und: Ein schönes Wohnzimmer haben Sie, sind das Sammlerobjekte? Wir möchten uns dafür entschuldigen, bei Ihnen hereinzuplatzen, unangekündigt.

Sie öffnete ihren Leinenbeutel und zog eine Schachtel hervor – eine Packung Mon Chéri –, die sie ein bisschen verlegen auf unseren Couchtisch aus Mangoholz legte, neben die Stapel der Vogue- und Elle-Zeitschriften meiner Mutter.

Mögen Sie Schokolade, Josef?

Flüchtig kamen meinem Vater die Fladenbrote der Wawa in den Sinn, die Weizenkörner, die Lisbeth Quapp in sich hineingestopft hatte, die faustgroßen Wassermelonen, das zähe Fleisch wilder Enten, das sie über dem Feuer gebraten hatten. Und nach allem, was er ihnen angetan hatte, brachten sie ihm *Schokolade* –

Er wagte nicht, die Packung anzurühren, als würde er damit in eine Falle tappen, die sie ihm gestellt hatten, als sei ihre ganze zurückhaltende Freundlichkeit nur eine einzige Scharade, die dem Zweck diente, ihn in Sicherheit zu wiegen. Sicherlich warteten sie nur auf den rechten Moment, ihn zu attackieren, zu beschuldigen, ihn zu verurteilen.

Ihm fiel ein, dass sie Zwillinge waren; unauffällig musterte er die beiden, seine Lederjacke, ihre korallenfarbige Bluse, die angespannten, aber zugewandten Gesichter. Auf der Straße hätte er sie nie wiedererkannt – nur jetzt, da er ihm gegenüberstand, meinte er in Karls Gesicht eine Ähnlichkeit mit seinem Vater zu bemerken. Und schon kam die Erinnerung daran, wie Heinrich Quapp aus seinem Haus gezogen wurde, wie er sich gewehrt hatte. Da setzte sich mein Vater schließlich doch auf den Klappstuhl, senkte den Blick, er ertrug das Gesicht von Karl Quapp nicht, konzentrierte sich auf den zerkratzten Laminatboden. Noch immer drang keine Anschuldigung an sein Ohr, keine Tirade, für sein Empfinden zog sich die Begegnung ein wenig in die Länge, auch die Stille war mehr als unangenehm.

Meinem Vater fiel die junge Frau ein, der wir im Supermarkt begegnet waren, er erkundigte sich nach ihr und erfuhr, dass es sich um Karls Tochter handelte, Irene war ledig geblieben.

Und warum sind Sie ausgerechnet nach Mühl–

Da hörte mein Vater Schritte im ersten Stock, und er erinnerte sich siedend heiß daran, dass Tante Ömir-Ölim noch immer gemeinsam mit meiner Mutter oben am Frühstückstisch saß, dass sein Kaffee kalt wurde, die Tante an ihrem Leberwurstbrötchen kaute. Er wollte sich vor sie stellen, Kummer von ihr fernhalten.

Mir ist meine Schuld bewusst, sagte er schließlich. Es war genau das, was er sich zurechtgelegt hatte für den Fall, dass das Drachenmaul sich öffnen würde und er die Gelegenheit hätte, sich zu äußern, bevor es ihn mit Haut und Haar verschlang.

Ich möchte um Vergebung bitten. Ich weiß, es ist töricht. Ihr Vater Heinrich Quapp ist gestorben, weil ich eine Dummheit begangen habe. Das ist unverzeihlich.

Da machten die Quapps große Augen, Karl sagte: Wie kommen Sie denn darauf?

Dann fing er an zu husten. Offenbar hatte ihn das Gehörte so gereizt, dass sich etwas in ihm verkrampfte, denn der Husten hörte nicht auf, steigerte sich zu einem heiseren Bellen, das schließlich die Tante und meine Mutter auf den Plan rief.

Antonia Ambacher besaß ein genaueres Auge als ihr Neffe. Kaum war sie zum Sofa gestürzt, um dem leidenden Gast etwas Honig einzuflößen, da hielt sie inne. Der Löffel glitt ihr aus der Hand, fiel klirrend zu Boden, von wo ihn meine Mutter wieder aufsammelte (er war Teil ihrer Mitgift, ein Silberlöffel aus der Ukraine).

Ach, sagte Antonia Ambacher und ließ sich neben Irene Quapp auf das Sofa gleiten, sagte nochmals: Ach.

Als würde sie sich in der Zeit irren, als spräche sie zu jemandem aus der Vergangenheit, fügte sie hinzu: Guten Tag, Kinder, wie geht es euch? Habt ihr Hunger, wollt ihr was essen?

Meine Mutter, die die Frage als Aufforderung verstand,

lief nach oben in die Küche, um einen Teil des Frühstücks nach unten zu befördern, und schrie vom oberen Treppenabsatz runter: Kaffee mit süß oder ohne?

Der Bericht von Karl und Irene Quapp, der nach dem Kaffee mit süß, mehreren Stücken Kirschkuchen und einem Gläschen Wodka erfolgte, riss meinen Vater für den Rest des Tages in eine Art Strudel. Wortfetzen, Halbsätze und Aussprüche vermengten sich zu einer Kakophonie, von der ihm die Ohren sausten. Meine Mutter musste ihm Suppen und Tees in die Bibliothek bringen, die er erst wieder verließ, als Tante Ömir-Ölim ihm versichert hatte, das Haus mehrfach ausgeräuchert zu haben.

Der erste Impuls meines Vaters, als die beiden Frauen das Wohnzimmer betreten und damit für den Moment von ihm abgelenkt hatten, war es, aufzustehen und aus dem Haus zu stürmen. Er erwog, sich ins Auto zu schmeißen und fortzufahren, irgendeine Begründung hätte sich finden lassen, aber er fürchtete den Zorn seiner Tante, und so blieb er sitzen und hörte sich an, was Karl und Irene Quapp zu sagen hatten.

Sie fingen an mit einer Entschuldigung, was meinen Vater so verwirrte, dass er sich kaum auf alles Nachfolgende konzentrieren konnte. Karl Quapp, wieder Herr über seine Stimme, sagte, sie hätten sich schon viel früher melden wollen, postalisch oder wenigstens per Telefon. Nun – man habe schlicht nicht den Mut dazu gehabt.

Ich glaube, es handelt sich um ein Missverständnis, sagte mein Vater. Sehen Sie, *ich* möchte um Entschuldigung bitten. Ich war es, der den Waffenlauf in das Dach des Erdhauses gesteckt hat.

Entschuldigung *wofür*? Was für ein Waffenlauf? Jemand

aus der Kolchose hatte unseren Vater wegen Diebstahls von Gemeinschaftseigentum angezeigt. Es ging um einen halben Laib Brot. Erinnern Sie sich an Fadejew, den Vorsitzenden des Dorfsowjets? Der hat so was sehr ernst genommen.

Mein Vater schwieg. Weil er das, was er soeben gehört hatte, kaum fassen konnte, stand er auf und ging hinüber zur offen stehenden Terrassentür. Für einen Moment stellte er sich in den Luftzug und schloss die Augen. *Ein halber Laib Brot?* Als er freier atmen konnte, setzte er sich wieder, hörte weiter zu.

Unser Vater wollte uns ernähren, das ist klar. Gleichzeitig brachte er uns alle in größte Gefahr. Dass wir überlebt haben, verdanken wir einer Vielzahl von Menschen – nicht zuletzt Ihnen, Frau Ambacher. Dafür wollen wir uns bedanken.

Jetzt hören Sie mir mal zu, sagte Tante Ömir-Ölim. Ihr Vater hat getan, was er tun musste, um Sie alle durchzubringen, Sie beide und Ihre Mutter Lisbeth. Wir haben alle getan, was wir tun mussten. Heinrich Quapp kam unter die Räder, weil die Sowjets eine Welt erschaffen hatten, in der Menschen für Nichtigkeiten unter die Räder kamen. Es hätte ebenso gut jeden anderen erwischen können, mich zum Beispiel oder meine Eltern.

Hat es aber nicht.

Die plötzliche Schärfe in Karls Stimme ließ meinen Vater aufhorchen; aber es folgte keine Feindseligkeit, weder von Karl noch von Irene.

Mein Vater räusperte sich und sagte: Ich habe immer geglaubt, Ihr Vater sei meinetwegen verschleppt worden.

Irene Quapp schüttelte den Kopf.

Da stand Tante Ömir-Ölim auf und umarmte meinen Vater, sagte mit heiserer Stimme: Und ich habe immer geglaubt, mein Vater hätte etwas damit zu tun gehabt, so wie er geglaubt hat, es sei womöglich meine Schuld gewesen.

Mein Vater schloss die Augen und ging in Gedanken die Ereignisse durch, die sich unmittelbar nach der Deportation Heinrich Quapps abgespielt hatten. Immer wieder kreiste die Erinnerung um Lisbeth Quapp, die auf dem Dach des Erdhauses stand und Gras in sich hineinstopfte. Auch sie eine Mutter.

Die Frage meines Vaters, ob Lisbeth Quapp noch lebe, verneinte Irene. Ihre liebe Mutter sei vor einigen Jahren verstorben, in der Nähe von Almaty. Dorthin sei die Familie gezogen, als man sich in Kasachstan frei bewegen durfte. Gesundheitlich habe sie sich übrigens erholt, am Ende sei es Marasmus gewesen, Altersschwäche, die sie heimgeholt habe.

Daraufhin schwieg mein Vater, horchte nach. *Marasmus*, das Wort kannte er.

Irene, die die Stille offenbar nicht gut ertragen konnte, räusperte sich und sagte, dass die Mutter in gewisser Weise der Grund für ihren Besuch sei.

Wie das?, fragte mein Vater.

Wenn ich es richtig verstanden habe, hat Ihre Frau Großmutter meiner Mutter etwas gegeben, im Austausch dafür, dass Ihre Familie die ersten Nächte in der Siedlung bei uns im Erdhaus verbringen durfte. Wissen Sie etwas davon?

Nein, sagte Tante Ömir-Ölim überrascht. Meine Mutter, etwas gegeben? Nein, davon weiß ich nichts. Das Einzige, woran ich mich erinnere, ist eine Bettdecke.

Mein Vater legte ihr die Hand auf den Unterarm: Ich weiß davon. Ich habe es gesehen.

Nun, sie hat dieses Stück zeit ihres Lebens behalten. Kurz vor ihrem Tod hat sie gesagt, dass es eine Sünde gewesen sei, es anzunehmen. Sie wollte, dass wir es Ihnen zurückgeben.

Worum handelt es sich genau?, fragte mein Vater leise.

Er und Tante Ömir-Ölim hielten sich jetzt bei den Händen, um sie herum standen nicht mehr antike Möbel und exotische Gewächse, sondern die kahlen, lehmigen Mauern eines Erdhauses. Ihr Atem, das hätte mein Vater beschwören können, bildete Wölkchen in der klammen, kalten Luft.

Eine Brosche, sagte Irene Quapp schlicht. Sie holte ein samtenes Etui hervor und ließ ein dunkel angelaufenes, silbernes Schmuckstück herausgleiten. Mein Vater nahm es entgegen, kühl lag es in seiner Hand. Es war ein kleiner Schmetterling, auf dessen Flügeln Perlen und Granatsteine schimmerten.

Ich vermute, sie gehörte Ihrer Großmutter?

Nein, antwortete mein Vater.

Ihrer Frau Tante? Sie nickte in Richtung von Antonia Ambacher, die wie hypnotisiert das Schmuckstück anstarrte und nicht reagierte.

Nein.

Auch nicht? Wem denn dann?

Meiner Mutter.

Es dauerte Jahre, bis mein Vater Worte für die Regungen fand, die ihn an diesem Tag überkamen, für die Erinnerungen, die auf ihn einstürmten.

Die stärkste Regung war die Erleichterung, keinen Beitrag geleistet zu haben zur Verkettung schicksalhafter Ereignisse. Keine Verantwortung zu tragen für den Tod eines Menschen.

Erst an diesem Tag begriff er wohl, wie schwer diese vermeintliche Schuld jahrzehntelang auf ihm gelastet hatte. Heinrich Quapp war deportiert worden, weil er Brot gestohlen hatte. Kein Mensch hatte sich für das Röhrchen interessiert, den Waffenlauf, den Josef, aus welchen Gründen auch immer, ins Strohdach gesteckt hatte.

Josef Ambacher, das Kind, und Josef Ambacher, der Erwachsene, waren unschuldig. Es war, mit einem Wort, ungeheuerlich. Neben der Erleichterung aber stand die Wut auf die Großmutter. Als Junge hatte er Jahre damit zugebracht, in der Steppe nach Zeichen und Spuren von seiner Mutter zu suchen. Nie hätte er geahnt, dass er nur unter dem Kopfkissen von Lisbeth Quapp hätte nachsehen müssen. Mein

Vater hatte seine Großmutter über alles geliebt, seit über dreißig Jahren war sie tot, und doch wollte er sie nun zur Rede stellen. Die Quapps, das war eines der Dinge, die er ihr sagen wollte, hätten sie auch ohne Bezahlung einquartiert, einquartieren müssen, sie hatten doch keine Wahl.

In meinem Vater tobte ein Sturm, einer, der alles mit sich riss, und der wichtigste Instinkt, der einen schützen konnte, war: sich zusammenzukauern, das Gesicht auf den Boden gedrückt, und zu warten, bis er vorüberzog. So hatte es das Kamel Ak-Bota gemacht, so machte es auch mein Vater, das Steppenkind.

Als Karl und Irene Quapp unser Haus verlassen hatten, wollte ich instinktiv zu ihm rennen, ihm in seine Höhle folgen, mich auf ihn werfen und retten, was zu retten war. Im letzten Moment widerstand ich dem Impuls, ließ die Klinke der Bibliothek wieder los und betrachtete ein wenig ratlos das Muster der Sperrholztür. Mein Vater war jemand, der seine Ruhe brauchte, der Menschen häufig anstrengend fand. Für mich bedeutete es viel, eine Ausnahme darzustellen, jemand zu sein, dessen Anwesenheit ihn nicht erschöpfte. Ich wollte um jeden Preis vermeiden, aus dieser Sonderrolle herauszufallen, und hatte lernen müssen, jede seiner Launen und Stimmungen genau einzuschätzen.

Ich bemerkte, wie meine Mutter und Tante Ömir-Ölim sich hinter mir im Flur aufbauten, meine Mutter legte ihre Hand auf meine Schulter, gemeinsam horchten wir auf die Schritte und das Naseschnäuzen, das aus der Bibliothek drang. Plötzlich fing die Tante an, mir meinen Vater zu erklären und ihn zu entschuldigen, sie sprach sogar von der *schweren Kindheit* meines Vaters – ganz so, als sei ich all die Jahre nicht Teil dieser Familie gewesen, als hätte Josef

Ambacher bisher rein gar nichts mit mir geteilt, mir keine einzige seiner Geschichten erzählt. Sicher war es nicht so beabsichtigt, aber für mich stellte sie mit ihren Erklärungen die tiefe Verbindung zwischen mir und meinem Vater infrage. *Schwere Kindheit.* Ich war verletzt und stocksauer.

Tante, zischte ich und entwand mich der Hand meiner Mutter, Tante, ich weiß! Ich hab selber auch eine schwere Kindheit!

Ich stürmte davon, aber noch auf der Treppe hörte ich, wie mein Vater die Tür öffnete und heiser sagte: Agnieszka, ich glaube, ich werde krank.

Ich hielt inne, wollte wissen, was meine Mutter antwortete, hören, was Tante Ömir-Ölim sagte, aber sie sprachen zu leise, ich verstand kein Wort.

Diese Tage waren für mich schwer zu ertragen. Alles schien in Auflösung begriffen zu sein, flog allzu bereitwillig auseinander, als hätte es vorher nur widerstrebend zusammengehalten, als sei das Chaos der eigentliche Zustand und jede Form von Ordnung oder Struktur nur eine mühsame, zeitlich begrenzte Anstrengung. Der Tartter war tot, Pascha war fort, mein Vater krank.

Meine Mutter, auch das eine überraschende, wenn auch erfreuliche Wendung, fügte sich hingebungsvoll in ihre Rolle. Was sie über die Quapps erfahren hatte, erfüllte sie mit Zärtlichkeit und einer Nachsicht, die nicht zuletzt meinem Vater sehr mütterlich vorkommen musste.

Vielleicht war das der Grund, warum er plötzlich nur sie duldete, weder ich noch Tante Ömir-Ölim durften die Bibliothek betreten. So war es meine Mutter, die meinem Vater in seiner Verletzlichkeit beistand, eine Tatsache, die sie mit

Genugtuung erfüllte und beflügelte. Sie scheuchte mich davon, wo sie nur konnte, und machte mir mit ihrer Sorge um meinen Vater Angst.

Als Arnold klingelte, war ich dankbar, unser Haus verlassen zu können. Das Fenster der Bibliothek ging hinaus auf die Waschbetontreppe; ich klopfte zum Abschied unser Zeichen gegen die Scheibe, aber es kam keine Antwort.

Arnold fragte: Was hat er?, ich zuckte nur mit den Schultern und fragte zurück: Irgendeine Spur von Pascha?

Er schüttelte den Kopf. Die Polizei suchte offenbar mit Paschas Eltern die Gegend um den Mühlheider Bahnhof ab, Arnolds Eltern hingegen waren zu den Sandgruben gefahren, wo sich vor ein paar Jahren einmal ein Jugendlicher versteckt hatte. Viele aus unserer Nachbarschaft schlossen sich der Suche an. Endlich hatten die Altsibirer wieder einen Grund gefunden, hinter der Tangente herumzulaufen und von Hof zu Hof zu marschieren, um an den Haustüren zu klingeln und die Landwirte aufzuscheuchen, während die Neuankömmlinge den Bereich um die Blocks und das Wäldchen in der Nähe der Mühlheider Innenstadt durchkämmten.

Das *Wäldchen*, sagte ich verächtlich.

Lass sie halt.

Ich lass sie ja. Zeitverschwendung ist es trotzdem.

Bevor wir losliefen, um unsererseits weiter nach Pascha zu suchen, stiegen wir in den Container und wählten ein paar Dinge aus. Diesmal waren es zwei Fotoalben und ein Muff aus Kamelfell. Wir klemmten uns beides unter die Arme und brachten es in Sicherheit. In Sicherheit, das bedeutete: zum Stromhäuschen zwischen Klärteich und Tangente.

Seitdem der Container bei uns im Vorgarten aufgetaucht war, hatten wir es uns zur Gewohnheit gemacht, ein- oder zweimal am Tag hineinzusehen und alles herauszufischen, was uns wichtig vorkam für unsere Siedlung und ihre Bewohner. Sperrmüll und Garagenflohmärkte kannten und mochten wir. Sollten doch Nachttischchen und Regenschirme, Luftmatratzen und Hocker ihre Besitzer wechseln oder auf die Deponie gebracht werden. Aber Fotoalben, Notizbücher, Briefbündel? Es fiel uns schwer, diese Auslöschung der eigenen Vergangenheit zu tolerieren, und so widersetzten wir uns. Die Identität der Siedlung, sie war auch unsere, und nur, weil die Erwachsenen alles Östliche fortschmissen, würde sie das nicht automatisch zu Normalos machen.

In unserem Anbau aus Schilf und Holzplanken war es heiß, das Stromhäuschen in seinem Rücken brummte unablässig. Wie jedes Mal, wenn wir die kleine Böschung hinunterschlitterten, um auf der anderen Seite wieder hochzuklettern, war ich überrascht, unser Versteck intakt vorzufinden. Zu diesem Zeitpunkt hätte uns eine Plünderung schwerer getroffen als je zuvor; die brusthohe Laube war längst vollgestopft mit Dingen aus unserer Siedlung, rechts Kunstgegenstände und Andenken, links Tagebücher, Fotoalben und Briefe. In der Mitte blieb ein schmaler Durchlass, in den man sich halb setzen, halb legen konnte, um die Schätze durchzugehen. Ich wuchtete mich hinein, quetschte den Muff hinter einen Samowar – ich meine, er hätte Bruno Peltzer gehört – und sortierte die Fotoalben ein, über den Tagebüchern und Heften meines Vaters war noch ein wenig Platz. Dabei fiel mir eines der Hefte entgegen; ich schlug es kurz auf, betrachtete die ordentliche Handschrift. Neben deutschen und russischen Wörtern konnte ich auch kasachische entziffern.

Familie, semya, otbasy.

Einen Moment lang blieb ich im Halbdunkel liegen, ein Fötus in seinem Dämmerreich, die Welt weit entfernt. Als ich Arnold etwas sagen hörte, steckte ich das Heft zurück und robbte hinaus.

Arnold stand auf dem Parkplatz vor dem Stromhäuschen und blickte angestrengt in Richtung der Neubausiedlung.

Was ist?

Ich glaube, ich habe Pascha gesehen.

Was? Wo?

Arnold deutete auf einen der Häuserblocks: Da, der dritte Balkon von unten auf der rechten Seite.

Es war niemand mehr auf dem Balkon zu sehen, einzig die vertrockneten Wedel einer Fächerpalme winkten herüber. Arnold versicherte mir, dass er dort für den Bruchteil einer Sekunde einen Jungen gesehen habe, und dieser Junge sei ihm sehr bekannt vorgekommen.

Für den Bruchteil einer Sekunde?, äffte ich ihn nach, säuerlicher als geplant. Und klar kommt dir da jemand bekannt vor. Weißt du nicht mehr, wer da wohnt?

Da riss Arnold die Augen auf, offensichtlich fiel es ihm wirklich erst in diesem Augenblick wieder ein.

Izny!

Und ganz in der Nähe Ramazan, Müjde, Fatma, Yavuz und Aytaç.

Trotzdem, ich habe gesehen, was ich gesehen habe.

Wir liefen die Straße hinunter, am Klärteich vorbei. Vor uns lag die Neubausiedlung; das Gequake der Frösche erstarb, das Brummen des Stromhäuschens wurde leiser, das Tschilpen der Spatzen ließ nach. Mein Instinkt sprang ein – plötzlich schien es mir plausibel, dass Pascha sich hier versteckte. Es reizte mich zum Lachen, dass wir bislang nicht auf die Idee gekommen waren, bei den Türken nach ihm zu suchen. Pascha mochte sie, schätzte an ihnen, dass sie ihn nie verbesserten, nie über seine Grammatikfehler lachten und alles teilten und herschenkten, was man länger als fünf Sekunden betrachtete. *Gute Menschen* hatte er sie einmal genannt, den Mund voller türkischem Honig und Pistazienkrümel. Vielleicht, wer weiß, hatte diese Zuneigung unsere Mitschüler dazu bewegt, ihm einen handfesten Gefallen zu erweisen.

Komm, wir gehen klingeln, sagte Arnold.

Natürlich wussten wir bereits, was passieren würde, und so geschah es auch: Egal, wo wir vorsprachen, keiner unserer Mitschüler wollte etwas von Pascha gehört oder gesehen haben. Nicht einmal Yavuz, den wir am besten kannten, gab uns ein Zeichen, und so wurden wir wieder ein wenig mutloser. Vielleicht, dachte Arnold laut, vielleicht hatte er sich doch geirrt, vielleicht war es wirklich bloß Izny gewesen auf dem Balkon.

Als auch die Tür zu Fatmas Wohnung ins Schloss fiel – Pascha? Spinnt ihr, den würde ich nie reinlassen, mein Vater würde mich umbringen –, sah Arnold aus, als müsste er gleich losheulen. Schon lief er Richtung Treppe, da packte ich ihn am Arm und hielt ihn zurück. Bevor sich die Tür geschlossen hatte, war eine Duftwolke aus Rosenwasser und frisch aufgebrühtem Tee herausgeweht; in sie hinein hatte sich eine unverkennbare Nuance gemischt. Es war, da gab es keinen Zweifel, Paco Rabanne pour Homme.

Der Schnee lag bereits hüfthoch, als Antonia Ambacher endlich ihren Mut zusammennahm. Nowa Karlowka zu verlassen, war verboten, aber unausweichlich, wollte sie ihren alten Vater am Leben erhalten. Wie Schämschi-Köke ihr aufgetragen hatte, packte sie als Geschenke für den Baksy ein Beutelchen Maiskörner und Fladenbrote ein, außerdem ein Fläschchen Alkohol von Tjotja Katja.

Als Schämschi-Köke von den gesundheitlichen und logistischen Problemen der Familie Ambacher gehört hatte, hatte er sofort seine Hilfe angeboten und vorgeschlagen, Antonia Ambacher bei seiner nächsten Fahrt in die östlichen Aule mitzunehmen. Ohne Weiteres lasse sich ein Abstecher machen in den entlegenen Aul Alatai, den Heimatort des berühmten Baksy Mundybaj. Antonia Ambacher hatte dankbar eingewilligt.

Morgen früh geht es los, flüsterte sie Josef eines Abends zu, als sie meinte, die Eltern seien längst eingeschlafen. Morgen früh, noch bevor die Sonne aufging, würden sie hinüber nach Kökterek laufen, dort würden Schämschi-Köke und Tachawi auf sie warten.

Josef bemerkte, dass die Stimme der Tante heiser klang vor Aufregung, das war er nicht gewohnt, von Antonia Ambacher hatte eine unwiderstehliche Stärke auszugehen. Er bekräftigte seinen Wunsch mitzukommen, drehte sich um und betrachtete noch lange die lehmverputzte Wand der Küche.

Tachawi hatte ihm erzählt, dass Schämschi-Köke schon seit Tagen den Schlitten vorbereitete und so ausstaffierte, als würde nicht Antonia Ambacher darin befördert werden, sondern Dschingis Khan. Wen mag sie lieber?, hatte er verschmitzt gefragt, Iwan Iwanowitsch mit seinem Holzbein oder Schämschi-Köke mit seinem Kamel?

Meine Tante mag nur mich, hatte Josef bissig zurückversetzt. Außerdem hasste sie das Kamel Ak-Bota. Über diesen Gedanken schlief er ein; als die Tante ihn weckte, lag er immer noch mit dem Gesicht zur Wand und meinte, den nach Stroh und zertretenen Käfern riechenden Atem des Tieres auf sich zu spüren. Rasch zogen sie sich an und verließen lautlos das Haus. Auf dem Trampelpfad angekommen, der durch den Schnee führte, drehte sich Josef noch einmal um. Im Dunkeln sah er die Großeltern hinter der Gartenmauer stehen. Er stieß seine Tante an, die abrupt anhielt und starr zurückblickte.

Tante, flüsterte Josef, Tante, sie sehen aus wie Gespenster.

Die Tante bekreuzigte sich, dann hoben sie die Hände zum Gruß. Auch die Wawa und der Harla winkten ihnen zu, die Wawa, wie es schien, zögerlich und bekümmert. Schon wollte Josef hinüberrufen, dass sie bald zurück sein würden, dass das Wetter einwandfrei sei, von einem Sturm, einem Buran, keine Spur, kein Grund zur Sorge – aber im letzten Augenblick erinnerte er sich an die schlafenden Nachbarn und schwieg.

Josef riss sich vom Anblick der gebeugten Alten los und lief mit der Tante über den gefrorenen Sartschaly in den Aul hinüber. Schämschi-Köke erwartete sie bereits. Der Schlitten war angespannt, der Beutel mit Proviant gefüllt. Auch Tachawi war zur Stelle und half gemeinsam mit Schämschi-Köke den Freunden auf den Schlitten, wo sie sich zwischen Fellen und Decken einrichteten.

Erst Tuzdy-Bety, dann Alatai, sagte Schämschi-Köke, als sie Kökterek hinter sich ließen. Antonia Ambacher nickte. Dann ließ er die Zügel knallen, der Schlitten glitt hinaus in die verschneite Steppe, Richtung Nord-Nordost.

Als der Morgen graute, setzte Schneegestöber ein. Josef zog das Wolfsfell tiefer in seine Stirn und versuchte, sich in der eintönigen, entfärbten Landschaft zu orientieren: Rechts ragte eine spitz zulaufende Schneewehe auf, links eine sanft ansteigende Böschung, die sich aber sogleich wieder verlor und eben wurde. Unmöglich zu bestimmen, wo sie sich gerade befanden.

Die Flocken setzten sich in den Wimpernkranz und bildeten harte Kristalle, die man regelmäßig fortwischen musste, der Wind trieb eisige Nadeln in Wangen und Nase. Und wenn sie in einer Bodensenke stecken blieben? Josef lehnte sich gegen seine Tante, ihr durfte nichts geschehen, dafür musste er sorgen. Tachawi schien von keiner Sorge beschwert; als er den Blick des Freundes bemerkte, grinste er ihn breit an, die Kälte machte ihm nicht das Geringste aus, auch beschäftigte ihn wohl nicht das, was sie in Alatai erwartete.

Josef haderte dafür umso mehr mit der Vorstellung, bei einem unbekannten Schamanen Hilfe zu suchen. Wenn schon Bis-Bekesch den Harla nicht hatte heilen können, wie sollte ihn dann ein altes Männlein retten, das den Großvater nie zuvor in seinem Leben gesehen hatte? So lange Josef auch darüber nachdachte, es wollte ihm nicht in den Kopf. Es wuchs die Angst, den Großvater bei ihrer Rückkehr nicht mehr lebendig vorzufinden. Bei diesem Gedanken wäre Josef am liebsten aus dem Schlitten gesprungen und zurück nach Nowa Karlowka gerannt. Tachawi, der seine Unruhe bemerkte, packte ihn an der Hand und schob etwas hinein. Als Josef sie wieder öffnete, schimmerte ein Krähenschnabel in seinem Handschuh.

Nach einem Rhythmus, den nur er verstand, hielt Schämschi-Köke immer wieder an, lauschte und betrachtete die tiefhängenden Schneewolken. Auch sein Hirtenhund blieb dann in einiger Entfernung zum Schlitten stehen und horchte konzentriert in den Wind hinein. Erst wenn der Hund sich wieder in Bewegung setzte, ließ Schämschi-Köke auch das Pferd weiterlaufen.

Heute keine Wölfe, sagte er, nach hinten gewandt, seine Stimme klang stolz, als wäre das sein persönliches Verdienst. Josef spürte, wie Tante Antonia sich unter den Fellen bewegte, sie holte ein paar Streifen getrockneten Fleischs hervor, die sie an die Jungen und an Schämschi-Köke weiterreichte. Gierig steckten Josef und Tachawi sich die Streifen in den Mund. Schämschi-Köke warf die Hälfte seines Streifens in hohem Bogen dem Hund zu, der sie im Laufen auffing und verschlang. Wichtigster Mann, sagte er entschuldigend.

Über der Berechnung, wann sie wieder daheim sein würden – in zwei Tagen? Drei Tagen? –, war Josef eingeschlafen. Als er aufwachte, fühlte sich sein Gesicht an, als sei es mit Leder überzogen. Er wischte sich die Kristalle aus Wimpern und Augenbrauen, richtete sich auf und blinzelte. Der Wind war in sich zusammengefallen, das Schneegestöber hatte sich in einen anderen Winkel der Steppe verzogen. Über der weißen Ebene lag nun ein fahles Licht, das die Distanzen zu verzerren schien; mal kam Josef hier ein Hügel, mal dort ein Abhang vertraut vor.

Als er Tachawi fragte, ob er etwas erkennen könne, lachte der bloß ungläubig auf: Ob er Witze mache? Josef wollte etwas entgegnen, da hielt Schämschi-Köke erneut an, ruckartiger als sonst, als sei ihm plötzlich etwas eingefallen. Auch gab er diesmal nichts auf den Hund oder auf die Wolkendecke. Er drehte sich träge zu Tachawi und Josef um, schnalzte mit der Zunge und fragte: Wie sieht's aus, Jungs? Wollt ihr einen Blick in eure Hütte werfen?

Hitze schoss Josef ins Gesicht, er tat so, als würde er den fragenden Blick seiner Tante nicht bemerken.

Onkel, sagte Tachawi schließlich, Onkel, wer weiß noch davon?

Schämschi Sarsenbayev schwor bei seinen Vorfahren, dass er niemandem vom Geheimnis der Jungen erzählt hatte und dass er niemanden von dem Versteck hatte reden hören. Wie er selbst davon erfahren hatte, wollte er allerdings nicht verraten. Auch nicht, ob er je hineingegangen war und, wenn ja, was er darin gesehen hatte – oder *wen*.

Die Erinnerung an den Strafgefangenen, dem sie in der Hütte Zuflucht gewährt, dem sie die Handfesseln abgenommen hatten und der mit Sarsen Sarsenbayevs Mantel weitergezogen war, ließ ihnen keine Ruhe. Immerhin: Keine Spur war von ihm geblieben, weder hatte die Hütte, wie sie da lag, seine Anwesenheit preisgegeben, noch hatte das lange Ohr der Steppe von ihm erfahren.

In Alatai angekommen, lenkte Schämschi-Köke den Schlitten zum Haus eines befreundeten Schafhirten. Noch während er das Pferd abspannte, erklärte er, er habe Geschäftliches zu besprechen, werde aber selbstverständlich warten, falls sie länger brauchen würden. Im Übrigen gelte für den Umgang mit einem Baksy: nicht in die Augen schauen, nicht direkt anreden, als Allererstes die Geschenke niederlegen. Abwarten.

Abwarten?

Ein wenig steif und ungelenk stieg Antonia Ambacher vom Schlitten, klopfte den Schnee von ihrer Mütze, setzte sie wieder auf und hüllte sich kurz entschlossen in eines der Wolfsfelle.

Abwarten müssen wir wann anders machen, sagte sie. Dieses Mal haben wir keine Zeit zu verlieren.

Schämschi-Kökes Freund, der mittlerweile aus dem Haus getreten war, betrachtete sie halb erstaunt, halb belustigt. Nach der obligatorischen Runde Tee führte er seine Gäste und die beiden Jungen zu einer Jurte etwas abseits des Auls.

Habt ihr Geschenke dabei?

Als Antonia Ambacher nickte und auf den Beutel deutete, den sie bei sich trug, verabschiedeten sich die beiden Männer und wünschten viel Glück.

Wieso Glück?, flüsterte Josef seiner Tante zu, als diese schon an die Holztür der Jurte klopfte.

Man sah Tachawi deutlich an, dass ihm die Gesellschaft der beiden Männer mehr behagt hatte als die Vorstellung, die Jurte des Baksy zu betreten.

Was hast du?, zischte Josef ihm zu. Ich dachte, *kasachisch* wäre dein Lieblingswort? Das hier *ist* kasachisch.

Du weißt genau, dass ich das anders gemeint habe, sagte Tachawi, und hätte Josef ihn nicht an der Hand festgehalten, wäre er wohl seinem Onkel hinterhergestürzt.

Die Tante klopfte ein zweites Mal, klopfte ein drittes Mal. Da war von den beiden Männern schon nichts mehr zu sehen, der Aul hüllte sich in Weiß und Schweigen.

Als auch nach dem dritten Mal kein Laut aus dem Inneren der Jurte kam, kündigte Antonia Ambacher an, nun einfach hineinzugehen. Ohne etwas auf den Protest der Jungen zu geben, öffnete sie die Tür und trat ein. Tachawi und Josef blickten ihr nach, hinein ins Halbdunkel der Jurte. Der Geruch verbrannten Harzes drang heraus.

Josef holte tief Luft, dann trat er zu seiner Tante. Tachawi folgte ihm und schloss die Tür hinter sich. Sofort wurde es dunkel und stickig, am liebsten hätte Josef die Tür wieder aufgerissen.

Guten Tag, sagte Tante Antonia, sagte es versehentlich erst auf Russisch, dann auf Kasachisch: *Dobry den, sälemetsis be.*

Josef drängte sich neben sie, wollte mit eigenen Augen sehen, wie ein Baksy aussah, ein Schamane, wollte seine Mütze aus Eulenfedern sehen, seine Pelze, die Vogelklauen, Schädelchen, Krallen und Zähne, mit denen er sich schmückte, sich im Kreis drehte, unverständliches Zeug brabbelte – vor lauter Aufregung fing Josef an zu schwitzen.

Und dann so was: ein unscheinbares Männlein, das mit

geschlossenen Augen und im Schneidersitz auf dem Boden saß. Hager, in ein graues Hemd gekleidet, auf dem Kopf eine Filzkappe, drückte er das Kreuz so stark durch, dass er sich kerzengerade vom Gestänge der Jurte abhob. Um ihn herum lagen ein paar Felle, ein Teppich, weiter nichts – keine Büschel unbekannten Steppenkrauts, keine Tiegelchen, Hölzer oder Instrumente.

Der Mann schien zu schlafen. Sagte kein Wort, zuckte nicht mit der Wimper, rührte sich nicht von der Stelle.

Herrje, Tante, sagte Josef da und rollte mit den Augen. Wir sind in der falschen Jurte.

Tachawi zuckte mit den Schultern, auch er schien etwas enttäuscht.

Falsche Jurte?, flüsterte Antonia Ambacher, ohne den Blick von dem Mann abzuwenden. Hast du etwa noch eine andere Jurte im Aul gesehen? Und jetzt still.

Sie setzte sich mit Josef und Tachawi neben einen kleinen Ofen links von der Tür und breitete vor sich die Geschenke aus, die sie dem Baksy mitgebracht hatte; das Beutelchen mit den Maiskörnern, die Fladenbrote, das Fläschchen Alkohol. Anscheinend hatte Aigul Sarsenbayeva ihrem Sohn ebenfalls etwas für den Baksy mitgegeben, denn nun holte Tachawi ein paar Brocken *kurt* unter seiner Joppe hervor und legte sie neben die Gaben der Tante. Sicher war sicher.

Was hatte Schämschi-Kökes Freund gesagt? Abwarten solle man – gut, dann würde man abwarten. Josef sah zu seiner Tante, sah, wie ihr Blick über das karge Gestänge der Jurte wanderte und immer wieder hin zu dem Mann, bei dem es sich vielleicht, vielleicht auch nicht um den Baksy handelte. Was Josef nicht ganz verstand: Wie konnte einer, der ganz offensichtlich schlief, derart stocksteif dasitzen? Nicht einmal der Kopf neigte sich nach vorne.

Tante, flüsterte Josef, schläft er? Warum wecken wir ihn nicht? Der Harla wartet daheim!

Ich weiß nicht, ob er schläft, flüsterte sie zurück. Tachawi, schläft er?

Keine Ahnung, sagte Tachawi, aber es ist nicht wichtig, wie lange wir hier sitzen. Die Nacht verbringen wir sowieso in Alatai. Heute fährt Schämschi-Köke nicht mehr zurück.

Als sie das hörte, machte es sich Antonia Ambacher neben dem Ofen bequem, schloss kurz die Augen. Die Zeit verging. Das Prasseln des Feuers im Ofen wurde schwächer, Kälte drang durch die Filzbahnen der Jurte. Tachawi war bald eingeschlafen. Das war eines der Dinge, die Josef an den Kasachen am meisten bewunderte: immer und überall einschlafen zu können. Eigenartig nur, dass vom Baksy keinerlei Schläfrigkeit ausging, sondern vielmehr eine Art unbestimmte Konzentration. Fast kam sie Josef vor wie etwas Stoffliches, Greifbares. Sein Bauch knurrte; schon wollte er sich ein Stück Fladenbrot in den Mund stecken, da bewegte sich die Tante. Sie stand auf, machte einen Schritt auf den Baksy zu und hob den Arm. Im letzten Moment hielt sie inne und ging rückwärts, Schritt für Schritt, zur Tür der Jurte.

Ich frage Schämschi-Köke, murmelte sie, oder seinen Freund. Sollen die sagen, wie lange man *abwarten* kann.

Auch Josef war aufgesprungen und stand unentschlossen zwischen der Tür, die die Tante hatte offen stehen lassen, und dem noch immer schlafenden Tachawi.

Nun, da wieder etwas mehr Licht in die Jurte drang, erkannte er deutlich das Gesicht des Baksy: ebenmäßige

Züge, die Haut von der Sonne gegerbt und mit einem Netz aus Fältchen überzogen. Auf der dunkelblauen Filzkappe glitzerten goldfarbene, eingestickte Sterne.

Josef vergaß seine Furcht und trat näher an den Alten heran. Als er meinte, in der Filzkappe das Sternbild des Hasen zu entdecken, lächelte er. Schließlich kauerte er sich im Schneidersitz vor dem Baksy auf den Boden. Je länger Josef ihn betrachtete, desto mehr kam es ihm vor, als ob sich die eingestickten Bahnen der Filzkappe im Gesicht fortsetzen würden, als fein verästelte, unbekannte und namenlose Konstellationen.

Der Baksy atmete. Kaum merkbar hob und senkte sich sein Brustkorb, ein Rhythmus, dem sich Josef unwillkürlich anpasste. Über dem Kommen und Gehen des Atems vergaß er seine Tante, die noch immer nicht wiedergekehrt war, vergaß den Hunger, die Scheu. Für einen kurzen Moment fielen ihm die Augen zu; als er sie wieder öffnete, blickte er in zwei wache Augen. Freundlichkeit und Geduld lag in ihnen, außerdem, so kam es Josef vor, leise Belustigung.

Nu, Deutschelchen, sagte der Baksy, wie ist dein Name?

Josef sagte es ihm, sagte ihm – auf kasachische Art –, wie der Name seines Vaters gelautet hatte, nannte den Namen seines Bruders, und, mit aller Kraft, die er aufbringen konnte, den Namen seiner Mutter.

Du sprichst Kasachisch? Wie lange lebt ihr schon in der Steppe?

Als er es hörte, wunderte sich der Baksy und fragte, was ihn, Josip Ambakjer, zu ihm führe.

Es ist wegen Großvater, Herr. Er ist sehr krank. Bis-Bekesch aus Kökterek sagt, er sei von einem mächtigen Dschinn besessen, gegen den sie nichts ausrichten könne.

Bis-Bekesch hat das gesagt? Wo ist der Großvater mit seinem Dschinn?

Der Baksy blickte zur Tür, sofort ging Josef hinüber und schloss sie. Als er wieder saß, sagte er: In Nowa Karlowka. Meine Tante meint, er könne nicht reisen. Zu krank. Zu stur.

Der Baksy lächelte. Er beugte sich vor, umfasste Josefs Schultern und lehnte seine Stirn gegen Josefs Stirn. Der ließ es zu, die Arme hilflos hinter dem Rücken verschränkt.

Höre, Deutschelchen. Was in die Steppe hineingeweht wird, wird auch wieder herausgeweht. Und was ein Großvater ist und deutsch und hat einen Dschinn, ist nicht deutsch, sondern kasachisch. Sag dem Großvater: Ein Kasache soll nicht trinken frische Milch, soll nicht essen weißen Zucker, soll nicht arbeiten wie ein Pferd, soll nicht abwenden den Blick vom Horizont. Wirst sehen: Großväterchen wird noch lange leben, lange genug.

Lange genug wofür?, wiederholte Josef verblüfft, aber da öffnete sich laut quietschend die Tür, Tante Antonia kam herein, hinter sich Schämschi-Köke und dessen Freund. Auch der Hirtenhund, der sich von seiner Leine befreit hatte, drängte in die Jurte und fing an zu bellen. Tachawi wachte auf, aufgeregt bemühte man sich, das Tier zurück nach draußen zu befördern. Als das gelungen war, wandte sich Antonia Ambacher endlich dem Baksy zu. Der aber hatte sich währenddessen hingelegt und mit einem Fell zugedeckt, dieses Mal schlief er wirklich.

Großväterchen wird noch lange leben, lange genug.

Was hat er gesagt?, fragte Antonia Ambacher mit bebender Stimme.

Er hat gesagt, wenn der Harla einen Dschinn hat, dann

ist er ein Kasache, und wenn er ein Kasache ist, soll er sich benehmen wie einer, antwortete Josef. Was Zucker und Milch angeht, Arbeit und Horizont.

Im Jahr 1955 reiste Konrad Adenauer nach Moskau und verhandelte mit Nikita Chruschtschow. Nach zehn Jahren in der Steppe durften die deutschen Gefangenen Zentralasien verlassen.

Alles in allem handelte es sich, sagte mein Vater, um eine wahrlich merkwürdige Begebenheit der Geschichte.

Die Verschleppung meiner Familie nach Kasachstan liegt über fünfzig Jahre zurück, der Tod Harro Tartters kaum mehr als zwanzig. Und doch kommt es mir manchmal so vor, als wüsste ich über das, was damals in meiner Nähe geschah, nicht wesentlich mehr als über die Vorkommnisse in Zentralasien.

Paco Rabanne pour Homme. Der Duft meiner Adidas-Jacke, den Pascha regelmäßig am Flakon meines Vaters auffrischte, hatte ihn verraten.

Was ist?, fragte Arnold, der sich erschrocken aus meinem Griff befreite.

Er ist da drin, antwortete ich. Du hattest recht.

Wir wollten nicht noch einmal klingeln, Fatma nicht zeigen, dass wir von Paschas Anwesenheit wussten. Stattdessen verließen wir den Wohnblock, fuhren zu seinen Eltern und erklärten ihnen ohne Umschweife, dass wir Pawel gefunden hätten und sie sich keine Sorgen zu machen bräuchten. Pascha, sagten wir, sei schon so gut wie wieder daheim, genau genommen sei er niemals fort gewesen, er habe wohl, dieses Wort fand ich passend, eine *Auszeit* gebraucht. Sein Vater nickte, bearbeitete seine Hände, Ljudmila brachte uns zur Tür und fragte flüsternd, da standen wir bereits im Treppenhaus: Wo ist er?

Ich zögerte und sagte schließlich: Bei Bekannten.

Warum?

Würden wir auch gerne wissen.

Wir verabschiedeten uns. Ljudmila tat mir leid, ich konnte mir kaum ausmalen, wie meine Mutter gelitten hätte, wenn ich tagelang nicht nach Hause gekommen wäre.

Auf dem Weg zurück zur Neubausiedlung fragte mich Arnold, warum ich das gesagt hatte: *Bekannte*.

Ich zuckte mit den Schultern. *Freunde*, das war so etwas wie wir, Arnold, ich, vielleicht auch Pascha. *Freunde*, das waren welche, die sich gut kannten und die Dinge wussten, die sonst keiner wusste.

Dann wären Altsibirer und Neuankömmlinge die dicksten Kumpel, antwortete Arnold zweifelnd.

Ich warf ihm einen spöttischen Blick zu: Keine Ahnung. Meine Eltern sind Freunde von niemandem. Chronische Bekannte.

Dass Pascha bei Fatma untergeschlüpft war, verwirrte und beunruhigte uns. Wir verdächtigten ihn, dem Tartter einen solchen Schrecken eingejagt zu haben, dass dieser einen Herzinfarkt erlitten hatte. Ein haarsträubender Gedanke – und die Tatsache, dass Pascha sich von uns fernhielt, schien diesen Verdacht nur zu bestätigen. Pawel Nagler war gefährlich. Und warum? Weil er Prinzipien hatte.

Hüte dich vor Menschen mit Prinzipien, hatte meine Mutter Agnieszka einmal gesagt, und renne, wenn dir einer mit Idealen kommt. Aus ihr sprach die Historikerin, die Polin, und, wer weiß, vielleicht auch die Ehefrau. Mein Vater, daran erinnere ich mich genau, war erbost vom Frühstückstisch aufgesprungen, hatte dabei seinen Tee umgeschmissen und war die Treppe heruntergepoltert, kurz darauf hatten wir den startenden Motor seines BMWs gehört. Er, ein Mensch mit Prinzipien *und* mit Idealen, war erst am nächsten Tag wiedergekommen.

Pascha vergaß nicht, und genauso wenig vergab er. Das musste ihn an Arnold und mir abgestoßen haben: dass wir uns immer wieder in unser Kindsein zurückzogen, uns in unseren Spielwelten verbarrikadierten und versteckten. Vielleicht war ihm entgangen, dass es sich nicht um eine Schwäche handelte, sondern um eine Überlebensstrategie.

Für Pascha hing alles miteinander zusammen, untrennbar verbunden die kleine mit der großen Geschichte: das Schicksal seiner Familie in Kasachstan, das Schicksal der Menschen in den Konzentrationslagern, die merkwürdige Gleichgültigkeit der Mühlheider wenige Jahrzehnte später. Vielleicht sah er sich als eine Art Jeanne d'Arc, einen knabenhaften Krieger, der gegen die Verlogenheit und die Geister der Vergangenheit kämpfte. Nur dass er nicht von Gott beseelt war, sondern von Rache.

Auf dem Rückweg von Ljudmila und Artur Nagler fingen wir an zu diskutieren und kamen so, abgelenkt und mürrisch, wieder vor dem Wohnblock an, in dem sich Pascha versteckt hielt. Es war bereits spät am Nachmittag. Wir überlegten, nochmals hochzugehen, anzurufen, ihn zu überreden, sein Versteck, das keines mehr war, zu verlassen. Aber das eine wie das andere erschien uns zu banal.

Wir kramten im Lager am Stromhäuschen und zogen schließlich einen hölzernen, ausgehöhlten Fuß hervor. Stiftehalter, sagte Arnold, gehörte meinem Vater. Auf ein Stück

Papier, das wir aus einer Kladde herausrissen, schrieben wir: Die Luft ist rein. Keine Sorge. In Kyrillisch fügten wir hinzu: *Wsjo charascho*, alles gut. Morgen früh um neun, Treffpunkt am Stromhäuschen. Überraschung.

Wir falteten das Papier zusammen und steckten es in den Fuß. Den wickelten wir in einen kratzigen Wollschal, und schließlich schmiss Arnold ihn mit größter Präzision auf Fatmas Balkon. Den restlichen Tag verbrachten wir mit dem Knacken von Sonnenblumenkernen.

Die Luft ist rein, keine Sorge, alles gut. Abends im Bett fragte ich mich, ob wir etwas vergessen hatten, etwas übersehen. Stunden später hörte ich meinen Vater durch den Flur in die Küche schleichen, ich ging zu ihm und lehnte meinen Kopf an seine Schulter. Gemeinsam tranken wir Kräutertee und schauten hinaus in die Nacht. Fledermäuse schnitten durch die Dunkelheit, vorbei an den Tannen und dem Wacholder. Ich war so müde, dass mir eines entging: Der Container war nicht mehr da.

Am nächsten Morgen stutzte ich, als ich die leere Fläche im Vorgarten bemerkte, sofort wollte ich meinen Vater darauf ansprechen. Er musste vor mir das Haus verlassen haben, denn ich fand ihn weder in der oberen noch in der unteren Wohnung, auch im Keller und im Garten war er nicht. Arnold, der mich abholen kam, sagte, dass wir spät dran seien, und so fuhr ich mit ihm – unverrichteter Dinge – zum Versteck am Stromhäuschen hinüber.

Wir kamen keine Minute zu früh. Kaum, dass wir den Abhang zwischen Stromhäuschen und Klärteich hinunterkletterten, stießen wir zwischen Schilf, Fahrradgerippen und Sperrmüll auf ein vertrautes Gesicht. Es war Pascha.

Er hockte auf einem kaputten Schlitten, den Kopf in die Hände gestützt. Äußerlich war er ganz der Alte, nur sein Haar war gekämmt und sorgsam gescheitelt, das T-Shirt glatt gezogen, es war offensichtlich, dass er einen guten Eindruck machen wollte. Wir umarmten ihn, zerstörten seinen Scheitel, indem wir ihm gröber als nötig durchs Haar fuhren. Ich sagte: Gott sei Dank bist du da. Es hätte dir was passiert sein können, Mann, Pascha.

Er lachte und schlug mir kumpelhaft auf die Schulter: In Mühlheide, was passieren? Das Schlimmste, was mir hier passiert ist, war Petersens Vanillemilch!

Pascha, jetzt mal ohne Witz, sagte ich. Warum bist du abgetaucht – bei Fatma? Vertraust du uns nicht?

Pascha wich meinem Blick aus. Ich nahm seine Hand, und das verunsicherte ihn so sehr, dass er schließlich mit rauer Stimme erklärte, er vertraue uns natürlich, mehr als sonst irgendwem hier – *hier* –, aber er wisse nun mal, wie wir dachten, und unsere Gedanken und unsere Schlüsse habe er in dem Moment einfach nicht ertragen können.

Hatte keine Lust auf Sturm, fügte er noch hinzu, als Arnold und ich betreten schwiegen. Hatte einfach keine Lust.

Was für ein *Moment*?, fragte Arnold. Und was für ein *Sturm*? Es gab keinen Sturm, alle haben sich wahnsinnig Sorgen um dich gemacht. Wir haben die Polizei gerufen.

Pascha antwortete nicht.

Schließlich hielt Arnold es nicht mehr aus: Pascha, was ist mit Harro Tartter geschehen? Hast du etwas mit seinem Tod zu tun? Und wenn nicht, warum bist du dann weggelaufen?

Das war die Frage, auf die alles hinauslief.

Falls Pascha erschrocken war über Arnolds Direktheit,

ließ er es sich nicht anmerken. Er kickte den Schlitten in das Schilfdickicht, räusperte sich und fragte, was wir hier überhaupt machen würden. Von wegen *Überraschung* und so. Josef sei eben auch schon da gewesen, merkwürdig habe er das gefunden, aber was eine Überraschung sei, komme nun mal meistens überraschend, oder verstehe er das falsch?

Josef? Mein Vater war hier?, wiederholte ich ungläubig. Und was hat er gewollt?

Eine Vorahnung überkam mich, mit ausladenden Schritten hastete ich den Hang zu unserem Lager hoch und riss die Plane zur Seite. Beim Anblick unseres Verstecks setzte mein Herz einen Moment lang aus: Es war nicht nur leer, ausgeräumt, sondern besenrein. Keine Fluse, kein Papierfetzen war übrig von dem, was wir hatten retten wollen. Nie hatte mein Vater sich anmerken lassen, dass er von unseren Abzweigungen wusste, dass er wusste, wo wir sie deponierten.

Pascha, fragte ich, wo hat er das ganze Zeug hingebracht?

Schrevensee, antwortete er. Dorthin, wo auch der restliche Kram aus dem Container ist. *Wo es hingehört*, hat dein Vater gesagt. Ich dachte, ihr wüsstet Bescheid. Wir sollen dann gleich zum See kommen, übrigens.

Nix da, sagte Arnold, und die Strenge seiner Stimme ließ Pascha zusammenzucken. Auch ich war überrascht, sah ihn voller Anerkennung an. Arnold Kolb wirkte in diesem Augenblick nicht mehr jungenhaft, sondern erwachsen, ein bisschen wie sein Vater in einem guten, klaren Moment.

Wir müssen reden, Pawel. Wenn du uns vertraust, dann rede.

Und Pascha redete. Zierte sich anfangs noch ein wenig, wich ungeschickt aus, gab dann aber auf und berichtete, was geschehen war.

Wie sich herausstellte, hatten wir mit unserer Vermutung nicht ganz unrecht: Während Arnold und ich unsere Feindschaft mit dem Tartter so gut es ging begraben hatten, hatte sie in Pascha weiterhin eine Zombieexistenz geführt, unkaputtbar und unauslöschlich. Die Frage, ob es noch etwas gab, woran der Tartter sich ergötzte, hatte Pascha nicht losgelassen, und so war er allein, aber voller Seelenruhe hinüber zu dessen Anglerhütte bei den Forellenteichen gegangen. Die Tür war nicht verriegelt, sondern lediglich zugezogen. Pascha trat ein, schloss sie hinter sich, dann begann er mit der Arbeit. Ging Schublade um Schublade der klapprigen, altersschwachen Werkbank durch, filzte Kleidungsstücke, die an rostigen Nägeln an den Wänden hingen, kehrte Taschen nach außen.

Er studierte nichtssagende Notizbücher, zerwühlte Picknick- und ausrangierte Tischdecken, fand Zettelchen für Einkäufe bei HL und Minimal, beim Fleischer, bei der Mühle, fand Draht-, Garn- und Zwirnspulen, Kämme mit ausgebrochenen Zinken, Pomade, zwei Fläschchen Eau de Toilette – Tabac Original und Old Spice –, dreißig Mark in Münzen, eine Packung Natron. Er widmete sich gerade einer Aufbewahrungsbox aus Kunststoff – Ersatzkleidung, warme Socken, Mütze, Haferkekse und eine Flasche Korn –, da hörte er, wie draußen bei den Teichen jemand ächzend einen Kescher ins Wasser klatschen ließ, wieder heraushievte, wieder fallen ließ. Hörte, wie jemand am Geräteschuppen rumorte und klapperte.

Die Hütte, so viel wussten auch wir, verfügte nur über einen Eingang, das einzige Fenster befand sich auf derselben Seite wie die Tür – auf die, wie Pascha mit einem schnellen Blick hinaus feststellte, der Tartter nun zuhielt.

Er geriet in Panik, zog sich in seiner Ratlosigkeit eine der Picknickdecken über den Kopf und kauerte sich hinter der Aufbewahrungsbox nieder. So wartete er auf die Ankunft des Tartters, wartete darauf, wie er innehalten und ihm die Decke vom Kopf reißen würde.

Pascha wartete, in sein Schicksal ergeben, wartete Minute um Minute und überlegte schon, ob der Tartter seine Anwesenheit womöglich bemerkt hatte und draußen ausharrte. Vielleicht vermutete er, dass Pascha die Geduld verlieren und nach draußen laufen würde ...

Pascha fing an, unter der Picknickdecke zu schwitzen, und streifte sie vorsichtig zurück. Er wagte es, den Kopf gerade so weit hochzustrecken, dass er einen Blick aus dem Fenster werfen konnte, hinüber zu den Teichen. Da sah er den Tartter: am Boden, die Gliedmaßen lang ausgestreckt, der Kescher war ihm aus der Hand geglitten. Pascha erschrak.

In einem Moment der Klarsicht faltete Pascha die Picknickdecke zusammen, legte sie auf den Stapel und lief hinüber zu dem reglosen Körper, schrie Hallo, schrie: Hallo, Herr Tartter, können Sie mich hören? Dann trat er mit dem Schuh gegen die Gummistiefel. Keine Bewegung. Widerstrebend presste Pascha seine Hand gegen den Hals des Tartters, und als er keinen Puls spürte, rannte er los, Richtung Tangente, Richtung Mühlheide. Er war schon vor unserem Haus angekommen, stand schon vor unserer Tür, da verließ ihn der Mut – so grundlegend und allumfassend, dass ihm schwindelig wurde und er sich an den Efeu krallen musste, der die Fassade emporwuchs.

Pascha sprach so eindringlich und flehentlich, dass Arnold und ich ihm glaubten. Was Pascha seinerseits so überraschte, dass er anfing zu weinen – nur kurz, nur ein bisschen, aber ich sah es genau. Als er sich wieder gefangen hatte, fragte er: Wer, der von unserem Verhältnis zum Tartter wusste, hätte mir abgenommen, unschuldig zu sein?

Wir, antwortete Arnold trocken. Dass du verschwunden bist, war das Einzige, was wir komisch fanden.

Pascha aber wollte Hilfe suchen bei jemandem, der mit alldem nichts zu tun hatte. Auf meine Nachfrage, was er mit *alldem* meinte, zuckte er mit den Schultern: Unsere Vorgeschichte. Die von uns dreien. Die von meiner Familie. Die von euren Familien.

Stumm blickten wir drei einander an. Ich dachte an meinen Vater, an seine Kindheit, an Kasachstan. Unwillkürlich ging mein Blick rüber zu unserem Versteck am Stromhäuschen, zur zurückgeschlagenen Plane, zu der Leere, die auch von hier unten gut zu erkennen war. Da kam mir wieder ein Verdacht, und ich fragte geradeheraus: Hast du meinen Vater hergeführt? Wenn er seinen bescheuerten Container zum Schrevensee hat bringen lassen – hast du ihm geholfen, alles Fehlende zu beschaffen?

Pascha riss die Augen auf und fragte, ob ich verrückt geworden sei. Er habe nicht einmal geahnt, dass Josef wusste, was wir trieben. In jedem Fall aber, Pascha schluckte, seien es Josefs Sachen gewesen. Genau wie der Coltrevolver, den ich ihm ja schließlich auch wiedergegeben hätte. Und stehe es nicht jedem zu, mit seinen Sachen zu machen, was man wolle?

Er hat sie weggeschmissen, Pawel, sagte ich. Wenn wer was wegwirft, gehört es ihm nicht mehr.

Dein Vater hat gesagt, auch etwas Weggeworfenes habe noch einen Eigentümer.

Das hat er gesagt?

Hat er.

Wortlos ging ich hoch zu unseren Rädern, Arnold und Pascha folgten mir.

Ich wurde das Gefühl nicht los, dass Pascha uns etwas verschwieg – nicht in Bezug auf den Tartter, sondern auf meinen Vater, zu dem er aufblickte und den er mehr respektierte als sonst irgendwen. Vielleicht, wer weiß, hatte er damals die Absichten meines Vaters besser begriffen als ich.

Verwirrt und unsicher fuhr ich über die Feldwege voraus in Richtung Schrevensee.

Wir erreichten ihn in Rekordzeit und hielten auf den Bereich zu, den mein Vater als sein Grundstück auserkoren hatte. Der Geruch von Rauch lag in der Luft und wurde immer stärker. Kurz bevor wir ankamen, packte ich Arnold bei der Hand und wischte mir mit dem verstaubten Handrücken über das Gesicht.

Auf der Lichtung loderte das größte Feuer, das wir je gesehen hatten. Die Hitze strahlte zu uns herüber, der Gestank von verbrennendem Pelz und Plastik nahm uns den Atem. Wir hielten uns Taschentücher vor die Nasen und gingen näher heran, in den Flammen erkannten wir deutlich die Gegenstände aus dem Container, aus unserer Siedlung, aus unserem Leben. Bilderrahmen brannten, Holzfiguren brannten, Schnitzereien, Figurinen, Matrjoschkas, Möbelstücke, alles, alles brannte, und was aus Papier bestand, war als Allererstes vom Feuer vernichtet worden.

Arnold und ich heulten vor Ohnmacht und Zorn. Ich

dachte: Das war unser Erbe. Wir hatten ein Recht darauf. Es war, das weiß ich jetzt, die Sicht eines Kindes. Den Zorn spüre ich manchmal noch immer.

Ein gutes Dutzend Menschen scharte sich um den brennenden Haufen herum, zwischen den Rauchschwaden erkannte ich die Peltzers, Gesine Herlich, die Sakowskys, die Schwarzkopfs und, natürlich, meinen Vater. Ein wenig näher als die anderen hatte er sich an die Flammen herangewagt, die Hände in den Hosentaschen, mit nachdenklichem Gesichtsausdruck und Schweißperlen auf der Stirn.

Hinter ihm stand meine Mutter, sie stützte Tante Ömir-Ölim, beide blickten so konzentriert und voller Ingrimm in die Flammen, als liefe dort ein Krimi, dessen Auflösung sie sehnlichst erwarteten. Ich stürzte ihnen entgegen, drückte mein Gesicht an die Bluse meiner Mutter und schluchzte: Er hat alles kaputt gemacht, Mama. Alles.

War bloß alter Krempel, sagte sie und schloss mich in ihre Arme. Als sie Pascha bemerkte, winkte sie ihn zu sich und drückte ihn ebenfalls: Wo warst du? Du kannst doch nicht einfach verschwinden! Hast du Hunger? Moment, ich habe etwas dabei.

Sie kramte in ihrer Handtasche und förderte ein paar BiFis zutage, die Pascha, ohne mit der Wimper zu zucken, auspackte und verspeiste. Tante Ömir-Ölim zog mich zu sich und sagte, ich solle meinen Vater einfach machen lassen, so wie er mich machen ließ, jedenfalls die meiste Zeit.

Ich löste mich von ihr und trat an meinen Vater heran, lehnte mich gegen ihn und betrachtete stumm die Vernichtung vor uns. Was hatten wir nicht alles retten wollen, und geblieben waren nur ein paar Kleinigkeiten und Notizzettel in meinem Zimmer.

Feuer, ogon, ört.

Einige der Dinge habe ich gerne gemocht, sagte ich. Das war das Einzige, was mir einfiel.

Mein Vater legte seine Hand auf meine Schulter und antwortete: Ich auch. In der Erinnerung sind sie sicher aufgehoben, Töchterchen.

Nun konnte ich mich nicht beherrschen: Aber warum mussten sie dann weg?

Mein Vater bückte sich, hob einen Kiefernzapfen auf und schmiss ihn ins Feuer: Um Platz zu machen. Es sind nur Gegenstände, Leila. Sie gehörten nicht zu uns. Nur wir gehören zu uns.

Der Rauch brannte in meinen Augen, ich schloss sie und fragte mich, wann wohl die Feuerwehr anrücken würde. Die Normalos, ich wusste es, würden in diesem Feuer ein Sicherheitsrisiko erkennen, würden kommen und versuchen, es zu löschen, aber es brannte und brannte seit Hunderten von Jahren und würde uns alle überdauern, unlöschbar und lichterloh.

Lautlos verlasse ich das Haus meiner Eltern. Auf dem Rücken spüre ich das Gewicht der Mappe, die ich am Vorabend in meinen Rucksack gepackt habe. *Mappe* trifft es nicht ganz; es ist eher ein unförmiges Bündel, schwer, zerfleddert, aus der Form gegangen, aber das ist nicht wichtig. Bevor meine Mutter aufwacht und den ersten Kaffee des Tages aufsetzt, bleibt mir etwa eine halbe Stunde.

In der Nacht hat es zum ersten Mal gefroren, Raureif bedeckt die Grasbüschel des Vorgartens. Im Vorbeigehen zupfe ich ein paar halb vertrocknete Weinbeeren vom Rebstock an der Südfassade, stecke sie mir in den Mund, schmecke Kühle und Süße. Dann schnalle ich meinen Rucksack enger und passiere im Laufschritt mein Auto, die Nachbarhäuser, gehe vorbei an umgedrehten Kanus, sorgsam zugedeckten Hochbeeten, zahllosen Johannisbeer- und Brombeerbüschen.

Nach wenigen Metern schon kommen nur noch Birken und vereinzelte Fichten, dann liegt er da: der See. Nebelschwaden ziehen über das Wasser. Ich widerstehe dem Drang, hinab an den kleinen Strand zu gehen, und mache mich auf den Weg Richtung Nordufer. Langsam wird mir warm, mein Atem, eben noch ungleichmäßig, beruhigt sich. Ich denke an die Zeit, die hinter mir liegt, an den Versuch, zu erinnern und zu erzählen.

Über einen Monat lang habe ich mich in das Haus meiner Eltern wie in einen Kokon zurückgezogen, habe notiert, entworfen, zusammengefügt. Habe neben meinem Vater gesessen, mit ihm gemeinsam Tee getrunken, ihm vorgelesen. Mal um Mal habe ich ihn Dinge gefragt wie: Ist es so gewesen, Papatschka, oder anders? Und weißt du noch, wie die Siedlung in Kasachstan hieß? Und der Aul? Und an deine Tante, an die erinnerst du dich wohl noch, nicht wahr? Oder an deinen Freund – wie hieß er doch gleich?

Meist schüttelte er nur den Kopf und knetete betreten seine Hände. Meine Präsenz, meine Arbeit an der Vergangenheit erlaubte ihm nicht, sein Vergessen geschehen zu lassen, es anzunehmen. Auch wenn er mich immer wieder ausdrücklich bat, ihm zu erzählen, ihm zu *helfen*, quälten ihn die ständigen Erinnerungen und verstärkten noch seinen Kummer. Ich hörte auf, ihm vorzulesen, arbeitete aber weiter an meinen Notaten. Ich schrieb nicht nur für ihn, sondern auch für mich.

Einmal, als ich seinen Freund erwähnte, blitzten die Augen meines Vaters auf, er lächelte und fragte: Tachawi? Hat er wieder geschrieben?

Geschrieben?, fragte ich verwundert zurück. *Wieder* – was soll das heißen?

Mein Vater berichtete konzentriert von einem Briefwechsel, der offenbar vor einigen Jahren stattgefunden hatte, von wem angefangen und zu welchem Anlass, konnte er nicht mehr sagen. Meine Mutter wusste nichts davon, hatte nie Post aus Kasachstan bemerkt oder meinen Vater darüber reden gehört.

Die wesentlicheren Fragen kamen mir ungleich schwerer über die Lippen.

Papa, haben die Stimmen heute Nacht zu dir gesprochen? Papatschka, was haben sie gesagt? Was wollten sie von dir?

Schon gut, *dotsch*, antwortete er ausweichend, schon gut, Töchterchen, ich umschiffe das. Was auch immer es ist.

Einmal hatte ich den Eindruck, dass ihm während unseres Gesprächs sämtliche Koordinaten abhandengekommen waren – mit wem er sprach, wo und in welcher Zeit er sich befand. Ein anderes Mal bemerkte ich, wie er abrupt im Flur stehen blieb, angestrengt lauschte, immer wieder nickte und schließlich anfing zu flüstern. Im Haus war es mucksmäuschenstill. Ich erschrak, erzählte meiner Mutter aber nichts davon. Dafür erzählte sie mir, dass sie Josef einmal dabei überrascht hatte, wie er den alten Coltrevolver auf den Küchentisch vor sich gelegt hatte. Als sie dazugetreten und vor Schreck beinahe in Ohnmacht gefallen war, hatte er nur geantwortet, dass der Revolver entsorgt werden müsse – damit er nicht in falsche Hände falle.

Wessen *Hände* könnten das sein, Josef?, hatte Agnieszka gefragt, aber da war er schon nicht mehr ansprechbar gewesen, hatte sich in sich selber zurückgezogen und aus dem Fenster gestarrt. Noch am selben Tag hatte sie die Waffe auf der Polizeistation abgegeben.

Mit meinem Vater Schwarztee, mit meiner Mutter Mineralwasser und Eierlikör. Es fiel Agnieszka und mir schwer, ein unbefangenes Gespräch miteinander zu führen, zu überschattet war unser Beisammensein von der Diagnose meines Vaters. Ich ließ mich schließlich dazu überreden, ihn zum Monatsende in die Einrichtung zu bringen, ein Auftrag, der mir heftige Bauchschmerzen bereitete. Immerhin war mein Vater über seinen Umzug, wie er es nannte, im Bilde und schien gefasst.

Nachts grübelte ich, tagsüber schrieb ich. Du arbeitest, als ginge es um Leben und Tod, kommentierte meine Mutter. Damit traf sie ins Schwarze – auch wenn ich mir eingestehen musste, dass der Versuch, meinen Vater durch festgehaltene, sesshafte Erinnerung zu stärken, gescheitert war. Einen letzten Vorstoß aber wollte ich noch wagen, mit ihm gemeinsam nomadisieren in fremdem Gebiet.

Auf dem Weg durch den Mischwald zwischen Schrevensee und Kanal läuft es sich weich, federnd, die Luft riecht nach Humus und Pilzen. Am Entwässerungsgraben biege ich scharf nach rechts, überquere eine Lichtung. Schließlich erkenne ich hinter dem mächtigen Stamm einer umgestürzten Eiche eine kleine Hütte. Eigentlich ist es nur ein Unterschlupf, zusammengefügt aus den Überbleibseln anderer Hütten, die diesen Namen verdient hatten – und doch mehr als das. Es ist Arnolds und mein einziges bis zum heutigen Tag bestehendes Versteck.

Ich krieche hinein, betrachte den Schatz, der vor mir liegt, und lächle. Auf Arnold ist Verlass: Jedes Mal, wenn einer von uns an den Schrevensee zurückkehrt, so will es ein ungeschriebenes Gesetz, werden kommentarlos die Vorräte ausgetauscht.

Ach, Arnold. Meine Mutter hatte mir gar nicht erzählt, dass er da gewesen war. Mit drei Kindern und einem florierenden Teeversand in Lüneburg hat er mehr zu tun als ich und Pascha zusammengenommen, und so beschränken sich unsere Treffen meist auf Feier- und Geburtstage.

Die Vorräte, die ich letztes Mal im Versteck deponiert hatte – eine Flasche polnischen Büffelgraswodka, drei Packungen Kabanossi, eine Lakritzmischung aus Dänemark –, sind verschwunden, dafür liegen an ihrer Stelle Roggenbrot, Leberwurst, Brause-Ufos, drei Packungen *Ethical Tea* – Oolong, Jasmin und Sencha –, Eiskonfekt, Schmelzkäse, Haferkekse, Erdnussflips und zwei Flaschen Orangina. Ohne lange zu überlegen, hole ich die Mappe aus meinem Rucksack und packe die Vorräte ein, bis der Rucksack sich kaum noch schließen lässt.

Ich schlage die Mappe ein letztes Mal auf, blättere durch die eng beschriebenen Seiten, erhasche Worte und Wendungen. Wieder gelingt es mir nicht, den Stapel zu ordnen. Ich klappe die Mappe zu und lege sie ab. Arnold wird sie finden, irgendwann.

Ein Blick auf die Uhr sagt mir, dass meine Mutter bereits aufgestanden sein muss, dass der Tag beginnt. Sorgfältig drapiere ich die Folie über den Eingang zum Versteck, dann laufe ich zurück. Mein Vater braucht mich, dieses Mal wirklich.

Als ich am Haus meiner Eltern ankomme, hat sich der Nebel über dem See gelichtet. Das Auto habe ich bereits am Vortag startklar gemacht, leere Flaschen und Verpackungen herausgeräumt, meinen Koffer und den meines Vaters hineinbefördert.

Agnieszka wird hierbleiben, das war von Anfang an klar gewesen. Vater und ich, wir fahren allein. Wir haben eine alles entscheidende Mission, das mag ihm nicht ganz bewusst sein, mir dafür umso mehr. Ich blicke durch die Scheibe hinein ins Auto, dann öffne ich den Kofferraum, schiebe das Gepäck enger zusammen und stelle meinen Rucksack mit Arnolds Proviant daneben. Als ich den Kofferraum wieder schließe, sehe ich meine Mutter, die vor die Haustür getreten ist und in der kühlen Morgenluft fröstelt. Sie trägt einen karamellfarbenen Poncho, die hennafarbenen Haare hat sie lose hochgesteckt, ihre Bernsteinohrringe schwingen leicht und funkeln. Chanel No. 5, denke ich unwillkürlich. Keine Frage.

Mama! Mit weiten Schritten gehe ich zu ihr und lege meine Arme um sie, sie ist klein und zart, aber ihre Umarmung resolut. Sie drückt mich so stark, dass ich auf der Höhe meines Herzens einen Stich verspüre, es ist die Brosche meiner Großmutter Emma, die Vater mir vor einigen Jahren geschenkt hat.

Noch mal frische Luft schnappen gewesen?, fragt sie knapp und auf Deutsch.

Ich nicke, antworte auf Polnisch: *Tak, mamo* – Ja, Mama, und folge ihr in die Küche.

Mein Vater hat schon gefrühstückt und nickt mir geistesabwesend zu. Ich lehne mich gegen den Herd und trinke eine Tasse Kaffee, schwarz und ohne Zucker.

Meldest du dich, wenn ihr da seid?

Aber sicher doch.

Du weißt, was gerade am Elbtunnel los ist?

Ich zögere, muss improvisieren: Natürlich, der Elbtunnel. Ich fahre nicht zum ersten Mal nach Hamburg rein, Mama.

Die Verabschiedung fällt knapp aus, wir hatten es so vereinbart, wollen meinen Vater nicht beunruhigen. Meine Mutter küsst ihn rechts und links auf die Wangen, dann tut sie, als würde sie sich dem Frühstücksgeschirr widmen. Im Vorbeigehen nehme ich ihre Hand und drücke dreimal zu, unser geheimes Zeichen: Mir geht es gut, ich bin froh, wir sind beisammen.

Anstandslos lässt sich mein Vater hinüber zum Auto führen. Wir befinden uns schon auf der Tangente, fahren an den ersten Schildern vorbei, die auf Landstraßen und Autobahnen verweisen, auf Wege Richtung Süden und Norden, Osten und Westen, da verstellt mein Vater seinen Sitz ein wenig und blinzelt zufrieden.

Ich greife nach seiner Hand: Nu, Papatschka, wohin fahren wir?

Das kommt darauf an.

Worauf?

Wie viel Benzin hast du im Tank?

Ich lache. In der Mittelkonsole stehen zwei Flaschen Orangina, daneben liegen zwei Pässe der Bundesrepublik Deutschland. Pascha sagte am Telefon: Eine Woche. Wenn ihr heizt wie bescheuert. Wenn nicht, zwei Wochen. Ich setze den Blinker und fahre auf die Autobahn. Vor uns bricht die Sonne aus den Wolken hervor, ich halte genau auf sie zu und gebe Gas, Gas, Gas.

DANK

Mein großer Dank gilt einer Vielzahl von Menschen, die mit mir Erinnerungen und ihre Familiengeschichten geteilt haben.

Ich danke den Familien Kupczok, Hörl und Fischer in Buenos Aires für ihre Verbundenheit und Offenheit.

Lena Hase danke ich für freundschaftliche, kluge Gespräche und Ernst Selig dafür, dass er wertvolle und einzigartige Aufzeichnungen zur Verfügung gestellt hat.

Jörg Albrecht und Burg Hülshoff – Center for Literature für die Rückzugsmöglichkeit im Haus Rüschhaus.

Für engelsgleiche Geduld und Beharrlichkeit, ohne die das Buch nicht zu dem geworden wäre, was es ist, meinem Verleger Gunnar Schmidt.

Meiner Agentin Karin Graf für den Glauben an das Buch.

Meinem Lektor Frank Pöhlmann für sein genaues Auge, unablässige Konzentration und langen Atem.

Felicitas Mayer für ihre Unterstützung in der Endredaktion, Stéfanie Märschel für das akribische Korrektorat.

Dietrich zu Klampen und Eckhart Liss für ihre Freundschaft und guten Rat.

Meiner Freundin Janita Tönnissen dafür, dass sie sich mit mir auf den Weg gemacht hat, für ihre Gelassenheit und unverwüstlichen Frohsinn.

Amantur Bakyt Uulu von der Agentur Kyrgyz Riders für die großartige Begleitung in Kirgisistan.

Yerlan Shegenov, der mich als exzellenter Guide durch Kasachstan geführt hat, für seine Expertise und seinen Beistand in allen Fragen. Rachmet, dosym.

Meinem Mann Benjamin Küchenhoff für alles.

Weitere Titel

Ambra

Die goldene Stadt

Sibir